De kleermaakster van Dachau

Bezoek onze internetsite www.awbruna.nl voor informatie over onze boeken, volg @AWBruna op Twitter of bezoek onze Facebook-pagina Facebook.com/AWBrunaUitgevers.

Mary Chamberlain

De kleermaakster van Dachau

A.W. Bruna Uitgevers

Oorspronkelijke titel
The Dressmaker of Dachau

Vertaling
Elisabeth van Borselen
Omslagontwerp
b'IJ Barbara

ISBN 978 94 005 0614 5
NUR 302

Tweede druk, mei 2016

De regels uit *The Highwayman* van Alfred Noyes zijn overgenomen met toestemming van de Society of Authors en de literaire agent van de erfgenamen van Alfred Noyes.

Voor de kleintjes:
Aaron, Lola, Cosmo,
Trilby en hun Ba.

Proloog

De aprilzon wierp lichtbanen op de verdikkingen in de zwarte zijde en veranderde deze in een zee van glanzend zwart, gitzwart, zilver en leigrijs. Ada keek toe hoe Anni haar hand langs de fijne, scherpe zomen van het jasje liet glijden en daarbij de warme stof volgde om vervolgens de corsage te betasten alsof de bloemblaadjes tere, levende bloesem was.

Ze droeg het jasje over een dikke wollen pullover en haar koksschort, dus het jasje zat strak bij haar schouders. Nee, wilde Ada zeggen, niet op die manier. Zo past het niet. Maar ze hield haar mond. Ze kon aan Anni's gezicht zien dat het jasje het mooiste was dat ze ooit had gehad.

Anni hield de sleutels van Ada's kamer in haar ene hand en een koffer in haar andere.

'Dag,' zei ze, en ze gooide de sleutel op de vloer en schopte hem naar Ada toe.

Ze liep weg zonder de deur dicht te doen.

Deel I

Londen, januari 1939

Ada tuurde in de gebroken spiegel die boven op de keukenkast stond. Met open mond en gespannen tong plukte ze haar wenkbrauwen met een roestig pincet. Haar gezicht vertrok en onder veel pijnkreetjes ging ze door totdat er slechts een dun boogje over was. Ze wreef er wat zalf op en hoopte dat het prikkende gevoel zou afnemen. Ze waste haar haren in schoon, warm water in de oude, gebarsten diepe wasbak, droogde haar haar af met een handdoek en maakte een scheiding aan de linkerkant. Ze was achttien en op deze manier leek ze ouder. Middelvinger, kam en rechttrekken, wijsvinger, krul. Drie golven naar beneden aan de linkerkant, vijf aan de rechterkant, vijf vlechten achter op haar rug, krulspelden en dan een haarspeld strak tegen haar hoofdhuid aan en de boel laten drogen.

Ada nam er de tijd voor. Ze opende haar handtas en rommelde erin totdat ze haar poeder, rouge en lippenstift vond. Niet te veel, omdat ze er dan te ordinair uitzag, maar genoeg om haar een fris en gezond uiterlijk te geven, net zoals die jonge meiden van de Women's League of Health and Beauty. Ze had hen in Hyde Park gezien met hun zwarte korte broek en witte bloes aan en ze wist dat ze op zaterdagmiddag oefenden op de speelplaats van de Henry Fawcett-school. Ze dacht erover om zich aan te melden. Het was goed om lenig en slank te zijn. Ze kon het uniform zelf maken. Ze was nu immers kleermaakster en verdiende daarmee aardig. Ze deed haar lippen op elkaar om de lippenstift gelijkmatig te verdelen en keek of de krullen in haar haren bleven zitten terwijl het opdroogde. Ze pakte de spiegel en liep ermee naar de slaapkamer. De bruine pied-de-poule rok met de omgekeerde plooien en de crèmekleurige bloes met de emaillen speld bij het kraagje zagen er goed uit. Het was ook goed tweed, een stukje stof dat Isidore, de kleermaker op Hanover Square, overhad. Ze was net vijftien toen ze daar begon. Goh, wat was ze toen een groentje. Ze raapte spelden op van de vloer en veegde stofpluisjes op. Haar gympjes waren grijs van het krijt en haar jasje was een afdankertje met te lange mouwen. Vader zei dat het een slavenhok was, dat de dikke kapitalist die de boel bestierde haar uitbuitte. Ze moest opkomen voor haar rechten en lid worden van een vakbond. Maar Isidore had haar de ogen geopend. Hij had haar geleerd dat stoffen leefden en ademden, dat elke stof een persoonlijkheid en buien had. Zijde, zei hij, was koppig, batist was weerspannig. Kamgaren was taai, flanel was lui. Hij leerde haar hoe ze de stof zo moest knippen dat hij niet rimpelde of kreukelde, en legde uit over schuinte en zelfkant. Hij liet haar zien hoe je patronen maakte en waar je moest krijten en afspelden. Hij leerde haar hoe een naaimachine werkte, over garen en draad, hoe je een nieuwerwetse rits zo kon verwerken dat hij onzichtbaar werd onder de zoom en hoe je een knoopsgat en een zoom maakte. Een visgraatpatroon, Ada, een visgraatpatroon. Vrouwen die eruitzagen als mannequins. Het was een betoverde wereld. Prachtig haar en schitterende avondjaponnen. Zelfs onderbroeken die op maat werden gemaakt. Isidore had Ada die wereld laten zien, en ze wilde daar deel van uitmaken.

Maar daar was ze nog lang niet. Want doordat haar moeder een deel opeiste voor kost en inwoning, ze de kosten voor de bus naar het werk moest betalen en met de meiden wanneer ze haar loon kreeg naar Lyons voor thee en cake ging, bleef er niet veel over aan het eind van de week.

‘En denk maar niet dat je thuis kunt komen en dan de koningin uit kunt hangen,’ zei moeder tegen Ada, terwijl ze met haar gevlekte vinger naar haar wees, de knokkels ervan gerimpeld als een oude worm, ‘alleen maar omdat je kost en inwoning betaalt.’ Nog steeds moest Ada haar aandeel leveren qua afstoffen en vegen, en nu ze ervoor was opgeleid, moest ze ook nog de kleren maken voor haar familie.

Ada wist dat dit leven van zuinig aan doen, luizenkammen en afdankertjes niet was waar ze voor was gemaakt. Ze bevochtigde haar vinger en duim met haar tong, rolde haar Bemberg-kousen met de voorgevormde teen en hiel op en trok ze voorzichtig aan, zodat ze ze niet kapottrok en de naad kaarsrecht aan de achterkant zat. Kwaliteit is zichtbaar. Uiterlijk doet ertoe. Zolang haar kleren er piekfijn uitzagen, kon niemand haar iets doen. Lippen samengeperst en neus in de lucht. Houding en gratie, net als de besten onder hen. Ada zou het ver schoppen, dat wist ze. Ze zou ook iemand zijn.

Ze zette de spiegel op de rand van de schoorsteenmantel en kamde haar kastanjebruine haar zodat het in golven viel. Ze zette haar hoed op, een klein, bruin, vilten geval, dat een van de hoedenmaaksters op het werk voor haar had gemaakt. Ze trok het een beetje naar voren en opzij. Ze trok haar nieuwe bruine pumps aan. Ze tilde de spiegel op, bewoog hem ietsje naar beneden en deed een stap naar achteren om het effect te bewonderen: perfect, modieus, verzorgd.

Ada Vaughan stapte over de drempel, nog steeds een beetje klam van het schrobben en boenen. De lucht boven haar was grauw, de schoorstenen braakten roetwolken uit. Rijtjeshuizen stonden aan weerskanten van de lange straat, de viezigheid bleef aan de gele bakstenen plakken en de bruine vitrages deden hun best om door de openstaande ramen te ontsnappen. Ada sloeg haar hand voor haar neus zodat de dikke mist van de Theems en de as van de talgsmelterijen niet in haar neus konden komen en zwart snot zouden achterlaten op de zakdoeken die ze voor zichzelf had gemaakt en waarop ze in een hoekje AV had geborduurd.

Tikkend met haar hakken langs Theed Street waar de voordeuren openstonden zodat je naar binnen kon kijken. Dat waren fatsoenlijke huizen, brandschoon, keurige buurt, je moest 'iemand' zijn om daar te kunnen huren, zei moeder altijd. Iemand, mehoela. Moeder en vader zouden niet eens 'iemand' herkennen als hij pal voor hun neus zou staan. Een 'iemand' verkocht niet de *Daily Worker* op de stoep van Dalton's op een zaterdagochtend, en bad evenmin met een rozenkrans in de hand totdat haar vingers vol eelt zaten. Een 'iemand' schreeuwde niet tegen iemand anders, of mokte dagenlang in stilte. Als Ada moest kiezen tussen haar vader en moeder, zou ze telkens weer voor haar vader kiezen, ondanks zijn opvliegende karakter en frustraties. Hij wachtte niet op de verlossing in de hemel, maar hij wilde het in het hier en nu, een laatste zetje en het bouwwerk van vooroordelen en privileges zou in elkaar storten en dan zou iedereen in een wereld leven waar Ada hevig naar verlangde. Haar moeders verlossing kwam na de dood en een leven vol lijden en smart. Als ze op zondag in de kerk zat, vroeg ze zich af hoe iemand een religie kon maken gebaseerd op ellende.

Tikkend met haar hakken langs de brandweerkazerne en de zandzakken die buiten stonden opgestapeld in geval van nood. Langs het theater Old Vic waar ze gratis *Twelfth Night* had gezien toen ze elf was en in vervoering werd gebracht door de glanzende fluwelen kostuums en de geur van wolfraam en sinaasappelschillen. Ze wist gewoon dat er een wereld lag besloten op dit toneel met de beschilderde panelen en het kunstmatige licht dat net zo echt en diepgaand was als het universum zelf. Make-up en illusies, haar hart ging uit naar Malvolio, omdat hij, net zoals zij, er hevig naar verlangde 'iemand' te zijn. Ze liep door over London Road, om St. George's Cross heen en vervolgens naar Borough Road. Vader zei dat er voor het eind van het jaar oorlog zou komen en moeder bleef folders meenemen die ze vervolgens hardop voorlas: 'Als je de sirene hoort, loop dan verder op gepaste wijze...'

Ada liep klikkend op haar hakken naar het gebouw en keek omhoog naar de letters die in zwart reliëf onder de nok van het gebouw stonden. BOROUGH POLYTECHNIC INSTITUTE. Ze friemelde wat aan haar hoed, deed haar tas open en weer dicht, ging na of de naad in haar kousen rechtzat, en liep toen de trap op. Onder haar armen en tussen haar dijen plakte het, de klamheid die ontstond door zenuwen, niet het verse zweet dat je voelt nadat je hebt gerend.

In de deur naar lokaal 35 zaten vier glaspanelen. Ada tuurde erdoorheen. De tafels waren aan de kant geschoven en zes vrouwen stonden in een halve kring in het midden. Hun rug hadden ze naar de deur gekeerd en ze keken naar iemand die voor hen stond. Ada kon niet zien wie dat was. Ze veegde haar hand af aan haar rok, deed de deur open en stapte het lokaal binnen.

Een vrouw met een grote boezem, een parelketting om haar nek en grijs haar dat in een knot was gestoken, stapte uit de kring naar voren en strekte haar armen naar haar uit. 'En wie bent u?'

Ada slikte. 'Ada Vaughan.'

'Vanuit uw middenrif,' brulde de vrouw. 'Hoe heet u?'

Ada wist niet wat ze bedoelde. 'Ada Vaughan,' zei ze, hakkelend.

'Bent u een muis?' galmde de vrouw.

Ada bloosde. Ze voelde zich klein en dom. Ze draaide zich om en liep naar de deur.

'Nee, nee,' riep de vrouw uit. 'Niet weggaan.' Ada wilde de deurkruk pakken. De vrouw legde haar hand op die van Ada. 'U bent al zo ver gekomen.'

De hand van de vrouw was warm en droog. Ada zag dat haar nagels goed verzorgd waren en roze waren gelakt. De vrouw leidde Ada terug naar de andere vrouwen en plaatste haar in het midden van de halve kring.

'Ik heet mejuffrouw Skinner.' Haar woorden klonken helder, melodieus, dacht Ada, als een nachtegaal. 'En hoe heet u?'

Mejuffrouw Skinner stond rechtop, een en al boezem, hoewel haar middel slank was. Ze hield haar hoofd schuin en haar kin was naar voren gestoken.

'Zeg duidelijk uw naam,' zei ze, terwijl ze glimlachte en knikte. Haar gezicht was toch vriendelijk, ook al klonk haar stem streng. 'Ar-ti-cu-leer.'

'Ada Vaughan,' zei Ada met overtuiging.

'U kunt eruitzien als een zwaan,' zei mejuffrouw Skinner terwijl ze een stap naar achteren deed, 'maar als u klinkt als een mus, wie neemt u dan serieus? Welkom, mejuffrouw Vaughan.'

Ze zette haar handen in haar zij. Ada wist zeker dat ze een korset droeg. Geen vrouw van haar leeftijd had zonder steun zo'n figuur. Ze ademde in: 'Mmmm,' trommelde met haar vingers onder haar ribben, deed haar mond open en zong: 'Do, re, mi, fa, sol.' Ze hield de laatste noot vast, haalde uit als een scheepstoeter totdat er nog slechts een nagalm in de lucht hing. Haar schouders ontspanden en ze liet de rest van de lucht ontsnappen met een zucht. Het is haar boezem, dacht Ada, dat is waar ze al die lucht bewaart, ze blaast ze op als ballonnen. Niemand kon zo diep inademen. Dat was niet normaal.

'Sta rechtop.' Mejuffrouw Skinner deed een stap naar voren en zei: 'Kin omhoog, achterwerk spannen.' Ze liep langs iedereen van de groep, kwam bij Ada en duwde met haar ene hand tegen de onderkant van haar rug en met de andere tilde ze Ada's kin omhoog en naar voren.

'Alleen als we rechtop staan,' zei mejuffrouw Skinner, terwijl ze haar schouders naar achteren trok en haar boezem vooruitstak, 'kunnen we onze stem verheffen.' Ze liet haar r's rollen. 'En alleen als we onze stem verheffen,' voegde mejuffrouw Skinner eraan toe, 'kunnen we woorden duidelijk uitspreken.'

Ze draaide zich om naar Ada. 'Mejuffrouw Vaughan, waarom wilt u leren voordragen?'

Ada voelde de warmte in haar nek omhoogkruipen, totdat haar oren prikten. Ze wist dat haar gezicht rood aanliep. Ze deed haar mond open, maar er kwam niets uit. Haar tong leek in de knoop te zitten. Ik wil 'iemand' zijn, dacht ze. Mejuffrouw Skinner knikte, ook al zei ze niets. Ze had eerder types als Ada gezien. Ambitieus.

*

'Ik dacht dat je een van de klanten was,' had de respectabele mevrouw Buckley gezegd, 'toen ik je daar zag staan, zo goed gekleed.' Aangezien worden voor een van de klanten. Stel je voor. Ze was slechts achttien toen ze daar vorig jaar september was begonnen. Ada was een snelle leerling.

De respectabele mevrouw Buckley handelde onder de naam 'Madame Duchamps'. Door haar lengte, hoekige heupen, gelakte nagels en bescheiden oorbellen maakte ze indruk met haar gesprekken over couture, ateliers en Parijs, pah! Ze bladerde door de pagina's van *Vogue* en toverde baljurken en cocktailjurken uit rollen zijde en chenille die ze om slanke debutantes en hun gezette chaperonnes drapeerde en vastspelde.

Ada had het vak geleerd van Isidore en haar lef had ze van mevrouw B., zoals de andere meiden haar noemden. Terwijl Isidore wijs, aardig en grappig, ja, echt was, was mevrouw B. een en al kunstmatigheid. Ada wist zeker dat de respectabele mevrouw Buckley net zomin respectabel was als dat ze een mevrouw was, en dat haar teint net zo onecht was als haar naam, maar dat maakte verder niet uit, want wat ze niet wist over vrouwelijke vormen en hoe een stof viel, was niet het vermelden waard.

Mevrouw B. stond een stapje hoger op de ladder dan Isidore.

Parijs. Dat was de stad die Ada wilde veroveren. Ze zou haar modehuis 'Vaughan' noemen. Het was een modieuze naam, net als Worth of Chanel, maar met een Brits cachet. Dat was een ander woord dat ze had geleerd van mevrouw B.: cachet. Stijl en klasse ineen.

'Waar hebt u Frans leren spreken, madame?' De meiden moesten in het openbaar altijd 'madame' tegen haar zeggen.

Mevrouw B. had veelbetekenend geglimlacht, terwijl haar hoofd heen en weer draaide op haar lange nek. 'Overal en nergens,' zei ze. 'Overal en nergens.'

Mevrouw B. herkende in Ada een harde werkster en een jonge vrouw met ambitie en talent. Ze sprak netjes en correct Engels. Ada werd het boegbeeld van de salon, madame Duchamps' fris uitziende mannequin in de winkel, en de jonge societydames begonnen haar om advies te vragen over hoe ze hun kleding moesten dragen in plaats van mevrouw B., wier gezicht en middel met de dag pafferiger werden.

'*Mademoiselle*,' zei mevrouw B. dan tegen haar. 'Trek de avondjapon aan.'

'Die van dupionzijde, madame?'

Middernachtblauw met een halternek. Ada zou haar heupen vooruitsteken en naar voren schrijden, zich langzaam omdraaien, zodat haar blote rug goed zou opvallen, en dan zou iedereen zich verwonderen over hoe prachtig de stof de rondingen van haar figuur volgde, naar binnen en buiten viel, en dan uitwaaierde in een vissenstaart. Ze zou dan nog eens ronddraaien en glimlachen.

'En nu de chiffon.'

Lagen mysterie met een tafzijden voering, oester- en parelkleurig, een glans die duur aandeed. Ada hield van de manier waarop de kleding haar transformeerde. Ze kon vuur, water, lucht of aarde zijn. Een geest. Levensecht. Dít was wie ze was. Ze tilde haar armen op alsof ze de hemel omarmde en de stof zou in het ragfijne briesje wegdrijven; ze maakte een diepe buiging en kwam dan weer omhoog als een bloem die in bloei stond, elke ledemaat een sensueel, soepel blaadje.

Ze stond in het middelpunt van de belangstelling, een levend beeldhouwwerk, een kunstwerk. Maar ook een schepper. Ze zou glimlachen en zeggen: 'Maar als je het hier inneemt, of hier een vouw legt, dan... voilà.' Met een zwierig gebaar van haar lange, slanke vingers en dat nieuwe woord 'voilà' dat ze op de juiste wijze gebruikte, voegde Ada haar eigen draai toe aan een van mevrouw B.'s ontwerpen en zorgde ze ervoor dat het moderner, meer begerenswaardig werd. Ada wist dat mevrouw B. haar zag als een aanwinst. Ze erkende haar vaardigheden en smaak, haar vermogen om klanten binnen te halen en hen in te palmen met een vlotte babbel. Dit laatste dankzij mejuffrouw Skinners vaardige lessen.

'Als je de stof in de schuinte knipt,' zou Ada zeggen, terwijl ze de jurk voor een klant omhooghield aan de diagonaal, 'kun je zien dat hij valt als een jurk van een Griekse godin.'

Gedrapeerd over de borst, één naakte schouder erbovenuit als een zeemeermin vanuit een zee van chiffon.

'*Non, non, non*.' Mevrouw B. klakte met haar tong en sprak in het Frans als Ada de grenzen van de fatsoenlijkheid oprekte. 'Daar is geen sprake van, mademoiselle. Het is hier geen boudoir, het gaat om een bal. Decorum, decorum.'

Ze richtte zich tot haar cliënt. 'Mejuffrouw Vaughan is nog een beetje onervaren, *naïve*, wat betreft de subtiliteiten van sociaal correct gedrag.'

Ze was dan misschien naïef, maar Ada was goede publiciteit voor Madame Duchamps, *modiste*, in Dover Street. Ada hoopte dat ze op een dag meer kon zijn dan een aanwinst, eerder zoiets als een zakenpartner. Ze had een aanzienlijke schare fans verworven. Haar talent viel op, de vloeiende lijnen en de evenwichtigheid van haar ontwerpen maakten haar beroemd. Ze wist Hollywood en de glamoureuze wereld van de sterren tevoorschijn te toveren en die alledaagse woonkamers binnen te brengen. Ada werd haar ontwerpen, ze was er een wandelende reclameboodschap voor. De bloemetjesjurk voor overdag; het op maat gesneden mantelpakje; de verzorgde, gelakte nagels en de eenvoudige pumps; ze wist dat men naar haar keek als ze de winkel verliet en in de richting van Piccadilly slenterde, voorbij het Ritz en Green Park. Ze zou met klikkende hakken langslopen met haar neus in de lucht, waarbij ze deed alsof ze in Knightsbridge of Kensington woonde totdat ze verlost was van nieuwsgierige blikken. Dan zou ze uiteindelijk naar het zuiden gaan, over de Westminster Bridge naar de wijk Lambeth en voorbij de grinnikende boefjes die hun neus in de lucht staken en op denkbeeldige hakken achter haar aan trippelden.

Eind april kwam de regen in bakken naar beneden. Hij trommelde op de leien daken in Dover Street. Stortbuien, opgepikt van de oceanen en losgelaten uit de hemel, sloegen neer op aarde en zochten een weg tussen de scheuren in het asfalt. Het water liep in donkere rivieren door de goten, kolkte in gaten in de stoepen en in de gebieden tussen de hoge, gestuukte huizen. Het spetterde van de paraplu's en de donkere hoeden van de voetgangers af en doorweekte de broekspijpen onder de regenjassen. Het water sijpelde in het leer van schoenen.

Ada greep haar jas, een zachte kameelharen mantel met een ceintuur, en haar paraplu. Ze zou door de zure appel heen moeten bijten en meteen links af moeten slaan om bus 12 in Haymarket te halen.

'Goedenavond, madame,' zei ze tegen mevrouw B. en toen stapte ze de doorweekte straat op. Ze liep in de richting van Piccadilly terwijl ze naar beneden keek om zo de plassen te vermijden. Een windvlaag greep haar paraplu en keerde hem binnenstebuiten, sloeg tegen de voorpanden van haar jas zodat ze wapperden en haar haren op doorweekte tentakels leken. Ze trok aan de verwrongen metalen baleinen van de paraplu.

'Staat u mij toe,' zei een mannenstem, terwijl er een grote paraplu boven haar hoofd werd gehouden. Ze draaide zich om en haar gezicht raakte bijna dat van de man, heel even te dichtbij, maar lang genoeg voor Ada om het op te merken. Zijn gezicht was smal, wat werd benadrukt door een smalle, goed geknipte snor. Hij had een bril op met kleine, ronde glazen en erachter zagen zijn ogen er vriendelijk en bleek uit. Eendeneierenblauw, dacht Ada, licht genoeg om doorheen te kijken. Ze leken haar tegelijkertijd te verkillen en te beroeren. Hij deed een stap achteruit.

'Het spijt me,' zei hij, 'ik probeerde u slechts te beschermen. Hier, hou dit eens vast.' Hij gaf haar zijn paraplu en nam de hare van haar over. Zo te horen kwam hij van het vasteland in Europa, dacht Ada. Hij had een subtiel, gedistingeerd accent. Ada keek toe hoe hij de paraplu weer in model boog.

'Niet helemaal zo goed als nieuw,' zei hij. 'Maar u kunt er weer even mee door. Waar woont u? Moet u nog ver?'

Ze begon aan een antwoord, maar de woorden bleven haar in de keel steken. Lambeth. Lambeth.

'Nee,' zei ze. 'Dank u. Ik neem de bus.'

'Laat me u naar de bushalte vergezellen.'

Ze wilde ja zeggen, maar was bang dat hij er bij haar op zou aandringen om te zeggen waar ze woonde. Bus 12 ging naar Dulwich. Dat was oké. Ze kon Dulwich zeggen, dat was respectabel genoeg.

'U aarzelt,' zei hij. Zijn ogen stonden lachend. 'Uw moeder heeft u verteld dat u nooit met vreemde mannen mee moet gaan.'

Ze was dankbaar voor het excuus. Zijn accent was formeel. Ze kon het niet plaatsen.

'Ik heb een beter idee,' ging hij verder. 'Ik weet zeker dat uw moeder dit zou goedkeuren.' Hij wees naar de overkant van de straat. 'Zou u mij willen vergezellen, mejuffrouw? Thee bij het Ritz. Engelser dan dat kan niet.'

Daar schuilde geen kwaad in, of wel? Als hij niets goeds van plan was, dan zou hij zijn geld niet verspillen aan het Ritz. Waarschijnlijk een weeksalaris. En het was bovendien in het openbaar.

'Ik nodig u uit,' zei hij. 'Accepteer de uitnodiging alstublieft.'

Hij was beleefd, welgemanierd.

'En in de tussentijd houdt het op met regenen.'

Ada kwam bij zinnen. 'Is dat zo? Hoe weet u dat?'

'Omdat,' zei hij, 'ik daar de opdracht toe geef.' Hij deed zijn ogen dicht, strekte zijn arm boven zijn hoofd, stak zijn paraplu omhoog, balde zijn vuist en opende hem drie keer achter elkaar.

'*Ein, zwei, drei.*'

Ada begreep er geen woord van, maar ze begreep dat het een andere taal was. 'Dry?' zei ze.

'O, zeer goed,' zei hij. 'Dat vind ik leuk. Dus u accepteert mijn uitnodiging?'

Hij was charmant. Zonderling. Ze hield van dat woord. Het zorgde ervoor dat ze zich licht en zorgeloos voelde. Het was een doorzichtig woord, net als een sluier van chiffon.

Waarom niet? Geen van de jongens die ze kende zou er ook maar over denken om haar uit te nodigen voor het Ritz.

'Dank u. Dat zou ik prettig vinden.'

Hij nam haar bij haar elleboog en leidde haar over de weg, onder de schitterende verlichte bogen van het Ritz, de lobby in met de kristallen kroonluchters en porseleinen jardinières. Ze wilde stilstaan en rondkijken, alles in zich opnemen, maar hij liep snel met haar langs de galerij. Ze voelde haar voeten zweven over het rode tapijt, langs de enorme ramen die versierd waren met stroken fluweel, tussen de marmeren pilaren door en een kamer in met spiegels, fonteinen en vergulde ornamenten.

Ze had nog nooit zoiets groots, zo rijk, zo glimmend gezien. Ze glimlachte alsof dit iets was waar ze aan gewend was.

'Kan ik uw jas aannemen?' vroeg een ober in een zwart pak met een wit schort voor.

'Dat hoeft niet,' zei Ada, 'ik houd hem wel bij me. Hij is een beetje nat.'

'Weet u dat zeker?' zei hij. Een blos kroop in haar nek omhoog en Ada wist dat ze een blunder had begaan. In deze wereld gaf je je kleding aan hotelbediendes, lakeien en dienstmeisjes.

'Nee,' zei ze hakkelend, 'u hebt gelijk. Neemt u hem alstublieft mee. Dank u.' Ze wilde eraan toevoegen dat hij hem niet moest kwijtraken, de man op de markt in Berwick Street had gezegd dat het echt kamelenhaar was, hoewel Ada haar twijfels had.

Ze schudde de jas van haar schouders, terwijl de ober met het schort voor de jas van haar armen pelde en hem over zijn arm drapeerde. Ze was zich er ook van bewust dat het schudden van haar schouders langzaam en elegant was.

'Hoe heet u?' vroeg de man.

'Ada. Ada Vaughan. En u?'

'Stanislaus,' zei hij. 'Stanislaus von Lieben.'

Een buitenlander. Ze had er nog nooit een ontmoet. Het was – ze dacht diep na – exotisch.

'En waar komt die naam vandaan? Waar hoort hij thuis?'

'Hongarije,' zei hij. 'Oostenrijk-Hongarije. Toen het een keizerrijk was.'

Ada had slechts van twee keizerrijken gehoord, het Britse dat de inheemse bevolking onderdrukte en het Romeinse dat Christus had vermoord. Het was nieuws voor haar dat er meer waren.

'Ik vertel dit niet aan veel mensen,' zei hij, terwijl hij zich naar haar toe boog. 'In mijn eigen land ben ik een graaf.'

'O, echt?' Ada kon er niets aan doen. Een graaf. 'Bent u dat werkelijk? Met een kasteel en zo?' Ze hoorde hoe gewoontjes ze overkwam. Misschien zou hij het niet merken, omdat hij een buitenlander was.

'Nee.' Hij glimlachte. 'Niet iedere graaf woont in een kasteel.

Sommigen van ons wonen in wat bescheidenere omstandigheden.'

Zijn pak, kon Ada zien, was duur. Wol. Als het Super 200 was, zou haar dat niet verbazen. Grijs. Goede snit. Discreet.

'Welke taal sprak u wat eerder toen we op straat waren?'

'Mijn moedertaal,' zei hij, 'Duits.'

'Duits?' Ada slikte. Niet alle Duitsers zijn slecht, kon ze haar vader horen zeggen. Rosa Luxemburg. Een martelaar. En diegenen die verzet boden tegen Hitler. Maar toch, vader zou geen Duitssprekend iemand in huis willen hebben. Houd op, Ada. Ze liep op de zaken vooruit.

'En u?' vroeg hij. 'Wat deed u in Dover Street?'

Ada vroeg zich even af of ze zou zeggen dat ze haar kleermaakster had bezocht, maar toen bedacht ze zich.

'Ik werk daar,' zei ze.

'Dat is zeer onafhankelijk,' zei hij. 'En wat voor werk doet u?'

Ze vond het niet prettig om te zeggen dat ze kleermaakster was, zelfs al was het op maat gemaakte dameskleding. Ze kon niet beweren dat ze modiste was zoals Madame Duchamps, nog niet. Ze zei wat er het dichtst bij in de buurt kwam.

'Ik ben eigenlijk mannequin.' Ze wilde eraan toevoegen: een *artiste*.

Hij leunde achterover in zijn stoel. Ze was zich ervan bewust hoe zijn ogen over haar lichaam gleden alsof ze een landschap was dat werd bewonderd of waarin hij zich kon verliezen.

'Natuurlijk,' zei hij. 'Natuurlijk.' Hij haalde een gouden sigarettenkoker uit zijn binnenzak, opende hem en boog zich naar Ada toe. 'Wilt u een sigaret?'

Ze rookte niet. Ze was niet zo mondain. Ze wist niet wat ze moest doen. Ze wilde er niet een nemen en dan vervolgens erin stikken. Dat zou te vernederend zijn. Thee bij het Ritz was vol valkuilen, het maakte haar duidelijk dat ze nog veel moest leren.

'Nu niet, dank u wel,' zei ze.

Hij tikte met de sigaret op de koker voordat hij hem aanstak. Ze hoorde hem inhaleren en keek toe hoe de rook uit zijn neusgaten kringelde. Ze wenste dat zij dat kon doen.

'En waar bent u mannequin?'

Ada was weer terug op bekender terrein. 'Bij Madame Duchamps.'

'Madame Duchamps. Natuurlijk.'

'Kent u haar?'

'Mijn oudtante was een klant van haar. Ze is vorig jaar overleden. Misschien dat u haar hebt gekend?'

'Ik werk er nog niet zo lang,' zei ze. 'Hoe heette ze?'

Stanislaus lachte en Ada ving een glimp van goud in zijn mond op. 'Ik zou het je niet kunnen vertellen,' zei hij. 'Ze is zo vaak getrouwd, ik kon het niet bijhouden.'

'Misschien is dat waaraan ze is overleden,' zei ze. 'Al dat trouwen.'

Dat zou het zijn, volgens haar ouders. Ze wist wat ze zouden denken van Stanislaus en zijn oudtante. De moraal van een hyena. Dat was Duitsland voor ons. Maar Ada was geïntrigeerd door het idee. Een vrouw, een 'losse' vrouw. Ze kon haar geparfumeerde lichaam ruiken, haar lome gebaren zien, terwijl haar lichaam langzaam wiegend dichterbij kwam en snorde om affectie.

'Je bent grappig,' zei Stanislaus. 'Daar houd ik van.'

Het was opgehouden met regenen tegen de tijd dat ze vertrokken, maar het was donker.

'Ik moet je naar huis begeleiden,' zei hij.

'Dat is niet nodig, echt niet.'

'Dat is het minste wat een heer kan doen.'

'Een andere keer,' zei ze, en ze besefte hoe bijdehand dat klonk. 'Ik bedoelde het niet zo. Ik bedoel dat ik ergens anders naartoe moet. Ik ga niet rechtstreeks naar huis.'

Ze hoopte dat hij haar niet zou volgen.

'Een andere keer dan maar,' zei hij. 'Houd je van cocktails, Ada Vaughan? Want het Café Royal is om de hoek en het is mijn favoriete plek.'

Cocktails. Ada slikte. Ze waagde zich in te diep water. Maar ze zou leren zwemmen, ze zou het snel oppikken.

'Dank je,' zei ze, 'en dank je voor de thee.'

'Ik weet waar je werkt,' zei hij. 'Ik zal je een briefje sturen.'

Hij sloeg zijn hakken tegen elkaar, lichtte zijn hoed en draaide zich om. Ze keek hem na toen hij terugliep in de richting van Piccadilly. Ze zou tegen haar ouders zeggen dat ze had moeten overwerken.

*

Martini's, pink lady's, mint juleppen. Ada raakte eraan gewend om zich op haar gemak te voelen in het Café Royal, het Savoy, Smith's en het Ritz. Ze kocht rayon op de markt tegen inkoopprijs en maakte er na het werk bij mevrouw B. een aantal jurken voor zichzelf van. Gesneden op de vleug van de stof, ontsnapte de goedkope synthetische stof als een vlinder uit een cocon en werd het een elegante avondjapon. Lange handschoenen en een cocktailhoedje. Ada bezocht de chicste etablissementen met zelfvertrouwen.

'Hoteldebotel heeft hij je gemaakt,' zei mevrouw B. elke vrijdag dat ze van het werk vertrok om Stanislaus te zien. Mevrouw B. hield er niet van als mannen naar haar winkel kwamen voor het geval ze haar een slechte naam gaven, maar ze zag dat Stanislaus goed gekleed ging en stijl had, zelfs al was het buitenlandse stijl. 'Dus wees voorzichtig.'

Ada draaide stiekem ringen van zilverpapier en paradeerde met haar linkerhand voor de spiegel als er niemand keek. Ze zag zichzelf al helemaal als Stanislaus' vrouw, Ada von Lieben. Graaf en gravin Von Lieben. 'Ik hoop dat zijn bedoelingen eerbaar zijn,' had mevrouw B. gezegd. 'Omdat ik nog

nooit een jongeman heb gezien die zo smoorverliefd was.'
Ada lachte alleen maar.

*

'Wie is hij dan?' zei haar moeder. 'Als hij een nette kerel was, zou hij je vader en mij willen ontmoeten.'

'Ik ben al te laat, moeder,' zei Ada. Haar moeder blokkeerde de gang, stond in het midden van de doorgang. Ze droeg vaders oude sokken en had die opgerold tot haar enkels. Haar morsige schort zat onder de vlekken.

'Het is al erg genoeg dat je op een vrijdagavond thuiskomt in beschonken staat, maar nu ga je ook nog eens midden in de week op stap? Waar gaat dat naartoe?'

'Waarom zou ik doordeweeks niet een avond uit kunnen?'

'Je krijgt een reputatie,' zei haar moeder. 'Daarom. Hij kan maar beter niets proberen. Geen enkele man wil een tweedehandsje.'

Haar mond vormde zich tot een smalende streep. Ze knikte alsof ze de wereld en alle mogelijke zondes kende.

Je weet helemaal niets, dacht Ada.

'In vredesnaam,' zei Ada. 'Zo is hij niet.'

'Waarom neem je hem dan niet mee naar huis? Dan kunnen je vader en ik daar een oordeel over vellen.'

Hij zou nooit een voet zetten in het rijtjeshuis met twee kamers beneden en twee boven, dat trilde als de treinen voorbijreden, met een aangebouwde bijkeuken achter het huis en een privaat achter in de tuin. Hij zou niet begrijpen dat ze in hetzelfde bed moest slapen als haar zussen, terwijl haar broers op matrassen op de vloer sliepen aan de andere kant van het afscheidingsgordijn dat vader had opgehangen. Hij zou niet weten wat hij aan moest met al die rondrennende kinderen. Haar moeder hield het huis schoon genoeg, maar er bleven altijd roetdeeltjes aan de vitrages kleven, die ook een dun laagje over het meubilair vormden. En in de zomer wemelde het soms zo van het ongedierte, dat ze buiten op straat moesten zitten.

Ada kon zich hem daar niet voorstellen. Nooit.

'Ik moet gaan,' zei Ada. 'Mevrouw B. houdt het anders in op mijn loon.'

Haar moeder snoof minachtend. 'Als je op een respectabele tijd binnenkomt,' zei ze, 'zou je nu niet in deze staat zijn.'

Ada wrong zich langs haar naar buiten, de straat op.

'Ik hoop dat je weet wat je doet,' schreeuwde haar moeder haar na, zodat alle buren het konden horen.

*

Ze rende naar de bushalte en haalde op het nippertje bus 12. Ze had geen tijd gehad voor ontbijt en haar hoofd deed pijn. Mevrouw B. zou zich afvragen wat er was gebeurd. Ada was nog nooit te laat geweest voor haar werk, ze had nooit een dag vrij genomen. Ze haastte zich langs Piccadilly. Op deze dag in juni was het nu al warm. Het zou weer een bloedhete dag worden. Mevrouw B. zou de ventilator tevoorschijn halen om de winkel te koelen zodat ze niet allemaal kleverige vingers hadden als ze dingen moesten afspelden.

'Zeg het tegen haar, Ada,' zei een van de meiden. Avril, een venijnig klein kreng en verschrikkelijk gewoontjes. 'We zweten allemaal als otters.'

'Otters zweten,' zei Ada. 'Heren transpireren. Dames gloeien.'

'Krijg wat,' zei Avril sarcastisch.

Avril kon kattig zijn als ze daar zin in had. Het kon Ada niets schelen. Ze was waarschijnlijk jaloers. Vrouwen zijn niet te vertrouwen, zei haar moeder altijd. Nou, haar moeder had gelijk, wat dat betreft. Ada was nog nooit een vrouw tegengekomen die ze haar beste vriendin kon noemen.

De klok bij Fortnum's begon te slaan op het kwartier en Ada wilde gaan rennen, toen iemand haar de weg blokkeerde.

‘Ik dacht dat je nooit zou komen.’ Stanislaus stond in spreidstand voor haar. Zijn armen had hij wijd uitgestrekt als een engel. ‘Ik stond op het punt om te vertrekken.’

Ze liet van verbazing een kreetje ontsnappen. Hij was gekomen om haar te zien vóór het werk. Ze wist dat ze bloosde, haar wangen werden er warm van. Ze wuifde met een hand voor haar gezicht, dankbaar voor de koele lucht. ‘Ik ben te laat voor mijn werk,’ zei ze. ‘Ik kan nu niet praten.’

‘Ik dacht dat je wel een dag vrij kon nemen,’ zei hij. ‘Zeg dat je ziek bent of zo.’

‘Ik verlies mijn baan als ze er ooit achter komt.’

‘Dan krijg je wel weer een andere baan,’ zei hij, terwijl hij zijn schouders ophaalde. Stanislaus had nooit hoeven werken. Hij kon niet begrijpen hoe hard ze haar best had gedaan om te komen waar ze was. Ada Vaughan, uit Lambeth, die werkte met een modiste in Mayfair. ‘Hoe zal ze erachter komen?’

Hij deed een stap naar voren, nam haar kin in zijn hand en liet zijn lippen over die van haar glijden. Zijn aanraking was zo licht als een veertje, zijn vingers voelden warm en droog aan op haar gezicht. Ze boog zich naar hem toe, ze kon het niet helpen. Het was alsof hij een magneet was en zij stukjes ijzervijlsel.

‘Het is een prachtige dag, Ada. Veel te mooi om binnen opgesloten te zitten. Je moet een beetje leren leven. Dat is wat ik altijd zeg.’ Ze rook aftershave op zijn wangen, fris als citroen. ‘Je bent al te laat. Waarom zou je nog gaan?’

Mevrouw B. was een pietje-precies. Over tien minuten zou ze de helft van het loon voor die dag inhouden. Ada kon zich niet veroorloven zoveel geld te verliezen. Er stond een picknickmand op de stoep naast Stanislaus. Hij had het allemaal gepland.

‘Waar had je in gedachten?’

‘Richmond Park,’ zei hij. ‘We maken er een dagje uit van.’

De hele dag. Alleen zij tweetjes.

'Wat moet ik tegen haar zeggen?' vroeg Ada.

'Verstandskies,' zei Stanislaus. 'Dat is altijd een goede. Daarom zijn er zoveel tandartsen in Wenen.'

'Wat heeft dat er nou mee te maken?'

'Het is een kwaal voor rijkelui.'

Dat moest ze onthouden. Rijkelui hadden verstandskiezen. Mensen die 'iemand' waren hadden verstandskiezen.

'Nou,' zei ze aarzelend. Ze was toch al een halve dag loon kwijt. 'Oké dan.' Als ze dan toch moest hangen, kon ze maar beter iets uithalen waardoor ze de straf echt verdiende.

'Zo ken ik je weer.' Hij pakte de picknickmand met zijn ene hand op en legde zijn andere om haar middel.

Ze was nog nooit in Richmond Park geweest, maar dat kon ze hem niet vertellen. Hij was ontwikkeld, bereisd. Hij had de vrouwen voor het uitkiezen: welgemanierde vrouwen uit de betere kringen, zoals de debutantes voor wie ze kleren maakte die hen flatteerden en die ervoor zorgden dat mevrouw B.'s modehuis bestaansrecht had. De hekken van het park met de sierlijke spijlen rezen voor haar op. Iets lager zag ze de rivier kronkelen tussen de welig tierende groene bossen en in de verte zag ze hoe de stoffige heuvels van Berkshire zilverkleurig afstaken tegen de lucht. De zon stond al hoog en de warme stralen omarmden haar alsof ze de enige persoon ter wereld was, de enige die telde.

Ze gingen het park binnen. Londen lag aan hun voeten, de St. Paul's en de City vormden slechts een onduidelijk silhouet. De grond was droog, de paden zaten vol scheuren en waren hobbelig. Oude eiken met gespleten stammen en kastanjes vol bloesemtoortsen rezen op als een fort vanuit de weelderige grasvelden en frisgroene, stekelige adelaarsvarens. De lucht was gevuld met een zoetige, weeë geur. Ada trok haar neus op.

'Dat is de geur van bomen die de liefde bedrijven,' zei Stanislaus.

Ada sloeg haar hand voor haar mond. De liefde bedrijven. Niemand die ze kende sprak over dat soort dingen. Misschien had haar moeder gelijk. Hij had haar hier niet voor niets mee naartoe genomen. Hij was snel. Hij lachte.

'Dat wist je niet, hè? Wilde kastanjes hebben mannelijke en vrouwelijke bloemen. Ik denk dat het de vrouwelijke zijn die die geur afgeven. Wat denk jij?'

Ada haalde haar schouders op. Ze kon die opmerking maar beter negeren.

'Ik vind kastanjes lekker,' ging hij verder. 'Gepofte kastanjes op een koude, winterse dag. Ongeëvenaard.'

'Ja.' Ze bevond zich weer op veilig gebied. 'Ik vind ze ook lekker. Wilde kastanjes en zo.'

En zo. Hoe gewoontjes.

'Dit is een andere soort kastanje,' zei hij.

Hoe moest Ada dat weten? Er viel nog zoveel te leren. Had hij gemerkt hoe onwetend ze was? Hij liet het niet merken. Een echte heer.

'Hier gaan we zitten, bij de vijver.' Hij zette de picknickmand neer en haalde er een laken uit. Hij wapperde het omhoog, zodat het laken opbolde waardoor het op een vliegende zwaan leek voordat het op de grond viel. Als ze had geweten dat ze op de grond moest zitten, had ze haar zomerjurk met de wijde rok aangedaan, zodat ze genoeg stof had om over zich heen te draperen en er niets te zien viel. Ze liet zich zakken, trok haar knieën bij elkaar, boog ze naar opzij en trok haar jurk zo ver mogelijk naar beneden.

'Zoals het een dame betaamt,' zei Stanislaus. 'Maar dat is wat je bent, Ada, een echte dame.' Hij schonk twee bekers vol gemberbier, gaf er een aan haar en ging zitten. 'Een mooie dame.'

Niemand had haar ooit mooi genoemd. Maar ja, ze had ook nog nooit eerder een vriendje gehad. Vriendje. Stanislaus was een man. Volwassen, ervaren. Ze schatte dat hij minstens dertig was. Misschien wel ouder. Hij reikte naar voren en gaf Ada een bord en een doekje. Er was een echt woord voor doekje, maar Ada was het vergeten. Dat soort dingen gebruikten ze niet in Theed Street. Hij haalde een stuk kip – wat een luxe –, een paar verse tomaten en een klein peper-en-zoutstel tevoorschijn.

'Bon appétit,' zei hij glimlachend.

Ada wist niet precies hoe ze de kip kon eten zonder dat er vet op haar gezicht kwam. Dit was allemaal nieuw voor haar. Picknicken. Ze plukte aan de kip, trok er reepjes vlees van af en stopte ze in haar mond.

'Je ziet eruit als een plaatje,' zei Stanislaus. 'Ingetogen. Als een van die modellen in *Vogue*.'

Ada bloosde weer. Ze wreef over haar nek, en hoopte zo dat de kleur zou verdwijnen en dat Stanislaus het niet zag. 'Dank je,' zei ze.

'Nee,' ging Stanislaus verder, 'ik meen het. Zodra ik je zag, wist ik dat je klasse had. Alles aan je straalt dat uit. Hoe je eruitziet, de manier waarop je je beweegt, de manier waarop je je kleedt. Chic. Origineel. Toen je me vertelde dat je kleding maakt: wauw! Je zult het ver schoppen, Ada, geloof me.'

Hij leunde op een elleboog, strekte zijn benen voor zich uit, plukte een grasspriet en kriebelde ermee over haar blote been. 'Weet je waar jij thuishoort?' zei hij.

Ze schudde haar hoofd. Het gras kriebelde. Ze verlangde ernaar dat hij haar weer zou aanraken, zijn vinger over haar huid zou laten glijden, dat hij haar een vluchtige kus zou geven.

'Jij hoort thuis in Parijs. Ik zie zo voor me hoe jij daar over de boulevard flaneert en de hoofden van de mensen doet omdraaien.'

Parijs. Hoe had Stanislaus dat geraden? Modehuis Vaughan. Mevrouw B. zei dat *maison* Frans was voor huis. Maison Vaughan.

'Ik zou graag naar Parijs willen,' zei Ada. 'Een echte modiste zijn. Een couturier.'

'Nou, Ada,' zei hij. 'Ik houd van dromers. We moeten eens zien wat we daaraan kunnen doen.'

Ada beet op haar lip om een kreet van opwinding te onderdrukken.

Hij kwam omhoog en sloeg zijn armen om zijn benen. Hij tilde een arm op en wees in de richting van de hoge varens rechts. 'Kijk.' Hij sprak fluisterend. 'Een mannetjeshert. Een grote.'

Ada volgde zijn blik. Het duurde even, maar toen zag ze het met zijn kop trots boven de varens uit. De verse knoppen van de hoorns op zijn gewei waren goed te zien.

'Ze groeien aan in de lente,' zei hij. 'Een hoorn voor elk jaar. Die daar zal er zo'n tien hebben tegen het eind van de zomer.'

'Dat heb ik nooit geweten,' zei Ada.

'Een beetje een einzelgänger in deze tijd van het jaar,' ging Stanislaus verder. 'Maar als de herfst aanbreekt, zorgt hij voor een harem. Vecht de competitie van zich af. Zorgt ervoor dat ie alle vrouwtjes voor zichzelf heeft.'

'Dat klinkt niet erg netjes,' zei Ada. 'Ik zou mijn echtgenoot niet willen delen.'

Stanislaus keek haar van opzij aan. Ze wist toen dat het dom was om dit te zeggen. Stanislaus, man van de wereld, met zijn tante die veelvuldig getrouwd was geweest.

'Het gaat niet om de vrouwen,' zei hij. 'Het draait allemaal om de mannen, de sterkste overwint, dat is waar het om gaat.'

Ada wist niet zeker wat hij bedoelde.

'Verstandskies,' zei Ada.

Mevrouw B. trok een geverfde wenkbrauw op. 'Verstandskies?' zei ze. 'Neem me niet in de maling.'

'Dat doe ik niet.'

'Ik ben niet van gisteren,' zei mevrouw B. 'Je was niet de enige die zich drukte. Mooie zomerse dag. Ik heb tegen Avril gezegd dat ze niet meer terug hoeft te komen.'

Ada slikte. Ze had zich nooit moeten laten overhalen door Stanislaus. Mevrouw B. zou haar ontslaan. Ze zou geen werk hebben. Hoe moest ze dat aan haar moeder vertellen? Ze zou vandaag nog een andere baan moeten vinden. Weet je, moeder? Ik ben van baan veranderd. Ze zou uiteraard moeten liegen. Mevrouw B. had niet genoeg werk voor me.

'Je wist dat er grote orders binnenkwamen. Je hebt me lelijk in de steek gelaten.'

'Het spijt me,' zei Ada. Ze hield haar hand tegen haar wang zoals Stanislaus had gedaan en ze herinnerde zich de koele tederheid van zijn aanraking. Blijf bij je smoes. 'Het was opgezwollen. Het deed te veel pijn.'

Mevrouw B. schraapte haar keel. 'Als het een van de andere meiden was geweest, zou je er nu uit vliegen. Het is slechts omdat je goed bent en ik je nodig heb. Daarom laat ik je blijven.'

Ada liet haar hand zakken. 'Dank u wel,' zei ze. Haar lichaam ontspande van opluchting. 'Het spijt me heel erg. Ik wilde u niet in de steek laten. Het zal niet weer gebeuren.'

'Als het nog eens gebeurt,' zei mevrouw B., 'is er geen tweede kans. En nu, terug aan het werk.'

Ada liep naar de deur van mevrouw B.'s kantoor en legde haar hand op de deurkruk.

'Je bent echt goed, Ada,' zei mevrouw B. Ada draaide zich om om haar aan te kijken. 'Je hebt zoveel talent. Vergooi je kansen niet door een man.'

Ada slikte en knikte.

'De volgende keer ben ik niet zo tolerant,' voegde mevrouw B. eraan toe.

'Dank u wel,' zei Ada glimlachend.

*

Ada strekte haar slanke vingers, nam een sigaret en stak hem tussen haar lippen. Haar benen had ze over elkaar geslagen en om elkaar gestrengeld als de kabels van een touw. Ze inhaleerde, boog lichtjes haar hoofd, een glimlach van een heilige om haar lippen, en ze keek toe hoe de rookslierten uit haar neusgaten kringelden. Ze boog zich naar voren en pakte haar glas martini. De Grill Room. Pluchen rode stoelen, goudkleurige plafonds. Ze wierp een blik in de spiegels en zag zichzelf en Stanislaus duizend keer weerspiegeld. Ze werden andere mensen in de oneindigheid van het glas, een man in een elegant pak en een vrouw in fuchsia.

'Je bent erg mooi,' zei Stanislaus.

'Is dat zo?' Ada hoopte dat ze nonchalant klonk, een ander woord dat ze had opgepikt bij mevrouw B.

'Je kunt een man het hoofd op hol brengen.'

Ze zette haar benen naast elkaar, boog zich naar voren en klopte op zijn knie. 'Gedraag je.'

Een bliksemromance, zo noemde *Woman's Own* het. Een wervelwind van liefde die haar mee had gesleurd. Ze aanbad Stanislaus. 'We hebben iets te vieren,' zei ze.

'O?'

'Het is 14 juli. Drie maanden.' Ada knikte. 'Drie maanden geleden kwam ik je, in de stromende regen, op die dag in april tegen.'

'Vieren?' zei Stanislaus. Hij glimlachte, zijn mond in een scheve grijns. Ada kende die blik. Hij dacht na. 'Dan moeten we ergens naartoe om het te vieren. Een romantische plek. Parijs. *Paris*.'

Parijs. Paris. Ze wilde heel graag Parijs zien. Ze had er sinds die dag in Richmond Park steeds aan gedacht.

'Wat vind je ervan?'

Ze had nooit gedacht dat hij zo snel zou voorstellen om ergens naartoe te gaan. Niet nu, nu er gesproken werd over Hitler en schuilkelders. 'Maar er komt toch een oorlog aan?' zei ze. 'Misschien moeten we even wachten.'

'Oorlog?' Hij schudde zijn hoofd. 'Er komt geen oorlog. Dat

zijn slechts kletspraatjes. Hitler heeft gekregen wat hij wilde. Hij heeft zijn stukken van Duitsland opgeëist. Hij is niet inhalig. Geloof me.'

Dat was niet wat haar vader had gezegd, maar Stanislaus had gestudeerd. Hij zou zeker meer weten.

'Je zei dat je wilde gaan,' ging Stanislaus verder. 'Je kunt dan echte Franse kleding zien. Ideeën opdoen. Ze hier uitproberen. Je kunt zo al snel zelf naam maken.'

Ada deed haar mond open om iets te zeggen, maar kon geen woord uitbrengen. Ze beet op haar lip en knikte, terwijl ze in haar hoofd snel haar mogelijkheden berekende. Haar ouders zouden haar nooit naar Parijs laten gaan, niet met al dat gepraat over de oorlog, laat staan dat ze haar zouden laten gaan met een man. Ze wisten dat ze verkering had, maar dan nog. Ze wist dat ze een buitenlander niet aardig zouden vinden. Ze vertelde hun dat hij haar elke avond thuisbracht en ervoor zorgde dat ze veilig thuiskwam. Ze zei tegen hem dat haar ouders invalide waren en geen bezoek wilden hebben. Ze zou niet naar het werk kunnen en een excuus moeten verzinnen voor haar afwezigheid, anders zou ze ontslagen worden. Wat moest ze tegen mevrouw B. zeggen?

'Heb je een paspoort?' vroeg Stanislaus.

Een paspoort. 'Nee,' zei ze. 'Hoe kom ik daaraan?'

'Dit is niet mijn land.' Stanislaus glimlachte. 'Maar mijn Engelse vrienden vertellen me dat er een kantoor is dat ze uitgeeft, op Petty France.'

'Ik ga er morgen heen,' zei Ada, 'tijdens de lunch. Ik ga er meteen een halen. Zul je op me wachten?' Ze zou tegen haar ouders zeggen dat mevrouw B. haar naar Parijs stuurde om naar de collecties te kijken en stof te kopen. Ze zou aan mevrouw B. vragen of ze haar dat echt wilde laten doen.

Maar de man op Petty France zei dat ze een foto nodig had en haar geboortebewijs, en omdat hij zag dat ze jonger dan eenentwintig was, vertelde hij haar ook dat haar vader het formulier moest ondertekenen. Ze konden een paspoort in vierentwintig uur uitgeven, maar alleen in geval van nood. Anders moest ze zes weken wachten.

'Maar,' voegde hij eraan toe, 'we raden het af om nu naar het buitenland te reizen, mejuffrouw, zeker naar Europa. Er komt oorlog aan.'

Oorlog. Dat was het enige waar iedereen het over had. Stanislaus had het nooit over oorlog, en daarom hield ze van hem. Hij bezorgde haar een goede tijd.

'Ik kan me niet druk maken over iets wat er niet is.'

De man fronste zijn voorhoofd, schudde zijn hoofd en trok een wenkbrauw op. Misschien was ze een beetje dom. Maar zelfs als er een oorlog uit zou breken, dan zou dat nog maanden duren.

Ze snoof en stopte de papieren in haar handtas. Ze kon niet aan haar vader vragen het formulier te ondertekenen. Dan zou het niet doorgaan. Ze had Stanislaus nooit verteld hoe oud ze was en hij had het haar nooit gevraagd. Maar als hij wist dat ze minderjarig was, zou hij misschien koudwatervrees krijgen en zijn interesse in haar verliezen. Ze was een vrije geest, had hij gezegd. Dat had hij toen ze elkaar hadden leren kennen meteen al opgemerkt. Wat had ze anders kunnen zeggen?

De oplossing werd haar die middag in de schoot geworpen, toen ze toekeek hoe mevrouw B. een rekening opmaakte voor Lady MacNeice. Ada's vader schreef langzaam en voorzichtig, en hij verbond de stokken en staarten van zijn letters met sierlijke krullen aan elkaar. Ada was altijd betoverd door de manier waarop hij schreef en toen ze jong was had ze geprobeerd zijn handschrift na te doen. Het was een handschrift dat gemakkelijk na te maken was en de man op Petty France zou er niets van merken. Ze wist dat het verkeerd was, maar wat moest ze anders? Ze zou morgen in haar lunchpauze foto's laten maken. Er zat een fotograaf in Haymarket. Het zou dan klaar zijn in het weekend. Ze kon op zaterdag naar de openbare bibliotheek gaan, het formulier invullen en het maandag persoonlijk afleveren. Het zou in een paar weken klaar zijn.

'Dan moet het het Lutetia worden,' zei Stanislaus. 'Er is gewoon geen ander hotel. Saint-Germain-des-Prés.' Hij kneep in haar hand. 'Heb je weleens op een boot gevaren?'

'Alleen op de rivier.' Dat was de Woolwich-veerboot geweest.

'Maak je geen zorgen,' zei hij. 'Augustus is een goede maand om te varen. Geen storm.'

*

Ada had het allemaal uitgedacht. Ze zou het aan haar ouders moeten vertellen, maar dat zou ze pas doen als ze al weg was. Ze zou hun een ansichtkaart uit Parijs sturen, zodat ze niet de politie zouden bellen en haar als vermist zouden opgeven. Ze zou de wind van voren krijgen als ze terugkwam, maar tegen die tijd zouden Stanislaus en zij naar alle waarschijnlijkheid al verloofd zijn. Ze zou mevrouw B. vertellen dat ze op vakantie ging naar Parijs en dat ze voor haar wat staaltjes van stoffen, wat *tissus*, zou meenemen. Ze zou het in het Frans zeggen. Mevrouw B. zou dankbaar zijn en haar vertellen waar ze langs moest gaan. Dat is aardig van je, mademoiselle, dat je je vakantie daar voor opgeeft. Het zou haar wat te doen geven in Parijs en ze kon ideeën opdoen. In de tussentijd zou ze de kleren die ze mee naar Parijs wilde nemen een voor een naar haar werk brengen. Ze nam soms boterhammen in een boodschappentasje mee voor de lunch. Het was zomer en de jurken en rokken waren van licht materiaal, rayon of batist. Ze wist hoe ze ze moest opvouwen zodat ze niet zouden kreuken of veel ruimte innamen. Ze zou alles in haar kastje op het werk bewaren, waarin ze haar jas in de winter ophing en waarin haar extra paar schoenen stond. Niemand keek daarin. Ze had een koffer nodig. Er waren er meer dan genoeg in de opbergruimte van mevrouw B. die nooit op slot zat. Ze zou er een lenen. Ze had de sleutels van de winkel. Ze zou vroeg komen en snel pakken. De bus naar Charing Cross nemen en op tijd zijn om Stanislaus bij de klok te ontmoeten.

'Parijs?' had mevrouw B. gezegd terwijl haar stem omhoogging. 'Weten je ouders ervan?'

'Natuurlijk,' had Ada gezegd. Ze had haar schouders opgehaald en haar handen gespreid. Natuurlijk.

'Maar er komt oorlog.'

'Dat gaat niet gebeuren,' zei Ada, hoewel ze net als iedereen het gejammer van de oefensirenes had gehoord, en ze had gezien hoe de schuilkelder in Kennington Park werd gebouwd. 'We willen geen oorlog. Hitler wil geen oorlog. De Russen willen geen oorlog.' Dat was wat Stanislaus zei. Hij kon het weten, toch? Bovendien, wanneer zou ze anders de kans krijgen om naar Parijs te gaan? Haar vader had een andere mening over de oorlog, maar het kon Ada niets schelen wat hij dacht. Hij dacht er zelfs over om zich aan te melden bij de Luchtbescherming (ARP) om het land te verdedigen. Verdedigen, hij herhaalde het, zodat Ada niet zou denken dat hij de imperialistische oorlog steunde. Hij luisterde nu zelfs als haar moeder hardop de nieuwste folder voorlas. Het is belangrijk te weten hoe je je gasmasker snel en op de juiste manier opzet...

'Maar ze gaan Londen evacueren,' zei mevrouw B. 'De kleine kinderen. Binnen een paar dagen. Het was op de radio.'

Drie van haar jongere broertjes en zusjes gingen ook, helemaal naar Cornwall. Moeder had dagenlang niets anders gedaan dan huilen en vader had door het huis gelopen met zijn hoofd in zijn handen. Pfff! dacht Ada. Dit waait wel over. Iedereen was zo pessimistisch. Ellendig. Ze zouden snel terug zijn. Waarom zou ze hierdoor haar kansen laten bederven? Parijs. Moeder zou bijdraaien. Ze zou iets moois voor haar kopen. Parfum. Echte parfum in een fles.

‘Ik kom terug,’ zei Ada. ‘In alle vroegte op dinsdagochtend.’ Verloofd. Ze had gedroomd over het aanzoek. Stanislaus op één knie. Mejuffrouw Vaughan, wil je me de eer schenken om... ‘We gaan slechts voor vijf dagen.’

‘Ik hoop dat je gelijk hebt,’ zei mevrouw B. ‘Maar als je mijn dochter was, zou ik je niet uit het oog verliezen. De oorlog kan elk moment uitbreken.’ Ze zwaaide met haar handen naar de grote glazen ramen van haar winkel die kriskras met plakband waren beplakt om hen te beschermen als het glas zou breken, en naar de verduisteringsgordijnen erboven.

‘En die chique man van je,’ voegde ze eraan toe, ‘aan welke kant staat hij?’

Ada had daar nooit over nagedacht. Ze had aangenomen dat hij aan hun kant stond. Hij woonde immers hier. Maar als hij Duits sprak, zou hij misschien voor Duitsland vechten, haar hier laten en terug naar huis gaan. Ze zou hem uiteraard volgen. Als ze gehuwd waren, zou ze trouw aan hem zijn, naast hem blijven staan, wat er ook gebeurde.

‘In de laatste oorlog nog,’ ging mevrouw B. verder, ‘sloten ze de Duitsers op, degenen die hier waren.’

‘Hij is niet echt een Duitser,’ zei Ada. ‘Hij spreekt het alleen.’

‘En waarom is hij hier?’

Ada haalde haar schouders op. ‘Hij vindt het hier prettig.’ Ze had het hem nooit gevraagd. Net zomin als ze hem had gevraagd wat hij deed voor zijn beroep. Het was niet nodig. Hij was een graaf. Maar als ze hem opsloten, dan zou dat niet zo erg zijn. Ze kon hem bezoeken en hij zou niet hoeven vechten. Hij zou niet doodgaan en de oorlog kon geen eeuwen duren.

‘Misschien is hij een spion,’ zei mevrouw B., ‘en ben jij zijn dekmantel.’

‘Als dat het geval is,’ zei Ada, en ze hoopte dat haar stem niet trilde, ‘is dat des te meer reden om me te vermaken.’

‘Tja,’ zei mevrouw B., ‘als je weet wat je doet...’ Ze grijnsde. ‘Trouwens, er zijn een paar plekken die je misschien wel wilt bezoeken als je in Parijs bent.' Ze trok een vel papier uit de la van haar bureau en begon te schrijven.

Ada nam het vel papier aan: *Rue d'Orsel, Place St. Pierre, Boulevard Barbès.*

'Ik ben al zo lang niet in Parijs geweest,' zei ze. Er lag een weemoedige klank in haar stem die Ada niet eerder had gehoord. 'Deze adressen zijn bijna allemaal in Montmartre, op de rechteroever.' Stanislaus had gesproken over de rivier de Seine. 'Dus wees voorzichtig.'

Hun hotel stond op de linkeroever, waar de kunstenaars woonden.

*

Charing Cross-station was een deinende massa zenuwachtige vrouwen en jankende kinderen, boze oude mensen, bezorgde mannen die op hun horloge keken, en verbijsterde jonge jongens in uniform. Het nationale reserveleger, gokte Ada, of reservisten. Matrozen en soldaten. Af en toe baande een ARP-vrijwilliger zich een weg door de meute. Blijf links. Mensen namen hen nu serieus, alsof ze echt werk deden. Er werd een trein naar Kent omgeroepen en de troepen bewogen zich vooruit, als een enorme menselijke naaktslak. Ada bleef staan, duwde terug tegen de stroom mensen, sloeg met haar koffer tegen de schenen van andere mensen. Kijk uit, juffrouw. De waanzin van het tafereel paste bij haar humeur. Stel dat hij er niet was? Stel dat ze hem had gemist? Ze besefte dat ze hem op geen enkele manier kon bereiken. Hij had geen telefoon. Hij woonde in Bayswater, maar ze wist het adres niet. Een vrouw met twee kinderen wurmde zich langs haar heen; een jongen in een korte grijze broek en een wit overhemd, een meisje in een geel, gesmokt jurkje. Eigenlijk, dacht Ada, wist ze erg weinig over Stanislaus. Ze wist niet eens hoe oud hij was. Hij was enig kind, had hij haar verteld. Allebei zijn ouders waren overleden, net zoals zijn tante die vaak getrouwd was. Ze wist niet waarom hij naar Engeland was gekomen. Misschien was hij een spion.

Dit was oerstom. Ze moest niet gaan. Ze kende hem amper. Haar moeder had haar gewaarschuwd. Blankeslavinnenhandel. Ze staken een naald in je zodat je flauwviel en wakker werd in een harem. En al deze mensen. Soldaten. ARP. Er kwam echt oorlog aan. Stanislaus had het bij het verkeerde eind. Misschien was hij wel een spion. De vijand. Ze moest niet gaan.

Ze zag hem staan. Hij leunde tegen een pilaar in een marineblauwe blazer, een witte lange broek en leren schoenen. Ze haalde diep adem. Hij had haar niet gezien. Ze kon zich omkeren en naar huis gaan. Er was nog tijd.

Maar toen zag hij haar, hij grijnsde, pakte zijn tas op en hing deze aan zijn schouder. Een spion. Ada kreeg een rood hoofd. Ze keek toe hoe hij zich naar haar toe bewoog. Het zou goed zijn. Alles zou in orde komen. Hij was een knappe man, ondanks zijn bril. Een eerlijke man, dat kon iedereen zien. Ook een man met middelen. Niets om je zorgen over te maken. Dom van haar. Hij lachte breed. Hij liep sneller, was blij om haar te zien. Dit alles, Parijs, dat overkwam háár, Ada Vaughan, uit Theed Street, Lambeth, vlak bij de Peabody-gebouwen.

*

Op Gare du Nord stond dezelfde zwetende meute als op Charing Cross, alleen was het in het station warmer en benauwder. En de menigte was luidruchtiger en weerspanniger. Ada stond als verlamd. Waarom gaan ze niet in een rij staan? Waarom schreeuwen ze? Ze was ook moe van de reis. Ze had de nacht ervoor niet geslapen en er was geen enkele stoel meer vrij geweest in de trein naar Dover. De oversteek had haar misselijk gemaakt en het feit dat de witte kliffen langzaam een vage streep land werden, had haar meer van haar stuk gebracht dan ze had verwacht. Ongerustheid klopte in haar hoofd. Stel dat er oorlog kwam? Stel dat ze hier vast kwamen te zitten? Ze kon de rollen prikkeldraad op het strand niet negeren, klaar om de vijand te vangen en hem in stukken te trekken. De hongerige meeuwen zweefden boven de verlaten kiezels en groepen robben lagen te wachten op een stukje vlees. De slagschepen in het Kanaal. Torpedojagers noemde Stanislaus ze, drijvende kolossen van metaal, grijs als het water.

Toen had Stanislaus haar een ring gegeven.

'Ik hoop dat hij past.' Hij schoof hem aan haar middelvinger. Een gouden trouwring. Niet echt goud, dat kon Ada in één oogopslag zien.

'Je kunt hem maar beter dragen,' zei hij. Ze had zich een heel ander huwelijksaanzoek voorgesteld, en bovendien was dit geen aanzoek. Haar maag trok samen en ze leunde over de reling van het schip.

'Ik heb de kamer geboekt onder de naam van de heer en mevrouw Von Lieben.'

'Dé kamer?' Haar stem klonk zwak.

'Natuurlijk. Wat dacht je dan?'

Ze was niet zo'n soort meisje. Wist hij dat niet? Ze wilde zichzelf bewaren voor hun huwelijksnacht. Hij zou haar anders niet respecteren. Maar ze kon niet weglopen. Ze had geen geld. Hij betaalde voor alles, uiteraard verwachtte hij iets terug. Mevrouw B. had daar al op gezinspeeld.

Stanislaus lachte. 'Wat is er?'

Ze leunde over de reling van het schip in de hoop dat de bries de paniek die in haar hoofd zat als een kanonskogel zou wegblazen. Ze was hier niet klaar voor. Ze dacht dat hij een echte heer was. Die gezelschapsvrouwen, die hadden allemaal losse zeden. Dat was wat haar vader altijd zei. Stanislaus dacht dat ze een van hen was. Zag hij niet dat het allemaal schijn was? De manier waarop ze zich kleedde, de manier waarop ze sprak. Alles was maar schijn. Ze haalde diep adem en voelde zich beter toen de zoute lucht haar longen binnendrong. Stanislaus sloeg zijn arm om haar schouders. Vrije geest. Hij trok haar naar zich toe, pakte haar hoofd tussen zijn handen en kuste haar.

Misschien was dit wat ervoor nodig was om een vrouw te worden.

*

De hoteleigenaar verontschuldigde zich. Ze hadden het erg druk met al die kunstenaars en muzikanten, vluchtelingen, u weet hoe dat gaat, monsieur, madame... De kamer was klein. Er stonden twee eenpersoonsbedden waar een sprei met ruches op lag. Twee bedden. Wat een opluchting. Naast de slaapkamer was een badkamer met zwarte en witte tegels en een wc die je kon doortrekken. De kamer had een klein balkon vanwaar je uitkeek over Parijs. Ada kon de Eiffeltoren zien.

'sNachts was het in Parijs net zo donker als in Londen. Overdag was de zon heet en de lucht helder. Ze wandelden over de boulevards en pleinen, en Ada probeerde geen aandacht te schenken aan de zandzakken of het luidruchtige, nerveuze gelach van de klanten op de terrassen van de cafés, of de jonge soldaten in hun geelbruine uniform en singelband. Ze werd verliefd op de stad. Ze was al verliefd op Stanislaus. Ada Vaughan, hier in Parijs, liep over straat met een buitenlandse graaf.

Hij hield haar hand vast of stak zijn arm door de hare, zodat iedereen kon zien dat zij zijn meisje was, en tegen haar zei hij: 'Ik ben de gelukkigste man ter wereld.'

'En ik ben de gelukkigste vrouw.'

Een vlinderzachte kus. Ze sliepen in aparte bedden.

Linkeroever. Rechteroever. Montmartre. Rue d'Orsel, Place St. Pierre, Boulevard Barbès. Ada liet de zijden stoffen over haar wang glijden, hield de zachte charmeuse tegen haar huid en streelde de fluwelen stapels stof. Stanislaus bracht wat moiré voor haar mee met een frisse, lichtgroene kleur die de monsieur chartreuse had genoemd. Die avond sloeg Ada de stof in de lengte over haar borsten, drapeerde de zijde om haar benen en zette het geheel vast met een strik om haar middel. Haar blote schouderbladen gaven de hoeken van haar lichaam aan. In de badkamerspiegel kon ze zien dat ieders ogen zouden worden getrokken naar haar lange rug en zouden blijven rusten op de zachte ronding van haar heupen.

'Dat,' zei Stanislaus, 'is geniaal.' En hij bestelde twee cognac-chartreuse cocktails om het te vieren.

Ada keek verlangend naar het Chanel-atelier in Rue Cambon.

'Een beetje een ruwe diamant, dat was ze,' zei Stanislaus. Soms was zijn Engels zo goed dat Ada vergat dat hij een buitenlander was. 'Begon in de goot.'

Hij bedoelde het niet onvriendelijk, en het verhaal dat Stanislaus vertelde gaf Ada moed. Arm meisje dat het maakte tegen alle verwachtingen in.

'Bedenk wel,' zei Stanislaus, en hij knipoogde, 'ze had een paar mannelijke bewonderaars die haar op weg hielpen met haar zaak.'

Een onderscheidende stijl. Een kenmerk, dacht ze, dat is het woord. Zoals Chanel. Een kenmerk, iets wat ervoor zou zorgen dat Modehuis Vaughan opviel. En ook de hulp van een bewonderaar, mocht dat nodig zijn.

'Parijs,' zei ze tegen Stanislaus, terwijl ze gearmd terugliepen door Jardin du Luxembourg, 'is voor mij gemaakt.'

'Dan moeten we blijven,' zei Stanislaus, en hij kuste haar weer lichtjes. Ze wilde het uitschreeuwen: ja, voor altijd.

*

Op hun laatste ochtend werden ze gewekt door sirenes. Heel even dacht Ada dat ze terug was in Londen. Stanislaus stapte uit bed, opende de metalen luiken en liep het balkon op. Een streep daglicht verlichtte het tapijt en het voeteneind van haar bed, en Ada kon door de open deuren zien dat de blauwe lucht niet langer fris en helder was. Ze hadden zich verslapen.

'Het is erg stil buiten,' riep Stanislaus van buiten. 'Onnatuurlijk.' Hij kwam weer naar binnen. 'Misschien is het nu echt begonnen.'

'Nou, we vertrekken vandaag.'

Ze gingen naar huis en Stanislaus had geen huwelijksaanzoek gedaan noch had hij misbruik van haar gemaakt. Dat zou niets uitmaken als ze het haar ouders moest vertellen. Ze zou liegen. Ze had het helemaal uitgedacht. Mevrouw B. had haar naar Parijs gestuurd met een van de andere meisjes, voor het werk. Ze hadden een kamer gedeeld. Het hotel was megachic.

'Sta op,' zei Stanislaus. Zijn stem klonk afgemeten, geërgerd. Hij was zijn kleren aan het aantrekken. Ada zwaaide haar benen over de rand van het bed.

'Wacht hier,' zei hij. Ze hoorde hem het slot openmaken en de deur achter zich dichttrekken. Ze slenterde de badkamer binnen, draaide aan de kranen en keek toe hoe het stomende water in het bad wervelde en het badzout dat ze erin had gestrooid deed oplossen. Hoe kon ze terug naar huis gaan waar er alleen een zinken kuip in de keuken was? Eén keer per week een wasbeurt met een stuk huishoudzeep.

Er ging een uur voorbij. Het water koelde af. Ada ging rechtop zitten en het water sloeg over de rand van het bad en kwam op de kurken mat terecht. Ze stapte uit bad, reikte naar de handdoek, wikkelde zichzelf in de badstof en genoot voor de laatste keer van de zachte plukjes katoen. Parijs. Ik zal terugkeren. Frans leren. Het zou niet lang duren. Ze had al een paar woordjes opgepikt, *merci, s'il vous plaît, au revoir.*

Ze liep de slaapkamer binnen en trok haar slipje en onderrok aan. Ze moest voor een geschikte uitzet zorgen voor als zij en Stanislaus getrouwd waren. Hij zou het natuurlijk moeten betalen. Met haar salaris kon ze zich amper een onderbroek veroorloven. Ze zou een paar onderjurken kopen en een negligé. Slechts drie dagen in Parijs en ze kende al een hoop woorden. Ze wierp een blik op de wekker. Stanislaus was al een hele tijd weg. Ze deed de deuren van de kledingkast wijd open. Ze zou vandaag de diagonaal gestreepte jurk met de pofmouwtjes en de strik om haar hals dragen. Het had haar tot waanzin gedreven om alle strepen op elkaar te laten aansluiten, erg zonde van de stof, maar het was het waard. Ze keek naar zichzelf in de spiegel. De schuine strepen, donkergroen en wit, volgden haar lichaamsvormen, zo lichtvoetig als een kat. Ze zoog haar wangen naar binnen, zag er verleidelijker uit. Ze was dankbaar dat Stanislaus de kamer verliet als ze zich 's ochtends aankleedde, of zich 's avonds uitkleedde. Een echte heer.

Er klonk een zacht klopje op de deur – hun teken – maar Stanislaus stampte de kamer binnen zonder op haar antwoord te wachten. 'Er komt oorlog.' Zijn gezicht was asgrauw en betrokken.

Haar lichaam werd koud, klam, hoewel het in de kamer warm was. Het was niet de bedoeling dat er oorlog zou komen. 'Is het afgekondigd?'

'Nog niet,' zei Stanislaus. 'Maar de officieren die ik sprak in het hotel, vertelden me dat ze gemobiliseerd waren. Ze staan klaar. Hitler is Polen binnengevallen.'

De toon waarop hij het zei, had Ada nog nooit eerder gehoord.

Oorlog. Ze had het gesprek erover van zich afgeslagen alsof het een wesp was. Maar de oorlog speelde al haar hele leven een rol en ze had leren leven met zijn gemene steken. Het was de enige keer dat haar vader huilde, elk jaar in november, slappe vilthoed en begrafenisjas, de woorden bleven steken in de nevelen van de herinnering, zijn lange lichaam ineengekrompen. Hij zong een lied voor zijn broer, die gevallen was in de Grote Oorlog. Hij was dapper genoeg om te sterven, maar ze gaven hem slechts de Militaire Medaille, was niet eens goed genoeg voor dat verdomde Kruis. Hij was slechts zeventien jaar geweest. O, God, onze steun in vroegere tijden...

Oorlog. Haar moeder bad voor Ada's andere ooms die ze nooit had gekend, die waren opgeslokt door de hongerige muilen van Ieper of van de Somme, vermist en waarschijnlijk dood, begraven in de modder van de slagvelden. Een hele generatie jonge mannen, weg. Dat was waarom tante Lily nooit getrouwd was en tante Vi het klooster in ging. Het was de enige keer dat haar moeder vloekte. Zo'n verdomde verspilling. En waarvoor? Ada kon zich geen ergere manier voorstellen om dood te gaan dan te verdrinken in een moeras.

'We moeten naar huis,' zei ze. Haar gedachten gingen razendsnel en ze hoorde hoe haar stem brak. Oorlog. Het was plotseling echt. 'Vandaag. We moeten mijn ouders op de hoogte brengen.' Ze hoopte dat ze haar ansichtkaart nog niet hadden gehad. Ze zouden zich doodongerust maken.

'Ik heb hun een telegram gestuurd,' zei Stanislaus, 'toen ik beneden was.'

'Een telegram?' Telegrammen werden alleen bezorgd als er iemand was overleden. Ze zouden buiten zichzelf zijn als ze het ontvingen.

'Ze zijn invalide,' zei Stanislaus, 'ze moeten weten dat je veilig bent.'

Ze was vergeten dat ze hem dat had verteld. Natuurlijk.

'Dat was' – ze zocht naar het woord – 'dat was erg aardig van je. Attent.'

Ze was geraakt. Stanislaus had te midden van dit alles eerst aan haar gedacht. En haar ouders. Ze voelde zich nu slecht. Ze had hem verteld dat ze aan huis gebonden waren. Ze had misschien zelfs gezegd dat ze bedlegerig waren. Ze zat nu echt in de problemen als ze thuiskwam. Al die leugens.

'Ik heb het naar mevrouw B. gestuurd. Het telegram. Ik had je adres niet. Zij kan het aan je ouders vertellen. Ik hoop dat

dat in orde is,' zei Stanislaus en voordat ze kon antwoorden, voegde hij eraan toe: 'Wie zorgt er voor hen? Ik hoop dat je hen in veilige handen hebt achtergelaten.'

Ze knikte, maar hij keek haar afkeurend aan.

Ze pakten in stilte hun koffers. Officieren in blauwe uniformen liepen rond in de hotellobby. Er waren ook soldaten. Ada had er nog nooit zoveel gezien. De andere gasten, Ada herkende velen van hen van het restaurant, stonden in groepjes te discussiëren of leunden al zwaaiend en schreeuwend tegen de balie van de receptie. Ada was zich bewust van de muskusgeur van ongeruste mannen, stuiterend van de adrenaline.

'Kom mee.' Stanislaus nam haar tas. Ze baanden zich een weg door de overvolle lobby, door de draaideuren naar buiten.

'Gare du Nord,' zei hij tegen de piccolo, die floot voor een taxi. De eens verlaten straat met de angstaanjagende stilte was nu een en al herrie, van zich haastende mensen en donderend verkeer. Er waren geen taxi's te bekennen. Ada had geen idee hoe ver het was naar het station. Ze voelde hoe zich een strakke band om haar hoofd vormde. Stel nu dat ze hier in Frankrijk vastzaten? Niet meer naar huis konden? Eindelijk kwam er een taxi in zicht en de piccolo zorgde ervoor dat zij hem kregen.

'Je hebt niet betaald,' zei ze tegen Stanislaus toen ze wegreden.

'Ik heb dat eerder geregeld,' zei hij. 'Toen ik het telegram verzond.' Ze deed haar ogen dicht.

Een massieve muur van mensen vulde de straat; mannen, vrouwen en kinderen, jong en oud, soldaten, politieagenten. De meesten van hen droegen koffers of rugzakken en ze gingen allemaal in dezelfde richting, naar Gare du Nord. De mensen waren stil, op het gejengel van een baby na, die in een grote kinderwagen lag waarop de tassen hoog lagen opgestapeld, en het geschreeuw van de politie. *Attention! Prenez garde!* Niemand kon voor- of achteruit. Heel Parijs was op de vlucht.

Ze moesten de laatste kilometer lopen. De chauffeur had de taxi stilgezet, zijn schouders opgehaald en het portier opengedaan met een '*C'est impossible*'.

'Het is hopeloos,' zei Ada. 'Is er een andere manier?' De mensenmenigte verzamelde zich nu achter hen. Ada keek snel naar een zijstraat, maar zag dat het daar net zo vol stond met mensen als op de hoofdweg.

'Wat moeten we doen?'

Stanislaus dacht even na. 'We wachten tot de menigte weg is,' zei hij. 'De mensen zijn slechts in paniek geraakt. Je weet hoe die Zuid-Europese types zijn.' Hij probeerde te glimlachen. 'Snel opgewonden. Emotioneel.'

Hij gebruikte hun tassen als ram om zich een pad naar de zijkant te banen. 'We bestellen koffie,' kondigde hij aan. 'Eten wat. En dan proberen we het later. Maak je geen zorgen, beste meid.'

Ada had liever een kop thee, sterk met twee klontjes suiker. Koffie was oké als er genoeg melk in zat, maar Ada wist niet of ze er ooit aan zou wennen. Ver bij het station vandaan was de menigte eindelijk uitgedund. Ze vonden een klein café aan de Boulevard Barbès met tafels en stoelen op het terras buiten.

'Dit is waar we waren,' zei Ada, wijzend, 'toen ik stof kocht. Precies daar.'

Stanislaus zat op de punt van zijn stoel, haalde zijn sigaretten tevoorschijn en stak er een op zonder Ada er eentje aan te bieden. Ze kon zien dat hij met zijn gedachten ergens anders was, terwijl hij de as op de stoep aftikte en korte, chagrijnige trekjes nam. Hij maakte zijn sigaret uit en stak meteen een andere op.

'Het komt in orde.' Ada wilde hem geruststellen. 'We komen weg. Maak je geen zorgen.'

Ze legde haar hand op zijn arm, maar hij schudde hem af.

De ober serveerde de koffie. Stanislaus goot er suiker in en roerde zo hard dat de koffie op het schoteltje terechtkwam. Ze zag de spieren in zijn kaak verstrakken, en zijn mond open- en dichtgaan alsof hij tegen zichzelf sprak.

'Waar denk je aan?' Ze moest hem uit deze bui krijgen. 'Bekijk het eens van de positieve kant, misschien kunnen we wel een dag extra in Parijs blijven.' Ze wist niet wat ze anders moest zeggen. Dit was niet wat ze wilde, haar ouders zouden zich doodongerust maken, mevrouw B. zou woedend zijn. Ze zag haar zo voor zich, hoe ze zich voorbereidde om haar te ontslaan. Ze had dat gedaan met een van de andere meiden die niet op tijd terug was van vakantie. Denk je dat ik een liefdadigheidsinstelling ben? Ze zaten diep in de problemen, maar ze zaten vast, voorlopig althans. Ze wist niet tot wie ze zich kon wenden, afgezien van Stanislaus. De ober had wat brood op tafel neergezet en ze doopte het in haar koffie en zoog de zoetigheid op.

'Is er iemand die ons kan helpen?' zei ze.

'Hoe?'

'Dat weet ik niet.' Ze haalde haar schouders op. 'Om ons thuis te krijgen?' De Fransen zouden dat niet doen, dat wist ze zeker, die hadden genoeg landgenoten voor wie ze moesten zorgen. Stanislaus draaide zich om in zijn stoel, plaatste zijn ellebogen op tafel en boog zich naar haar toe. Zijn voorhoofd was gefronst en hij zag er bezorgd uit.

'De waarheid is, Ada,' zei hij. 'Ik kan niet terug. Ik word opgesloten als ik terugkeer.' Ze haalde diep adem. Mevrouw B. had zoiets gezegd. Ada verbeterde zichzelf: mevrouw B. had óók zoiets gezegd. Ze moest zich blijven beheersen, vooral nu, voor het geval Stanislaus haar verliet. Je bent niet wie ik dacht dat je was.

'Hoezo?' vroeg Ada. 'Je bent geen Duitser. Je spreekt het alleen.'

'Oostenrijk, Hongarije,' zei hij, 'we zijn allemaal de vijand.'

Ada legde haar handen in haar schoot en schoof de goedkope ring op en neer, op en neer. Ze was gestrand. Ze zou alleen terug moeten. Zij wist niet zeker of ze dat kon, de juiste trein vinden. Stel dat ze een aankondiging deden en ze verstond het niet? Dat deden ze de hele tijd bij de Southern Railway. Het spijt ons u te moeten meedelen dat de Southern Railway-trein naar Broadstairs van 9.05 uur niet verdergaat dan... Ze zou vastzitten. Midden in een vreemd land, helemaal alleen, terwijl ze geen Frans sprak. En zelfs als ze Calais zou bereiken, hoe moest ze de veerboot vinden? Stel dat de boot niet meer ging? Wat zou ze dan doen?

'Wat ga je doen?' Haar stem klonk hoog en trilde.

'Maak je om mij geen zorgen,' zei hij. 'Het komt wel goed met mij.'

Het was al laat in de middag. De ober kwam naar buiten en wees naar hun kopjes.

'*Fini?*'

Ada begreep het niet, dus ze schudde haar hoofd en wenste dat hij hen alleen zou laten.

'*Encore?*'

Ze wist niet wat het betekende, maar knikte.

'Ik kan je niet verlaten,' zei ze. 'Ik blijf hier. Het zal goed komen.' Heel even zag ze hen hand in hand door de Tuilerieën slenteren.

Stanislaus aarzelde. 'Het punt is, beste meid.' Hij sprak langzaam en bevend, en voor een kortstondig moment klonk hij niet buitenlands, ze was zo gewend geraakt aan zijn accent. 'Ik heb geen geld. Niet nu. Door de oorlog. Ik ben niet in staat wat over te maken.'

Ada kon zich Stanislaus zonder geld niet voorstellen. Hij had nooit gebrek gehad aan een stapeltje bankbiljetten, had er altijd mee in het rond gestrooid. Ze zouden toch zeker niet lang arm blijven? En trouwens, arm zijn in Parijs met Stanislaus zou anders zijn dan arm zijn in Lambeth. Ze voelde een golf van liefde voor de man op wie ze stapelverliefd was geraakt, een warm, prettig gevoel van optimisme.

'We hebben geen geld nodig,' zei ze. 'Ik zal werken. Ik zal voor ons zorgen.'

De ober kwam terug met nog twee kopjes koffie en zette ze op tafel terwijl hij de rekening onder de asbak schoof.

'*L'addition*,' zei hij en hij voegde eraan toe: '*La guerre a commencé.*'

Stanislaus keek op.

'Wat zei hij?' vroeg Ada.

'Iets over de oorlog. Guerre is oorlog in het Frans.'

De ober stond in de houding. '*La France et le Royaume-Uni déclarent la guerre à l'Allemagne.*'

'Het is begonnen,' zei Stanislaus.

'Weet je het zeker?'

'Natuurlijk weet ik het zeker. Ik ken misschien niet veel Franse woorden, maar dat begreep ik.'

Hij stond abrupt op en stootte tegen de tafel aan zodat hun koffie op de schoteltjes morste. Hij stapte opzij alsof hij van plan was te vertrekken, draaide zich toen om en ging weer zitten.

'Wil je hier bij mij blijven?' zei hij. 'Hier in Parijs? We zullen allebei moeten werken. Dan zitten we niet lang zonder geld.'

Ada was er even geleden zo zeker van geweest, maar nu kwam er een golf van paniek opzetten waardoor de band om haar hoofd nog strakker leek, en van angst trok haar maag samen. Oorlog. Oorlog. Ze wilde thuis zijn. Ze wilde met haar ouders, broers en zussen in de keuken zitten. Ze wilde de bedompte lucht van de was ruiken wanneer die te drogen hing rondom het fornuis. Ze wilde de pannen horen waarin aardappelen werden gekookt voor het avondeten. Ze wilde horen hoe haar moeder de rozenkrans bad en lachen om haar vader terwijl hij haar nadeed: gegroet, Marx, vol van strijd, de revolutie is met u, gezegend zijt u tussen de arbeiders...

Maar het was niet mogelijk om naar huis te gaan, niet in haar eentje. Ze knikte.

'Zou je het erg vinden,' zei Stanislaus, 'als we jouw naam gebruikten?'

‘Waarom?’

‘Mijn naam is te buitenlands. De Fransen nemen me misschien wel gevangen.’

‘Ik vind het prima.’

‘Ik zal ervoor zorgen dat ik van mijn paspoort afkom,’ sprak hij snel. ‘Ik doe net alsof ik het kwijt ben. Of dat het is gestolen. Ik kan dan iedereen zijn.’ Hij lachte en het goud van zijn kies glinsterde in de avondzon. Hij viste wat muntstukken uit zijn zak om de ober te betalen en pakte hun tassen op.

‘Kom,’ zei hij.

‘Waarheen?’

‘We moeten ergens overnachten.’

‘Het hotel,’ zei Ada. ‘We gaan terug.’

Stanislaus sloeg zijn arm om Ada heen en liet zijn kin op haar hoofd rusten. ‘Ze zitten vol. Dat hebben ze me verteld. We vinden wel iets anders. Een klein pension.’

*

In de kamer stonden een kleine tafel, een stoel met een kapotte leuning en een roestig ijzeren bed waar een doorgezakte matras en een tijk vol vlekken op lagen, en er hingen een paar haakjes aan de muur. Het behang was er op een bepaald moment vanaf gehaald, maar in de hoeken en boven de plinten waren koppige flarden behang blijven steken, gebobbeld en gerimpeld door het sluimerende ongedierte eronder.

‘Ik kan hier niet blijven.’ Ada pakte haar koffer op en zette een stap in de richting van de deur. Stanislaus was nooit arm geweest, hij wist niet hoe laag ze waren gezonken.

‘Ik weet niet waar je dan naartoe gaat,’ zei Stanislaus. ‘Zonder geld. De hotels zullen vol zitten. Het leger heeft ze geconfisqueerd.’ Hij ging op het bed zitten, wat een kleine stofwolk veroorzaakte. ‘Kom hier.’ Zijn stem was zacht, verleidelijk. ‘Het is slechts totdat we er weer bovenop zijn. Ik beloof het je.’

Ze moesten werk zoeken, verder komen in de wereld. Ze had het eerder gedaan, ze kon het weer doen.

'Wat wil je doen?' vroeg ze. 'Wat voor baan ga je zoeken?'

Hij haalde zijn schouders op. 'Ik weet het niet. Ik ben niet gewend om te werken.'

'Niet gewend om te werken?'

'Ik heb nooit hoeven werken,' zei hij. Ze was dat vergeten. Hij was een graaf. Natuurlijk werkten graven niet. Ze waren als de lords en de lady's. Verdomde parasieten, noemde haar vader hen. Rijk geworden over de ruggen van de armen. Heel even zag Ada hem van een andere kant, als iemand van een andere planeet. Ze zag ook iets anders: hij was verdwaald, hij wist niet wat hij moest doen. Hij was onschuldig en zij was het boefje met ervaring met het straatleven. Ze had medelijden met hem. Medelijden. Ze kon haar vader laatdunkend horen snuiven. Medelijden? Wanneer hebben ze ooit medelijden met jou? Had de tsaar medelijden met de boeren? Hij heeft gekregen wat hij verdomme verdiende.

Ada stond op. Ze droeg nog steeds de gestreepte jurk. Hij was een beetje gekreukeld, maar ze streek hem glad, viste in haar handtas naar haar lippenstift en deed wat op.

'Ik kom terug,' zei ze. Ze moest de leiding nemen. Ze wist waar ze naartoe ging.

*

Het eerste etablissement dat ze binnenliep, leverde haar een baan op. Ada kon haar geluk niet op. Maar ze nam aan dat ze inderdaad geluk had. Het betaalde niet goed, maar er was genoeg te doen. Monsieur Lafitte runde een goedlopend bedrijf. Groothandel, detailhandel en kleermaker. Hij was een sympathieke man die haar deed denken aan Isidore. Hij sprak erg snel Frans, maar ging langzamer praten voor Ada en hij nam de moeite om haar te helpen de taal te leren. Ada nam de plaats in van de leerjongen van monsieur Lafitte die zich had aangemeld voor het leger, waardoor monsieur Lafitte meer werk had dan hij in zijn eentje aankon. Hoewel Ada graag nieuwe manieren van draperen en snijden wilde ontdekken, en van tijd tot tijd een nieuw detail voorstelde – de manier waarop een boord viel, de omslag van een borstzakje – fronste monsieur Lafitte altijd zijn voorhoofd en zwaaide met zijn vinger. Non.

Binnen een week waren zij en Stanislaus verhuisd van de vieze kamer naar een kleine zolder, die dichter bij de winkel lag en aan het betere deel van de Boulevard Barbès was gesitueerd. Door te oefenen met monsieur Lafitte en de conciërge, madame Breton, werd haar Frans acceptabel en kon ze zelfs met de klanten praten.

Ada kon niet echt geloven dat er oorlog was. Het was te rustig, het leek niet echt, zelfs al waren er meer soldaten op straat en in de bars en cafés. Er lagen stapels zandzakken op de straathoeken, en er werden schuilkelders gebouwd in parken en op pleinen. Mannen en vrouwen liepen over straat met gasmaskers over hun schouder geslagen.

'Zelfs de prostituees,' zei Stanislaus. 'Ik vraag me af hoe ze dat doen met die dingen op.'

Zij hadden geen maskers gekregen, maar Stanislaus had er twee voor hen op de kop getikt, waarbij hij tegen zijn neus tikte om te zeggen 'stel geen vragen, ik zit in zaken'. Ze hield van hem met zijn mysterieuze gedrag en charme, en zijn vreemde, buitenlandse accent dat afhankelijk van zijn humeur soms wat minder sterk was.

Van tijd tot tijd loeide er een sirene, maar er gebeurde verder niets, en 's nachts was de buurt donker en ondoordringbaar. Stof was schaars, goede stof althans, en Ada begon kledingstukken te naaien die strakker zaten en korter waren, en een naadtoeslag hadden die krap was en schuurde.

*

'Wat doe je de hele dag als ik er niet ben?' Zij en Stanislaus zaten in de Bar du Sport. Ze woonden nu twee maanden in Parijs en waren stamgasten die 's avonds een glas rode wijn namen voordat ze daar dineerden. Het leek totaal niet op de cocktails bij Smith's, maar Ada deed moeite om zich netjes te kleden. Monsieur Lafitte liet haar de coupons en restjes stof houden en met de nieuwe mode voor eenvoudige stijlen en kortere rokken, had Ada een presentabele winteroutfit weten te creëren om uit te gaan en wat eenvoudige rokken en bloezen. Monsieur Lafitte had haar wat oude kleren gegeven die, zo zei hij, van een oom van hem waren geweest die nu overleden was, en deze had Ada passend gemaakt voor Stanislaus. Madame Lafitte had haar een winterjas gegeven die ze had versteld. Stanislaus zou ook snel een jas nodig hebben en monsieur Lafitte had laten vallen dat hij misschien zijn hand zou kunnen leggen op wat overtollige legerstof. Ze knoopten de eindjes aan elkaar, en Stanislaus had weer geld.

Ze hadden iets van die goede oude tijd weten terug te krijgen, maar met één verschil. Ze waren nu man en vrouw. Niet officieel, maar zo goed als.

'Ik zal voorzichtig doen,' had hij de eerste keer gezegd, 'en een condoom omdoen.'

'Een wat?'

'Een kapotje. Hoe noem je die dingen?'

Ada wist het niet. Ze had hier en daar wat gehoord van de meiden bij mevrouw B., maar niemand had haar ooit apart genomen en uitgelegd wat er gebeurt tijdens de huwelijksnacht. Haar moeder had gesproken over het sacrament van het huwelijk en Ada dacht dat het zoiets heiligs was dat je alleen zwanger kon worden als je getrouwd was. Stanislaus had gelachen. Dit onderdeel is hiervoor en dat is daarvoor. Ze wist dat het verkeerd was, niet getrouwd zijn, maar het leek natuurlijk, dicht bij elkaar liggen zodat haar lichaam zijn mannelijke geur opnam en haar lijf deinde en smolt door zijn warmte. Ze wist dat hij haar over een paar maanden een aanzoek zou doen als de oorlog eenmaal over was en hij zou een eerbare vrouw van haar maken.

'Weet je zeker dat je niet naar huis wilt?' zei Stanislaus. Ada knikte. Ze was in Parijs, met hem, en ze wilde nergens ter wereld liever zijn. Bovendien had ze niets gehoord van thuis, alhoewel Stanislaus had gezegd dat hij nog een telegram had gestuurd. ALLES IN ORDE. WERKEN IN PARIJS. Een telegram kostte geld, dat wist ze, maar zelfs dan, ze hadden iets kunnen sturen.

Na het eten, als de avond eenmaal viel, was er weinig te doen. De huizen waren verduisterd en de straten waren leeg, de cafés gingen verscholen achter gesloten deuren en luiken. Ze speelden rummy of eenentwintigen. Ada probeerde Frans te lezen, maar dat was lastig. De kranten, voor zover ze het begreep, stonden vol nieuws over Duitsland en Rusland, speculaties over de Amerikanen en klachten over het gedrag van de Britse troepen in Frankrijk. Ze hadden nu niet zoveel om over te praten. Stanislaus zei dat ze zijn zaken niet zou begrijpen, dus ze vroeg er niet meer naar. Hij was niet geïnteresseerd in haar werk. Wat was er spannend aan een zoom leggen en het zo zuinig mogelijk snijden van de stof? Ze miste thuis op zulke momenten, haar broers en zussen. Moeder en vader. Ze miste zelfs de meiden bij mevrouw B. Met hen kon ze tenminste lachen.

In december zorgde Stanislaus' zaken ervoor dat hij 's nachts weg was. Twee of drie keer per week. Lange, eenzame avonden waarop ze niets te doen had. De oude, stalen radiator in hun kamer kraakte en tikte. Ada raakte er maar niet aan gewend. Ze was er zeker van dat er een indringer in zat, die rondliep en wachtte op het juiste moment om toe te slaan. Het was niet erg als Stanislaus bij haar was, maar op de avonden dat hij nog laat op pad was, ging ze vroeg naar bed om warm te blijven. Ze zette een kleine kaars naast haar bed en zei in zichzelf: ga weg, kom niet dichterbij, totdat ze in slaap viel. De radiator gaf niet veel warmte af en werd om tien uur uitgezet, dus tegen de ochtend was het ijskoud in de kamer. Soms zat er 's ochtends een dun laagje ijs op de kom met water die op tafel stond.

Ze hoopte dat ze zich op een dag een beter onderkomen konden veroorloven. Eentje met een kleine keuken, zodat zij hun eten kon bereiden en ze niet altijd in de Bar du Sport hoefden te eten. Ze zou moeten leren koken. Ze wist hoe ze een stoofschotel met schapenvlees moest maken, maar daar moest parelgort in en Ada wist niet zeker of je dat hier kon kopen. Er was ander eten dat ze kon proberen te maken, Frans eten. Een omelet bijvoorbeeld, of een soufflé. Ze zag zichzelf al de eieren klutsen zoals de kok van de Bar du Sport het deed.

In de keuken zou ook een droogrek moeten staan, zodat ze als ze hun was deed deze kon ophangen om te drogen en niet over de rand van het bed hoefde te hangen. Misschien konden ze een kleine salon hebben met een tafeltje en een rood, chenille kleed eroverheen en een spiegel. Ze zou het mooi houden met verse bloemen, als ze ze kon krijgen, in een jampotje. Haar salaris was niet veel, maar met het geld dat ze beiden verdienden, konden ze een eenvoudig leven leiden.

Maar er was iets veranderd.

'Weet je wat het is, Ada?' zei hij. 'Ik moet in de stemming zijn.'

Ze respecteerde dat in het begin, maar nu scheen het niet te kloppen. Ze raakte zijn gezicht aan, streek met haar vingers langs zijn neus in de richting van zijn kriebelende snor en tikte een ritme op zijn lippen.

Stanislaus schoof haar hand weg. 'Nee, Ada,' zei hij. 'Niet nu.'

Ze hoorde zijn ademhaling, zwaar en moeilijk, en voelde hoe hij de lucht uitblies.

'Hou je van me?' vroeg ze.

'Hou op, Ada.'

Hij sloeg de dekens van zich af en stond op. Ada hoorde hem zijn broek aantrekken, vloekend op de knopen vanwege het donker. Hij trok zijn overhemd van de stoelleuning, pakte zijn schoenen op en sloeg met de deur. Ze lag stil in bed. Ze had dat niet moeten zeggen. Ze had zichzelf niet zo op hem moeten werpen. Haar moeder zei dat geen enkele man dat prettig vond. Mannen willen graag jagen. Ze moest zeggen dat het haar speet. Hij zou wel weer bijtrekken.

Ze was in de ban geraakt van de Stanislaus die ze in Londen had leren kennen, met zijn vleiende praatjes en vederlichte aanrakingen. Hij was veranderd. De oorlog had hem veranderd, zijn zaken hadden hem veranderd. Hij was elke avond op pad. Ze zou meer moeite moeten doen, ze moest zichzelf verleidelijker maken. Een nieuwe lippenstift, als ze het zich kon veroorloven. Ze zag er jong uit voor haar leeftijd, dat wist ze. Haar wangen hadden nog steeds een jeugdige volheid. Ze zou proberen er ouder, volwassener uit te zien. Misschien was dat wat Stanislaus wilde: een oudere, meer ervaren vrouw. Haar haar was nu lang. Ze zou het in een wrong opsteken, net zoals sommigen van de geraffineerde vrouwen die ze in Parijs had gezien. Hij zou dan weer van haar houden. Niemand had ooit beweerd dat getrouwd zijn gemakkelijk was.

Voor de kerst kocht ze voor Stanislaus een paar nieuwe zakdoeken en een pijp. Ze had de cadeaus verpakt in krantenpapier met eromheen een lint van madame Lafitte.

'Dank je, Ada,' zei hij en hij legde de cadeaus op de vloer naast het bed. Stanislaus had een kerstsok voor haar gevuld. Een grijze sok boordevol walnoten en een flesje parfum.

'*L'aimant*,' las ze. '*Coty*.' Liefhebbend. Ze wist het. Hij kon het alleen niet zeggen. Sommige mannen waren zo. Ze bracht het parfum aan achter haar oren. Hij was te zoet naar haar smaak, maar ze vond het prettig dat hij aan haar had gedacht, dat hij de moeite had genomen om een sok te maken, zelfs al zat hij slechts vol noten. Vader vulde thuis de sokken. Dan kreeg je eerder spruitjes en een paar piepers. Ha, ha, had ik je mooi te pakken, hè? Maar hij zorgde er altijd voor dat er een sinaasappel of een tol onderin zat, en moeder maakte voor de kerst altijd nieuwe kleren voor hen.

Ze had nog nooit kerst ergens anders gevierd dan thuis. Ze had er alles voor gegeven om weer even terug te zijn in Theed Street. Naar de mis te gaan, terwijl haar vader het ontbijt klaarmaakte. Eieren met spek en geroosterd brood. Daarna zou hij met de jongens naar de King's Arms gaan voor een pul bruin bier, terwijl zij en moeder het avondeten klaarmaakten.

Lunch in de Bar du Sport leek in de verste verte niet op het kerstdiner thuis. Ze gingen zich te buiten aan een fles wijn. *Vin du Pays*. Het was een zware, robijnrode wijn. Het deed haar denken aan Ribena, en Ada vond hem niet echt lekker, maar Stanislaus sloeg hem naar binnen alsof het vruchtensap was en nam toen nog een paar cognacjes tot besluit.

Hij klopte op zijn buik en knipoogde naar haar. 'Er gaat niets boven een goede maaltijd, hè, Ada?' zei hij. 'Heb je zin in een spelletje rummy?'

'Dat zou leuk zijn, Stanislaus,' zei ze en ze schoof de stoel naar achteren. Moeder zou nu de kerstpudding binnenbrengen. Als vader zijn bonus had gekregen, zou hij een flesje cognac bij de drogist hebben gehaald en dat over de pudding schenken. Doe de lichten uit. Houd een lucifer bij de cognac en loop met de pudding als een brandende blauwe bal naar de tafel.

'Je ruikt lekker,' zei Stanislaus, terwijl hij de deur naar hun kamer opendeed en haar naar zich toe trok. Door de alcohol rook zijn adem muf.

'Ben je aangeschoten, Stanislaus?'

'Gewoon vrolijk, Ada. Vrolijk,' zei hij. 'Waarom zou een man niet vrolijk zijn met de kerst?'

Hij sloeg zijn armen om haar heen en trok haar dicht tegen

zich aan. Misschien had ze eerder parfum op moeten doen.

Hij liet haar los, viel op het bed neer en klopte op de plek naast hem. Ada trok haar jurk en haar kousen uit, en ging naast hem liggen. Zijn ogen waren gesloten en hij was in slaap gevallen, pruttelend met zijn fluwelen lippen. Zijn arm lag boven zijn hoofd. Ada keek naar hem in het afnemende daglicht. Ze moest eigenlijk opstaan, de gordijnen dichttrekken en het licht aandoen. Maar het was stil in de kamer, zacht in de schemering, en Stanislaus sliep. Ze liet de rug van haar hand over zijn wang glijden, streelde zijn zachte huid, de scherpe borstel van zijn snor.

Hij greep haar pols en kneep er zo hard in dat ze een gil gaf. 'Ga liggen, Ada,' zei hij. 'Dat heb ik je eerder gezegd.' Hij keek naar haar alsof ze een vreemde was en legde haar toen op haar rug. 'Is dit wat je wilt?'

Hij pakte het condoom, deed het onhandig om, worstelde zich bij haar naar binnen en trok zich terug zonder een woord. Hij draaide zich om en viel in slaap.

Ada begroef haar hoofd in het kussen. Dit was geen liefde. Dit was niet zoals het ooit was geweest.

*

De winter ging over in de lente, opkomend groen in het park en aan de bomen. Ondanks de bittere kou was er iets veiligs geweest aan de winter, diep weggedoken onder de grote, dikke deken van de verduistering. Nu leken de langere avonden en de heldere dagen op een zoeklicht dat alles verlichtte en Ada schrok telkens als er een vliegtuig boven de stad ronkte. Er vlogen meer vliegtuigen over, en er waren soldaten die met stampende laarzen door de straten en over de boulevards liepen. Ada haalde bijna elke dag een krant en monsieur Lafitte bracht zijn radio naar de winkel. Madame Lafitte zei dat ze Britse tanks had gezien in de buurt van de Belgische grens toen ze bij haar zus op bezoek was, lompe monsters die de wegen aan gort reden. Haar zus zei dat de Britten duizenden mannen hadden gestuurd, dus de Engelsen verwachtten problemen. Ada kon zich geen voorstelling maken van zo'n aantal. Zoveel jonge mannen in uniform. Wie had die uniformen allemaal gemaakt?

Stanislaus haalde zijn schouders op. 'We zien wel wat er gebeurt,' zei hij. 'We kunnen het niet tegenhouden.' Hij was weer zoals vanouds, relaxed, vrolijk.

Maar Ada maakte zich ongerust. De oorlog marcheerde op spijkerlaarzen, links, rechts, links, rechts. In de straten rondom de Boulevard Barbès wemelde het van de vluchtelingen, gekwelde gezichten in armoedige kleren die hun bezittingen in een kinderwagen voortduwden. Stanislaus scheen het niet te zien. Hij maakte zich nergens zorgen over. Hij was een vastelander, dat was het. Vastelanders waren relaxed. Hij zag er buitenlands uit, mooie oren die dicht tegen zijn hoofd stonden, kort blond haar, zijn kortgeknipte snor recht boven zijn mond, een beetje zoals Hitler, dacht ze vaak, hoewel het de mode was tegenwoordig. Melkachtige ogen die ingekaderd werden door zijn brillenglazen. Hij droeg zijn bril altijd. Ze kon zich zijn gezicht zonder bril niet voorstellen. Het moest zo'n stap terug voor hem zijn om op deze manier te leven.

'Voor u, madame.' Hij haalde een ronde doos achter zijn rug tevoorschijn en gaf deze aan haar. Ze maakte het lint los en haalde er een hoed uit. De hoed was een citroengeel strooien dopje met een gespikkelde zwarte sluier. 'Je paashoedje.'

De hoed paste niet bij haar winterkleding, en het weer was nog niet warm genoeg om haar zomerjurk aan te trekken, maar Stanislaus had zijn uiterste best gedaan om de hoed te kopen terwijl iedereen wist hoe moeilijk het was om nu aan dit soort raffiawerk te komen.

Ze zette het op. De sluier viel over haar gezicht. Het was een volwassen hoed, een vrouwenhoedje. 'Dank je,' zei ze.

'Zullen we, zoals de Fransen het zeggen, *faire une promenade*?'

Ada giechelde. Stanislaus sprak zelden Frans, in elk geval niet met haar. Het was altijd Engels en zelfs dan gooide hij vaak zijn 'v' en 'w' door elkaar, en hij kon de 'th' niet uitspreken, hoe vaak ze ook had voorgedaan hoe hij dat moest doen. Soms was hij in een goede bui en soms niet. Hij had er een gewoonte van gemaakt om het rolkussen in het midden van het bed te leggen, zijn kant, haar kant.

Twee weken na Pasen viel Duitsland Noorwegen, neutraal Noorwegen, binnen. Er was nieuws over verzet en gevechten, over Britse troepen die ernaartoe werden gestuurd om te helpen. Eindeloos gewauwel op de radio over de Maginotlinie en wat er moest gebeuren als Duitsland Frankrijk zou binnenvallen. Vluchtelingen moesten worden doorgelicht. Sympathisanten werden doodgeschoten. Het was de plicht van Frankrijk om zich gereed te maken en terug te vechten.

De gezichten van haar buren stonden gespannen, en monsieur en madame Lafitte zagen er grimmig en breekbaar uit. Een bepaalde geur drong door in de Parijse lucht. De geur stroomde uit de poriën van vrouwen en de monden van schreeuwende baby's, uit mannen en de haren van honden die tegen lantaarnpalen piesten. Ada rook het in haar neus en aan haar kleren. Ze rook het aan Stanislaus als hij 's nachts aan zijn kant van het bed lag. Ada herkende die geur nu, de muffe geur van angst.

Er werd gesproken over rantsoenering. Ze vroeg zich af of Stanislaus van gedachten zou veranderen. Of ze hem kon overhalen om te vertrekken. Ze moesten naar huis gaan, een weg terug naar Engeland zien te vinden. Monsieur Lafitte zinspeelde erop dat het tijd werd dat hij met pensioen ging nu het werk dun gezaaid was en hij wilde geen legeruniformen gaan maken, niet op zijn leeftijd. Wat moest ze doen als ze haar baan zou verliezen? Wat dan?

'Je moet hier eigenlijk niet zijn,' zei hij op een dag. 'Een jong meisje zoals jij. Het is te gevaarlijk. Ga naar huis nu het nog kan.'

Ze dacht aan waar haar ouders woonden, dicht bij de rivier met zijn dokken en havens, aan haar broertjes en zusjes, die nu ergens op het platteland woonden, Joost mocht weten waar, aan haar moeder die mager was van de zorgen, en aan Stanislaus die tot laat buiten was en Ada achterliet terwijl ze verteerd werd door angst.

*

Stanislaus kwam op een avond in mei thuis met een bloedneus en een kapotte lip. Zijn bril was verbogen en stond scheef op zijn neus.

'Pak je spullen,' zei hij. 'We moeten gaan.'

'Wat is er gebeurd?'

Hij spatte wat water uit de kom op zijn gezicht. Er vielen bleekroze druppels op de tafel. Er zat bloed op de handdoek waarmee hij zich afdroogde.

'Wat is er gebeurd?' zei Ada weer. 'Heeft iemand je geslagen?'

'Dat doet er niet toe,' zei hij. 'Pak gewoon je spullen. Nu.'

Ze wilde zijn verwondingen deppen met een doek, maar hij greep haar hand en duwde hem weg.

'Ga pakken,' schreeuwde hij. 'Nu.'

Ze wist dat hij alleen zijn stem verhief als hij zich zorgen maakte. Misschien had iemand gedacht dat hij een Duitser was.

'Hoor je me? We moeten gaan.'

Hij pakte haar koffer van de kledingkast af en smeet hem op het bed. Ze maakte de koffer open, haalde een jurk uit de kast en begon hem op te vouwen. Hij trok hem uit haar handen en gooide hem in de koffer.

'Daar hebben we geen tijd voor.' Hij pakte de rest van haar

kleren, greep haar hoed en propte ze erin. Hij rukte haar ondergoed van de beddenstijl waar het te drogen hing, gooide het erbovenop en sloeg de koffer dicht. 'Kom.'

Hij had niets gepakt. Ze rende met twee treden tegelijk achter hem aan naar beneden. Ze zou struikelen als ze probeerde hem bij te houden. Ze hield de leuning vast om haar evenwicht te houden. 'Maar waar...'

'Hou je mond,' zei hij.

De conciërge was naar huis gegaan voor de nacht. Het luik was naar beneden getrokken en haar kantoor was donker en leeg.

Ze liepen het gebouw uit, over de binnenplaats de straat op en in de richting van een zwarte auto die dichtbij geparkeerd stond. Ze had de auto nog nooit gezien. Hij maakte de kofferbak open, zette de koffer erin en deed de deur aan de passagierskant open.

'Stap in.'

Ze stapte in. De leren bekleding voelde koud aan tegen haar blote benen. Stanislaus zwengelde de motor aan tot de auto tot leven kwam. Daarna stapte hij naast haar in en reed weg. De verduisterde koplampen wierpen in de pikdonkere nacht kleine driehoekjes licht op de weg. Haar maag verstrakte tot een bal en in haar mond proefde ze een metalige smaak, de smaak van angst.

'Waar gaan we naartoe?'

'Naar België.'

'België?'

'België is neutraal.' Ze had gelijk. Ze dachten dat hij een Duitser was. Ze wilde zeggen hoe erg ze het vond. Ze kon hem niet zien in het donker, maar ze wist dat zijn lippen opeen geperst waren en hij zou er niet met haar over praten. Hij was een moedig man.

'Hoe kom je aan de auto?'

'Die heb ik geleend.'

Toen herinnerde ze zich iets. 'Mijn stalen,' zei ze. 'Ik ben mijn stalen vergeten. We moeten terug.'

'Vergeet het maar.'

'Alsjeblieft, Stanislaus.'

Hij lachte. Het was een wreed, spottend lachje. Ze had hem nog nooit zo meegemaakt.

Er was geen verkeer op de weg en ze vlogen door Parijs. De onverlichte straten en buitenwijken lieten ze achter zich. Misschien konden ze later teruggaan als deze crisis voorbij was. Madame Breton zou ze voor haar bewaren. Dat deden concierges.

'Weet je de weg?' zei Ada.

'Ik hoop het.'

'Hoe lang gaat het duren?'

'Vijf, zes uur. Wie zal het zeggen?'

Zes uur was lang. Hij reed snel.

'Zullen ze ons te pakken krijgen?'

'Wie?'

'Degenen die achter je aan zitten.'

Hij zei niets. Ze reden in stilte verder. Ze deed haar ogen dicht. Ze was moe. Het gezoem van de motor en de schommelende beweging van de auto waren geruststellend, ook al kneep haar maag samen en schoten er allerlei vragen door haar heen. Er was iets gebeurd, iets ernstigs. Stel dat ze zouden worden gepakt? Dan zou zij ook de klos zijn.

Ze moest in slaap zijn gevallen, want de zon kwam op. Het was een zacht, grijs licht dat in schakeringen door de hoge bomen heen viel en vage strepen over de weg trok.

'Fijn dat je hebt geslapen,' zei hij op bittere toon.

Ada strekte haar benen en armen, en balde haar handen tot vuisten en ontspande ze weer. De weg voor hen was recht, het platteland vlak. 'Waar zijn we?'

'In Picardië,' zei hij.

Haar vader zong altijd *Roses are shining in Picardy*. Het was een van zijn favoriete liedjes, evenals *Tipperary*. Ze wilde het nu horen. Het was een verlangen dat zo acuut was dat het haar naar de keel greep. Ze kon hem horen zingen, zijn stem zoet en zacht, en ze zong in haar hoofd met hem mee. Ze vormden een zacht, bedroefd duo: '*In the hush of the silver dew. Roses are flowering in Picardy, but there's never a rose like you.*'

Stanislaus draaide zijn hoofd om en keek haar aan. 'Waar komt dat vandaan?'

'Het was een oorlogsliedje,' zei ze. 'De soldaten zongen het in de loopgraven. Ik neem aan dat jullie Duitsers dezelfde soort liedjes zongen.'

Zijn grip op het stuur werd nog steviger en de spieren in zijn kaak verstrakten. 'Ik ben geen Duitser.'

'Dat weet ik.' Ze was boos en moe. Een foutje. Maar toch, hij hoefde niet zo scherp tegen haar uit te vallen. Ze was de vijand niet.

'Denk je dat ze hier weer gaan vechten?'

'Hou je mond.'

Ze zakte terug in haar stoel, staarde door het raam terwijl de tranen in haar ogen prikten. Ze had geen idee waar ze waren en er schenen geen wegwijzers te zijn. Ze passeerden een peloton soldaten, gekleed in kaki met helmen op en geweren in de aanslag.

'Het zijn Britten,' zei Ada. 'Stop, ik wil met ze praten.' Vragen waar ze naartoe gaan, wat ze gingen doen. Misschien konden ze voor haar zorgen. Haar thuisbrengen.

'Stop alsjeblieft,' zei ze weer.

'Doe niet zo stom,' zei hij, en hij voegde eraan toe: 'Je bent verdomme echt een blok aan mijn been, weet je dat?'

Hij had nog nooit eerder gevloekt. Ze draaide zich om in haar stoel en keek door de achterruit hoe ze verdwenen.

De auto begon langzamer te rijden.

'Nee.' Met zijn voet drukte hij het pedaal helemaal in en hij verschoof de versnellingen op het dashboard. Ze maakten boze, krakende geluiden. De auto sputterde en stopte.

'Nee!' Hij schreeuwde.

Hij stapte uit en sloeg met het portier. Ada keek hoe hij de kofferbak openmaakte en ze voelde de auto trillen toen hij de klep dichtsloeg. Hij liep om de auto heen naar haar kant en trok het portier open.

'Eruit,' zei hij.

'Wat is er aan de hand?'

'We hebben geen benzine meer.'

'Wat doen we nu?'

'Lopen,' zei hij.

Ada stapte op de treeplank en sprong op de grond. Ze keek langs de weg achter zich, maar de soldaten waren nergens te zien. Ze kon rennen en proberen zich bij hen aan te sluiten.

Hij greep haar hand en begon eraan te trekken.

'Mijn koffer,' zei ze. 'Ik heb mijn koffer nodig.'

'Daar hebben we geen tijd voor. Die houdt ons alleen maar op.'

'Maar mijn schoenen,' zei Ada. 'Ik kan niet lopen op deze schoenen.' Ze had alleen de schoenen waarmee ze naar Frankrijk was gereisd, lang geleden, eenvoudige pumps met een hoge blokhak. Ze had ze al die tijd gedragen en er zat een gat in een van de zolen. Ze waren wel comfortabel, maar niet om in te wandelen.

'Dan trek je ze uit,' zei hij. Hij liet haar hand niet los en zijn tempo lag hoog.

'Hoe ver is het?'

'Tien kilometer. Vijftien misschien.'

'Hoe ver is dat in mijlen?'

'Zeven,' zei hij. 'Ongeveer. Tien.'

Tien mijl. Ada had nog nooit in haar leven zo ver gelopen, en nu moest ze hem op een drafje bij zien te houden.

Ze stopten één keer toen Stanislaus zich moest ontlasten. Ada was blij met de onderbreking. Ze had een steek in haar zij. Ze ging zitten aan de kant van de weg en deed haar schoenen uit. Ze waren oud en versleten, maar ze liepen heerlijk. Ze wiebelde met haar tenen. Ze had geen idee hoe laat het was, maar de zon stond al hoog aan de hemel. Ze waren langs verscheidene pelotons met soldaten gekomen. Ze wilde hun toeschreeuwen: 'Succes, jongens!' Ze wilde hun vragen om hulp, om haar thuis te brengen, maar Stanislaus zei dat ze haar mond moest houden en hij dreigde haar de mond te snoeren, voor altijd, als ze een kik gaf. Er waren andere mensen op de weg, mensen die liepen zoals zij, of op de fiets, mannen met hun vriendin of vrouw op de stang. Een stel had een baby, en een ander een kind dat in een zitje achterop zat. Van tijd tot tijd kwam er een auto voorbij, volgeladen met bagage. Rijke mensen, dacht ze, die een manier hadden gevonden om het benzinetekort te omzeilen. Ze vroeg zich af van wie Stanislaus de auto had geleend.

Hij was gespannen, maar ja, hij had dan ook verantwoordelijkheden. Hij deed zijn best. Hij moest hen beschermen. Ze zouden het redden, dat wist ze. Ze had geluk. Zij hadden geluk. Er zou niets gebeuren en het was op een bepaalde manier spannend om er op deze manier vandoor te gaan. Het speet haar dat ze de stalen had achtergelaten, maar er zat verder niets in de koffer wat ze echt mee terug wilde nemen naar Engeland. De kleren die ze had ingepakt – die Stanislaus had ingepakt – waren versleten en uitgerekt. Als ze naar huis gingen, zou ze er binnen de kortste keren weer bovenop zijn en dan kon ze voor zichzelf wat leuke, nieuwe outfits maken. Tenminste, als mevrouw B. haar haar oude baan teruggaf. En als ze dat niet deed? Dan zou ze een andere baan vinden, net zoals dat haar in Parijs was gelukt. Of misschien zouden ze in België blijven. Ze wist niets over België. Ze haalde haar zakdoek tevoorschijn en veegde haar neus af. Ze had gelukkig nog steeds haar handtas en had de vooruitziende blik gehad om daar haar lippenstift en kam in te doen voordat ze vertrokken. Haar portemonnee en paspoort zaten altijd in het zijvakje van haar tas.

'Niet ver meer,' zei Stanislaus. Hij leek nu blijer en stak zijn hand uit om haar omhoog te helpen. Zijn buien duurden nooit lang.

'Misschien,' zo ging hij verder, 'als we bij de grens zijn, kun jij dan het woord doen? Jouw Frans is beter dan dat van mij.'

'Wat moet ik dan zeggen?'

'Ik heb mijn paspoort weggegooid, weet je nog? Je moet zeggen dat het kwijt is geraakt, of gestolen, of dat we het vergeten zijn mee te nemen in onze haast om weg te komen. Verzin maar iets. Ik moet Frankrijk uit.'

'Maar er staat nergens dat ik getrouwd ben. Het is geen paspoort van een getrouwde vrouw. Ik zou in dat van jou staan als ik je vrouw was.'

'Je verzint wel iets.'

De mensenmenigte werd nu groter en Ada zag iets voor zich wat leek op een rij die kronkelend een weg vond in de richting van twee ambtenaren die ze in de verte bij een wachthuisje zag staan.

'Is dit het?' zei ze. 'België?'

Stanislaus knikte. Hij sloeg zijn arm om haar middel en trok haar dicht tegen zich aan.

De meeste mensen spraken Frans, maar er werden ook andere talen gesproken die Ada nog nooit had gehoord. Soldaten liepen heen en weer en zorgden ervoor dat de rij ordelijk en rustig was. Franse soldaten, dacht Ada. Ze bewogen langzaam, stap voor stap. Stanislaus graaide in zijn broekzak en haalde er een franc uit die hij aan een jongentje gaf dat een karretje duwde met stokbroden en een stalen melkbus die glinsterde in de zon. Ze had dorst en honger, en was dankbaar voor het brood en het water, zelfs al wenste ze dat de metalen kroes voor het water wat schoner was geweest. Maar ja, de Fransen dachten nooit aan zulke dingen.

De rij schoot niet erg op. Er sloten zich meer mensen achter hen aan. Het moesten er honderden zijn, dacht Ada, misschien wel duizenden. Het leek wel of half Europa op de vlucht was. Haar schoenen zaten nu te strak. Ze verlangde ernaar om te gaan zitten, of nog beter, om plat te liggen met haar hoofd rustend op een zacht verenkussen. In dit tempo zouden ze hier de hele dag zijn, de hele nacht zelfs. De ambtenaren namen de tijd. Ze inspecteerden de papieren, stelden vragen en bekeken de vluchtelingen. Ze maakten koffers open, trokken er een katoenen jurk uit, een ceintuur, de bij elkaar geraapte overblijfselen uit een vorig leven. Stanislaus stond naast haar met een bezorgde uitdrukking op zijn gezicht.

Ze bewogen zich tergend langzaam voorwaarts. Ze zou zeggen dat Stanislaus haar broer was. Een beetje simpel. Ze zou op haar voorhoofd tikken. In de war. Zou hij het erg vinden? Of moest hij misschien doof en stom zijn? Mijn broer kan niet praten. Iemand heeft zijn paspoort gestolen. Zou hij achteraf tegen haar uitvallen en zeggen: wie denk je wel dat ik ben? Of zou hij zeggen: goed gedaan, Ada. Ik wist dat je iets zou bedenken. Ze herhaalde de zinnen in haar hoofd, in haar beste Frans. Stel nu dat ze ze zou vergeten? Of dat ze haar doorhadden? Hij is niet uw broer. Komt u maar met mij mee, meneer, mejuffrouw. Ze moest hem waarschuwen dat hij niets moest zeggen. Ze maakte zich zorgen dat hij er verdacht uitzag met zijn gezicht vol sneeën en blauwe plekken.

Langzaam, heel langzaam. De meeste mensen werden doorgelaten, maar sommige werden weggestuurd. Er was een grote familie: een oma, haar twee zonen en een dochter, of misschien een echtgenote, kleinkinderen. Het waren bij elkaar wel zo'n tien personen. De kinderen hadden knokige knieën met sokken die opgerold waren over hun magere beentjes. De jongens hadden grijze, flanellen korte broeken aan en de meisjes gesmokte jurkjes. Ze stonden doodstil. Met wijd open ogen keken ze toe hoe een van de vaders op hun papieren wees en naar de kinderen. De douanebeambte schudde zijn hoofd en gebaarde naar een andere man met een galon op zijn uniform.

Ada kon niet horen wat ze zeiden. Een van de zonen pakte de hand van de douanier en schudde hem. Hij glimlachte en ze liepen naar de andere kant, naar België. Ada haalde opgelucht adem. Als die familie werd doorgelaten, dan zouden Stanislaus en zij het ook redden. Ze lette op iedere vluchteling, een voor een, terwijl de douanier hen lachend doorliet. Gezinnen, alleenstaande vrouwen, oude mannen. Ze kwamen steeds dichterbij. Ze waren twee mensen verwijderd van de grenspost. Een ouder echtpaar was voor hen aan de beurt. Hij droeg een overjas met een stuk touw om zijn middel. Zij droeg een zwarte rok met een scheve zoom die aan de achterkant over haar dikke enkels hing. Iedereen zag er slonzig uit tijdens de oorlog, gekleed in oude kleren die versteld en gestopt waren. Misschien bewaarden ze hun beste pak voor de wapenstilstand. De douanier stempelde hun papieren en Ada keek toe hoe ze wegschuifelden.

Ze waren bijna aan de beurt. Er stond een jongeman voor hen. Zo te zien was hij van haar leeftijd. Zijn wangen waren blozend en glad, zonder snor. Van dichtbij zag de douanier er streng en verveeld uit. Een harde man. Als ze Stanislaus niet doorlieten, dacht ze, wat gebeurt er dan? Zouden ze hem arresteren? Hem naar de gevangenis brengen? Als hij begon te praten, dan zouden ze weten dat ze had gelogen. Zij zou dan ook de klos zijn. Misschien zouden ze in Frankrijk moeten blijven. Ze konden zich verstoppen. Hun naam veranderen. Niemand zou het weten. Ze hadden nooit moeten weggaan. Ze konden nog omkeren en teruggaan naar Parijs.

Ada verplaatste haar gewicht om de druk op haar blaar te verlichten en stapte op een kleine bruine teddybeer die op de grond lag. Het was er een van wol, zacht, gevuld met kapok, aan de zijkant keurig met gelijkmatige steekjes dichtgenaaid. Misschien had iemand een pullover voor haar man gemaakt en van de restjes wol een speeltje voor de baby gebreid. Ada keek om zich heen. Er was in de buurt geen baby te zien. Ze zou hem houden als geluksbrenger. Ze stopte hem in haar tas.

De douanier had de papieren van de jongeman in de hand. Hij bestudeerde ze, keerde ze om en bekeek ze van alle kanten. Hij gaf de papieren terug en wees naar links, naar een kantoortje een paar meter verderop.

'*Mais...*' begon de jongeman terwijl zijn schouders inzakten. Hij was bijna in tranen. Maar de douanier luisterde niet en wenkte naar Ada en Stanislaus. De jongeman pakte zijn rugzak op, hing hem aan zijn schouder en liep in de richting van het kantoor.

Ze stapten naar voren. Ada liep in haar hoofd de zinnen door. Mijn broer, iemand heeft zijn paspoort gestolen...

'*Nationalité?*'

Ze wist niet zeker of ze haar paspoort moest laten zien. Ze had het in haar hand, een donkerblauw boekje. In plaats daarvan kneep ze in haar tas waarin de zachte teddybeer zat: breng me geluk.

'*Nous sommes anglais.*'

De ambtenaar hief zijn kin op en bestudeerde hun gezichten. Ze durfde niet naar Stanislaus te kijken. Haar oksels waren klam. Ze begon te zweten in de holtes van haar knieën en in de palmen van haar handen.

De douanier zei niets. Met een snelle polsbeweging wuifde hij hen door en riep de volgende in de rij naar voren, een groot gezin met vijf kinderen.

Ze mochten doorlopen, zomaar. De spanning had haar duizelig gemaakt, maar ze voelde ook een zekere teleurstelling. Niemand had haar de kans gegeven om de woorden te zeggen die ze de hele tijd in haar hoofd had geoefend. Stanislaus zou nooit weten hoe slim ze kon zijn.

'We hebben het gered,' zei hij.

Ze waren in België.

De opluchting bracht vermoeidheid met zich mee. Haar benen deden zeer, haar rug deed pijn en er had zich nog een blaar op haar hiel gevormd. Ze wilde dat dit voorbij was. Ze wilde naar huis, de deur opendoen en zeggen: hallo, moeder, daar ben ik weer. Ze wist niet zeker of ze de kracht had om nog een meter te lopen en ze had geen idee waar ze waren.

'Zijn we in de buurt van de zee?' vroeg ze.

'Zee?' Hij lachte. 'We zijn een heel eind bij de zee vandaan.'

'Waar gaan we naartoe?'

'Namen.'

'Waarom?'

'Omdat we nieuwe namen nodig hebben,' zei hij met een knipoog. 'Snap je?'

'Waar is het? Ligt het op onze weg?'

Het gezin dat achter hen in de rij had gestaan, drong zich naar voren. De gesp van een van hun koffers schraapte langs haar benen en duwde haar dichter tegen Stanislaus aan. Ze leunde tegen hem aan.

'Ik wil naar huis,' zei ze. 'Naar Engeland. Kunnen we nu niet teruggaan?'

'Misschien wel.' Zijn stem klonk afstandelijk. 'Misschien wel. Maar eerst gaan we naar Namen.'

'Waarom? Ik wil naar huis.' Ze wilde zeggen: nu meteen. En met haar voeten stampen als een klein kind.

'Nee,' zei hij. 'Namen.'

'Waarom Namen?'

'Zaken, Ada,' zei hij. Ze kon zich niet voorstellen welk soort zaken hen daarheen leidde.

'Beloof het me.' Er klonk paniek door in haar stem. 'Daarna gaan we naar huis.'

Hij tilde haar hand op en kuste haar knokkels. 'Ik beloof het.'

Ze kregen een lift naar Bergen en namen een overvolle trein naar Namen die op elk station en voor elk rood licht stopte. Het was avond tegen de tijd dat ze aankwamen. Ada had sinds ze Parijs achttien uur geleden hadden verlaten alleen het stokbrood gegeten en ze voelde zich flauw en slap. Stanislaus pakte haar bij haar elleboog en leidde haar bij het station vandaan in de richting van de zijstraten. Ze had geen idee waar ze heen gingen, of Stanislaus de weg kende, maar ze bleven staan bij een klein café waar een bord boven hing waarop stond geschilderd PENSION.

'Wacht hier,' zei hij. 'Ik moet even wat regelen.'

Ze zat buiten op een stoel aan een tafeltje. Deze kant van de straat lag in de schaduw, maar ze was te moe om naar de andere kant te lopen, waar het meizonnetje nog scheen. Stanislaus kwam naar buiten.

'Alles is geregeld,' zei hij. 'Madame zal ons een eenvoudige maaltijd geven, en terwijl we eten zal haar dochter de kamer in orde maken.' Terwijl hij sprak, kwam madame tevoorschijn met twee glazen bier, die ze voor hen neerzette.

Stanislaus pakte zijn glas op. 'Op jou, Ada Vaughan. Op Namen.'

Ze raakte haar handtas met de teddybeer aan en hield haar glas zo dat ze met hem kon klinken. Ze glimlachte naar hem. Ze hadden geluk.

Paté en brood, worst. Het bier was troebel en zoet. Ada dronk er twee grote glazen van. Het maakte haar licht in het hoofd en daar was ze blij om. Ze was niet meer aangeschoten geweest sinds de oorlog was uitgebroken. De beginperiode met Stanislaus leek nu een andere tijd te zijn. Zij samen bij het Café Royal, een paar martini's met een kers aan een prikkertje. Tevreden en overlopend van liefde flaneerden ze over Piccadilly naar bus 12 waar hij haar onder de lantaarnpaal kuste, tedere lippen op die van haar. Ze zoog op pepermuntjes tijdens de rit naar huis zodat haar adem niet zou ruiken. Het was nu net zo. Stanislaus' slechte humeur was verdwenen, zijn zorgen – hun zorgen – waren voorbij. Namen. Geen humeurige of broedende stiltes. Hij was weer opgewekt, maar zijn humeur sloeg zo snel om. Ze maakte zich er zorgen over. Zijn buien veranderden haar ook. Als hij zonnig was, dan was zij het ook, lichtvoetig en bruisend. Maar als zijn humeur verkilde, dan greep het haar bij de keel als mist.

Ze gingen na het avondeten naar boven. Ze stond onvast op haar benen. Ze kon zichzelf ruiken, zuur en stoffig van de dag, haar haar was plakkerig door het stof en zweet. Madame had een kan water en een waskom op de tafel gezet, en ze had een handdoek en een washandje neergelegd.

'Ik moet me wassen.' Haar woorden klonken onduidelijk.

Stanislaus knikte en liep naar het raam. Hij keek uit over de straat met zijn rug naar haar toe. Ada maakte de washand nat en wreef. Ze hoorde in haar hoofd haar moeder, terwijl ze zichzelf zag als kind dat thuis bij de wasbak in de keuken stond. Ga zo ver omhoog als je kunt, ga zo ver naar beneden als je kunt. Ze giechelde in het washandje en besefte dat ze huilde, een golf van heimwee en angst ging door haar heen. Het leek alsof ze in een diep ravijn viel en zichzelf niet kon tegenhouden.

Ze was zich ervan bewust dat Stanislaus haar opving toen ze viel, haar op het bed legde en frummelde aan de knopen van zijn gulp. Haar hoofd tolde, haar oogleden waren zwaar. Ze wilde slechts slapen. Ze voelde hoe hij haar benen van elkaar deed, binnendrong met een ongeduldige stoot. Scherpe steken van pijn zorgden ervoor dat ze het uitschreeuwde. Hij ging van haar af en lag naast haar. Haar benen waren nat. Hij had zijn overhemd aan gehouden. Dat zag ze, zelfs door het waas veroorzaakt door het bier.

Het was donker toen ze wakker werd. Toen hoorde ze het. Een knal in de verte van een explosie, het gedreun van zwaar geschut. De gordijnen waren opengelaten en door het raam was de nachtelijke hemel te zien met witte en vermiljoenkleurige flitsen.

'Stanislaus.' Ze voelde naast zich. Het bed was leeg, de lakens koud en glad. Ze ging rechtop zitten, opeens klaarwakker. De paniek greep haar naar de keel en maakte haar kortademig.

'Stanislaus.' Zijn naam weerklonk in de lege kamer. Er was iets mis, wist ze. Ze tastte naar haar kleren, trok ze aan. Alstublieft, God, zorg ervoor dat hij terugkomt. Ze hoorde voetstappen. Dat moest hem zijn. Even weg geweest om een sigaret te roken. Ze opende de deur, maar het was madame die de trap op liep. Haar pad werd verlicht door een kleine olielamp.

'Mademoiselle,' zei ze hijgend door de klim, 'de Duitsers zijn hier. U moet naar de kelder komen.'

'Mijn man,' zei Ada. 'Waar is mijn man?'

'Kom mee,' zei madame en ze verlichtte de weg voor hen beiden. Ze hield de lange rok van haar nachtjapon op met haar andere hand.

'Maar mijn man.' Angst drong zich aan haar op. 'Mijn man. Hij is er niet.'

Ze gingen het café binnen. Het was er donker. Ada kon in het duister de tafels en stoelen onderscheiden, de glinstering van flessen achter de bar. Madame opende een valdeur en liet zichzelf zakken.

'Kom,' zei ze.

Ada keek of ze Stanislaus zag in de duisternis. Ze luisterde of ze zijn ademhaling hoorde, ze snoof de lucht op om zijn geur op te vangen, maar haar neusgaten vulden zich met de scherpe lucht van verschaald bier en verbrande suiker.

'Mademoiselle. Nu. U moet nu komen. We zijn in gevaar.' Een hand trok aan haar enkel. Stanislaus was niet in de kamer. Hij was buiten, in de nacht, alleen, in gevaar. Het rommelde in de verte. De hand trok weer aan haar voet waardoor Ada haar evenwicht verloor en zich staande wist te houden door een stoel vast te pakken.

'Ik kom eraan,' zei ze.

Ze keek of ze zijn brandende sigaret zag in de kelder, zijn schaduw in de wijnkelder. Je hebt er de tijd voor genomen, Ada. Madame sloot het luik, deed een enkele gloeilamp aan die een zwak licht verspreidde in de duisternis. De kelder stond vol met vaten die vijf hoog lagen opgestapeld en een aantal steekwagentjes. De aarden vloer rook naar paddenstoelen. Madame had een stuk linoleum en twee stoelen met een harde rug naar beneden gebracht. Er stond een picknickmand naast een ervan, gevuld met brood en kaas. Ze had zich voorbereid op deze dag. Ze wist dat de oorlog eraan zat te komen. Ada had het ook moeten weten.

'Mijn echtgenoot,' jammerde Ada. 'Hij is niet hier.'

'Je man?'

'Ja. Waar is hij?'

'Je echtgenoot?'

'Ja. *Mon mari.*' Ada vroeg zich af of madame doof was, of zwakzinnig. 'De man die gisteravond bij mij was. Snor, bril. Mijn echtgenoot.'

'Ja, ja,' zei de vrouw. 'Ik weet wie hij is. Hij is gisteravond vertrokken.'

Ada hinkte naar de stoel en ging zitten. Het bloed klopte tegen haar slapen. 'Hij is vertrokken?' Haar stem klonk zwak.

'*Oui*,' zei Madame. 'Hij ging weg om zijn vrouw te zien. Ze zouden naar Oostende gaan, naar de veerboot, naar Engeland. Ik zei dat hij geluk nodig had, want het vervoer is niet meer wat het was. Er valt geen benzine te krijgen, weet je? Maar hij stond erop.'

'Nee,' zei Ada. 'Er is iets fout gegaan.'

'Nee,' zei de vrouw, en ze klonk bijna opgewekt. 'Hij was vastberaden. Zei dat hij terug moest naar Engeland.'

Stanislaus was vertrokken? Om zijn vrouw te zien? Engeland, waar hij gevangen kon worden genomen? Er klopte niets van.

'En ik dan?' vroeg Ada.

'Hij zei dat jij andere plannen had. Je zou wel weten wat je moet doen.'

De kracht verliet haar lichaam. Ze dook als verdoofd ineen. Dit moest over iemand anders gaan dan degene over wie madame het had. Als het ochtend was, wanneer het licht was, zou ze op pad gaan en hem zoeken. Hij was daar ergens buiten, verdwaald. Misschien was hij gewond. Ze moest hem vinden. De Duitse kanonnen waren nog steeds ver weg, hoewel ze dichtbij genoeg klonken.

*

De straat boven de kelder trilde. Ze kon auto's voorbij horen rijden, mensen die over de keitjes liepen, het gepiep van een kruiwagen en de kordate bel van een fiets. Er was een houten valdeur naar de straat waardoor de bezorgers hun vaten naar beneden rolden. Ada kon het daglicht door de naden heen zien.

'Je moet nu niet naar buiten gaan,' zei madame. 'De vorige oorlog... de Duitsers. Zulke wreedheden.' Ze hield haar tegen, haar knoestige hand op Ada's arm, gerimpelde vingers lagen om haar pols.

Ada schudde haar van zich af. 'Hij wacht misschien op mij,' zei ze. 'Buiten. We moeten hem binnenlaten.'

'Hij is verdwenen.' Madame schudde haar hoofd. Ze kent Stanislaus niet, dacht Ada. Of ze had hem verkeerd begrepen, hij sprak verschrikkelijk slecht Frans.

Ze kon stemmen horen, gedempt, dringend, maar ze kon ze niet goed verstaan. De stad was wakker en levendig, en Stanislaus maakte er onderdeel van uit.

Ze bevrijdde zich uit madames greep, pakte haar handtas, klom de ladder op en duwde het luik van de kelder naar het café open. Het ochtendlicht stroomde naar binnen, stofdeeltjes dansten in het zonlicht. Ada keek achterom naar madame die bij de stoel stond met een linnen servet in haar hand.

'*Vous êtes folle!*' zei madame en ze schudde haar hoofd.

Ada schoof de grendels van de voordeur en glipte naar buiten. Het licht was helder en de zon voelde warm aan. Aan deze kant van het huis was de straat stil en verlaten, alsof er een leger van demonen voorbij was gekomen en de zielen had opgeruimd. Ze rook de zoete balsem van een boom met jonge blaadjes die aan de overkant van de weg stond. Ze dacht aan Stanislaus zo lang geleden, de geur van bomen die de liefde bedrijven. Haar blaar deed nog steeds pijn en ze plukte wat bladeren en schoof ze achter in haar schoen, waarna ze tikkend met haar hakken de hoek omging, lichtjes trekkend.

De gebouwen waren hoog, muren van rode baksteen met klokgevels. Ada sloeg af en liep een andere straat in. Ze zag niemand. Er was nergens een teken van de Duitsers te zien. Een man op een fiets kwam haar kant op en even wist Ada zeker dat het Stanislaus was. Hij fietste voorbij, een man met blond haar en een wellustige blik. Hij draaide zich om om haar aan te staren terwijl hij voorbijfietste. Ada greep naar haar kraag. Ze had in haar haast haar bloes scheef dichtgeknoopt, de bovenkant stond wijd open, haar onderjurk was te zien. Haastig aangekleed. Vrouw van de nacht. Ze wachtte tot de man voorbij was, schikte haar jurk en begon te rennen voor het geval hij zou terugkeren. Haar blaar ging kapot terwijl haar schoenen klepperden over de keitjes.

De straat kwam uit op een groot plein dat vol stond met honderden mensen. Ada bleef staan, deed haar handen over haar gezicht om haar neus te bedekken. De geur van angst die ze had leren kennen in Parijs, was ook op dit plein te ruiken. De vreselijk zure smaak op haar tong, geweeklaag weergalmde in haar oren. Gezichten die vastbesloten stonden, ogen die gefixeerd waren op wat voor hen lag, de ellebogen uitgestoken, mensen die koffers en kinderen met zich meetrokken. Ze riepen en schreeuwden, duwden fietsen of kinderwagens volgeladen met bezittingen voort. Er was een oude dame in een kruiwagen, haar haar steil en wit, haar gezicht vel over been en vertrokken, tranen stroomden over haar holle wangen, handen met knokige knokkels die de zijkant van de kruiwagen vastgrepen, terwijl haar zoon worstelde om deze in evenwicht te houden. Auto's toeterden geïrriteerd terwijl ze probeerden zich door de mensenmassa te wurmen. Een brouwerspaard snoof paniekerig en trok aan de krakende assen van de kar. Iedereen was lichtgeraakt. Ze had dit eerder gezien in Londen, in Parijs. Maar nu was het echt. De Duitsers kwamen. België had veilig moeten zijn.

Ze zou Stanislaus in deze menigte nooit kunnen vinden. Misschien had hij weten te ontsnappen of misschien was hij gevangengenomen en lag zijn lijk te vergaan achter de vijandelijke linies. Ze sloot haar ogen om die gedachte van zich af te schudden. Ze probeerde de logica achter alles te ontdekken, achter zijn daden. Hoe kon hij een vrouw hebben? Sinds ze uit Londen waren vertrokken, hadden ze elke dag samen doorgebracht. Hij kwam altijd thuis, hoe laat het ook was. Ada zou het hebben geweten. Madame had het mis. Maar waarom waren ze dan zo snel uit Parijs vertrokken? Waarom waren ze naar België gegaan? Waarom naar Namen? Waarom hier?

De menigte duwde tegen haar aan. Ze herkende waar ze waren, dicht bij het treinstation. De mensen gingen in die richting. Ze wilde weg bij al die mensen, ze moest nadenken. Ze probeerde zich om te draaien en tegen de stroom in te gaan. Niemand had notie van haar, niemand gaf om haar. Ze was alleen tussen duizenden bange, vluchtende mensen. Stanislaus was weg. Ze had geen idee waar ze heen moest of wat ze moest doen. Ze had niemand die ze om raad kon vragen. Ze liet zich door de menigte meeslepen. Misschien wisten zij waar ze heen gingen. Misschien wisten zij waar het veilig was.

Parijs. Ze kon teruggaan naar Parijs. Monsieur Lafitte, madame Breton. Zij zouden voor haar zorgen. Ze zou uitleggen waarom ze vertrokken was zonder hen te waarschuwen. Stanislaus had zichzelf een beetje in de nesten gewerkt. Ze dachten dat hij een Duitser was.

En toen kwam de waarheid hard bij haar aan. Stel dat Stanislaus een Duitser was? Stel dat mevrouw B. al die tijd gelijk had gehad? Hij was een spion en zij was zijn alibi. Ze probeerde zich weer om te draaien, maar de druk van de menigte was te sterk. Ik moet naar de zijkant, dacht ze, naar de zijkant, naar voren en naar de zijkant. De menigte was daar minder compact.

Een man trapte op haar teen en ze gaf een gil.

'*Excusez moi, mademoiselle*,' zei hij. '*Excusez moi*.' Hij bleef niet hangen. Zijn ogen waren strak gericht op de ruimte die voor hem lag.

Ada was het plein overgestoken en ging staan in een galerij uit de buurt van de menigte. Wat had hij in Londen gedaan? Ze had het hem nooit gevraagd. Hij nam haar mee naar Parijs. Zei dat er geen oorlog zou komen, dat hij niet terug kon naar Engeland. Ze had hem beloofd dat ze zou blijven. Ze waren een leuk, jong stel en zij was zijn dekmantel. Waar haalde hij zijn geld vandaan? Wat voor soort zaken deed hij? Hield hij van haar?

Ze was stom geweest. In de ban van hem. En toen België, Namen. Natuurlijk. Hij wist dat de Duitsers kwamen, hij moet dat hebben geweten. Hij wilde zich bij hen aansluiten; hij ging niet naar zijn vrouw, hij had geen vrouw. Dat was een codewoord. Spionnen gebruikten die. Natuurlijk had ze zijn paspoort nooit gezien. Dat kon hij niet aan haar laten zien. Dan zou hij zijn dekmantel verpesten. Jij doet het woord, Ada, als we bij de grens komen. Liet haar hier achter, ontdeed zich van haar nadat hij klaar met haar was. Nut bewezen, missie volbracht.

Een vliegtuig hoog in de lucht bracht een gestadig ritmisch gedreun voort alsof het een enorme wesp was. Het vloog laag genoeg voor Ada om een swastika op de staart te zien, het kruis aan de zijkant en de schimmige vorm van een piloot in de cockpit. Even later was er een explosie die zo dichtbij was dat de grond trilde. De menigte gilde en stoof uiteen. Ze hoorde het angstige gehinnik van de paarden, het geschreeuw van de kinderen, ze zag mensen vallen en vertrapt worden. Ze stond als bevroren aan de zijkant van het plein. Een ander vliegtuig kwam in zicht en Ada besefte dat het de mensenmenigte had gezien en zich gereedmaakte om deze aan te vallen. Ze baande zich een weg door de galerij en rende naar een zijstraat. Ze rende en rende terwijl er nog een bom naar beneden kwam zetten, dichterbij deze keer. Door de explosie schudde de grond en ze struikelde en viel. Sta op, sta op. Ze wist dat ze moest rennen, uit de buurt van de open straten, en beschutting moest vinden. Ze hoorde een zwaar gerommel. Voor haar stortte een gebouw in, een reus met verbrijzelde knieën, het stortte neer in een dikke nevel van gruis. Ze moest terug naar madame, naar de kelder, beschutting.

Ze kwam overeind en keek rond. De lucht was gevuld met stof, plakkerig, grijs pleister dat haar neus verstopte en aanvoelde als as op haar handen en in haar mond. Ze probeerde het pleister uit te spugen, maar het bedekte haar tong en werkte als vloeipapier dat haar spuug opzoog. Ze had geen idee waar het pension was of hoe het heette of in welke straat het stond. Ze was verdwaald. Haar voet was plakkerig. Ze had haar knie opengehaald toen ze viel en het bloed liep langs haar scheenbeen aan de zijkant haar schoen in. Haar blaar klopte. Ze trok haar schoenen uit. Ze moest rennen. Wegwezen. Misschien was het pension naar rechts. Ze was schuin het plein overgestoken. Die weg in, de eerste straat rechts, maar die straat kwam uit bij het begin en slingerde weer rond. Ze liep in rondjes.

De menigte was gevlucht en had beschutting gezocht. Er vloog nog een vliegtuig in de verte en ze hoorde geschutvuur. Het vliegtuig kwam in zicht en Ada keek gefixeerd toe hoe de lange, zwarte bom achter een rij huizen in de buurt viel. De grond schokte. Ze hoorde het gerinkel van brekende ruiten, voelde hoe een glasscherf tegen haar arm sloeg en zag een dikke zwarte rookwolk opstijgen uit een nabijgelegen straat. Er waren nu meer vliegtuigen, en meer bommen, en ze kwamen steeds sneller. Nergens was het veilig. Er lag overal om haar heen gebroken glas en zij liep op blote voeten. Ze trok haar schoenen weer aan, ineenkrimpend door de pijn van de blaren. Ze rende weg van de ontploffing, een andere straat in die ze niet herkende, weg, weg. Haar gedachten gingen net zo snel als haar benen. Ze bad voor de eerste keer sinds maanden. Alstublieft, God, alstublieft, God...

Ze sloeg een hoek om. Twee van hen. Ze stonden daar, in het volle zicht, en staarden haar aan.

Les Soeurs de la Bienveillance. Zware zwarte mantels en witte gesteven kappen. Ze herkende het habijt. Het was dezelfde orde als waar haar tante Vi zich vijftien jaar geleden bij had aangesloten.

'Alstublieft,' zei ze. Ze kon de woorden uit haar mond voelen stromen, op zoek naar ruimte, erom smekend gehoord te worden boven het gebrul van de bommenwerpers uit. 'Alstublieft. Help mij. *Aidez moi.* Ik heet Ada. Mijn tante is een zuster, een van jullie, zuster Bernadette van Lourdes, misschien kent u haar? Ze heeft haar noviciaat hier in België gedaan.' Of was het Frankrijk? Ada kon het zich niet herinneren. Ze was toen nog maar klein. 'Ik ben verdwaald. Mijn man...' Wat kon ze zeggen? 'Ik ben alleen.'

'Uw man?' zei een van de nonnen.

Ze moest haar leugen volhouden. 'Ja,' sprak ze snel. Het geschutvuur en de explosies waren gestopt. Rook en stof bleven hangen als een gordijn, en de geur van kapot metselwerk en brand vulde de lucht. Dit was misschien wel haar enige kans. 'Ik heb mijn man verloren.'

Ze voelde zich misselijk en haar hoofd begon te tollen. Toen ze weer bijkwam, zat ze op de grond met haar hoofd tussen haar benen.

'Madame,' zei een van de zusters. 'Madame, u kunt hier niet blijven. Het is hier niet veilig.'

'Help me,' zei Ada. Haar stem klonk ver weg, een ver geluid in haar hoofd. 'Ik kan nergens naartoe.'

De nonnen trokken haar omhoog, een aan elke kant. Ze werd stevig vastgehouden aan haar elleboog. 'Kom met ons mee.'

Ze steunde op hen, bewoog haar benen, de een voor de ander, maar haar botten waren in elastiek veranderd en ze had geen kracht meer over.

Ze was zich bewust van een angstaanjagende stilte, opstijgende rookwolken in een helderblauwe lucht, een rivier die glinsterde in het zonlicht en een kasteel hoog op een heuvel. Ze was zich ook bewust van de ongelijke kinderkopjes en het gebroken glas, en daarna een poort met smeedijzeren letters: LA RÉSIDENCE DE SAINT-JOSEPH. De nonnen leidden haar naar binnen, een grote hal in met een marmeren zwart-witte tegelvloer als een schaakbord en een levensgroot beeld van Sint-Jozef dat in het midden stond. Hij hield een lelie in de kromming van zijn ene arm en zijn andere arm hield hij omhoog alsof hij iemand zegende. Een van de nonnen liep de gang door en de andere leidde haar naar een lange, houten zittekist.

'*Asseyez-vous*,' zei ze. '*Attendez*.'

Ada ging zitten. Ze voelde zich nog steeds duizelig en slap. Het geluid van de bommen en de vallende brokstukken weergalmde in haar hoofd. Ze had in dagen geen echte maaltijd gehad, geen maaltijd met vlees en aardappelen. Ook had ze dagenlang niet goed geslapen. Ze deed haar ene schoen uit en toen de andere. Haar voeten waren vies, bloederig en zwart van de weg. Ze drukte haar handtas stevig tegen zich aan. Hij was versleten en stoffig, en puilde uit door de teddybeer die erin zat gepropt. De beer bracht haar geluk. Hij had haar tot dusver in leven gehouden. Ze viste naar haar poederdoos en lippenstift. Ik moet eruitzien als een spook.

Ze hoorde het getik van kralen, het ruisen van zware rokken, en ze rook heel mild het talkpoeder van de nonnen. Een van degenen die ze op straat was tegengekomen droeg een dienblad. Een andere non, groot en mager, straalde een air van autoriteit uit. Zij moest het hoofd zijn. Hoe zei tante Vi ook alweer dat ze genoemd werd? Eerwaarde? Moeder? Eerwaarde moeder. Er liep een oudere zuster met een streng, rood gezicht achter haar. Ze had een ronde bril met een hoornen montuur op. De non die haar deze ochtend had gered zette het dienblad naast haar neer op de zittekist. Er stond een glas water met wat brood op. De grote non naderde Ada met uitgestrekte armen ter begroeting.

'*Je suis la Bonne Mère*,' zei ze. Ada probeerde op te staan, maar haar knieën weigerden. De eerwaarde moeder zat naast haar en wees op het dienblad. *Mangez.* Ada dronk het water en voelde hoe het haar keel verzachtte. Ze brak een stuk van het brood af en stak het in haar mond.

'Je bent Engels,' zei de moeder-overste. 'Je hebt je echtgenoot verloren.'

Ada knikte.

'Hoe heet je?'

'Ada Vaughan.'

'En je bent het nichtje van onze geliefde *sœur* Bernadette van Lourdes?'

Ada knikte weer. Haar mond trilde. Ze was nog nooit zo alleen of zo bang geweest.

'Ik ben het vergeten,' ging de moeder-overste verder. 'Hoe heette je tante voordat ze werd ingewijd?'

'Tante Vi,' zei Ada. Ze corrigeerde zichzelf. 'Violet. Violet Gamble.'

'En wanneer trad ze toe?'

'Dat herinner ik me niet,' zei Ada. Ze wist dat ze werd getest. Ze kon zich voordoen als iemand anders. Als ze het verkeerde antwoord gaf, dan zouden ze haar wegsturen, de straat op. 'Ik was nog klein toen ze vertrok, maar het moet ongeveer vijftien jaar geleden zijn geweest. Misschien tien.' Ze voegde eraan toe:

‘Ik denk dat ze hier verbleef.’

‘En waar kwam ze vandaan?’ zei de andere non met het rode gezicht. Ze sprak Engels met een Iers accent. Ze klonk streng, alsof Ada een leugen vertelde.

‘Londen,’ zei Ada. ‘Walworth. Inville Road 19, Walworth.’

De non met het rode gezicht knikte naar de moeder-overste.

‘Help mij alstublieft,’ zei Ada.

‘Hoe?’ vroeg de moeder-overste. ‘We zorgen voor oude mensen. We moeten aan hen denken.’

‘Ik kan voor u werken.’ Tante Vi had gezegd dat ze niet-geestelijken in dienst hadden om schoon te maken, de afwas te doen of de bedden op te maken. Ada kon dat doen. Ze kon geen kant op. ‘Laat me alstublieft blijven. Ik doe alles. Ik kan nergens heen.’

De moeder-overste klopte op Ada’s hand, stond op, liep naar een hoek en gebaarde naar de andere zuster om bij haar te komen. Ze keerden hun rug naar Ada toe en staken hun hoofden bij elkaar. Ada kon niet horen wat ze zeiden en ze was er ook niet zeker van of ze hen zou begrijpen als ze het wel kon horen. De moeder-overste sprak snel.

Ze kwamen na een paar minuten terug. ‘We kunnen je onderdak aanbieden.’ Ze haalde haar schouders op. ‘Maar voor hoe lang?’ Ze draaide haar handen zo dat de palmen naar boven gekeerd waren. ‘*Je ne sais pas.* Als de Britten ons helpen en de Duitsers verdrijven, een paar dagen misschien. En dan moet je gaan.’

Ada knikte. Ze zou hier veilig zijn, veiliger dan in het pension. Bovendien zou ze het pension nooit kunnen terugvinden, niet nu, met de bommen en de rook.

‘Dank u wel, Bonne Mère,’ zei Ada. ‘Dank u zeer.’

De Britten zouden hier snel zijn. Het zou in orde komen. Ze zouden haar terug naar Londen sturen, naar vader en moeder.

De moeder-overste knikte en stopte haar handen achter haar scapulier. ‘Zuster Monica,’ zei ze met een hoofdknikje in de richting van de andere non, die Ada kwaad aankeek, 'heeft de leiding over onze novices. Ik laat je bij haar achter. Ik heb het nu erg druk.' Ze draaide zich op haar hakken om en liep met vastberaden tred de gang door.

'Ze is niet de enige die het druk heeft,' zei zuster Monica pinnig. 'En er is te weinig tijd.'

'Ik kan helpen,' zei Ada, hoewel het enige wat ze wilde doen slapen was.

'Jij? Hoe dan?'

'Ik kan naaien. En schoonmaken en...'

Zuster Monica snoof en liep weg, terwijl ze achteromkeek en zei: 'Goed, kom dan maar mee. Moeder-overste zegt dat ik een non van je moet maken.'

Ada stond op en stopte haar handtas onder haar arm. 'Een non van mij maken?'

'Ze zei dat ik je moest aankleden als een van ons.' Ze maakte een sissend geluid: 'Heiligschennis. En dan heb ik het nog niet over het gevaar. Stel dat de Duisters winnen? Wat dan?'

Er waren twee grote deuren aan het eind van de hal waarop stond: PRIVÉ. Zuster Monica ging haar voor door de deuren, een lange trap omhoog, door een andere gang een grote kamer in die vol stellingkasten stond met stapels opgevouwen gewaden, beddengoed en handdoeken.

'Je moet je wassen,' zei zuster Monica. Ze gooide een handdoek in Ada's armen en wees op een deur tegenover haar. 'Maar doe geen moeite om je aan te kleden als je klaar bent. Sla dit om je heen.' Ze gaf haar een lange, witte hemdjurk. 'En kom dan weer hiernaartoe. Doe er niet te lang over. Niet meer dan vijf centimeter water in het bad en maak het bad schoon als je klaar bent.'

Een groot bad op pootjes, een betegelde vloer en muren. Geen spiegel. Wat maakte het uit? Ze wilde toch niet zien hoe ze eruitzag. Ze draaide de kraan open. De leidingen piepten toen het warme water eruit spoot. Het bad werd niet zo vaak gevuld, dacht Ada. De leidingen zaten vol lucht, net zoals de pomp thuis. Ze kleedde zich uit en liet zich in het warme water zakken. Ze kromp ineen toen het water haar blaren bereikte en ze keek toe hoe het vuil van haar afspoelde. Ze leunde naar achteren. De onderkant van haar haar werd nat. Als ze haar ogen dichtdeed, zou ze in slaap vallen.

Zuster Monica bonsde op de deur. 'Kom eruit. Ik heb geen tijd om op jou te wachten.'

Ada droogde zich af en trok de hemdjurk aan. De jurk kreukelde op haar vochtige huid. Ze voelde zich beter door het bad en het eten. Ze voelde zich meer zichzelf.

'Ga hier zitten,' zei zuster Monica en ze wees op een stoel. Ze hield een grote schaar in haar hand. Ada staarde naar de bladen ervan.

'Geen gezeur alsjeblieft,' ging zuster Monica verder. 'Ik ken jouw soort, Ada Vaughan.'

Ze zat op de stoel en zuster Monica trok aan haar haar. Ze hoorde het krassen van de schaar terwijl de bladen knipten. Ze zag hoe een kastanjebruine lok langs haar heen zweefde naar de vloer. Ze wist dat de nonnen hun hoofd kaalschoren, maar als het slechts voor een paar dagen was, waarom moest zij het dan doen? Ze zou snel genoeg weer terug zijn in Engeland en ze zou er belachelijk uitzien. Plukken haar gleden over haar hemdjurk op de vloer.

'Nu,' zei zuster Monica, 'kom hier staan.' Ada voelde aan haar hoofd. Het was niet kaalgeschoren, maar haar haar was kort. Het voelde droog en scherp aan als stoppels. Haar haar lag om haar heen, lange amberkleurige golven alsof het afgevallen bladeren waren. Gemeen. Een gemene knipbeurt. Ze zou een hoed moeten dragen totdat haar haar weer was aangegroeid. Ze had een tulband kunnen maken van een van de staaltjes die ze in Parijs had achtergelaten. Dat zou oké zijn geweest. Maar nu zou ze naar buiten moeten met deze stekels of ze moest een sjaal vinden om haar hoofd te bedekken.

Zuster Monica doorzocht de stellingkasten en trok opgevouwen kledingstukken van de planken. 'Je kunt zuster Jeannes habijt dragen,' zei ze. 'Ze is vorige week overleden. Dit is jouw lange onderbroek. Die trek je eerst aan.' Ze hield een groot vierkant van ongebleekt katoen omhoog, die halverwege in twee stukken uiteenliep. 'Je stapt erin en trekt de koordjes aan. Middel. Benen.'

Ada stapte erin. De lange onderbroek was enorm. 'Hebt u een kleinere maat?'

Zuster Monica snoof. 'Zo meteen ga je nog vragen om een kanten directoire met brede pijpjes.' Ada zei niets. 'Nu deze.'

Keurslijf en onderrok, habijt en scapulier, riem en rozenkrans. Stevig gekeperd zwart kamgaren. Zuster Jeanne was een forse vrouw geweest en Ada zwom in haar kleren. De schoenen en kousen waren verscheidene maten te groot.

'En nu,' zei zuster Monica, 'de kap.' Ze ramde de nonnenkap op Ada's hoofd, trok er zo hard aan dat hij strak om haar schedel zat. 'En je knoopt hem hier dicht.' Haar vingers krasten langs Ada's kin toen ze de beklede knoop met kracht door een krap knoopsgat in het gesteven linnen duwde.

'Nog één ding,' zei zuster Monica. 'Als je je maandstonden hebt, kom je naar mij toe en vraag je om verband. En is dat een trouwring?' Ze wees. Ada knikte. 'Geef die aan mij.'

Ada deed de ring af en gaf hem aan de non.

'En kun je me vertellen waarom de ring een groene vlek heeft achtergelaten op je vinger?'

Ada wist dat de ring niet van echt goud was.

'Aha,' zei zuster Monica, en ze kneep haar ogen tot spleetjes als om aan te geven: ik ken jouw soort. 'Zuster Bernadette heeft me alles verteld over jouw familie. Ik herinner het me. Vaughan is je meisjesnaam. Getrouwd, ammehoela. Je bent een gevallen vrouw, een hoer, en dat heb ik tegen moeder-overste gezegd.'

Ze was dom geweest. Waarom had ze gelogen? Ze kon nu niet meer de waarheid vertellen. Niemand zou haar nog geloven of medelijden met haar hebben. Ze wilde ontsnappen aan zuster Monica en met moeder-overste praten. Ada kon het allemaal aan haar uitleggen. Zij was aardig geweest.

'Geef me je paspoort,' zei zuster Monica. 'Daar zorgen wij wel voor.'

Ada deed haar handtas open en haalde de teddybeer en haar paspoort eruit. Zuster Monica stopte het in haar zak.

'We moeten de tas verbranden,' zei ze. 'Voor het geval de Duitsers komen.'

Ada wilde protesteren, maar ze durfde niet. Ze gaf hem aan zuster Monica.

'En de teddybeer ook,' zei zuster Monica.

Dit was haar geluksbeer, hoewel Ada dat tegen deze non niet durfde te zeggen. Ze schudde haar hoofd, graaide aan de binnenkant van haar habijt, vond een zak en stopte de beer erin.

De vloer schokte en even later hoorde Ada de klap. De Duitsers bombardeerden weer, dichtbij. Zuster Monica sloeg een kruis en greep Ada's hand. Ze renden door de gang. Door de dikke rokken was het lastig om snel te bewegen. Door de deuren met PRIVÉ erop, langs en door een grote slaapzaal die naar een desinfecterend middel rook en waar zeker twintig oude mannen in bed lagen of zaten. De kamer had aan beide kanten deuren en door de deuren die het verst weg lagen, kon Ada een non zien die een bed voor zich uit duwde en een achter zich aan trok. Ze waren de zaal aan het evacueren en de bedden werden achter elkaar gezet, zodat ze in de liften konden worden gereden.

'Help hen,' zei zuster Monica. Ada volgde het voorbeeld van een jonge vrouw die een van de oude mannen hielp met lopen. Ze ging naar het dichtstbijzijnde bed, sloeg haar armen om de rug van een fragiele man, voelde zijn gewicht terwijl hij op haar steunde. Hij rook naar urine en had een muffe adem, doordat hij zijn tanden niet had gepoetst. Hij greep naar een stok en schuifelde weg. Ze ging naar het volgende bed. Deze man was groter en Ada bezweek bijna onder zijn gewicht. Ze hield zijn elleboog vast terwijl hij liep. Ze liepen de anderen achterna, namen langzame, pijnlijke passen op de steile, stenen trap naar de kelder.

*

Soms waren de explosies zo dichtbij dat de grond trilde na elke inslag. Andere keren was er alleen stilte, slechts doorbroken door het geratel van geweervuur in de verte. Ada sliep in het bed van de overleden zuster Jeanne, volgde haar dagelijkse ritme. Opstaan om vijf uur, het angelus, bidden, de mis. De korst op Ada's knie stak als ze knielde. Ze was hier nu al vier dagen en telde de dagen af. De hele dag werken. Oude vrouwen wassen, hun dunne, witte haar kammen, de mannen scheren en hun geslachtsdelen wassen. De ondersteken waren het ergst. Soms plasten de oude mannen in bed en moest Ada de doorweekte lakens afhalen en de rotzooi opdweilen. Alstublieft, God, dacht Ada, laat de Duitsers weggaan. Laat me naar huis gaan. Ze was dankbaar dat de moeder-overste haar had binnengelaten, maar ze wist dat ze dit niet veel langer kon doen, zeker niet met zuster Monica in de buurt. Zuster Venijn noemde Ada haar.

Het merendeel van de tijd brachten ze door in de kelder van het gebouw. De moeder-overste zei dat dat het beste was totdat de Duitsers vertrokken waren en er geen bommen meer vielen. Ze vertelde hun elke dag na het angelus wat er was gebeurd. Het nieuws pikte ze op van de priester die het had gehoord op zijn radio. Ada telde de dagen. Vijf. De Duitsers waren door de geallieerde verdedigingslinie in de Ardennen gebroken. Ada wist niet waar dat was, maar ze wist dat het ernstig was. Zes. Acht. Brussel was gevallen. Negen. Antwerpen was gevallen. Ada sloeg haar handen voor haar oren. Tien. Zware gevechten. Veertien. Zestien. Ruim twee weken. Dit ging misschien wel voor altijd door. Laat het ophouden. Laat het verdwijnen. Stel dat hun jongens de Duitsers niet konden tegenhouden? Wat zou er gebeuren? Ze wilde niet in een kelder leven als een non, elke dag naar moeder-overste luisteren, horen hoe ze hun voorging in gebed, als ze daarbuiten kon zijn en iets kon doen, terugvechten zoals de soldaten die ze had gepasseerd, die Britse jongens, hoewel ze niet zeker wist of ze dapper genoeg zou zijn.

Het stijve, harde linnen van de nonnenkap beschadigde haar hoofd en schuurde tegen haar kin. Een keer ving ze een glimp van zichzelf op in het glas van een raam. Zwart en vormeloos. Het habijt was warm en Ada kwam in de verleiding om een van de onderlagen uit te trekken, maar ze durfde het niet voor het geval zuster Venijn erachter kwam. Er waren een paar Engelse nonnen voor zover Ada wist, maar ze moesten allemaal Frans praten, dus ze wist niet zeker hoeveel er waren en wie wie was. Ze had niemand om mee te praten. Ze miste Stanislaus.

Toen vertelde moeder-overste hun dat de koning van België zich over had gegeven en het leger ook, na zich achttien dagen dapper te hebben verzet. Het land was nu onder Duitse heerschappij. Ze moesten desondanks doorgaan met hun roeping om voor de armen, zieken en ouderen te zorgen. Ada stond op het punt om te zeggen 'en ik dan?', maar de bel van de voordeur luidde, en toen nog een keer. Het gebeier weerklonk in de kleine, provisorische kapel in de kelder waar ze bijeen waren gekomen. De kruiswegschilderijen trilden en de kaarsen eronder flakkerden.

De moeder-overste gebaarde dat de nonnen moesten gaan zitten. Er waren stemmen in de verte die dichterbij kwamen. Laarzen op de vloer boven, een, twee, een, twee, gestamp op de stenen trappen en door de gang. De moeder-overste stond bij het altaar, keek over hun hoofden heen en wachtte. De kapeldeuren werden opengegooid en sloegen tegen de muur. Twee Duitse soldaten kwamen binnen. Ze hadden glimmende laarzen aan, smetteloze, gesteven grijze uniformen, de kragen hoog gesloten. De soldaten waren behangen met insignes. Ada was er zeker van dat er buiten nog meer stonden. Ze marcheerden naar het altaar. Een van hen nam zijn pet af en stopte deze onder zijn arm. Hij draaide zich om om hen aan te kijken en sprak hen toen toe in het Frans.

Ada's keel was droog en ze had moeite met slikken. Hier was ze dan, een Britse vrouw, en de nazi's waren zo dichtbij dat ze hen kon aanraken. De vijand. Haar benen trilden en ze drukte haar handen op haar dijen om ze stil te houden. De non naast haar telde met een asgrauw gezicht de kralen van haar rozenkrans. Een andere die voorin zat trilde en Ada vroeg zich af of ze huilde. Ze kon niet verstaan wat de Duitser zei. Hij sprak goed Frans, maar zij kon het niet allemaal volgen. Hij sprak over paspoorten, buitenlanders, vijanden. Voor hun veiligheid. Veiligheid. Hun bezittingen bijeenpakken. Buiten voor het klooster verzamelen.

Hij knikte naar de moeder-overste en hief zijn arm op. '*Heil Hitler.*' Toen draaide hij zich met zijn collega om en ze marcheerden door de kapel langs de kerkbanken naar buiten. De stalen neuzen van hun laarzen sloegen vonken op de koude leistenen vloer.

De moeder-overste wachtte tot ze de kapel hadden verlaten en sloot toen de deur achter hen. Dat leverde een zachte, eerbiedige klik op. Ze haalde diep adem en zei: 'Laten we bidden.'

De nonnen knielden, legden hun gebogen hoofd in hun handen. Een stil gebed. Ada hield van bidden, omdat dat haar de kans gaf om te dagdromen, maar deze keer bad ze in alle ernst, uit wanhoop. Dit was oorlog. Echte oorlog. Niet de nepoorlog die ze in Parijs had gezien met Stanislaus alsof er niets kon gebeuren. Nu was het zover en ze was alleen in een vreemd land vanwege haar eigen domheid en niets anders. Ze had terug naar Engeland moeten gaan toen het nog mogelijk was. Nu was Stanislaus vertrokken en was ze ver van huis. Alstublieft,

God, alstublieft, God, red me. Ze voegde eraan toe: red ons allemaal. De moeder-overste stond op.

'Zuster Brigitte, zuster Augustine,' zei ze. Haar stem klonk zachter dan Ada ooit had gehoord. Ze gebaarde dat ze moesten gaan staan. 'Zuster Thérèse, zuster Josephine, zuster Agatha, zuster Clara.'

Een voor een gingen de nonnen staan.

'Zuster Clara,' herhaalde de moeder-overste en ze keek naar Ada. Ze was het vergeten. Ze had een naam gekregen. Clara. Ze haatte die naam. Dat was zij niet.

'We hebben vijf nonnen die Brits zijn,' zei ze, 'en zuster Clara, die een Brits paspoort heeft. De Duitsers zijn nu de machthebbers. Omwille van iedereen moeten we hun gehoorzamen. We kunnen niet tegen hen liegen en doen alsof jullie Belgen zijn.' Ze haalde opnieuw diep adem en staarde naar de gesloten deuren. De nonnen zaten stil op het geruis van hun kap na, die bij elke ademhaling over hun borst schoof. Het duurde even voor ze sprak. 'God zegene u en Hij behoede u.'

Zuster Monica liep door het gangpad naar Ada toe. 'Jij ook,' zei ze.

'Ik begrijp het niet,' zei Ada.

'De Duitsers drijven alle Britten bijeen.' Zuster Monica's stem brak en Ada kon zien dat ze op haar lip beet om haar tranen binnen te houden. Ze wist niet dat zuster Venijn in staat was om iets te voelen. 'Ze nemen jullie krijgsgevangen. Je moet met hen meegaan. Doe niets wat jou of de anderen verraadt. Begrijp je dat? Hun leven hangt af van het feit dat jij je mond dichthoudt.'

Ada schudde haar hoofd. 'Waarom ik?'

'We hebben gelogen, moge God het ons vergeven. We hebben verteld dat je een non bent. Als ze erachter komen...' Achter haar brillenglazen zagen de ogen van zuster Monica er klein en treurig uit. De gruwelijkheden, had madame gezegd. Haar vader ook: de Duitsers aten baby's, wist je dat? 'De consequenties kunnen fataal zijn en zullen voor altijd op je geweten drukken.'

'En jij?' zei Ada. 'Ga jij niet mee?'

'Nee.' Zuster Monica schudde haar hoofd en zei: 'Ik heb een Iers paspoort.' Ze pakte Ada's hand en kneep erin. Het was een onverwachts teder gebaar. 'Je kunt de tas en de bijbel van zuster Jeanne gebruiken.'

Ada liep met haar de kapel uit. Haar ene hand lag op haar rozenkrans en de andere lag op de geluksteddybeer die diep in haar zak verstopt zat.

*

Haar oude angsten – hoe ze thuis moest komen zonder geld of kleren – leken nu klein en onbeduidend. Er waren nieuwe voor in de plaats gekomen, een hevige angst die elke dag erger werd. Ze zat in de val. Zij zaten in de val. Er was geen ontsnappen mogelijk. Zo zag de rest van haar leven eruit: leven als zuster Clara onder de nazi's en zorgen voor oude mensen in dit geriatrisch tehuis midden in München.

Zuster Brigitte was erin geslaagd om het kleine raam op zolder te openen, maar nu wilde het niet meer dicht. Het maakte niet uit, dacht Ada, de kamer was warm en stoffig, en lag net onder het dak. Je kon vroeg in de ochtend op het dak de duiven met hun pootjes horen krassen, terwijl ze koerden naar de andere duiven. De zes nonnen deelden de kamer. Er waren twee stapelbedden en ze sliepen er om de beurt in. Het werkte best goed, omdat de helft van hen 's nachts werkte en van bed ruilde met degenen die overdag werkten.

Ada had nog nooit zo'n vermoeidheid gevoeld. Ze werd er nerveus en huilerig van, net zoals haar tante Lily, die last had van haar zenuwen sinds ze door de zeppelins in de Eerste Wereldoorlog last van haaruitval had. Ze durfde niet aan thuis te denken, zelfs niet toen zuster Brigitte zei dat ze zich moesten richten op de prettige dingen van voor de oorlog om zichzelf op te vrolijken. Zuster Brigitte was hun leider geworden, hun nieuwe moeder-overste. Ze waren haar zelfs zo gaan noemen. Ze was niet erg oud. Ada schatte haar niet veel ouder dan dertig. Maar ze was rustig en wijs, en een slimme onderhandelaar. Ze hield voet bij stuk als dat nodig was en gaf toe als dat verstandiger was. Ze had matjes geregeld voor hun bedden en toestemming om naar de mis te gaan als de priester er was. Vader Friedel was antiek. Hij had zelf ook in dit geriatrisch tehuis moeten zitten. Hij kon zich nog net wat Latijn herinneren, *In nomine Patris, et Filii et Spiritus Sancti*, terwijl hij met zijn grote priestertas achter de dokter aan schuifelde. Hij was niet in staat om de levenden van de doden te onderscheiden.

Ada, zuster Brigitte en een muizige non die zuster Agatha heette draaiden de dagdiensten op de geriatrische afdeling. Dat was het zwaarst als alle oude mensen wakker waren, gevoerd en gewassen moesten worden. Ook moesten er medicijnen worden uitgedeeld en zweren worden doorgestoken. De patiënten roken schimmelig, lagen in hun bed met knokige knokkels en knoestige handen. Ada moest hun teennagels knippen, harde, hoornen nagels die in hun vlees groeiden. Ze moest hen afleggen als ze dood waren, bleek en grijs zonder stromend bloed. Ze moest een stijf geworden arm optillen totdat hij kraakte tegen het schouderblad en het washandje met zeep langs het reliëf van de uitgezakte huid halen. Linkerarm. Rechter. Het lijk naar voren buigen, de rug schrobben, het neerleggen, rechterbeen vrijmaken van het kruis, de geslachtsdelen schrobben, linkerbeen. Tussen de tenen. De nagels knippen, recht leggen, klaar om hun Schepper te ontmoeten.

Ada wist niet hoeveel langer ze dit kon volhouden. Leven tussen de kadavers met stijve ledematen en gestold bloed, met de lucht van bederf en formaldehyde overal om zich heen. Ze wilde haar vingers langs bewegende spieren laten glijden, in sprankelende ogen kijken, niet de oogleden vol doffe leegte sluiten. Ze wilde zachte huid en kloppende aderen en de hoop die kwam met leven en ademhaling. Ze was net negentien geworden. Ze was jong, ze wilde leven, maar de dood omringde haar, hield haar gevangen. Zoveel doden, fragiele en dementerende mensen. Vader Friedel bij de graven terwijl hij gewijd water over de kisten sprenkelde.

Van acht in de ochtend tot acht in de avond, dag na dag, week na week. Avondeten. Rust. Rúst? Dan deden ze hun eigen was, lange onderbroeken van ongebleekt katoen en onderrokken, zwaar van het water, beschimmeld voordat ze droogden, over het voeteneind van het stapelbed hangen, hun maandelijkse verband gevlekt en bruin, kappen slap en grijs. Ada repareerde de kousen. Zuster Brigitte had wat wol en een naald van een bewaker gekregen, en Ada was blij dat ze kousen kon stoppen, een weefsel kon maken, in en uit. Het leidde haar af en deed haar denken aan het werk dat ze had gedaan, aan een leven dat ze ooit had gedaan. En bidden. Altijd maar bidden. Ze deed haar ogen dicht en probeerde te slapen als ze baden, waarbij ze, heen en weer schommelend op haar knieën en met haar hoofd bij Stanislaus, het vrome gedreun van zuster Brigitte buitensloot.

*

Ze had niet gedacht dat ze de reis in die veewagen, helemaal van Namen door Frankrijk naar Duitsland, zouden overleven. De junilucht was ijl, het licht zwak en het was elke dag warmer geworden. Ze had tussen zuster Brigitte en een andere gevangene in gezeten. Dat was een man uit Glasgow die vloekte en niet stilzat. Hij stak met zijn elleboog in haar zij als hij zich omdraaide. Elke keer dat de trein stopte, werden er nog meer mensen in geduwd. Tegen het eind kon niemand zich meer bewegen. Ada probeerde haar voeten te bewegen, hoog op haar tenen te gaan staan en zich weer te laten zakken. Ze voelde haar enkels opzwellen, zelfs in de te grote schoenen van zuster

Jeanne. Er was een lange man in de hoek van de wagon die de leiding nam. Hij was Engels, sprak bekakt en Ada kon zich voorstellen hoe hij thuis in een ander leven was geweest, een directeur van een grote onderneming, misschien een legerofficier of een dokter. 'We zijn op weg naar het strand,' brulde hij, 'in een janplezier. Laten we wat liedjes zingen. Allemaal tegelijk: *Ten green bottles sitting on the wall.*' Het monterde Ada in het begin op: '*And if one green bottle should accidentally fall.*' Maar met het verstrijken van de dagen werden de stemmen breekbaarder en het werd stil in de wagon, een stilte die slechts doorbroken werd door zeurderig gehuil en een krijsende baby. Angst hing als het zwaard van Damocles boven hun hoofd, de onbeantwoorde vragen vraten van binnenuit de sterke, stalen kling aan. De man probeerde hen in beweging te brengen, om de bloedcirculatie op gang te houden. Hij vroeg hun om plaats te maken voor de zwakkeren, om iemand te laten zitten of te laten leunen tegen de zijkant. Ze schuifelden naar de achterkant of de voorkant van de wagon. Ada werd op haar tenen getrapt. Het waren pijnlijke steken, maar na een dag voelde ze het niet meer. Ze hadden geen water en moesten staand slapen terwijl de wielen piepten en de remmen krijsten.

'We moeten dankbaar zijn en de Heer danken,' zei zuster Brigitte toen ze zes dagen later in München aankwamen en begrepen wat ze moesten doen. 'Het is onze roeping om zieke ouderen te verzorgen, ongeacht waar ze zich bevinden.' Ze keek toen naar Ada. 'Of wie ze ook zijn.' Zuster Monica moest het haar verteld hebben: je kent haar soort. Ik moet niets verkeerds zeggen, dacht Ada.

Ada was het niet eens met zuster Brigitte. Deze mensen waren uiteindelijk de vijand, ongeacht hoe oud of ziek ze waren.

Er was één emmer geweest in het rijtuig. Mensen stonden in hun bevuilde kleren en huilden van schaamte. Ada's neusgaten raakten verstopt door haar eigen stank. Haar keel en mond leken wel schuurpapier. Kedeng, kedeng. De trein was gestopt. Buiten de wagon werd er geschreeuwd. De zijdeuren van de wagon werden geopend en de gevangenen knipperden met hun ogen door het felle licht. Ze haalden diep adem alsof ze vissen op het droge waren en struikelden onderweg naar buiten over de doden en stervenden in de wagon. Op het bord op het station stond: MÜNCHEN. 'Beieren,' had zuster Brigitte gefluisterd, 'katholieken.' Alsof dat wat uitmaakte. Ze wilde wegrennen of doodgaan. Laten ze haar maar neerschieten, in stukken rijten, ver hiervandaan. Maar ze was te zwak en te bang om te rennen.

Ze mochten niet praten als ze in het tehuis werkten, niet tegen elkaar of tegen anderen. Ook al was het geen gevangenis, ze waren gevangenen, dwangarbeiders, met overal bewaking om hen heen. Het bejaardenhuis was een groot gebouw en alleen voor mannen; voormalige legerofficieren en gepensioneerden, zakenlui, mensen die iets voorstelden, die zich in konden kopen. De gezonde mannen konden gaan en staan waar ze wilden. Het waren voor het merendeel weduwnaren die geen idee hadden hoe ze voor zichzelf moesten zorgen nu hun vrouw eenmaal was overleden en die geen huishoudster wilden. Ze hadden een comfortabele zitkamer, een ruime eetzaal en een grote serre met openslaande deuren naar de tuin. De zieke ouderen waren veel ouder en woonden in het aangrenzende ziekenhuis. De bewakers kwamen hun slaapzalen op, richtten hun wapenstokken op hen en schreeuwden tegen hen en alle andere vrouwen die daar werkten. Dat waren Poolse vrouwen, bij wie een grote 'P' op hun versleten kleren was gespeld. Ze werden gedwongen om de vloeren van de slaapzalen te schrobben, de zware was te doen, graven te delven en in de moestuin te werken.

'Beleefdheid kost niets,' zei zuster Brigitte tijdens een van haar avondlijke preken. 'Zelfs al mogen we niet met hen praten. De Poolse vrouwen zijn ook gevangenen, net zoals wij. Sta hun toe te passeren. Toon je dankbaarheid door te knikken. Ze zijn net zo bang en alleen als wij.'

Nog banger, dacht Ada, aan de manier te zien hoe ze als een gek met hun ogen draaiden om ervoor te zorgen dat geen bewaker het zag, hun hoofd naar haar schudden alsof ze zeiden: zorg er niet voor dat we in de problemen komen. Maak het niet erger.

De nonnen hadden toestemming om de zieke, oude mensen naar de tuin te brengen, om de bedden naar buiten te rijden en hen te laten genieten van de zon en de frisse lucht in te laten ademen. De zomer was warm geweest, maar nu was het oktober en de temperaturen daalden 's nachts tot onder het nulpunt. Er was geen verwarming in hun kamer en Ada vroeg zich af hoe het hartje winter zou zijn, met de tocht van het raam dat niet dicht wilde en slechts een enkele deken op het bed.

'We moeten blij zijn dat we nog leven,' zei zuster Brigitte, 'en dat we het druk hebben. Ledigheid is des duivels oorkussen.'

De oude mensen kregen goed te eten. Degenen die gezond waren hielpen de gevangenen in de moestuin. Ze verbouwden groenten, maar de SS eiste het merendeel van de groenten op en er bleef maar weinig voor hen over. De zwakkeren waren aan bed gekluisterd en kregen vloeibaar voedsel in hun mond gelepeld. De nonnen aten koolsoep met knoedels en Ada kwam aan.

'Kan ik je even spreken, zuster Clara?' zei zuster Brigitte op een avond eind oktober terwijl ze de trappen op liepen naar hun zolderkamer. Ada vroeg zich af wat ze had gedaan. Misschien had ze in haar slaap gepraat of gevloekt. Had ze geheimen verteld, niet dat ze er veel overhad. Zuster Brigitte wist dat ze geen echte non was en misschien wist ze wat zuster Monica had geraden, dat ze ook geen echte echtgenote was geweest. Of misschien had ze wat nieuws. Ada wist dat ze met een bewaker had gesproken; niet echt gesproken, want ze sprak geen Duits, maar ze had een rood kruis getekend en erop gewezen. 'Want,' zo had ze aan hen uitgelegd, 'ze kunnen aan onze families laten weten dat we hier zitten.'

Misschien was er nieuws van Stanislaus. Hij was hier in Duitsland. Hij had haar opgespoord en kwam haar redden. Ik ben de weg kwijtgeraakt die nacht, Ada. Kom bij me terug. Dat zou ze ook doen. Hem vergeven. Gewoon een vergissing.

'Er is mij iets opgevallen,' zei zuster Brigitte. Ze zat op het onderste bed van het stapelbed en klopte op de plek naast haar om aan te geven dat Ada naast haar moest komen zitten. 'Je hebt je maandstonden niet gehad. Is er iets wat je me moet vertellen?'

Ada haalde haar schouders op. 'Het is de schok.' Haar moeder zei altijd dat dat kon gebeuren bij vrouwen. 'En de zorgen. En de vermoeidheid.'

'En ben je misselijk?'

'Alleen als ik mensen moet afleggen. Ik kan die lijken niet verdragen, weet je. Die lucht.'

'Was je getrouwd?' Zuster Brigitte luisterde niet naar wat Ada zei, anders zou ze niet van die vreemde dingen vragen.

'Ja, maar...' Ada onderbrak zichzelf. Ze kon niet zeggen 'niet echt', voor het geval zuster Brigitte de waarheid niet kende.

'En het huwelijk was geconsumeerd?'

Dit had niets met zuster Brigitte te maken.

'Wanneer was je voor het laatst mét je echtgenoot?'

Ada wilde zeggen: houd op.

'Verwacht je een kind?' De vraag van zuster Brigitte deed haar huiveren.

Ze had er geen moment aan gedacht. Een kind. Natuurlijk niet. Maar de avond dat hij was vertrokken uit Namen. Ze was aangeschoten, Stanislaus had boven op haar gelegen. Ze had gevoeld hoe hij bij haar naar binnen was gedrongen. Het had pijn gedaan. Ze was vochtig geweest toen hij zich had teruggetrokken. Ze had een beetje gebloed. Hij had geen condoom om gehad.

Ada zat op het stapelbed en staarde naar haar gevouwen handen. Zuster Brigitte had de mogelijkheid geopperd. Het klonk logisch. Geen maandstonden. Ze was aangekomen. Ze had zelfs wat in haar voelen bewegen. Hoe noemden ze dat? Tekenen van leven? Ze had gedacht dat het iets was wat ze had gegeten of geslikt.

'Wist je het niet?' zei zuster Brigitte. Ada schudde stomverbaasd haar hoofd. Hoe kon ze een kind krijgen? Waar kon ze er een krijgen? Waar zou ze het kind houden?

'Wat moet ik nu doen?' Ze hoorde haar eigen stem die dun en ijl klonk, en ze voelde hoe haar maag ineenkromp. Zwanger. Stel dat de Duitsers erachter kwamen?

Ze kon niet zwanger zijn. Ze had het slechts die ene keer zonder condoom gedaan. Niemand raakt zo gemakkelijk zwanger, iedereen wist dat. Een baby.

'Je bent erg stil,' zei zuster Brigitte en ze klopte op Ada's knie. 'God zal ons de weg tonen.'

'Ons?'

Ze had hen allemaal in gevaar gebracht. Ze zouden er allemaal voor boeten als ze een kind kreeg en de Duitsers erachter kwamen dat ze geen non was, dat de nonnen hadden gelogen en haar een dekmantel hadden bezorgd. Ze raakte in paniek.

'Ik zou kunnen zeggen dat ik verkracht ben,' zei Ada. Het lag voor de hand wat ze moest doen. 'Door een soldaat. Dat zou misschien aannemelijk zijn.'

'Het zou een leugen zijn.'

'Misschien moet dat dan maar,' zei ze. Ze slikte moeizaam. Ze was goed geworden in liegen. 'Zouden ze mij de baby laten houden?'

'Als je liegt,' zei zuster Brigitte, 'dan moet je ermee leven.

Bedenk wel: al is de leugen nog zo snel, de waarheid achterhaalt hem wel.'

'Maar de baby?'

Zuster Brigitte schudde haar hoofd. 'Misschien kan een goede Duitse familie hem adopteren.'

'Mijn baby afnemen?'

'Zuster Clara, we kunnen de baby niet houden. Hoe gaan we het verstoppen? Hoe houden we het stil?'

Ze kon de baby niet weggeven, niet aan de Duitsers. Ze zou ontsnappen. Wat kleren van de oude mensen of de andere gevangenen pakken. Vodden. Ze zou er dan niet uitzien als een non. Ze zou langs de bewakers moeten zien te komen. Doen alsof ze een van de Poolse vrouwen was. Zij sliepen ergens anders. Wegglippen als niemand keek. Misschien was er een Duitser die medelijden met haar zou hebben. Haar zou helpen thuis te komen. Of Stanislaus zou zoeken. Hij zou dan bij haar terugkomen en voor hen allebei zorgen. Ik heb altijd een zoon gewild, Ada.

Maar ze zou hem nooit vinden. Ze was stom geweest om hem te geloven. Ze had zich moeten verzetten die avond in Namen, hun laatste nacht samen, voordat de Duitsers kwamen. Ik ben te moe, Stanislaus, veel te moe. Nu was ze hier, een krijgsgevangene, en zwanger. Slechts in leven doordat ze zich voordeed als non.

En als ze zou ontsnappen, wat gebeurde er dan als ze werd gepakt? Zuster Brigitte en de anderen zouden eronder lijden. Ze kon zien hoe de bewaker met zijn wapenstok sloeg. Waar is ze naartoe? Zeg het! Zuster Brigitte zou geen krimp geven. Maar de anderen wel. Vooral de muizige zuster Agatha. En als ze bleef en ze kwamen erachter? Wat zou er dan gebeuren? Het was hopeloos. Er was geen ontsnappen mogelijk.

'Laten we knielen en bidden,' zei zuster Brigitte. Ada liet zich van het stapelbed afglijden en knielde neer. Ze rekende uit dat ze zo'n vijf maanden heen was. Zwanger. Opgesloten.

Ze deed haar ogen dicht. Hete, boze tranen rolden over haar wangen.

*

De stenen vloer was koud. De ballen van haar blote voeten waren gevoelloos, haar tenen bevroren, gekruld om de rand van de tegel. Haar benen vormden een dood gewicht. De maan verlichtte de overloop onder haar, een witte rechthoek tegen het zwart van het trappenhuis.

Ze zwaaide naar voren, wankelde en trok zich weer terug.

Er waren vijftien traptreden op deze trap en vijftien op de trap eronder. Ze had ze geteld. De trap in Theed Street had er slechts twaalf, maar dat was genoeg geweest voor hun buurvrouw om te vallen en een miskraam te krijgen.

Haar hemdjurk was dun en Ada huiverde. Ze greep de leuning vast en legde haar hand tegen de muur. Ze hoefde zich alleen maar af te zetten.

Het was een doodzonde, maar het was niet alleen voor haar. Het was voor iedereen, want de andere zusters zouden eronder lijden. Tel. Op drie, zei ze tegen zichzelf, op drie.

Ze strekte haar rug en hield haar handen stevig langs haar zij. Het enige wat ze moest doen, was naar voren zwaaien en loslaten. Stel nu dat ze in plaats daarvan iets brak? Haar schedel openspleet?

Eén.

Ze tilde haar voet op. Deze traptreden waren van steen. De trap in Theed Street was van hout. Hun buurvrouw had slechts een paar blauwe plekken en een bult op haar voorhoofd.

Twee.

Ze haalde diep adem. Het was een lange weg naar de vlek maanlicht op de overloop onder haar. De trap was steil en donker.

Ver onder haar ging er een deur open en ze hoorde stemmen. Ze boog zich naar voren, verloor vaste grond onder haar voeten. Haar hemdjurk zat verstrikt om haar benen. Ze wilde haar val breken, maar voelde haar hoofd tegen een tree slaan en haar rug tegen de muur, terwijl haar arm het onder haar begaf en ze van de ene naar de andere kant stuiterde. Ze hoorde zichzelf schreeuwen, een doordringende gil die van ver leek te komen. Er ging een lamp aan.

Ze lag gebogen op de trap. Haar ene been over het andere geslagen. Ze was niet ver gevallen. Op zijn hoogst vijf traptreden, hoewel het er veel meer leken.

'*Was ist los?*' Een Duitse soldaat stond over haar heen gebogen, een laars dicht bij haar gezicht, de loop van zijn geweer naar beneden gericht. Haar hoofd klopte en ze had een stekende pijn in haar zij. Ze probeerde te praten, maar hoorde zichzelf schor fluisteren terwijl ze naar adem hapte.

'Zuster Clara, ben je in orde?' hoorde ze zuster Brigitte boven haar zeggen.

De soldaat verplaatste zijn laars naar een lagere trede.

'Ze viel,' zei zuster Brigitte, terwijl ze naar beneden rende over de trap. 'Ze slaapwandelt, dat is alles.'

Ada kon zien hoe zuster Brigitte met haar hand wuifde om hem te laten weten dat hij kon gaan. De soldaat aarzelde, draaide zich om en liep naar beneden.

*

'Je hebt in elk geval één gebroken rib,' zei zuster Brigitte, 'als het er niet twee zijn. En een lelijke bult op je slaap. Maar je hebt in elk geval de baby niet verloren.'

Elke keer dat ze ademhaalde, vlamde de pijn op. Ze lag op haar rug. Ze kon zich niet omdraaien, dat deed te veel pijn. Allemaal voor niets. Misschien dat de schok ervoor zou zorgen. Misschien werkte het op die manier. Dat je de baby erna verloor. Ze had hem genoeg door elkaar geschud. Dat zou er wel voor zorgen dat hij los zou laten, zichzelf weg zou spoelen.

'Arme kleine wurm,' zei zuster Brigitte terwijl ze aan Ada's buik voelde. 'Hij moet wel hebben gedacht dat hij in een achtbaan zat.'

Geloofde zuster Brigitte het verhaal dat ze aan de soldaat had verteld? Slaapwandelen. Over haar hemdjurk gestruikeld. Haar evenwicht verloren. Misschien wel, ze kon vast niet geloven dat Ada dit met opzet had gedaan. Zuster Brigitte noemde de baby 'hij'. Hij. Alsof de baby al iemand was. Ada wenste dat ze dood was gegaan. Haar nek had gebroken, haar schedel had opengespleten. Maar de trap was te smal. Ze was klem komen te zitten. Ze was nog steeds hier, levend, in nazi-Duitsland, met pijnlijke ribben en een kloppend hoofd. En een baby die binnen in haar groeide. Ada was misselijk.

'Het komt in orde,' zei zuster Brigitte. 'Ik weet wat ik doe. Ik ben opgeleid tot verpleegster. Blijf gewoon stil liggen.'

Ada lag de hele nacht wakker in de hoop dat ze kramp zou krijgen, het bloed langs haar dijen zou lopen en de lakens plakkerig zouden worden. Haar ribben deden zeer als ze ademhaalde. Ze hoorde de duiven scharrelen op het dak, hun zachte gekoer terwijl de grijze ochtendschemering door het kleine dakraam viel. Ze miste haar moeder. Ze wenste dat ze bij haar was. Niet dat haar moeder zou goedkeuren dat ze niet getrouwd was en dan dít. Ze zou moeten liegen. Van de trap gevallen. Een ongeluk. Haar moeder zou weten wat ze moest doen. Rust. Blijf stil liggen. Misschien zou ze het bed voor zichzelf alleen hebben. Cissie zou op de vloer moeten slapen of op de bedbank in de voorkamer waar oom Jack op had geslapen voordat hij overleed. Chocolademelk. Ze zou chocolademelk drinken met heel veel suiker, draaikolken in de beker, fluwelen stoom.

Ze was zich ervan bewust dat zuster Brigitte het gebed leidde, haar handen en gezicht waste en op haar tenen de kamer uit liep. Ze werd wakker toen zuster Brigitte een arm achter haar rug liet glijden. 'Ga eens rechtop zitten en buig naar voren,' zei zuster Brigitte.

Ada kwam moeizaam omhoog en kromp ineen bij elke beweging. Ze voelde hoe zuster Brigitte aan haar hemdjurk trok en haar borsten ontblootte. Ada sloeg haar armen ervoor.

'Nou, doe niet zo preuts,' zei zuster Brigitte lachend. 'Denk je dat ik dat nog nooit gezien heb? Strek je armen uit.' Het leek alsof haar skelet uit elkaar werd getrokken. Zuster Brigitte wikkelde haar borst in een lange doek, om en om en om.

'Het maakt het niet beter,' zei ze, 'maar je kunt tenminste staan. Je moet werken.'

'Ik kan niet werken.'

'Je hebt geen keus. Vraag of Hij de pijn van je overneemt.' Ze keek Ada lang aan en stak haar hand uit. Ada pakte die beet en trok zichzelf van het bed. Zuster Brigitte nam Ada's kin in haar hand en draaide haar gezicht zo zodat ze haar recht in de ogen kon aankijken. 'Wat je hebt gedaan, is een zonde. Ik vertrouw erop dat je nooit meer zoiets verdorvens doet. Vraag aan de Heer om je te vergeven.'

Zuster Brigitte wist de waarheid. Natuurlijk. Ada schudde haar hoofd. Ze had geen idee wat ze nu moest doen.

*

Ze voelde de rok van haar habijt trekken toen ze langs de oude man liep. Ze had hem al eerder gezien. Een weduwnaar, een van de gezonde mannen die in het huiselijke deel van het tehuis woonde en die als een koning op zijn wenken werd bediend. Ze bleef staan en draaide zich om. Hij had de zoom van haar habijt gevangen met zijn wandelstok. Hij lachte, een lange man. Hij had een donkergrijs loden vest aan dat tot zijn nek was dichtgeknoopt, met een licht overhemd en een groene, moleskin broek. Hij was op een bepaalde manier knap. Zijn haar was zilvergrijs en zijn ogen waren van hetzelfde doorschijnende blauw als die van Stanislaus. Een duizelingwekkend moment lang vroeg Ada zich af of hij en Stanislaus familie van elkaar waren.

'Je bent een zeer aantrekkelijke non,' zei hij. Ada voelde hoe de warmte vanuit haar nek omhoogkroop en ze hoopte dat de kap haar blos verborg. 'Hoe heet je?'

Ada keek om zich heen. Het was hun verboden om te praten. Er was niemand te zien, afgezien van de patiënten. 'U spreekt Engels,' fluisterde Ada.

'Een klein beetje,' zei hij. 'Maar je vergeet een taal als je hem niet gebruikt. Hoe heet je?'

Ze stond op het punt om 'Ada' te zeggen. Ze liep zo gemakkelijk in een val.

'Zuster Clara.'

'Zuster Clara,' zei hij. 'En daarvoor, voordat je non was?'

Ze wist niet zeker of ze dat moest vertellen. Deden nonnen dat? Maar het was fijn om Engels te spreken. De stilte overdag was ondraaglijk.

'Het is in orde,' zei hij, alsof hij haar gedachten kon lezen. 'Je kunt het me vertellen.'

Ze keek om zich heen. Ze waren alleen. 'Ada.'

'Ada,' zei hij, 'een afkorting voor Adelheid. Dat is een erg Duitse naam. Wist je dat?'

Ze schudde haar hoofd. Er was niemand bij de dichtstbijzijnde deur of bij de verafgelegen deur. Ze wilde blijven praten. 'En hoe heet u?'

Hij haalde zijn wandelstok van haar rok af en trok zichzelf op tot hij rechtop stond. 'Ik heet *Herr Professor* Dieter Weiss.'

'Dat zijn een hoop namen,' zei Ada en ze wilde giechelen. Ze besefte dat ze al maandenlang niet had gelachen. Ze kromp ineen. Haar ribben deden pijn. Ze waren nog steeds alleen. Er was geen bewaker die zijn zweep liet knallen en schreeuwde: *es ist verboten zu sprechen.*

'Herr is Duits voor meneer, Professor is Duits voor professor,

Dieter is mijn voornaam en Weiss is mijn achternaam.'

'Ik heb nog nooit een professor ontmoet,' zei Ada. Ze vond deze oude man aardig. Hij had een naam. Dat maakte van hem een persoon en niet langer een zak vlees die ze moest wassen en voeren.

Herr Weiss glimlachte. 'Ik ben nu met pensioen, maar ik gaf vroeger les op het gymnasium. Jullie Engelsen zouden het een *high school* of een *grammar school* noemen.' Hij wees met zijn stok naar het raam waar Ada een van de soldaten kon zien die tegen een boom aan stond te roken. 'Dat zijn mijn jongens. Ik heb hun allemaal onderwezen. Amper droog achter de oren.'

'Waar gaf u les in?'

'Geschiedenis,' zei Herr Weiss. 'Duitse geschiedenis. Wil je even zitten en met mij praten?'

Ada keek om zich heen. 'Het is niet toegestaan.'

'Waarom is het niet toegestaan?'

Ada haalde haar schouders op. 'Het mag niet.'

'Maar dit huis is nu mijn thuis. Ik wil kunnen praten met wie ik wil.' Hij zwaaide met zijn stok naar de mannen die door het raam te zien waren. 'Maak je geen zorgen over hen. Ik heb nog steeds aanzien, omdat ik hun voormalige leraar ben.'

Hij lachte. Zijn tanden waren schoon en recht, en zelfs zijn gezicht was fris geschoren. Hij rook niet zoals de anderen. Ada moest even zitten.

'Kom mee naar de serre,' zei hij. 'We zullen de boel eens oprakelen.'

'Oprakelen?'

'Is dat niet juist? Wat bedoel ik?'

'Opschudden, misschien,' zei Ada. 'Het betekent wakker schudden.'

'Zie je?' Hij nam haar bij haar elleboog en leidde haar door de gang. 'Je bent nu al goed voor me.'

Ada liet hem haar begeleiden. Ik help een oude man, commandant, dat is alles. Ik help hem naar de serre toe. Toen kwam er plots een gedachte in haar op. Als hij nu als tegenprestatie haar Duits zou leren, als ze de taal leerde spreken, dan zou alles in orde komen, dan zou ze kunnen overleven. En wie weet? Misschien kon ze dan ontsnappen. Ze hield zijn wandelstok vast terwijl hij zich in een fauteuil liet zakken.

'Meneer Weiss,' zei ze. 'Meneer professor Weiss. Als ik u help met uw Engels, dan kunt u mij Duits leren.'

Hij pakte zijn wandelstok en stampte er hard mee op de vloer. 'Je vergeet iets, mevrouwtje. Jij bent de gevangene. Ik ben je gevangenbewaarder. Je onderhandelt niet met mij.'

Ada was er zeker van geweest dat hij ja zou zeggen. Ze draaide zich om om weg te lopen, maar haar habijt bleef weer hangen. Deze keer voelde ze de stok tegen haar been slaan. Ze bleef staan.

'Maar als je me vráágt of ik je Duits wil leren, dan luidt het antwoord misschien wel anders.'

Hij was eraan gewend om zijn zin te krijgen, dat kon Ada zien. Een man die de leiding had, maar toch ook een man die haar aantrekkelijk vond. Doe hem een plezier. Zorg ervoor dat hij zich belangrijk voelt.

'Wilt u mij Duits leren, alstublieft?'

Hij boog zich voorover en kneep in haar hand. 'Zuster Clara, het zal mij een groot genoegen zijn. En jij kunt mijn Engels verbeteren.'

De bewaker die buiten had staan roken, kwam de serre binnen. Ada wist het niet zeker, maar hij zag eruit als de soldaat die haar een paar nachten geleden onder aan de trap had gevonden. Ze had niet gezien hoe jong hij was. Hij scheerde zich nog niet en zijn huid had de gladheid van een jongen. Hij had haar jongere broer kunnen zijn. Ze trok haar hand weg en legde hem op Herr Weiss' schouder alsof ze hem had getroost.

'Hans,' zei Herr Weiss, 'jij geeft haar het bevel om mij Engels te leren. Elke dag.'

Ada durfde de soldaat niet aan te kijken. Ze begon te trillen en balde haar handen tot vuisten zodat ze stil bleven. Het was gevaarlijk om iets te willen, zelfs iets wat zo gewoon was als een gesprek. Hij kon nee zeggen. Schreeuwen in het Duits. Ze verstond misschien de woorden niet, maar ze begreep de betekenis ervan: ik heb de macht over leven en dood.

De soldaat haalde zijn schouders op en zei iets. Herr Weiss antwoordde. De soldaat sloeg zijn hakken tegen elkaar, hief zijn arm op en zei: 'Heil Hitler.'

'Heil Hitler.'

'Hij moet het overleggen met de commandant,' zei Herr Weiss. 'Maar kom 's avonds na het werk naar mij toe, zuster Clara. Mijn kleine hobby moet je plichten aan het *Reich* niet hinderen.' Hij stak zijn arm in de lucht. 'Heil Hitler.'

Ada slikte. Ze wist zeker dat hij verwachtte dat ze zou antwoorden: heil Hitler. Maar ze kon het niet en ze deed het niet. En de avonden na het werk. Ze was dan te moe, veel te moe. Maar dit, dat wist ze, was een bevel. Hij pakte haar hand weer, kneep erin en wreef met zijn duim over de palm van haar hand.

*

Kerst 1940 was al lang geleden. Onthoud de datum, had zuster Brigitte gezegd. We moeten de datum onthouden. Het was nu een jaar later, 1941. Ada was blij dat zuster Jeanne gezet was geweest. Ze was nu acht maanden zwanger en vulde het ruime habijt, hoewel ze zich niet kon voorstellen hoe. Ze at niet eens voor één, laat staan voor twee. Koolsoep. Eén of twee keer een beetje kaas dat Herr Weiss haar toespeelde. Maar wat had ze eraan? Herr Weiss had eergisteravond zijn arm om haar middel geslagen toen ze naar de zitkamer liepen en hij had haar verteld over de Luftwaffe die Londen, de City, het financiële hart van de stad, bombardeerde. Koude, heldere januarinachten waarin de stenen kerken fonkelden als spoken en de piloten de bommen lieten vallen en zo de straten onder hen verlichtten. De Britten zullen zich overgeven na deze aanvallen, zei hij. De City was zo dicht bij haar huis, hoewel ze dat niet tegen Herr Weiss kon zeggen. Slechts één verdwaalde bom was ervoor nodig. Slechts één. Vlogen ze via de rivier naar de City? Of kwamen ze van de andere kant? Herr Weiss wist het niet.

Had hij het geraden toen hij haar aanraakte? Ze had geen dikke buik. Zuster Brigitte had gezegd dat je dat de eerste keer nooit hebt. Het valt je niet aan te zien. God zij geprezen. Ada had zich uit Herr Weiss' greep bevrijd toen de baby schopte.

Had haar kindje ook honger? Hij moest willen leven, deze kleine jongen. Hield met alle macht vast aan het leven. Hij had al zoveel overleefd in zijn korte, ongeboren bestaan. Zorgen spookten door haar hoofd, ze verteerden haar als de duivel op de dag des oordeels.

'God zal voor ons zorgen,' zei zuster Brigitte.

Ada had niet hetzelfde vertrouwen in God als zuster Brigitte. Ze was ook niet dapper zoals zij. Ze wenste dat ze moediger was. Elke dag kon haar laatste zijn en het joeg haar doodsangst aan. Ze kon een nerveuze bewaker irriteren, iets laten vallen tegenover Herr Weiss. Hij kon opvliegend zijn. De Britten hadden Bremen gebombardeerd, vertelde hij haar. Wij zullen wraak nemen. Hij kon ook teder zijn. Ongemakkelijk, zijn hand bleef op die van haar liggen, zijn wandelstok die langs haar been wreef, een beetje hoger. Ze moest oppassen. Leven en dood. Ze lieten het hen nooit vergeten.

Ze had de baby in gedachten Thomas genoemd. Thomas, de Duitsers spelden de naam op dezelfde manier, hoewel ze hem anders uitspraken. Kleine Thomas, Tommy. Ze probeerde niet van hem te houden, *Tomichen*. Als hij ziekelijk was bij de geboorte, of zelfs dood, zou ze om hem rouwen, maar ze zou het niet erg vinden. Maar als hij leefde, wat dan? Ze probeerde daar niet aan te denken. Maar hoe kon ze het vermijden? Ze voelde de vorm van zijn elleboog of knie als ze 's nachts in bed lag. Ze voelde zijn hik alsof het die van haar was. Ze wist wanneer hij sliep of wakker was. Ondanks alles werd ze verliefd op deze ongeboren baby. Alles is goed, fluisterde ze tegen hem, terwijl ze met haar hand over haar buik wreef. Alles zal in orde komen. Ik zal voor je zorgen. Haar kind, een nieuw leven, dat hoop en liefde met zich mee zou dragen. In deze tijd van dood en duisternis, vormde hij vreugde en de toekomst. Hij was alles wat ze had. Ze kon dat niet zomaar uitwissen, hem onder het tapijt vegen alsof hij stof was. Ze hield van dit kind, Stanislaus' kind, hun kind.

*

Ze voelde zich niet goed op die avond in februari.

'Iets verkeerds gegeten,' zei ze. 'Mijn buik rommelt.' Ze had niets gegeten sinds het ontbijt. Ongemakkelijk. De baby sliep, lag diep onder in haar buik en drukte tegen haar blaas aan. Hij had nu bijna twee dagen geslapen, terwijl haar buik rondom hem heftig bewoog. Hij maakt zich klaar, had zuster Brigitte gezegd. Hij spaart zijn krachten.

Zuster Brigitte onderzocht haar. 'Heb je geen pijn?' zei ze. 'Opmerkelijk. Je hebt bijna volledige ontsluiting.' Ada voelde haar schrapen aan de binnenkant. 'Laten we de bevalling op weg helpen.' Haar water brak en het bleef stromen, droop over de zijkant van het bed. Stel dat het door de vloer sijpelde en het plafond onder hen doorweekte?

'Langzaam, langzaam,' zei zuster Brigitte. Zuster Agatha stond met haar oor tegen de deur gedrukt op de uitkijk. Ze had een stoel onder de deurkruk geschoven en zei een gebed op. Heilige Maagd Maria, laat de bewakers kaarten, laat ze wegblijven. Ze kwamen nooit bij de nonnen kijken. Wat zouden de nonnen samen 's nachts uitspoken, daar boven op zolder? Maar je wist maar nooit. Ze hoorden misschien iets.

'Sssttt,' zei zuster Brigitte. 'Schreeuw zachtjes.'

De weeën kwamen nu sneller, als een stormvloed, de ene golf

na de andere. Zuster Brigitte had haar verteld dat ze door de pijn heen moest blijven ademhalen, zing een liedje in je hoofd, zing iets.

She was as beautiful as a butterfly, and as proud as a queen.

'Persen.'

Was pretty little Polly Perkins of Paddington Green.

'Persen.'

Hij werd in de vroege uren van die koude februarimorgen geboren. Hij lag nietig en paars op haar borst. Zuster Brigitte wikkelde hem in een oude handdoek die ze had meegesmokkeld, stopte de placenta in de toiletemmer om in de ochtend te worden weggespoeld. Ze waste Ada zo goed als ze kon schoon.

Ze doopte ook de baby. 'Om zeker te zijn,' zei ze. Thomas. Tomichen. Tommy.

'Een aardige heilige,' zei zuster Brigitte.

'En nu?' zei Ada. Ze zou de verantwoordelijkheid op zich moeten nemen. Neem mij, niet hen. Dood mij, niet hen. Spaar de baby. Alstublieft spaar mijn baby.

Mijn baby. Ada had niet deze golf van liefde verwacht, deze lawine aan passie. Ze aaide over zijn slaap, keek naar zijn fontanel, zag hoe hij zijn lippen tuitte en hoe zijn kaak op- en neerging. Hij lag te slapen, zo teer, zo stil. Zuster Brigitte nam hem van haar af, wikkelde de handdoek strakker om hem heen, legde hem op de rand van het stapelbed en verliet de kamer. Zuster Agatha nam Ada's bebloede hemdjurk, hielp haar met aankleden en liet haar rechtop op het bed naast Thomas plaatsnemen.

Zuster Brigitte kwam een tijdje later terug met vader Friedel. Hij kwam de zolder op. Zijn waterige ogen pasten zich aan de schemering aan.

'Een baby. We hebben een baby gevonden. Ada,' zei zuster Brigitte, en ze knikte naar Ada en legde nadruk op de woorden die Ada moest herhalen. 'Jouw Duits is beter dan dat van mij. Vertel vader Friedel hoe we deze pasgeboren baby hebben gevonden. Net buiten de achterdeur. Vertel hem dat we hem mee naar binnen hebben genomen. Vraag hem om de baby in zijn tas te stoppen. En dan te zeggen dat hij hem achter het vondelingenluikje heeft gevonden, bij zijn kerk.'

Ada wist dat zuster Brigitte dit plan had verzonnen. Zuster Agatha wist er ook van. Ze moest de baby weggeven. Hem aan de priester geven. Wegsturen. Hopen en bidden dat een aardige persoon hem zou vinden. Haar baby, haar Tomichen.

Ze slikte. Haar Duits was beperkt, maar Herr Weiss had haar geleerd dat het Engels ooit Duits was, dus als ze een woord niet wist, dan kon ze het in het Engels proberen.

'Baby,' begon ze. '*Wir haben gefunden. Vor der Tür.*'

Ada haalde de punt van de handdoek van zijn gezicht af. Ze moest zich dit kleine moment blijven herinneren. 'Vondelingenluikje.' Haar stem was zwak, de woorden te moeilijk om te zeggen.

Vader Friedel keek verward. Haar moeder had haar er een keer over verteld, hoe je het luik opendeed en de baby erin legde. Ada deed voor hoe ze het luik opende, er een bundeltje in stopte en het luik weer dichtdeed.

'Ja, ja,' zei vader Friedel. '*Ein Babyklappe.*'

Ada had geen idee of dat klopte, maar ze knikte.

'Zeg tegen hem,' zei zuster Brigitte, 'dat niemand ervan mag weten. Dat hij de baby nu mee moet nemen terwijl hij slaapt. Stop hem in zijn tas. Niets zeggen.'

Als vader Friedel werd gesnapt, zou dat het einde voor hen allemaal betekenen. En voor Thomas. Ada wees naar de baby en de tas. '*Still,*' zei ze en ze drukte haar vinger tegen haar lippen. '*Nicht ein Wort.*' Ze gebaarde naar de deur.

'Ja, ja,' zei vader Friedel. Ada wist niet zeker of hij het begreep, wist niet zeker of hij het ooit zou begrijpen, maar hij was hun enige hoop om Thomas naar buiten te smokkelen, om hem een kans te geven.

Ada stond moeizaam op. Ze wist dat ze niet moest laten merken hoe uitgeput ze was, hij mocht niet weten dat ze net deze baby had gebaard. Zuster Brigitte stapte naar voren en nam de tas van de priester. Ze zette hem op het bed en deed de tas open. Ze duwde de stola naar een kant en het kruisbeeld en de olie naar de andere kant. Ze tilde Thomas op en legde hem erin. Vader Friedel keek glimlachend toe. Hij is krankzinnig, dacht Ada. Kierewiet. Lieve God. Zuster Brigitte deed de tas dicht.

'Wacht,' zei Ada. Ze viste de kleine teddybeer uit haar zak. Ze deed de tas weer open, stopte de beer tussen de omwikkelde handdoek, boog zich voorover en kuste Thomas op zijn voorhoofd, dat zo glad was als marmer.

'Dit is om je geluk te brengen,' fluisterde ze. 'Ik kom terug, mijn kleine Tomichen. Ik zal je vinden.' Ze haalde de stola en het kruisbeeld van de zijkant en legde ze over de baby. Misschien zouden de soldaten, als ze vader Friedel vroegen om zijn tas open te maken, het kruisbeeld en de stola zien en niet verder kijken.

'We hebben hem Thomas genoemd,' zei ze.

'Hij moet gaan,' zei zuster Brigitte.

'Alstublieft,' zei Ada in het Engels. 'Alstublieft. Zorg voor hem.' Ze kon dat niet in het Duits zeggen. De belangrijkste woorden en ze kon zichzelf niet verstaanbaar maken. Hij was slechts drie uur oud. Haar kostbare kind. Ze wist dat ze nu niet kon treuzelen. Ze zou daar haar hele leven voor hebben. Ze deed het slot dicht en gaf de tas aan de priester.

De priester haalde zijn schouders op, hervatte zijn grip op het handvat met zijn linkerhand en hield zijn rechter op voor een zegen. *In nomine Patris...*

Zuster Brigitte liep met hem mee naar buiten. Ada hoorde hun voetstappen op de stenen traptreden. Vijftien naar de overloop, en weer vijftien naar beneden. De voetstappen stierven weg. Een deur werd dichtgedaan. Ze wierp zichzelf op het stapelbed, verborg haar gezicht in de grove mat en brulde.

De volgende morgen viste zuster Brigitte de doeken onder haar matras vandaan waar ze ze had verstopt en bond ze om Ada's buik.

'Je zegt hier niets over,' zei ze terwijl ze de doek straktrok. 'Is dat begrepen?'

Zuster Brigitte had nooit meegemaakt dat er een kind van haar was afgepakt, had nooit hoeven toekijken hoe haar baby werd ingebakerd en de kamer uit gesmokkeld. Ze zou nooit Ada's leed begrijpen, het feit dat Ada nooit zou weten waar Thomas was, of hij leefde of dood was. Ze zou nooit haar verdriet kennen. Ada had zich nog nooit zo alleen gevoeld.

'Je moet het bij de Heer neerleggen,' zei zuster Brigitte, 'als boetedoening. En bovendien,' ze sloeg de doek nog eens om haar heen, 'hangt ons leven af van jouw zwijgen.'

'Maar vader Friedel...' zei Ada.

'Vader Friedel weet van niets,' zei zuster Brigitte. 'Geen woord.' Ze legde haar arm achter Ada. 'Kun je staan?'

Ada zette haar voeten op de vloer en steunde op zuster Brigitte.

'Je zou tien dagen lang in bed moeten liggen,' zei ze, alsof Ada degene was die erop stond om te lopen. 'Om te rusten en te herstellen. Maar deze doek,' ze klopte op de doek rondom Ada's buik, 'zorgt ervoor dat je geen baarmoederverzakking krijgt.'

Een verzakking. Dat was wat oude vrouwen kregen, de reden dat ze naar pis stonken. Ada huiverde.

'Ik kan je niet langer verstoppen. Zijn je borsten gevoelig? Scheiden ze al melk af?'

Tomichen. Tommy. Ada probeerde zijn gezichtje voor de geest te halen, gerimpeld en roze met gezwollen oogleden, maar de details waren onduidelijk, hoewel het slechts twee dagen geleden was. Hij rook naar haar, naar de zachte binnenkant van haar lichaam. Ze deed haar ogen dicht en probeerde de verloren herinnering aan hem terug te halen.

'Zuster Clara, wil je alsjeblieft antwoorden?'

'Het spijt me,' zei Ada. 'Ik kan er niets aan doen dat ik steeds aan hem moet denken.'

'Je moet ophouden met aan hem denken,' zei zuster Brigitte met scherpe stem, 'anders word je gek. Nu, neem mijn arm en dan proberen we de trap af te lopen.'

Ada's benen hadden hun stevigheid verloren en haar knieën knikten. Ze had nog nooit zo'n heftige vermoeidheid gekend. Ze stond boven aan de trap. Als ze nu flauwviel, zou ze zuster Brigitte met zich meetrekken. Ze greep de trapleuning vast en schoof haar voet naar voren.

*

Toen het zomer werd, kreeg Herr Weiss de gewoonte om in de serre op Ada te wachten. Het was een grote, aangebouwde ruimte die over de tuin uitkeek. Aan de kant stonden rieten stoelen. Tijdens de winter hadden ze afgesproken in de gemeenschappelijke zitkamer, maar Herr Weiss had geklaagd dat het te lawaaierig was, hoewel voor zover Ada het kon horen er niemand anders sprak dan zij.

'Maar hier,' had hij gezegd terwijl hij op de stoel naast zich klopte, 'zijn we alleen. Jij en ik.' Hij boog zich naar haar toe en kneep in haar hand zoals hij altijd deed.

'Vertel me meer over jezelf,' had hij op een avond gevraagd. 'Voordat je in het klooster intrad. Ik vind het leuk om je in die tijd voor te stellen.'

Ze kon zich amper herinneren hoe ze was geweest in Londen of Parijs, of dat ze ooit gelukkig was geweest. Ze was nog dunner dan ze was voordat ze zwanger was. Het habijt van zuster Jeanne hing in lange, losse banen. Als ze een naald en draad had gehad, had ze het kunnen innemen, ervoor kunnen zorgen dat het beter paste, maar nu kon het haar niets schelen. Ze wist dat ze er verschrikkelijk uit moest zien. Ze kon voelen dat haar huid schilferig was, haar gezicht vlekkerig en vol lijnen.

'Ik was kleermaakster,' zei ze. 'Dameskleding.'

'En wat maakte je?'

'Baljurken, jurken, pakjes en rokken, bloezen en kraagjes.' Ze probeerde de pracht en praal van haar creaties voor de geest te halen, maar het zag er flets en afgetrapt uit.

Hij nam haar hand en legde hem in zijn kruis. 'Heb je deze jurken ooit zelf gedragen?'

Ada probeerde haar hand weg te trekken, maar hij drukte hem steviger tegen zich aan.

'Ik deed soms alsof ik een mannequin was,' zei ze terwijl ze kokhalsde en haar slijm probeerde in te slikken. Hij deed dit, dit weerzinwekkende iets.

'Je moet er prachtig hebben uitgezien.'

Hij hield zijn hand stevig over die van haar en onder haar hand werd zijn penis stijf.

'Vertel me hoe je eruitzag.'

'Herr Weiss,' zei ze. 'Alstublieft. *Bitte*.'

Hij lachte. 'Vind je het niet prettig?' zei hij en hij kneep zo hard in haar knokkels dat ze het uitschreeuwde. 'Ik wil je zien in die baljurk, je decolleté, de holte van je rug. Ik wil toekijken hoe je op me af schrijdt. Praat tegen me.'

Die wereld, die andere Ada, was heel ver weg. Ze deed haar ogen dicht. De elementaire schoonheid, het drama en de gratie waren uit haar geheugen verdwenen. Alles wat ze nu nog bezat waren vage herinneringen.

'Praat tegen mij,' schreeuwde Herr Weiss.

'Roze,' zei ze, en de paniek greep haar bij de keel. 'Een ervan was roze.' Ze dacht aan zichzelf en Stanislaus samen, gereflecteerd in de spiegels van het Café Royal in Londen. Ze zagen er samen goed uit. 'Fuchsia. Gesneden op de schuinte. Weet u wat ik bedoel?'

Hij schudde zijn hoofd. Zijn ogen waren dicht en hij wreef met zijn kruis tegen de palm van haar hand.

'Je kunt onder een hoek snijden tot de naadlijn.' Haar ademhaling was oppervlakkig, haar woorden kort en afgeknepen, verstikt door wat hij haar liet doen. 'Vijfenveertig graden. Precies. Het geeft de stof wat rek. Zorgt ervoor dat deze mooi valt. Accentueert het lichaam. Omhult de heupen, blijft rusten op de buik.'

Herr Weiss gromde, hijgde en verslapte zijn greep. Ada trok haar hand los en leunde naar achteren in de stoel om bij hem vandaan te zijn.

'Ga maar,' zei hij. 'Ik zie je morgen weer.'

Ze stond op en trok zich terug, greep achter zich totdat ze de deurkruk vond. Ze proefde de smaak van ijzer in haar mond en elke zenuw in haar lichaam klopte binnen in haar. Ze kon zuster Brigitte hier niets over vertellen. Ze zou Ada ervan beschuldigen dat ze hem had verleid. Ze was uiteindelijk geen echte non. Had ze hem aangemoedigd? Ze wist niet hoe. Wat voor een oude man zou zoiets verschrikkelijks willen doen? Het was weerzinwekkend.

Maar stel dat hij haar het vaker liet doen? Als ze weigerde, zou hij haar straffen. Hij had macht. Zij was de gevangene. De gedachte deed haar rillen. Een oude man. Het was walgelijk. En zij was een non, of dat moest ze eigenlijk zijn. Misschien kon ze het daarop gooien. Herr Weiss, ik heb de kuisheidsgelofte afgelegd.

Ze moest nu elke avond naast hem zitten, want daar stond hij op. Ze had geen keus. Ada manoeuvreerde zich in haar stoel zo ver mogelijk bij hem vandaan en ze hield haar handen netjes verborgen achter haar scapulier.

'Kijk,' zei hij een paar weken later. Hij trok haar hand los, drukte hem stevig in zijn kruis en zei: 'Als ik deze energie nog heb, leef ik.'

Ada deed haar ogen dicht en probeerde te negeren wat ze voelde.

'De oude mannen,' zei hij, 'zonder energie, zonder mannelijkheid.' Hij tikte tegen zijn hoofd, draaide met zijn vinger en vervolgde: 'Die zijn een beetje verknipt hierboven. Dat gebeurt, weet je. Als je ouder wordt.'

Jij kromgetrokken oude man, dacht Ada. Alsof dit ervoor zorgt dat je niet dement wordt.

'Ze zijn niet productief meer,' zei Herr Weiss. 'Ze nemen alleen maar. Ze geven niets. Ze zijn niet meer dan parasieten. Net als de zwakzinnigen. En de joden. En de homo's.'

'Ik begrijp het niet.' Ada wist niet zeker over wie hij het had of wat hij zei.

Herr Weiss scheen haar niet te horen. 'Waarom moeten we ze in leven houden? Een verspilling van tijd en geld.'

Hij kneep in haar hand, legde hem zachtjes opzij en klopte erop. 'Misschien maar niet deze week, mijn liefje,' zei hij, alsof dit alles haar idee was. 'Ik schijn niet in de stemming te zijn.' Hij glimlachte en leunde achterover in zijn stoel. 'Maar je begrijpt het, of niet soms? Als ik energie heb, zal niemand mij op die lijst zetten.'

Ada trok haar hand terug en stopte hem weg. 'Lijst?' zei ze.

'Bij wijze van spreken,' zei hij. 'Degenen wier leven niet de moeite van het leven waard is. De achterlijken. De misvormden. Wat voor leven hebben zij? Kunnen maar beter uit hun lijden worden verlost. Een barmhartige dood.'

'Maken jullie ze dood?'

'Ik zie het als tuinieren. Dat is wat ik mijn jongens vertelde.' Hij wees met zijn wandelstok naar het raam, hoewel er geen bewakers te zien waren. 'Je wilt dat een boom groot en sterk wordt, hè? Dan concentreer je je op de sterkste takken en snijd je de overtollige af. Je moet wetenschappelijk zijn, niet sentimenteel. Rasverbetering. Dat is de toekomst.'

Ada probeerde te slikken maar haar mond was droog en haar tong bleef steken in haar keel. Ze dacht dat ze zou stikken. Ze hoestte. Het was een pijnlijk trekken dat door haar lichaam schoot.

'Het Duitse volk is als een boom,' ging Herr Weiss verder, 'dat bevrijd moet worden van parasieten en zwakkelingen. Ziekelijke baby's. Ouden van dagen en zwakkeren. Het verachtelijke uitschot dat onze kracht ondermijnt.'

'Baby's?' zei Ada. 'Welke baby's?'

'De zwakkeren,' zei hij en hij stampte met zijn stok op de grond. 'Ongeneeslijk zieken. Wezen. Delinquenten. Ongewenste. Allemaal.'

Thomas. Een steek van angst, scherp als glas. Ze moest het weten. Vader Friedel, hij kon het haar vertellen. Hij moest dat doen. Onder ede, in de biechtstoel. Ondanks wat zuster Brigitte had gezegd, moest ze het hem vragen. Maar ze had hem al een tijdje niet gezien.

'Vader Friedel?' zei ze met paniek in haar stem. 'Waar is vader Friedel?'

'Friedel?' Herr Weiss snoof. 'Wat moet je met hem? Hij is dood, wist je dat niet?'

'Nee,' zei Ada. Ze flapte het eruit. Ze wilde huilen. 'Nee.'

Herr Weiss keek haar aan. Zijn lichaam gespannen voor actie, zijn lichtblauwe ogen vernauwden zich voor de aanval. 'Wat betekent hij voor je?'

Thomas' tere lichaam, eens roze vol leven, werd nu blauw en van marmer in haar gedachten.

'Niets,' zei ze. Ze deed haar ogen dicht. Beheers je. Doe normaal. 'Het komt doordat je praat over mensen die doodgaan. Ik dacht uiteraard aan het laatste sacrament. Vader Friedel. Hij was hier altijd.'

Ada kon zien dat Herr Weiss zich ontspande. 'Hij is onthoofd,' zei hij.

Ada kokhalsde. Ze sloeg haar hand voor haar mond.

'Een paar weken geleden,' zei Herr Weiss. 'Omdat hij ertegen had gepreekt. Noemde het moord. Hoe kunnen we er afstand van doen? Waarom zouden we? *Aktion T4*. Het is volkomen logisch.' Hij zakte onderuit in zijn stoel en deed zijn ogen dicht, een voldane glimlach gleed over zijn gezicht. Hij wuifde met zijn hand dat ze kon gaan.

Haar Thomas, haar prachtige, onschuldige Thomas, vermoord. Was vader Friedel betrapt? Ze dacht dat hij seniel was, maar hij moet het hebben geraden. Als dat zo was, dan moet hij hebben stilgehouden waar hij de baby had gevonden. Hij was gestorven om haar baby te redden.

Thomas was zo klein en teer. Hij was ook rustig, had niet één keer gehuild of een geluid gemaakt. Hij had daar op de matras gelegen met dichte ogen. Misschien was hij zwakzinnig. Zou het zo erg zijn als hij de gruwelijkheden in deze wereld niet zag?

En Stanislaus. Zat ergens mooi te wezen in Hongarije, Oostenrijk, Duitsland. Hij leed niet. Niet zoals zij. Niet zoals Thomas, zijn zoon. Hoe had hij haar in de steek kunnen laten? Had hij geen hart, geen gevoelens? Hij moest hebben geweten dat ze zou worden opgepakt en hoe ze dan behandeld zou worden. Ada was nooit een verbitterde persoon geweest, nooit haatdragend. Maar Stanislaus was haar geliefde. Ze voelde de woede diep vanbinnen branden als lava in de schoot van de aarde, de redelijkheid verstikkend met zijn dampen. Ze had zich nog nooit eerder zo gevoeld.

Zuster Brigitte leidde het avondgebed. Ada glipte stilletjes langs haar en knielde in de schemering neer bij haar stapelbed. Misschien was Thomas nog in leven. Misschien had vader Friedel hem aan een gezin gegeven, een goed gezin dat niet geloofde in al die Aktion T4 of hoe het dan ook genoemd werd. Dat gezin hield van hem, zorgde voor hem. Ze begroef haar gezicht in haar handen en voor één keer was ze dankbaar voor de zachte mantra's van de zusters die ze zonder erover na te denken kon mompelen. Gezegend zijn zij die rouwen...

*

'*Sie*.' De bewaker wees met zijn wapenstok naar haar. '*Herkommen. Folgen.*' Hij marcheerde vooruit door de deuren. Hij liep snel en Ada moest doorlopen om hem bij te kunnen houden. Ze had geen idee waar hij haar mee naartoe nam. Door de gang, het gebouw uit, de januariochtend in. De dageraad brak aan. Het was de eerste keer dat ze het gebouw had verlaten sinds ze hier was gekomen. Het was 1942. Ze waren hier nu bijna achttien maanden en het was bijna een jaar geleden dat ze was bevallen van Thomas. Er lag sneeuw op de grond en de lucht was zwaar en zag er gelig uit. Misschien had iemand haar gezien met Herr Weiss tijdens een van hun avondlijke ontmoetingen. Een van de bewakers had gezien hoe ze hem aanraakte. Dat was verboden. Of misschien was hij haar beu geworden en had hij de bewakers verteld haar te lozen, haar te laten verdwijnen, zoals ze met de Polen deden.

Er stond een vrachtwagen voor hen en de bewaker beval haar om achterin te gaan zitten. Ze was alleen. Ze wist niet zeker of het door de kou of angst kwam dat ze moest rillen, hevige rillingen die haar botten deden schudden en haar tanden deden klapperen. Twee soldaten kwamen achter een van de gebouwen vandaan. Ze rookten en maakten grapjes. Een van hen klom in de cabine en de andere achter in de vrachtwagen bij Ada. Hij trok zijn overjas om zich heen en stak zijn handen in dikke, leren handschoenen. De vrachtwagen zette zich in beweging en reed de poort uit in de richting van de stad.

Herr Weiss had haar verteld dat ze zich in het centrum van München bevonden. Ze passeerden straten met aan weerskanten grote gebouwen, reden langs kathedralen met hoge torenspitsen en grote, brede pleinen. Uiteindelijk waren er steeds minder huizen en maakten ze plaats voor velden en bomen. Ada sloeg het enorme habijt van zuster Jeanne nog een keer om zich heen. Ze was dankbaar voor de extra banen dikke, gekeperde stof. Ze vouwde het scapulier over haar handen en boog haar tenen en strekte ze weer zodat ze niet bevroren.

Ze reden door dorpjes met kakelende kippen en huizen waar rookpluimen opstegen uit de schoorstenen. Een hond begon te blaffen, wist zich te bevrijden van zijn ketting, volgde hen een tijdje, liet zich toen terugvallen en hief zijn poot op bij een boom. De urine liep in een gestage stroom weg waardoor de sneeuw smolt en geel werd.

Waar namen ze haar mee naartoe? Ze was alleen. Ze wilde bij de andere nonnen zijn. Samen stonden ze sterk. Ze hielden soms elkaars hand vast, zij, zuster Brigitte en zuster Agatha. Zorgden voor elkaar. Het was niet nodig iets te zeggen. We begrijpen elkaar. Wat moest Ada nu doen, nu ze alleen was? Ging ze naar de gevangenis of erger?

Voor hen lag iets wat leek op een fabriek. Lange, lage gebouwen en een hoge schoorsteen die bijtende, zwarte rook uitstootte. Ze reden voorbij een aantal poorten. *ARBEIT MACHT FREI.* Ze vroeg zich af wat ze hier maakten. Werken levert vrijheid op. Niet voor haar, niet hier, niet nu. Zij waren de bofkonten. De weg liep dicht langs de fabriek. Ze passeerden een wegwijzer. DACHAU, las Ada terwijl ze stilhielden bij een groot huis met hoge muren en dubbele toegangshekken aan de rand van het terrein.

De soldaat opende de flap aan de achterkant van de vrachtwagen en sprong eruit. '*Runter!*'

Ada liet zich op het asfalt zakken. Hij greep haar arm en duwde haar in de richting van de hekken die rondom het huis stonden. Een andere soldaat deed de hekken open en marcheerde haar naar de hal aan de voorkant van het huis. Hij draaide zich om, deed de deuren achter zich dicht en draaide ze op slot. De kamer was slechts verlicht door een klein, rond raam waardoor straaltjes licht haperend op de vloer vielen. Er was een lage plank met laarzen in verschillende soorten en maten. Zwarte, kniehoge legerlaarzen, glimmend gepoetst, twee paar dameslaarzen, een bruin, net paar, en een ander suède paar met bont gevoerd en een crêpezool. Er waren een paar overschoenen en een paar kinderlaarsjes. De muren waren troosteloos grijs geverfd en de kamer was onverwarmd. Het was koud en klam, en Ada kon haar adem zien.

De deur naar binnen werd geopend en een uitgemergelde man kwam de hal binnen. Zijn jas was vies en gestreept. Op de voorkant was een grote gele ster genaaid. Hij zag eruit alsof hij zich al dagen niet had geschoren.

'*Komm her,*' zei hij. Zijn stem klonk vlak en doods. Hij leidde haar naar de centrale hal van het huis, een enorme vierkante kamer voorzien van donkere houten panelen, waar het licht door een groot glas-in-loodraam boven het trappenhuis naar binnen viel. Een aantrekkelijke, slanke vrouw leunde tegen de trapspijl met een lange sigarettenhouder in haar hand. Haar jurk, kon Ada zien, was van wollen crêpe, de kleur van donkerrode port, en had een witte popeline matrozenkraag die afgezet was met kant. Het was een lange tijd geleden dat Ada zo'n elegantie had gezien. Heel even zweefde Ada weg op een ragfijn web van schoonheid en verlangen, en ze glimlachte. De vrouw schreed in haar richting, de hakken van haar schoenen tikten zachtjes op de glanzende parketvloer.

'Er is mij verteld dat jij kleermaakster voor dames bent,' zei ze in het Duits terwijl ze Ada in haar habijt opnam, en daar met een sneer aan toevoegde: 'Hoewel het onwaarschijnlijk lijkt.'

'Dat klopt,' zei Ada. Het was Herr Weiss. Dat was de reden dat ze hier was. Hij was de enige persoon die het wist.

'Spreek je Duits?'

'Een klein beetje.'

'Je hoeft het alleen maar te begrijpen. Kom.'

Ada liep achter haar aan naar een kleine kamer naast de bijkeuken. Een grote tafel vulde het merendeel van de ruimte. Op de tafel lagen een stuk papier, een schaar, wat kleermakerskrijt, een speldenkussen, een meetlint en wat zwarte stof, moiré, dacht Ada, vanwege de glans. Onder het raam stond een naaimachine, een met de hand aangedreven model, niet een met een trappedaal. In een andere hoek stond een strijkplank en een elektrisch strijkijzer. Deze mensen waren rijk. In de verste hoek stond een oude, gemakkelijke stoel.

De vrouw pakte een stuk papier van de tafel en zwaaide ermee voor Ada's neus. Het was een foto die uit een krant was gescheurd van een vrouw in een avondjurk.

'Jij maakt deze jurk voor mij,' zei ze, 'voor vanavond.'

'Vanavond? Mevrouw, dat is...' Ze stond op het punt te zeggen 'onmogelijk' maar de vrouw onderbrak haar op een toon die zo scherp was als een bajonet.

'Dit is het huis van de commandant, de *Obersturmbannführer* Weiss. Jij spreekt me niet tegen.'

Ze moest *Frau* Weiss zijn. Haar man moest familie zijn van Herr Professor Weiss. Herr Weiss had hun verteld wie ze was, wat ze deed. Ada vroeg zich af wat ze nog meer over haar wisten.

'Dit zijn mijn maten,' zei de vrouw en ze wees op een kleermakerspop in de verste hoek van de kamer. 'Als de kleren daarop passen, dan passen ze mij. Ik trek ze niet aan totdat ze klaar zijn.'

Ada wilde zeggen dat kleren niet gemaakt konden worden op een stijve, houten paspop. Ze moesten worden afgestemd op de bewegingen van het lichaam om op een bepaalde wijze te vallen als iemand stilstond. Ze wilde vragen of er een patroon was, of een andere foto van de jurk. Deze was te korrelig om de details te kunnen zien.

'Die gedrongen kleine joodse vrouw die hier eerder was slaagde er niet in dat te begrijpen,' zei de vrouw. 'Ik wil niet dat je me aanraakt.' Ada had eerst gedacht dat deze vrouw mooi was, maar haar mond was hard en haar smetteloze huid was te kil voor vriendelijkheid. De vrouw draaide zich om en bleef even staan bij de deur. 'Zes uur precies,' zei ze. 'Alles wat je nodig hebt is hier.'

Ada hoorde de sleutel omdraaien in het slot achter zich.

Zelfs met een patroon en een gewillige klant, vond Ada het moeilijk om een avondjurk in een dag af te maken. Ze staarde naar de foto. De jurk was nauwsluitend met een gedrapeerde halslijn die trots vanaf de schouders viel en had driekwartmouwen. Het was geen ingewikkeld ontwerp, hoewel die kraag problemen kon opleveren, en de schouders waren altijd lastig. Het lijfje en de rok moesten perfect passen. Het was het soort jurk dat in de juiste handen, met de juiste kleermaakster, eruit kon zien alsof het haute couture was. Als het slecht gemaakt werd, zou het eruitzien als slecht zittende confectiekleding. Frau Weiss, dat begreep Ada, zou nooit confectiekleding kopen.

Ze spreidde het moiré uit op tafel, liet haar vinger glijden over de zacht vlammende lijnen die glommen in het licht en die subtiele tinten zwart uitstraalden. Mensen dachten dat zwart een dode, saaie kleur was, maar het had net zoveel schakeringen en glans als blauw of rood. Het moiré was geen zijde, maar rayon, 'een verdrietige stof' kon ze Isidore horen zeggen, een stof die zijn vezels laat vallen. Er was minstens vijf meter van, meer dan genoeg om de jurk van te maken. Zelfs genoeg voor een bijpassend hoedje. Ada tilde de stof op en drapeerde hem over de paspop. Er was geen mousseline om eerst een proefversie te maken. Ze moest het zonder doen.

Ze stroopte haar mouwen op, hing het meetlint om haar nek, stak spelden van het speldenkussen in haar scapulier en ging aan het werk. Misschien moest ze dankbaar zijn. Misschien was dit een cadeautje van Herr Weiss geweest.

Tegen drie uur 's middags hing de jurk levenloos op de paspop. Frau Weiss had zich de hele dag niet laten zien. Zelfs al klopten de maten precies, Ada wist dat de paspop geen vervanger was voor een echt mens. Je moest in de jurk lopen, leven blazen in de lege pasvorm, zodat de stof één werd met het lichaam.

Ada pauzeerde even. Het was stil buiten. Ze liet het scapulier over haar hoofd glijden, trok de zware tuniek, de onderrok en de hemdjurk uit. Ze stond te rillen in haar onderbroek van ongebleekt katoen. Stilte. Ze stapte uit haar lange onderbroek en trok de jurk aan. Ze wiebelde een beetje terwijl ze de jurk omhoog en over haar lichaam heen trok, zodat de nek schuin over haar schouders lag en het lijfje strak rond haar borsten spande. De rayon was glad als balsem op haar huid, als geborstelde zijde tegen haar bovenbenen. Ada stond op haar tenen alsof ze hakken aanhad en draaide een paar keer een pirouette. Er was geen spiegel, maar ze zag zichzelf met lang golvend haar. Het moiré glansde licht en donker tegen de avondzon, haar huid stak bleek en onschuldig af tegen de stof. Het was een korte glimp van haar oude leven, van elegantie en schoonheid, van vrijheid, van hoe haar leven nog steeds had kunnen zijn als ze Stanislaus niet tegen was gekomen.

Een figuurnaadje moest worden ingenomen, en de naad kon rimpelen als de spanning niet juist was. Ze voelde aan de kraag die er trots en gelijkmatig bij hing. Deze raakte haar schouders waar de mouw moest komen. Trek de naad hier steviger aan. Ze hield de achterkant vast met haar hand. Maak de haakjes hier en daar vast. Er klonken stemmen buiten. Ada bevroor.

Ze werkte zichzelf zo snel als ze kon uit de jurk, stapte in haar hemdjurk en lange onderbroek. Mannenstemmen, onduidelijk. Ze hees haar onderrok op en trok haar habijt naar beneden, sloeg de riem twee keer om haar middel. Ze deed het scapulier niet om. Dat zat alleen maar in de weg. Ze pakte de jurk van de grond en liep ermee naar de naaimachine terwijl de stemmen in de verte wegstierven.

Haar handen trilden toen ze de spelden verplaatste en de draad door de machine haalde. Afspelden, rijgen en naaien. Als ze betrapt was op het aanpassen van de jurk, wist ze dat de straf zwaar zou zijn geweest. Ze perste de naden en naaide ze overhands, hing de jurk weer op de paspop, paste de mouwen aan zodat ze niet rimpelden, bracht ze op de juiste lengte. Ze had geen organza om de zoom mee af te zetten zodat hij soepel viel. Dan maar een visgraatsteek, Ada, een visgraatsteek. Haken en ogen, vijftien stuks zouden genoeg zijn. Het daglicht nam af. Er was een enkele gloeilamp boven de tafel die Ada aandeed door de schakelaar op de muur over te halen. Hij gaf een gedempte gloed, maar als ze haar werk dichtbij hield, kon ze het zien. Een laatste keer persen, niet te hard bij de zoom. Er stond een doos met kleerhangers onder de tafel en Ada koos er een uit en hing de jurk aan de schilderijenrails.

Zelfs in het slechte licht kon Ada zien dat het een kunstwerk was. Als deze oorlog over is, dacht ze, dan bestaat Modehuis Vaughan nog steeds.

Ze bekeek de overgebleven stof. Er was wat vlieseline over en het moiré was stevig. Misschien een roos. Dat zou niet lang duren en het paste op een klein hoedje dat stevig op haar hoofd zou zitten, of Frau Weiss kon hem in haar haar vaststeken met een schuifspeldje, als ze die in Duitsland hadden.

Voor de eerste keer sinds zijn geboorte, bijna een jaar geleden, had Ada niet aan Thomas gedacht. Hij zou binnen een paar weken één jaar zijn. Op 19 februari 1942. *Happy birthday*, Tomichen.

De man in de jas met de gele ster erop haalde de jurk 's avonds op. Hij hield de kleerhanger met de jurk eraan op armlengte.

'Meneer,' zei Ada. 'Waar is het toilet?'

Hij wees naar een emmer bij de deur, deed het licht uit en draaide de deur achter zich weer op slot. Het was pikkedonker in de kamer. Ze hoorde zijn voetstappen wegsterven. Er huilde een baby in de verte. Ada herinnerde zich de kinderlaarsjes in de hal. Het gehuil was zwak, maar nu Ada het had gehoord, verdween het niet. Het kind moest in de kamer boven haar zijn. Hoe lang was het kleine ding al aan het huilen? Haar ogen pasten zich aan het donker aan. De maan scheen door de ramen met de tralies heen en wierp schaduwen over de tafel. Er werden deuren geopend en dichtgedaan, voetstappen, een vrouwenstem – Frau Weiss – die iemand riep. De deurbel ging, een diep, welluidend geklingel, nog meer stemmen, gelach, weer de deurbel. Een feestje. Haar kamer was dicht bij de keuken en de deuren lieten flarden lawaai door als er mensen arriveerden of weggingen. Ze kon de glazen horen, de holle plop van knallende champagnekurken, gelach dat steeds harder werd, terwijl boven haar het kind schreeuwde.

Ada deed haar behoeften op de emmer, en zat op de kruk naast de naaimachine. Ze had sinds gisteren niet meer gegeten en ook niets te drinken meer gehad, behalve een slok water vanochtend. Hadden ze zuster Brigitte laten weten waar ze was? Ze zou zich anders zorgen maken, bang zijn dat Ada iets doms had gedaan, was weggerend. Herr Weiss zou ook op haar wachten. Hij zou dat niet tolereren. Hij verloor zo gemakkelijk zijn geduld. Hij zou in de serre zitten, stampend met zijn wandelstok op de vloer. De bewakers zouden niet blij zijn.

Alleen moest Herr Weiss het weten. Had hij toestemming gegeven dat ze een dag weg mocht? De stemmen namen af en het kind was stil. Het had zichzelf waarschijnlijk in slaap gehuild, arme kleine wurm. Ze zouden haar snel komen halen. Er waren geluiden in de bijkeuken, bestek en borden werden afgewassen, glazen rinkelden in het sop. Het feestje was over. Ze zouden haar nu ophalen en terug naar München brengen.

Maar het werd stil in het huis en de kamer koelde af. Er kwam niemand. Ada verplaatste zich naar de oude, gemakkelijke stoel in de hoek. De kussens waren bobbelig en de veren waren gebroken, maar de stoel was zachter dan de kruk en ze kon achteroverleunen. De stoel rook schimmelig. Ze was moe en had honger. Ze miste zuster Brigitte en de andere nonnen, hun warmte en het zachte geluid van hun ademhaling als ze sliepen. Ze wilde met hen praten. Niet dat ze hen erg aardig vond, maar ze maakten mee wat zij ook meemaakte, waren bang waar ook zij bang voor was en ook al geloofde Ada niet in God, ze wist dat ze voor hetzelfde baden. Ze stonden aan dezelfde kant en ze hadden elkaar.

In de ochtend draaide de man in de gestreepte jas de deur van het slot en wees op de emmer.

'Kom mee.'

Ze tilde de volle emmer op en hij leidde haar door de bijkeuken naar een buiten-wc. Een klimroos stond tegen de muur en zat vol ronde, rode rozenbottels. De rozenstruik deed het goed in die grond, ving vast een hoop zon op. Ada ging naar binnen. Door de vlekken in de pot en de stank, wist Ada dat de wc al jarenlang niet was schoongemaakt. De man keek een andere kant op toen ze de emmer leegde, liep vervolgens met haar terug naar de bijkeuken en gaf haar een gebutste emaillen kom die half gevuld was met een bruine pap. De oude Ada hield niet van pap en at hem slechts als hij overladen was met suiker, maar deze Ada was een andere Ada, en ze slokte de pap gulzig op. Hij wachtte terwijl ze at.

'Wie ben jij?' zei ze. Hij perste zijn lippen op elkaar.

'Kun je praten?' Hij schudde zijn hoofd. *Das ist nicht gestattet.* Zwaaide met zijn vinger. *Verboten.*

Hij bracht haar terug naar de kamer, waar Frau Weiss op haar wachtte. Ze had een lap stof over haar arm en iets wat leek op een vrouwentijdschrift in haar hand. Ada vroeg zich af of de Duitsers ook gerantsoeneerd werden, net als de Fransen. Deze vrouw scheen nergens gebrek aan te hebben.

Ze legde de stof op tafel, sloeg het tijdschrift open en gaf het aan Ada. 'Deze,' zei ze, en ze wees op een afbeelding van een vrouwenpakje en daarna op het materiaal dat op tafel lag.

Ada pakte de foto op. Het jasje was getailleerd en was tot aan de nek dichtgeknoopt met een rechte rij knoopjes tot aan de taille. De rok had een A-lijn. Oersaai. Dat was de stof ook, bruingrijs met een klein donkergrijs-bruin ruitje. Truttig.

Maar Ada kon zien dat het geheel met knoopjes aan één kant, een rond opstaand kraagje, twee bijpassende versierde zakjes met flappen en een kokerrok met een kleine split aan de achterkant, dan jeugdig was, *modisch*. Ze had het woord geleerd van Herr Weiss. Net als in het Engels, alleen werd het anders gespeld. Frau Weiss haalde de voeringstof en de klosjes garen tevoorschijn. Ze had helemaal niets gezegd over de jurk, maar Ada wist dat ze er tevreden over moest zijn geweest, anders had ze haar weggestuurd.

Ada keek haar aan. 'Mevrouw,' zei ze en ze haalde diep adem. 'Misschien,' zei ze, terwijl ze op de foto wees, 'kunnen we hier de knoopjes doen en zakjes daar. Meer *modisch*.' Ada wachtte op geschreeuw, maar Frau Weiss luisterde. 'Hebt u pen en papier?' ging Ada verder. 'Ik wil het u laten zien.'

Frau Weiss verliet de kamer en kwam weer terug. Ada kon niet goed tekenen, maar ze kon een ontwerp produceren als ze het met rechte lijnen schetste, strak en hoekig. Ze zag dat er een lachje om de lippen van Frau Weiss speelde. Ze was een ijdele vrouw.

'Ik heb het pakje voor morgen nodig.' *Ja.* Ze draaide zich om en verliet de kamer.

Ook nog gevoerd. Ada zou de hele nacht moeten opblijven.

Ze pakte het tijdschrift op en sloeg het dicht. Het nazisymbool stond op de voorkant met daarnaast de woorden *NS-FRAUEN-WARTE*. Ada trok met haar vinger de letters na. Ze kon geen Duits lezen, maar ze wist wat Frau was. Er stond een foto op de voorkant van een lange Duitse vrouw in een lange, geborduurde schortvormige jurk en een witte bloes. Ze zat op een bankje een sok te breien. Een mollige peuter speelde in een ledikantje naast haar. Het bijschrift van de foto was gedrukt in een vreemd, ouderwets lettertype. Het kind op de voorkant leek van dezelfde leeftijd als Thomas te zijn. Hij zat daar in zijn ledikantje, glimlachend, met zijn haar netjes geknipt en in een scheiding gekamd.

Het kind boven huilde weer. Waarom pakte Frau Weiss de baby niet op? Zij zou haar baby nooit urenlang hebben laten huilen. Hij zou zichzelf nog een liesbreuk bezorgen. Die vrouw was zo hard als staal. Dat ging hand in hand met ijdelheid.

Ada werd die dag twee keer naar buiten gelaten. Ze werd naar de bijkeuken geleid waar ze waterige soep en stevig, zwart brood kreeg. De man en zij aten deze in stilte en staand. Terug naar haar kamer waar ze sneed, drapeerde, zat en naaide. Ze had gewichtjes nodig voor het jasje zodat het perfect zou hangen. Voor de ramen hingen gordijnen, half vergane stof die in banen van de roestige gordijnrails hing. Ada voelde aan de zoom. Ze viste de loodjes eruit die ervoor zorgden dat ze strak bleven hangen, nam er een paar van. Ze zou ze later in de onderkant van het jasje naaien. Toen het stil was in huis, trok ze het pakje aan, markeerde waar het trok of rimpelde en paste de figuurnaadjes aan. Ze plaatste de gewichtjes en zette de voering met een kettingsteek vast. Hoewel de wol saai was, voelde hij zacht aan, en de voering was glad. Frau Weiss zou nooit weten dat ze het pak aan had gehad, dat de vezels van de voering die Ada hadden gestreeld nu als spinrag aan Frau Weiss hingen. Ze vond die gedachte leuk.

Ze viel in slaap in de gemakkelijke stoel. Toen de dageraad naderde, kwam Frau Weiss de kamer binnen en nam het pakje zonder een woord te zeggen mee.

De dag verliep hetzelfde als de dag ervoor. Ze leegde de emmer, at de waterige pap en keerde weer terug naar haar kamer.

Deze keer bracht de man een mand met kleren en duwde die in haar armen. 'Om te verstellen,' zei hij.

Ada kon amper haar armen om de overlopende mand slaan. Ze trok de kledingstukken eruit. Sokken om te stoppen en een dameskous met kleine ladders aan de bovenkant, net onder de zoom voor de jarretel, om te repareren. Vesten en truien met gerafelde manchetten of gaten op de ellebogen, broeken waar knopen aan ontbraken, een rok met een kapotte rits, bloezen met open naden, jurken die omgezoomd moesten worden, beha's zonder haakjes. Er was een deken waarvan de hoeken gerafeld waren, een jasje met een gescheurde voering, een grote overjas van tweed waarvan Ada zich alleen maar kon voorstellen dat die ertussen zat om te worden afgezoomd, en een uitgescheurd kruippakje voor een kind.

Wat voor soort huisvrouw moest ze wel niet zijn? Al dat verstelwerk laten opstapelen zodat een klein klusje in een enorme veranderde? Sommige vrouwen konden niet naaien, dat wist Ada, en Frau Weiss moest er een van zijn, maar ze had tenminste wat moeite kunnen doen. Ze moest een echte slons zijn, dacht Ada, en de boosaardigheid van haar gedachten verraste haar. Ze verbaasde zich erover dat het haar iets kon schelen. Het zou Ada dagen kosten om dit af te maken. Ze vroeg zich af of ze ooit zou terugkeren naar het geriatrisch tehuis, naar zuster Brigitte en de anderen, of ze ooit meer te zien zou krijgen dan deze kamer en de wc, of ze ooit weer Engels zou kunnen spreken. Ooit weer zou kunnen praten, ooit weer thuis zou zijn, vrij zou zijn.

Ada raakte kwijt welke dag het was en ze begon te tellen aan de hand van haar maandelijkse cyclus. Bij de oude mensen waren de zondagen tenminste anders en ze gaven de tijd aan, maar hier was elke dag gelijk. Ada werd naar buiten gelaten voor eten en de wc. Ze kreeg een waskom en een vod. Op een bepaald moment kwam er een pakje binnen met een nieuwe kap, een lange onderbroek en een hemdjurk. Dat moest van het Rode Kruis komen. Zuster Brigitte had hen uiteindelijk toch weten te bereiken. Misschien dat er ook snel een brief zou komen.

Wat had zuster Brigitte gezegd? Onthoud de data. Onthoud ze. Ada begon de dagen bij te houden, schreef ze met krijt aan de onderkant van de tafel. Het was zomer nu, eind juli 1942.

Ze was hier nu zeven maanden. Ze had gezien hoe de sneeuw in regen was veranderd en hoe de regen verdween voor de zon. Haar vingers plakten van de hitte terwijl ze naaide. Ze moest ze steeds afvegen aan een stuk oude handdoek zodat ze geen vettige vlekken achterliet op het fijngeweven batist en de tule van Frau Weiss.

Op een warme dag ging de deur open en kwam Herr Weiss binnen, goed gekleed in een wit overhemd en een loden vest. Hij tikte met zijn wandelstok op de vloer.

'*Nönnchen*,' zei hij. 'Mijn neef vertelde me dat je hier was.'

Ze had gelijk. Herr Weiss had dit geregeld. Hij was familie van de Obersturmbannführer, die Ada nog nooit had gezien. Ze verstrakte. Ze balde haar vuisten en klemde haar kaken op elkaar.

'Kom, mijn kleine zuster Claralein,' zei hij en hij liep naar haar toe terwijl de metalen punt van zijn stok op de stenen vloer tikte. 'Ben je niet blij mij te zien?'

Wat deed hij hier? Na al die maanden? Wat wilde hij van haar?

'Glimlach je niet als je je oude professor weer ziet?' Hij liet zijn stok over de vloer glijden en hield de zoom van haar habijt omhoog. 'Is het niet fijn om weer Engels te horen?'

Wees beleefd. Zorg ervoor dat je niet in de problemen komt. Ze glimlachte, een klein trekken van haar lippen. Hij straalde terug, gunstig gestemd.

'Ik ben vergeten hoe het klinkt.'

Hij lachte. 'Je vergeet nooit je moedertaal. Die is diep in je verborgen, altijd. Zullen we gaan zitten, jij en ik?'

Ada maakte 's morgens altijd haar bed op, plaatste de kussens in de stoel, vouwde zuster Jeannes oude habijt op en verborg het onder de kussens. Ze had kleine gewoontes bedacht om orde aan haar leven te geven, iets doodgewoons wat haar herinnerde aan een andere wereld, iets wat haar een beetje controle gaf.

'Er is slechts één stoel,' zei Herr Weiss. Hij wees naar haar bed en hinkte door de kamer ernaartoe. Tap, tap. Hij was krommer dan ze zich herinnerde. Een oude man.

'Ik zit wel op de kruk,' zei ze. Op veilige afstand.

'Zoals je wilt,' zei hij, 'zoals je wilt.'

Ze ging zitten, de spanning gleed van haar af, haar spieren ontspanden zich. Rustig, zei ze tegen zichzelf. Hij was hier om te praten, voor een Engelse les. Dat was alles.

'En hoe vind je het hier?' zei hij.

'Voor zover het een gevangenis betreft,' zei Ada, 'niet slecht.' Het was de waarheid. Ze had nu ook oude lichamen kunnen wassen, lijken of lichamen die op het punt stonden dood te gaan met hangende scrotums en vingers die in de dekens klauwden. Ze had misschien niet genoeg eten of kleren of een echt bed, en ze werkte dag en nacht, maar het was werk waar ze eer aan behaalde. Zelfs al prees Frau Weiss haar nooit en toonde ze nooit enige dankbaarheid, ze wist dat ze haar vaardigheid waardeerde.

'Ik dacht wel dat je dit fijn zou vinden,' zei Herr Weiss. 'Ik had eerder willen komen, maar ik wilde dat je je eerst thuis zou voelen.'

Hij was sluw, geslepen. Ze waren alleen in deze kamer. Er was niemand die hen kon onderbreken. De schaar lag op de tafel binnen handbereik. Als hij haar richting op kwam, kon ze opspringen en de schaar pakken. Haar hart klopte snel. Kon ze het doen? Hij was dan wel oud, maar hij was sterk, vitaal. Zij was mager en zwak. Geen partij.

'Kom, mijn liefje,' zei hij. 'Je ziet er niet gelukkig uit. Het leven kan slechter zijn, geloof me.' Hij stond moeizaam op en pakte zijn stok, die hij tegen de stoel aan had gezet. 'Als ik de volgende keer kom, zou ik graag wat dankbaarheid zien. Maar nu wordt het diner zo opgediend en mijn neef hecht overdreven veel belang aan punctualiteit.'

Hij sloeg zijn hakken tegen elkaar en boog. 'Ik geloof,' zei hij, 'dat we wild zwijn hebben met een uitstekende Franse bordeaux. Van een uitstekend jaar, 1921. Onze Duitse wijnen zijn goed, maar ze hebben niet de volheid die de Franse hebben. Goedenavond, zuster Clara.' Hij draaide zich op zijn hakken om en liep tikkend met zijn stok de kamer uit. Bij de deur draaide hij zich nog even om. 'We hebben veel te vieren. De Russen trekken zich terug.' Hij glimlachte en boog. 'Tot de volgende keer.'

Ze hoorde hoe zijn voetstappen in de gang wegstierven. Ze wreef in haar oog. Na al deze maanden dacht ze dat ze bevrijd was van Herr Weiss, bevrijd van zijn gladde charme, zijn knokige vingers op die van haar, die ze hard in zijn kruis drukten, terwijl hij sidderde en kreunde. Ze werd misselijk bij de gedachte alleen al en als ze dacht aan de toekomst die ze voor zich zag. Ze vroeg zich af of de oorlog ooit zou ophouden, of ze ooit een nieuw leven kon beginnen. Wat zou er over zijn? Wie zou er over zijn? Ze hoorde niet veel over de oorlog. Frau Weiss sprak er nooit over. Maar als de Russen zich terugtrokken, dan moest dat iets betekenen. Ze wist niet veel van aardrijkskunde of politiek af, maar ze herinnerde zich dat haar vader had gezegd hoe enorm groot Rusland was. Niet alleen maar Rusland. De Unie van Socialistische Sovjetrepublieken. Ze kon het hem horen zeggen: stel je voor, Ada, het machtigste land ter wereld én socialistisch. Het paradijs. Als ze zich terugtrokken, moest Duitsland nu het machtigste land zijn. Hoe noemde Herr Weiss het? Het Derde Rijk.

Ze verlangde ernaar om haar vaders stem te horen. Je hebt het zwaar te verduren gehad, meisje. Om de draad weer op te pakken waar ze was gebleven, voordat ze Stanislaus had ontmoet, terug naar mevrouw B. Dat ze een andere keus had gemaakt die avond dat ze elkaar in Londen waren tegengekomen. Nee, dank u wel. Ik moet naar huis. Ik kan u niet vergezellen voor thee bij het Ritz. Waar zou ze dan nu zijn? Mejuffrouw Vaughan, onze meest talentvolle modiste. Ze had misschien een man ontmoet. Trouw, niet onbetrouwbaar zoals Stanislaus. Een van haar eigen soort.

In plaats daarvan zat ze vast in deze gevangenis, afhankelijk van de grillen van Herr Weiss, terwijl ze haar ogen en uiterlijk verpestte. Dit was slavenwerk, dat wist ze... maar ze naaide in elk geval, ze creëerde. Een modiste. Misschien als de oorlog over was, als hij ooit over was, zou ze weer naar Parijs gaan. Ze had toch de ervaring. Ze hoefde niet te zeggen waar ze die had opgedaan. Modehuis Vaughan. Ze zou iemand nodig hebben die haar steunde, zoals Coco Chanel had gehad, iemand die haar talent zag. *Modiste extraordinaire.* Hoe noemden ze die ouderwetse tovenaars die metaal in goud veranderden? Alchemisten. Zo was zij ook, dat zou ze doen. Metaal. Ze zou het in goud veranderen. Ooit. Misschien. Ze moest blijven hopen. Ze had haar geliefde, familie en kind verloren, maar dit zou ze niet verliezen.

Ze haastte zich naar de emmer, droge, pijnlijke golven gal. Er zat niets anders in haar maag om over te geven dan ellende.

Ze strompelde terug naar de kruk. Ze was machteloos. Als ze ooit uit deze ruimte werd bevrijd, zou ze nooit meer een andere persoon zoveel zeggenschap over haar leven geven.

Ze pakte haar naaiwerk op en boog zich over de tafel. Ze kneep haar ogen tot spleetjes om het oog van de naald te zien. Boven haar begon het kind te schreeuwen. Ada hoorde Thomas in het geschreeuw. Ze zag zijn kleine gezicht vertrekken van ellende voordat de tas van de priester boven hem werd gesloten. Ze kon hem niet uit haar hoofd krijgen, haar baby'tje, haar in de steek gelaten kindje, helemaal alleen. Het zorgde ervoor dat Ada het ook uit wilde schreeuwen. Wat is er mis met u, Frau Weiss? Welke moeder laat haar baby op deze manier lijden? Hij heeft troost nodig. Of een wind verdrijvend drankje. Het duurde uren totdat Ada het schreeuwen huiverend tot een halt hoorde komen en de stilte haar omsloot. Ze ontving liever elke dag zweepslagen dan dat ze hulpeloos moest luisteren naar het lijden van het kind. Ze had liever Herr Weiss met zijn obscene, verachtelijke behoeften.

Ze zou liever doodgaan.

Ze staarde naar haar schaar, ging met haar vingers langs het blad. Hoe lang zou het duren om dood te bloeden? Eén uur? Twaalf? Als ze zichzelf ophing zou het sneller gaan. Ze kon een touw maken, dat was heel eenvoudig. De strop aan de lamp aan het plafond hangen. De tafel verplaatsen, op een kruk eronder staan en die wegschoppen. De armatuur zag er armetierig uit. Zou haar gewicht niet houden. Ze wilde er zeker van zijn dat ze dood zou gaan.

Ze legde de schaar weer op tafel. Is dit wat ze wilden? Haar doodwerken? Haar gestoord maken? Wat was er met de vrouw gebeurd die hier voor haar was geweest? Was die vrouw gek geworden van de stilte en eenzaamheid? Zorgen? De schreeuwende baby? Deed het haar denken aan haar eigen kinderen?

Ze keek weer naar de armatuur. Ze schoof de kruk naar de tafel en klom erop. De kruk wiebelde en Ada hurkte om haar evenwicht te bewaren.

Dit was waanzin. Ze had zelfs niet de moed om zich van de tafel te werpen.

Nee, verdomme. Ze zou het overleven. Ze gunde hun die overwinning niet. Ze zou tegen zichzelf praten, zichzelf gezelschap houden. Verhalen verzinnen met een happy end. Gedichten opzeggen die ze had geleerd op school. *The wind was a torrent of darkness among the gusty trees.* Wie had dat geschreven? *The moon was a ghostly galleon tossed upon cloudy seas.* Ze kon het zich niet herinneren. Er was niemand aan wie ze het kon vragen. *The road was a ribbon of* – Noyes, Alfred Noyes – *a ribbon of moonlight over the purple moor.*

'*And the highway man came riding*,' schreeuwde Ada.

'*Riding, riding.*

The highway man came riding, up to the old inn-door.'

*

Die september, september 1942, stelde Frau Weiss Ada aan haar vriendinnen voor. Het waren gezette vrouwen en ook slanke, geen van hen zo preuts als Frau Weiss, maar evengoed lastig. Ze kwamen met omcirkelde foto's uit de *Wiener Bunte Mode* of de *NS-Frauen-Warte*. Eenvoudige ontwerpen. Degelijke, praktische kleren waaraan flair en fantasie ontbraken. Ada paste de hals aan, de lengte van de rok, voegde een versiering toe of haalde er een weg om het anders te maken, uniek, om de vrouw onder de kleding te benadrukken en niet de moeder. Van tijd tot tijd kwamen ze met foto's van glamoureuze vrouwen die Zarah Leander of Emmy Göring heetten. Ada nam aan dat het filmsterren of actrices waren. Ze wezen op de foto's en vroegen Ada deze kleding na te maken.

Ze waren niet zoals de cliënten die bij mevrouw B. langskwamen, de dames uit de hogere kringen, elegant met bedienden. Dat zijn nu goede manieren, had mevrouw B. gezegd. Deze Duitse vrouwen hadden geld, maar geen klasse. Vette Beierse accenten. Hun mannen waren winkeliers. Of apothekers. Dokters zelfs. Führer dit en Führer dat. Een rivier aan woorden die door plaatsen stroomde waar Ada nog nooit van had gehoord: Wannsee, Stalingrad, El Alamein. De woordenstroom eindigde bij mensen die ze niet kende: Johannah, Irma, die *Fräulein*. Een model, in vredesnaam. Een fotograaf. Hier in München. Wie dacht de Führer voor de gek te houden? Waarom zei Magda Goebbels er niets over tegen hem? Ada luisterde goed, probeerde wat nieuws van thuis bijeen te sprokkelen door de praatjes – de overheid, Luftwaffe, Londen. Maar de onderwerpen gleden voorbij op de roddelstroom over andere vrouwen. Het ging niet over de oorlog. Die gelaatskleur van die Fräulein. Te perfect. Ze gebruikte vast poeder. En ook lippenstift. Ze scheen niet te lijden onder de oorlogseconomie. Ze haalde haar riem een paar gaatjes strakker aan, net zoals de rest.

Ze dosten zich uit als ze bij elkaar kwamen. Ze zagen haar niet als ze knipte en de stof rondom hun lichamen schikte, hier iets innam, daar iets vastspelde. Zijde was gevorderd, je kon geen kousen krijgen, of boter. Maar Frau Weiss serveerde koffie, echte koffie, van een mannetje dat ze kende, en ze glimlachte dan en serveerde wat cake die gezoet was met suiker, echte suiker. Ze liep parmantig om hen heen, neem alsjeblieft wat, *bitte schön*, trots dat ze gul kon zijn met haar cake en koffie. Hoffelijk deelde ze haar geheimpje met hen, haar non, haar kleermaakster. Ada herkende een parvenu in één oogopslag. Ze zag recht door de gemaakte manieren en de valse aard van Frau Weiss heen. Als Ada en haar vaardigheden er niet waren geweest, zou geen van deze vrouwen zich met Frau Weiss ophouden.

Ze zagen er allemaal goed uit in Ada's kleren. Dat was haar magie, haar speciale talent, de stof zo stomen en uitrekken zodat deze paste als een tweede huid. Ze streek de bobbels glad, verheerlijkte het figuur. Het kon hun niets schelen dat haar hoofd 's nachts klopte, hoe ze dubbel zag in de ochtend, hoe haar maag verkrampt was door de honger. *Sehr feminin.* Modisch. Ze kwamen haar kamer binnen als boeren en verlieten hem als koninginnen. *Ich könnte ein Filmstar wie Olga Chekova sein.* Ada wist dat ze haar nodig hadden. Ze zag hen zoals ze waren: naakt en kwetsbaar, hun glamour slechts lege houdingen en gebaren, doodgewone vrouwen, niets anders dan Ada of de Poolse vrouwen. Zonder Ada waren ze niemand.

Ze haatte hen. Elke keer dat ze haar kamer binnenkwamen, borrelde er een diepe, intuïtieve afkeer in haar op als zwavel onder in haar maag. Frau Weiss, koud als ijs, was zich onbewust van het lijden van anderen. Immoreel, kon ze haar moeder horen zeggen. Amoreel. Ze had niet altijd even goed met haar moeder overweg gekund, maar dat was nu voorbij. Ze zou het goedmaken met haar, succesvol worden. Modehuis Vaughan. Ze zou haar moeder mooi maken. Haar goed ondergoed geven, een korset, brassière, haar in crêpe de Chine hullen en de mooiste charmeuse. Een listige stof. Onbetrouwbaar. Onberekenbaar. Ze kon zichzelf in haar atelier zien, een lichte zolder met ramen van de vloer tot het plafond, zoals die kunstenaarshuizen op Great West Road. Een paspop in de hoek, een van die uitklapbare die je kon draaien zoals je wilde. Een dubbel kledingrek voor haar creaties, de een boven op de ander, met een paal en een haak om de jurken op te hangen en er weer af te halen. Een oosters tapijt op de vloer waar Thomas bruggen maakte van meccano.

Wat is er gebeurd met Tommy's vader, Ada? Hij is overleden. Gruwelijke dood. In de oorlog. Ik wil niet over die dingen praten.

Deze vrouwen, deze Duitse vrouwen, Herr Weiss, zij allemaal, ze hielden haar hier gevangen als een slavin, als een vrouw zonder gevoelens.

*

Soms was ze duizelig. Ze had honger en was moe en de herfstwind bracht een kou mee die doordrong tot in haar botten. Ze had dezelfde kleren gedragen sinds ze in januari was aangekomen. De randen waren soepeler geworden en rafelden, maar de stof stond stijf van het vuil en schuurde langs haar huid als ze bewoog. Als ze ophield met werken, voelde ze de rug van de hand van Frau Weiss tegen haar wang, de slag van een riem op haar rug, zelfs door de dikke stof van haar habijt. Ze vreesde de terugkeer van Herr Weiss. Ze verwachtte elk moment dat het slot werd omgedraaid, de deur open zou gaan en de oude man binnen zou komen. Ze was begonnen met trillen, onbeheersbare rillingen die ervoor zorgden dat de naald in haar vingers prikte of de schaar door de stof gleed, totdat de gong werd geluid voor het diner en Ada zich kon ontspannen.

De herfst ging over in de winter. IJs stond op de ramen en

door de vorst gingen de kieren van het gebouw openstaan, zodat de vochtige schimmel van de bakstenen door de lucht zweefde en deze de ruimte liet ruiken naar een kelder. Ada kreeg een deken. Ze had de gewoonte ontwikkeld om de kussens van de stoel te halen en deze op de vloer te leggen. Het tochtte, maar op die manier kon ze zich tenminste uitstrekken. Het habijt van zuster Jeanne was veranderd in vieze vodden, en het rook naar zweet en vuil, maar Ada was gewend aan de stank. Ze had geleerd hoe ze moest liggen zodat het extra stuk stof op haar lag. Ze had het 's nachts meestal warm. Ze probeerde dan niet aan thuis te denken, aan het bed dat ze met Cissie deelde, de kleine voorkamer die ook dienstdeed als eetkamer met kerst. Zuster Brigitte zei altijd: stel je voor dat je thuis bent en veilig. Denk aan degenen van wie je houdt en die van jou houden. Ze kon zien hoe de tafel gedekt was: de bout ham en de leverpastei, de varkensvleespastei en plakken hoofdkaas, lunchworst uit blik en rosbief, worstenbroodjes en ossentong, bloedworst en varkensdarmen, en een berg vogelnestjes, haar favoriet. Haar moeder en tante Lily wurmden zich erlangs met koppen thee, terwijl haar vader aan de zijkant stond met een fles Watneys-bier of een kroes met donker bier, ondertussen de tabak van zijn lippen plukkend. Het moest nu bijna kerst zijn. Ze haalde haar kleermakerskrijt tevoorschijn en schreef 1942 aan de onderkant van de tafel. December. Ze was bijna één jaar in dit huis en in Duitsland al bijna tweeënhalf.

Ze draaide zich om in haar bed en trok het stuk van het habijt om zich heen. De voordeur thuis was zwart geverfd, net als alle andere deuren in Theed Street. Ze zag haar moeder op handen en voeten voor zich, de dweil stijf van de zeep, schrobbend en wrijvend totdat de stoep voor de deur glom. Zonde van de tijd. Wie kan het wat schelen? Ada kreeg tranen in de ogen en ze probeerde de herinnering weg te duwen, maar deze bleef hangen als een koppige vlek, werd steeds groter totdat Ada daar was, de straat overstak op de bal van haar voeten zodat haar hakken niet bleven steken tussen de keitjes, totdat ze op de stoep stond. Droog land, had ze gezegd toen ze klein was en nog op school zat en zich kon voorstellen dat de weg een oceaan was en zij een deinend schip dat wegzeilde voor een heel jaar. Ze sloeg links af, voorbij de grauwzwarte huizen en afwezige bewoners, die niet verder kwamen dan een kort ritje met de bus voorbij de winkel op de hoek met zijn geelzwarte emaillen reclameborden voor Lyons-thee en Colman's-mosterd. Op de muur stond OMO geschilderd, en voor de deur stond een kinderwagen op de rem, de baby in de wagen was diep in slaap. Moeder gluurde altijd in kinderwagens en Ada begreep toen niet waarom, maar nu wel. Ze was nu ook moeder, maar haar baby was weg, verloren en alleen. Ze droeg het verdriet altijd met zich mee.

Liefde en pijn, wanhoop en hoop, de toekomst en het verleden. Ze probeerde om ze 's nachts niet door haar hoofd te laten spoken, terwijl ze op de stoffige kussens op de vloer lag. Maar de gedachten waren koppig, net als zijde, Thomas en thuis. Ze viel in slaap en werd wakker met een schok. Stanislaus. Blijf hopen, zei ze tegen zichzelf.

De ochtenden waren ijzig koud als ze haar emmer leegde. De man met de gestreepte jas was er niet meer. Hij was in de lente vertrokken en er was een andere man voor hem in de plaats gekomen, een man van middelbare leeftijd wiens vel zeer los om zijn lijf hing. Hij moest ooit een stevige man zijn geweest, weldoorvoed. Hij knipoogde naar haar als er niemand keek en wierp haar een kushandje toe. Ze had geglimlacht.

Na hem kwam er een bleke man, lang, krom, onhandig. Hij beet op zijn lip, keek weg van Ada alsof hij zijn eigen ellende in haar weerspiegeld zag. Frau Weiss liet haar op een ochtend naar buiten gaan en droeg haar op om zijn lijk los te knopen van de dakspanten in het schuurtje waar hij sliep. Hij had zijn jas aan flarden gescheurd en ze aan elkaar geknoopt, om zijn nek gebonden en zich aan de balk verhangen. Ze had de gele ster, die hij van zijn jas had getrokken, gevonden in de emmer waarin hij zijn behoeften deed. Hij was er maar een week geweest.

Ada verloor de tel van de mannen die kwamen en gingen. Er arriveerde nog een pakje van het Rode Kruis. Er zat geen brief bij. In het pakje zaten twee nieuwe nonnenkappen, onderkleding en een habijt. Ada vroeg zich af waarom ze nog steeds de moeite deden. Ze zou liever gewone kleding dragen. Het nieuwe habijt paste beter, maar ze hield het oude als deken.

Ada's vingers raakten verdoofd en onhandig door de kou. Frau Weiss en haar vriendinnen brachten Donegal-tweed mee voor hun wandelrokken voor in de winter, en donkergroene loden stof voor hun jassen, kasjmier voor hun jurken, chenille voor de avondjurken. Ada hield de wol stevig vast op zoek naar warmte, verzachtte de gebarsten huid van haar handen met de lanoline van het tweed. Er was wat kasjmier over en Ada maakte er voor zichzelf een paar handschoenen zonder vingers van die ze gebruikte als ze werkte. Ze maakte ook een paar wanten en bedsokken van de restjes tweed om in te slapen. Ze hield ze overdag verborgen, weggestopt onder in haar mandje met restjes. Een boom verstop je het beste in het bos.

De lente kwam laat dat jaar in 1943. Eindeloze dagen van saaie wolken en ijzige regen gaven zich plots over en maakten de weg vrij voor mei. Het werd ongebruikelijk warm voor de tijd van het jaar. Frau Weiss had zweetdruppels op haar voorhoofd staan toen ze Ada een pakje linnen overhandigde, een saai, oneffen stuk stof waarvan ze wilde dat Ada er een broek van maakte. Linnen werkt altijd tegen, kon ze Isidore horen zeggen, blijf erbij uit de buurt. Ada deed haar scapulier, habijt en kap, die haar hoofdhuid deed zweten en jeuken, af. Ze moest haar eigen haar knippen. Zonder een spiegel had ze geen idee hoe het eruitzag. Ze ging aan de slag in haar hemdjurk en onderrok terwijl ze zich ervan bewust was dat haar handen er verwrongen uitzagen, haar armen verwaarloosd en haar aderen uitpuilden.

Op een ochtend aan het einde van de maand ging de deur open. Frau Weiss stond in de deuropening met aan haar hand een kleine jongen, een peuter. Hij had blond haar en blauwe ogen. Hij keek sip en ernstig. In een hand hield hij een kleine, gebreide bruine beer. Ada keek hoe zijn gezicht van nieuwsgierigheid veranderde in angst door hoe zij eruitzag. Hij begon te schreeuwen. Dit was het kind dat zichzelf elke avond in slaap huilde.

Thomas. Haar Thomas.

'*Nein*,' zei Frau Weiss en ze sloeg op zijn hand. 'Hou op met huilen. Je bent geen baby meer.'

Ada liep op hem af, ging op haar hurken zitten zodat ze op ooghoogte met hem kwam en strekte haar armen uit. Ze wist dat ze dat niet moest doen, maar ze kon er niets aan doen. Dit was slechts natuurlijk. Dit was haar zoon.

Frau Weiss pakte het kind op, duwde met haar voet tegen Ada waardoor ze languit op de vloer viel.

'Raak mijn kind niet aan! Praat niet tegen hem!' Ze schopte Ada in haar rug. 'Nooit!' Ze schopte nog eens en raakte Ada's ribben. 'Nooit! *Nie!*' Ze schreeuwde en het kind gilde.

'*Das ist eine Hexe*,' gilde ze. Ze greep het kind bij zijn kin en dwong hem om naar Ada te kijken. '*Ein Untermensch*.'

Ze zette het kind op de grond. 'Je moet niet bang zijn voor haar. Jij bent beter dan zij. Wees een kerel.' Ada kon zien hoe het zweet op Frau Weiss' voorhoofd parelde, en hoe haar handen trilden terwijl ze ze op het hoofd van het jongetje liet rusten.

Toen wist Ada het. Frau Weiss was bang voor haar. Je hebt mij tot je gevangene gemaakt, dacht Ada, je slavin, maar ik weet met wie ik te maken heb, Frau Weiss. Je moet wreed zijn om te overleven. Die wreedheid zal jou vernietigen voordat het mij vernietigt. Je haat jezelf en veracht mij daardoor. Als ik eenmaal weg ben, wie zorgt er dan voor dat je je belangrijk voelt? Wie zorgt ervoor dat je er mooi uitziet?

En stel dat ik me tegen je keer? Ik heb een schaar in mijn hand, één uitval, en je bloed zou spuiten als een fontein en je zou als een slang op de grond kronkelen. Dan zou ik Thomas hebben, hem tegen mij aan drukken en hem nooit meer laten gaan. Het zou het waard zijn, zijn lichaam dicht tegen dat van mij te voelen, om hem te troosten als hij bang is en zijn tranen weg te vegen.

'Trek je kleren aan, non,' zei Frau Weiss. Ze zwaaide met haar vinger naar het kind. 'We zullen een man van je maken, Joachim.' Ze haastte zich de kamer uit, deed de deur achter zich op slot en liet Joachim achter. Het kind sloeg op de deur, zijn gezicht rood en vlekkerig. Hij huilde zo hevig dat hij bijna stikte en begon te kokhalzen.

'*Mütti, Mütti.*'

Ada trok haar habijt aan, zette de kap op haar hoofd, deed het scapulier aan en legde de popeline die ze wilde snijden plat op tafel. Haar oren tuitten door het gejammer van de peuter.

Ze wist dat als ze sprak het kind daaronder zou lijden. Frau Weiss noemde hem Joachim, maar Ada wist wel beter. Als hij de biologische zoon van Frau Weiss was, dan zou ze zijn lijden in haar buik voelen. De navelstreng, wist Ada, werd nooit doorgeknipt tussen een moeder en haar kind. De liefde die Ada voor dit kind voelde, was bewijs genoeg dat hij van haar was. Hij was haar Thomas.

Als deze oorlog over was, als de Duitsers verslagen waren en Hitler dood, dan zou ze Frau Weiss laten zien wat moederliefde kon doen. Ze zou Thomas oppakken en zeggen: niet huilen. Mama is bij je. Ze zou hem mee naar huis nemen. Een gezellig klein huis zoeken voor hen beiden. Een huisje op het platteland. Ze was eens een zomer naar Kent geweest met het vakantiefonds van Children's Country. Rozen rondom de deur, stokrozen in de tuin, rieten daken. Als een plaatje zo mooi.

Daar zouden ze naartoe gaan. Ze zouden gelukkig zijn. Ze zou hem daar mee naartoe nemen. Als Stanislaus hen ooit zou vinden, zou ze tegen hem zeggen: ga weg. Wat voor een vader was jij? We hebben je niet nodig.

'Mütti,' jammerde Joachim. Zijn ogen waren wijd opengesperd van angst door de aanblik van Ada.

Ada probeerde hem te negeren. Ze wist dat Frau Weiss hem verhalen moest hebben verteld over haar, een heks, ongedierte. Ze wist dat als ze bij hem in de buurt kwam, hij hysterisch zou worden. Zing, dacht ze, zing.

'*She was as beautiful as a butterfly, and as proud as a Queen,*
Was pretty little Polly Perkins of Paddington Green.'

Ze ging weer aan het werk, sneed de stof en markeerde de figuurnaadjes. Het tweede couplet, uit volle borst, iedereen samen nu:

'*Her eyes were as black as the pips of a pear*
No rose in the garden her cheeks could compare.'

Thomas hield op met huilen. Ada zag vanuit haar ooghoek dat hij zijn handen niet meer voor zijn ogen hield en dat hij naar haar staarde. Een grote snik trok door zijn kleine lijf. Ada ging door met zingen.

'*Her hair hung in ringlets so beautiful and long*
I thought that she loved me but found I was wrong.'

Een andere luide snik weerklonk door de ruimte als een laatste stuiptrekking. Ze zong weer, luid genoeg voor Thomas, maar niet zo hard dat Frau Weiss het kon horen.

'*She was as beautiful as a butterfly, and as proud as a Queen,*
Was pretty little Polly Perkins of Paddington Green.'

Ze hield op met zingen. Thomas stond snuffend bij de deur en staarde naar haar. Ze begon de figuurnaadjes af te spelden. Hij begon te huilen, dus Ada begon weer te zingen.

'*When I asked her to marry me she said "Oh, what stuff"*
And told me to drop it, for she'd had quite enough.'

Het kind was weer stil. Ze wilde naar hem glimlachen, met

hem praten: *ich bin deine* Mütti, Tomichen. Ik doe je geen kwaad. Je houdt van muziek, hè? Wees niet bang voor mij. Ada hoorde Frau Weiss aan komen lopen. Ze kwam de kamer binnen, trok aan de arm van het kind en sleurde het mee.

*

Ada telde de maanden nog steeds aan de hand van haar maandelijkse cyclus, streepte ze met krijt af onder de tafel. Daarnaast zette ze de jaren. Ze was hier nu anderhalf jaar. Juni 1943. Lange dagen en nachten die zich uitstrekten tot zonsopgang, terwijl Ada van linnen rokken naaide en van batist bloesjes maakte, gesmokt katoen in zwempakken veranderde, parachutezijde omtoverde in negligés en onderbroekjes. Als ze het niet afkreeg, sloeg Frau Weiss haar met de gesp van haar riem of met wat er ook voorhanden was. De zijde bleef aan haar ruwe vingers haken, dus ze moest het over de tafel vouwen, de naald erin steken en van onder weer naar boven, anders zorgde haar gebarsten huid voor haaltjes in de stof en ging de stof door haar vingers rimpelen. Ze tilde de negligés op en hield ze tegen haar gezicht, wreef ermee over haar wangen, hield ze omhoog met de rug van haar handen die ze tot vuisten balde, zodat haar vingers niet bleven haken aan de tere stof. De kledingstukken waren zacht en warm als de handjes van een baby, haar baby's handjes, haar Tomichen.

Ze moest nu ook kleren voor Thomas maken. Hij was niet langer een baby, maar een kleine jongen. Hij had overhemden en jasjes aan, korte broeken en speelpakjes. Ze besteedde er extra aandacht aan door een kleine auto op de slab te borduren of babybeertjes op de bretels. Hij schreeuwde nog steeds 's nachts. Ada vroeg zich af wat de verschrikkingen waren waarmee hij in zijn dromen werd geconfronteerd. Overdag kon ze hem horen in de tuin achter haar kamer. Hij had een fiets met piepende remmen die ze op een ochtend zag toen ze haar emmer leegde en langs de rozenstruik de tuin in had gegluurd. Het was een kleine kinderfiets, zwart en laag, met dikke rubberbanden en zijwieltjes. Hij moest hebben geleerd hoe hij erop moest rijden. Hij zou slim zijn. Hij had de fiets 's nachts buiten gelaten. De fiets lag op zijn kant in het gras, alsof hij diep in slaap was.

Ze hoopte dat ze hem buiten zou zien als hij in de tuin speelde. Ze kon zijn geklets, kreten en gelach horen, maar hij werd altijd naar binnen getrokken als Ada naar buiten ging. In september toen de nachten weer langer werden, de nachtvorst de goudgele heggen raakte en het gras met een laagje rijp bedekte, wist ze dat ze hem niet meer zou zien, niet die zomer.

*

Ada werd met een schok wakker. Ze hoorde een dof gebrom. Het leek op een naaimachine, of een bij, een donker, constant geronk en erbovenuit het gesis van ontsnapte lucht. Het geluid kwam dichterbij, zwol aan.

Een vliegtuig vloog over. Het geluid werd zwakker en zwol toen weer aan. Er waren er meer dan één. Van wie waren ze? Er flakkerde een zwak licht en Ada hoorde de klap van een explosie. Het was in de verte, maar er bleven bommen vallen. Boem, boem. Ze herinnerde zich België, Namen, Stanislaus. Het leek heel ver weg, alweer een andere wereld. De nachtelijke hemel begon te gloeien als een volle, koperen kolenbak. Het konden niet de Duitsers zijn, wist Ada. Het moeten die van ons zijn. Ons. Onze jongens. Durfde ze erop te hopen? De oorlog zou snel over zijn. Ze kon naar huis gaan. Misschien zou ze rond de kerst thuis zijn. Kerst 1943. Het was nog slechts drie maanden.

's Ochtends zei Frau Weiss niets, maar Ada kon zien dat ze kwaad was. Het bombardement was ver weg geweest, waarschijnlijk in München. Hadden ze het centrum gebombardeerd? Was zuster Brigitte veilig? Misschien was de oude man,

Herr Weiss, gewond of dood. Als dat eens waar kon zijn, dacht Ada, als dat eens zo was.

Frau Weiss smeet een jurk op tafel en zwiepte er Ada mee in het gezicht terwijl ze dat deed.

'Een speld,' schreeuwde ze. 'Je hebt een speld laten zitten.' Ze hield hem vast tussen haar vingers en haalde ermee uit naar Ada. Ze raakte daarbij de palm van Ada's handen die ze ophief om zichzelf te verdedigen.

'Ik heb je niet nodig,' ging ze verder. 'Niemand van ons heeft je nodig. Denk je dat we geen eigen Duitse kleermakers hebben? Denk je dat ik het prettig vind om mijn kleding te laten maken door jou?'

Ze droeg een eenvoudige blauwe jurk die Ada had gemaakt. De jurk accentueerde de vormen van haar lichaam, sterke vierkanten en driehoeken die het flamboyante van de snit camoufleerden en Frau Weiss op een hoger niveau tilden. Ze zag er verheven, ongrijpbaar uit, getransformeerd door Ada's talent, van een saaie muis tot een betoverende schoonheid. Frau Weiss had Ada wel degelijk nodig. Ze vond het fijn dat Ada haar kleren maakte. Ze hield ervan om met haar te pronken naar haar vriendinnen toe, om haar met hen te delen. Geen andere kleermaker kon tippen aan Ada. Ada begreep dit. Ze wist dat Frau Weiss dit ook begreep, dat ze zichzelf haatte voor de zwakheid die ze daardoor tentoonspreidde.

'Als het nog eens gebeurt,' zei Frau Weiss, 'ga je naar het kamp.' Ze stampte naar de deur, sloeg Ada hard in het gezicht in het voorbijgaan. 'Ik walg van je.'

De Poolse gevangenen in het geriatrisch tehuis kwamen uit het kamp. Ze hadden er niet gezond uitgezien. Ada vroeg zich af of het kamp iets te maken had met de zwarte rook die ze in de lucht zag als ze naar buiten ging om haar emmer te legen. De stank deed haar denken aan die plek in The Cut, thuis in Engeland, waar ze vet uitsmolten. Ze dacht dat het uit de fabriek kwam. Misschien was dat waar ze vlees verwerkten, varkens of zelfs paard, omdat het volgens Frau Weiss moeilijk was om goed rundvlees te krijgen.

Als Frau Weiss en haar vriendinnen over het kamp spraken als Ada erbij was, zeiden ze dat het vol zat met bolsjewieken en joden, zigeuners en homo's. Onruststokers. Frau Weiss spuugde de woorden uit: ongedierte, Untermenschen. Ada kende genoeg joden en bolsjewieken. Ze kon haar vader, zittend in de Windsor-stoel met de kapotte spijlen, in de keuken thuis in Londen horen zeggen: als iemand je een bolsjewiek noemt, Ada, meisje, dan zeg je 'ja, en ik ben er trots op ook'. Thuis was een eeuw geleden. Haar leven had ooit een ruim blikveld gehad. De oorlog had dat blikveld doen krimpen, haar herinneringen laten verschrompelen en deze samen met haar dromen begraven. Haar wereld was nu niet meer dan deze vuile kamer met de vieze ramen en de roestige tralies.

Het enige wat ze verkeerd had gedaan was Stanislaus geloven. Haar wangen brandden, heet als vuur. Stel dat ze voor de rest van haar leven hier vastzat? Stel dat er nooit een eind kwam aan de oorlog? Of dat de Duitsers wonnen? Wat moest ze doen? Ze greep de jurk van Frau Weiss en smeet hem door de kamer. Ze pakte de schaar op en gooide hem uit alle macht naar de paspop. Ze gooide het kleermakerskrijt naar het raam en smeet het speldenkussen op de grond. Ze sloeg haar handen tegen haar hoofd, duwde ze hard tegen haar schedel en schreeuwde terwijl ze heen en weer schommelde.

Er zat bloed aan haar vinger. Hij was waarschijnlijk blijven haken aan de spelden. Ze zoog op het wondje. De speld. Een pijnlijk prikken elke keer dat Frau Weiss zich omdraaide. Een speld, natuurlijk. Ze lachte. Een speld te midden van al deze bombardementen. Stel je eens voor. Het waren altijd de kleine dingen, de druppel die de emmer deed overlopen.

Er was meer dan één manier om oorlog te voeren. Ze trok haar kleren uit en stapte in de jurk, fijn kamgaren. De stof was zwart en voelde soepel aan. Ze drukte hem tegen haar huid, volgde de contouren van haar lichaam van haar borsten tot haar dijen. Haar botten staken uit en de jurk hing los om haar heen, maar Ada was weer een vrouw. Ze nam bezit van de jurk als een kat die zijn geur verspreidt. Frau Weiss zou het nooit te weten komen.

Ze wreef met haar hand over de striem op haar gezicht. Er zat bloed op. De ring van Frau Weiss moest haar wang hebben geraakt.

*

Niemand opende haar deur om haar eruit te laten die dag eind september, niet lang na het eerste bombardement in 1943. Er waren vreemde mensen in huis, dringende stemmen, het schrapen en doffe gebonk van meubels die werden verschoven, voetstappen langs haar deur, in de keuken en bijkeuken. De zon begon de kamer op te warmen. Het licht scheen door het raam en de zonnestralen vingen stofdeeltjes. Ada dacht dat het in de middag was. Ze had honger en dorst. Het huis werd stil, hol en leeg. De schemering viel in en het werd nacht. Ada haalde het lichtknopje over en er gebeurde niets. Er was geen elektriciteit. Ze was achtergelaten, ze was alleen.

Ze probeerde te slapen, maar haar voeten raakten verstrikt in de deken. Ze trapte de deken van zich af met een paniekerige schop. Ze probeerde haar gebruikelijke trucje, haar mantra: Thomas. Thuis. Stanislaus. Modiste. Ze zat opgesloten. De muren kwamen op haar af, het plafond zakte naar beneden. Vliegtuigen zoemden en vlogen rondjes boven haar. Ada wachtte op het vermiljoen dat voor de inslag van de bommen haar kamer zou verlichten. Een paar keer waren de explosies dichtbij en trilde het huis en rinkelden de ramen. Ze kneep haar ogen stijf dicht.

Ze kon worden gebombardeerd, stikken in het puin, levend worden begraven. Ze ging rechtop zitten, schreeuwde, maar haar schreeuwen weerkaatste. Ze ging weer liggen. Haar hoofd gleed van het kussen en ze kwam op de ijskoude stenen vloer terecht. Haar buik deed pijn. Ze zou hier sterven, opgeborgen in een werkkamer, voor altijd verloren. Wie wist dat ze hier was? Ze kreeg kramp in haar been en sprong op, liep in het rond totdat de kramp verdwenen was. Ze zou zichzelf kunnen verhangen, haar polsen doorsnijden. Ze kon het doen deze keer. Ze zou wel moeten. Doodgaan van de honger was een pijnlijke dood.

Bombardeer me alsjeblieft niet. Laat me leven. Ze vroeg zich af wat er van München over was. Ze had het vermoeden dat de Duitsers Engeland hetzelfde aandeden. Ze probeerde niet aan haar familie te denken. Ze zouden het overleven. Net als zij. Ze zouden geluk hebben.

’s Ochtends werd het slot met een luidruchtige draai geopend en kwam een gezette vrouw in een saaie, zwarte rok en een bruine twinset de kamer binnen. Ada had haar nog nooit gezien.

‘Jij,’ zei ze, en ze wees op Ada. ‘Sta op als ik tegen je praat.’ Ada kwam moeizaam overeind. Ze voelde zich niet stevig op haar voeten staan, was een beetje licht in het hoofd. ‘Ik ben Frau Weiter. Ik deel nu de orders uit. Maak dat leeg,’ zei ze, terwijl ze naar de emmer wees.

Ada was blij om naar buiten te kunnen, om de scherpe, frisse herfstlucht in te ademen, om de nieuwe gevangene in een gestreepte jas te zien. Maar er was niemand in de bijkeuken toen ze erdoorheen liep, en ook niet in de tuin. Het water van de stortbak stroomde over de rand en spetterde op de vloer en tegels. Ze gluurde om de rozenstruik heen, maar de tuin was verlaten. Was Frau Weiss vertrokken en had ze Thomas met zich meegenomen?

Zijn fietsje was weg. In de tuin lag een kleine, gebreide teddybeer in de modder.

'Jij,' zei Frau Weiter toen Ada terugkwam, 'trek dat nonnenhabijt uit.' Ze gooide een slappe, grijze hemdjurk op de grond en wees ernaar. 'Je bent niet anders dan de andere gevangenen. Waarom zou je privileges hebben?'

Ada pakte het vormeloze, katoenen vod op. Het was dun, de vezels levenloos.

'Van nu af aan,' ging Frau Weiter verder, 'ben ik hier de baas. Mijn man is de nieuwe commandant. Jij helpt de kok. Je doet de was en je strijkt. Je verstelt en naait. Je doet wat we van je vragen. Je praat met niemand. Doe dat aan en dan aan het werk.' Ze wees in de richting van de open deur en de bijkeuken en verliet de kamer.

Ada vroeg zich af wat er was gebeurd. Ze stapte uit haar habijt en trok de jurk over haar hoofd. Dit dunne, zielloze kledingstuk joeg haar angst aan. Dit hadden de Poolse gevangenen gedragen. Was ze net zoals zij geworden? Zij kwamen uit het kamp. Ze vouwde haar habijt op, legde het op het bed en liep naar de bijkeuken.

De kok was geen gevangene, zag Ada. Ze was weldoorvoed, een ronde vrouw met een dik middel, grijs haar en zweetdruppels op haar voorhoofd en neus. Bij haar oksels was haar bloes nat en donker.

Frau Weiter noemde haar Anni. Ze hadden lange gesprekken. Ada begreep dat ze al vele jaren hun kok was. Ze begreep ook dat Obersturmbannführer Weiss naar Polen was gestuurd. De vrouw en het kind wilden in het huis blijven. Frau Weiter klakte met haar tong. Waarom zou zij een speciale behandeling krijgen als het duidelijk was dat Obersturmbannführer Weiter en zij het huis van de commandant nodig hadden? Nu het zo moeilijk was om een geschikt huis te vinden? Uiteraard moest de vrouw ergens anders onderdak zien te vinden, teruggaan naar haar eigen familie.

Anni glimlachte nooit, maar ze kookte goed. Ada hielp bij

het voorbereiden, schillen, snijden, schrappen. Leversoep. Geroosterd zwijn. Koolrolletjes. Zuurkool. Apfelstrudel. *Topfenstrudel. Auszogne.* Geen wonder dat Anni zo rond was als een tonnetje en Frau Weiter zo breed. Net zoals haar echtgenoot, Obersturmbannführer Weiter. Een enorme man met een vlezige buik die over zijn riem hing. Zijn jasje stond strak bij de knopen, de mouwen barstten bijna bij de naden. Ada had nog nooit een echt dikke persoon ontmoet, had nooit geweten wat vraatzucht was, of waarom het een zonde was. Klieren, zei haar moeder altijd. Het komt door hun klieren. Ze kunnen het niet helpen. De Weiters aten vijf keer per dag in de eetkamer en gebruikten een schoon tafelkleed voor elke maaltijd.

Linnen afgezet met broderie anglaise dat dertig centimeter breed was. Het stiksel was zelfs zwaarder werk dan knoopsgaten, de oogjes waren klein en er waren fijne draad en dunne naalden voor nodig. Het werk zorgde ervoor dat Ada pijnlijke ogen kreeg en het deed haar hoofd kloppen. Handdoeken voorzien van monogrammen, de initialen EW, met de hand genaaid en afgezoomd, lakens en kussenslopen. Open naaiwerk door draden uit te trekken van gastenhanddoekjes en kleedjes voor op dienbladen, wit borduursel op de onderzetters en placemats. De Weiters knoeiden veel met eten en slapen. Ze eisten elke dag schone lakens en Ada moest de bevlekte lakens en tafellakens koken in een wasketel, ze schrobben met borax en carbol totdat haar handen ruw waren, ze uitwringen en ze te drogen hangen aan de waslijn in de tuin, waar ze opbolden in de wind. Door de bombardementen en de oorlog was zeep moeilijk te krijgen. Dat gold ook voor brandstof om water te koken, maar de Weiters weigerden om zonder schone was te zitten. Ze schreeuwden als Ada een dag had overgeslagen, dreigden haar naar het kamp te sturen en iemand anders te nemen om haar werk te doen.

Ada nam er de tijd voor om de was buiten te hangen of hem af te halen. Ze zag hoe de herfst kwam en weer verdween in de tuin en hoe de bloemen afstierven in de aarde, de bladeren rottend op de grond. Er was weer een jaar voorbij. Vanuit stof zijt gij gekomen en tot stof zult gij wederkeren. Er zaten bessen aan de bomen en struiken waar de vogels zich aan te goed deden. De klimroos bij de wc stond vol mooie rozenbottels, feloranje bessen waar ze om moest glimlachen. Ze plukte er een paar en stopte ze in haar zak. Ze keek ernaar als ze 's avonds alleen was. Ze deden haar denken aan de tuin, aan een plek waar het leven doorging, hoopvol en onwetend.

Frau Weiter droeg dirndljurken, wollen in de winter, fluwelen als ze op haar best wilde zijn, katoenen in de zomer met een nauwsluitend bovenlijf dat haar vlezige boezem benadrukte. Opgesmukte bloesjes met strikjes aan de nek en mouwen. Ze hield ervan dat ze van de bovenkant tot de zoom waren geborduurd met edelweiss, gentiaan en andere alpenbloemen. Ze was een vieze, varkensachtige vrouw, die haar kleren elke dag vies maakte: soep op haar rok, jus op haar bloes, vet op het lijfje. Ze had zweterige voeten die haar kousen stijf maakten. Ze lekte plas en ergere dingen in haar onderbroek. Wassen en repareren, naaien en strijken, zwaar, pietepeuterig werk om de plooien in de dirndl-jurk glad te krijgen zonder ze plat te drukken. Opstaan bij het ochtendgloren en niet naar bed tot in de kleine uurtjes. Doe dit. Doe dat. Frau Weiters kleren zorgden ervoor dat ze eruitzag als een van Anni's broodknoedels. Of een mimespeler. Ada had een binnenpretje. Als Frau Weiter haar haar in een knot had, kon ze zich, met de juiste kleren aan, voordoen als een man. Net het duo Snip en Snap.

Anni sprak alleen tegen Ada om haar bevelen te geven. Maar Anni liet behoorlijk wat restjes achter in de steelpannen en ze deed net alsof ze niets zag als Ada de lepel aflikte of haar vinger door de mengkom haalde voordat ze die afwaste. Kleine lekkernijen die de monotonie van de waterige soep die Ada elke dag moest eten doorbraken. Anni had last van opvliegers, vlammende hitte. Haar nek werd dan rood en ze zweette onder haar armen. Ze zette dan de deuren en ramen open en wapperde met haar handen voor haar gezicht. Er was een Amerikaanse cliënt bij mevrouw B., die kussentjes onder haar oksels droeg. De overgang, mompelde ze tegen mevrouw B., alsof Ada te jong was om dit leeftijdscomplot te begrijpen, hoort bij de leeftijd.

Ada dacht daarover na. Ze had wat handdoeken en wat restjes zacht katoen, overblijfselen van de jurken die ze had gemaakt. Het kostte haar niet veel tijd. Twee halve cirkels. Lint. Ze had wat behahaakjes over van Frau Weiss en maakte ze vast aan de linten. Het was genoeg voor twee paar.

Anni liet haar in de ochtend uit haar kamer en Ada gaf haar de kussentjes, wees op haar oksels en zwaaide haar handen voor haar gezicht alsof ze het heet had. Ze mimede: voor het zweet. Anni nam de kussentjes aan. Wie weet, dacht Ada, zou ze haar hiervoor bij Frau Weiter aangeven. Het kon Ada niets schelen. Ze voelde zich er goed door, dat ze iets aardigs terug kon doen voor de lieverd. Ze was de aardappelen aan het schillen toen Frau Weiter verscheen. Ze was nog in haar nachtjapon.

'Non,' zei ze, 'pak een emmer en kom met mij mee.' Ada liep achter haar aan naar de hal. Het was de eerste keer dat ze hier weer was sinds haar aankomst bijna twee jaar geleden. Het was kerst 1943 en een hoge kerstboom stond in de hoek van de kamer. Op de takken zaten kleine kaarsen. Er lag nu een tapijt op de vloer en er stond een zwaar, bewerkt eiken dressoir met aan weerskanten twee lelijke, lage houten stoelen. Frau Weiter stampte met Ada de trap op, langs het grote raam, over de overloop, hun slaapkamer in. De stank sloeg Ada in het gezicht, nog voordat ze zag waardoor deze werd veroorzaakt. Herr Weiter lag naakt op bed, omringd door braaksel.

'Maak hem schoon,' zei Frau Weiter, en ze wees op de troep op de vloer. 'En dan de rest.'

Het was niet alleen braaksel. Hij lag te kreunen in zijn eigen uitwerpselen. Ada kokhalsde terwijl ze hem schoonmaakte met Frau Weiter dichtbij, achter zich.

'Daar,' zei ze. 'En daar. Nog meer daar.' Ze duwde elke vouw en huidplooi open, veegde de stinkende resten weg en voelde hoe zijn huid terugviel over haar vingers als enorm, kloppend tandvlees. Varken, dacht Ada. Had zoveel gegeten bij het kerstdiner dat hij er ziek van was geworden. Net goed.

Het beddengoed. De slaapkamer. De badkamer. Ze maakte de hele ochtend schoon en deed de hele middag de was. Frau Weiter sloeg Ada niet op de manier waarop Frau Weiss dat had gedaan, maar Ada verachtte haar meer. Ze was een slons en een smeerlap, een veelvraat en een slampamper. Ada had een hekel aan de manier waarop haar polsen in ringen over haar gezwollen handen lagen, de manier waarop ze haar lichaam meesleepte door de kamer als een slak die zich over gras bewoog, de manier waarop ze lachte met Anni, ho ho, en in haar wangen kneep: we zijn zo goed voor jou, *Annerl*, terwijl haar onderkinnen wiebelend een eigen leven leidden.

Die avond toen Anni Ada opsloot voor de nacht, liet ze een pakje in Ada's zak glijden. Er stond een glas melk op tafel. Ada haalde het pakje uit haar zak. Het was een plak kerststol, verpakt in vetvrij papier. *Danke. Frohe Weihnachten.* Prettige kerst.

Ada zat met het brood in haar handen in de comfortabele stoel te snikken.

Ze bewaarde de rozenbottels in een la. Ze waren verdroogd en verschrompeld, de kleur had zijn levendigheid verloren. Ze had dit gedaan toen ze klein was en ze de rozenbottels pikten van de rijke huizen aan West Square, maar ze wist nog hoe het moest. Ze spreidde het vetvrije papier van de stol uit, spleet de bessen open, en haalde de fijne haartjes die erin zaten eruit. Frau Weiter droeg haar ondergoed dicht op haar huid, geplooid bij haar middel en aan de zijkant vastgemaakt met haakjes. Elke plooi vormde een zakje en Ada duwde de kleine haren diep in de plooien. Ze hield de onderbroek omhoog. Er viel niets aan te zien. Ze pakte de volgende.

Ze liet de laatste rozenbottel in haar hand rollen. Er zaten er nog veel meer aan de struik. Er zijn meerdere manieren om oorlog te voeren, bracht ze zichzelf in herinnering.

*

De vriendinnen van Frau Weiss kwamen nog steeds langs met lappen stof over hun armen en foto's in hun hand. Naast al haar andere taken moest Ada ook hun kleren maken. Ze wist dat als ze weigerde, ze haar naar het kamp zouden sturen. Frau Weiter had Ada niet nodig, niet op de manier waarop Frau Weiss haar nodig had gehad. Ze wilde de vrouwen vragen wat er gebeurd was met Frau Weiss en het kind, maar wist dat ze niets moest zeggen. Ze luisterde naar hun geklets. Obersturmbannführer Weiss had nu de leiding over een ander kamp, Neuengamme. Dat was in de buurt van Hamburg, begreep ze uit de verhalen. Maar ze hadden het nooit over Frau Weiss, of over de kleine Thomas. Duitsland deed het goed. De oorlog zou snel voorbij zijn.

*

De bomen begonnen vol te raken met kleine, groene knoppen. Ze borg haar tweed wanten, die ze nog steeds voor 's nachts gebruikte, en de kasjmieren handschoenen voor overdag op. De motten hadden gaatjes gemaakt aan de binnenkant en de randen rafelden. De wol was vervilt door het vuil. Hoe lang zou deze oorlog nog doorgaan? Ze streepte weer een maand af op haar kalender onder de tafel. Maart 1944. Ze was al meer dan twee jaar in dit huis. Haar hoofdpijn was heel erg en soms kon ze de steken niet zien. De knoopsgaten en oogjes waren het ergst. Ze moest ze dicht bij haar ogen houden zodat de rijglijnen rechte, gelijkmatige rijtjes vormden.

Op een vroege ochtend in april van dat jaar, voordat ze tijd had gehad om haar habijt, waar ze 's nachts nog steeds in sliep, uit te trekken, was Herr Weiss er opeens. Soms vroeg ze zich af – hoopte ze – of hij was overleden. Ze luisterde 's avonds niet meer of ze zijn voetstappen hoorde op de gang, het metalige geklik van zijn wandelstok. Nu zijn neef weg was, had ze gedacht dat hij niet meer zou komen. Maar nu stond hij daar te knikken, zijn mond vertrokken in een scheve grijns. Hij was gekomen voor zijn beloning. Ze was bezig geweest met het omzomen van een laken en liet het op de vloer vallen, de schaar op haar schoot kletterde op de grond.

'Herr Weiss,' zei ze. 'Ik had u niet verwacht.'

'Ik zei dat ik terug zou komen.'

Hij viste in zijn jas en haalde er een agenda uit. 'Ik heb een aantekening gemaakt,' zei hij. 'Weet je welke dag het is?'

Ada schudde haar hoofd.

'Het is 20 april 1944, de verjaardag van de Führer.'

Hij glimlachte weer en liep al tikkend met zijn wandelstok door de kamer. Het trekken met zijn been was erger geworden en zijn gezicht vertrok tot een grimas terwijl hij bewoog. Hij haalde stokkend adem. Ada kon zien dat hij ziek was geweest.

'Je doet goed werk,' zei hij, en hij wees met zijn wandelstok naar de jurken en pakjes die aan de schilderijenrails in de kamer hingen. 'Weet je hoe ze je hier noemen?'

Ada schudde haar hoofd.

'Ze noemen je de kleermaakster van Dachau,' zei hij. 'Jij bent het gesprek van de dag. Het is nogal een gemeenschap die we hier hebben. Mensen met invloed, weet je. Niet alleen in Dachau. Maar ook in München en Berlijn. Er is mij verteld dat jouw verhaal zelfs de Führer in hoogsteigen persoon heeft bereikt.' Hij lachte, een stroef piepen dat eindigde in een dun laagje spuug op zijn lippen. 'Ik overdrijf. De Führer heeft het veel te druk om met zulke onbenulligheden te worden lastiggevallen.'

Hij tilde de jurken op met zijn stok, onthulde hun keurige naden en het smetteloze takelgaren eronder. Hij glimlachte naar Ada alsof ze een kind was. 'Ik heb een vriendin,' zei hij. 'Ze is op zoek naar een nieuwe kleermaakster. Iemand die discreet is. Dus ik dacht: wie is er discreter dan mijn *Nönnlein*?'

Hij kuierde naar de leunstoel en liet zichzelf erin zakken, terwijl hij de wandelstok neerlegde bij zijn voeten. 'Kom,' zei hij, en hij klopte op zijn knie. 'Je zou blij moeten zijn om mij te zien.'

Ada wist wat eraan zat te komen. Ze pakte haar kruk op.

'Nee, lieveling,' zei hij. 'Laat de kruk staan. Kom dicht bij me zitten.'

Ze kon op de vloer gaan zitten en zijn stok pakken als hij iets probeerde. Ze kwam wat dichterbij en hij greep haar hand en trok haar naar beneden, zodat ze gedwongen werd om op zijn schoot te gaan zitten. Ze slikte moeizaam. Hij had dit nog nooit gedaan. Ze hadden altijd naast elkaar gezeten. Maar ze waren alleen en Ada wist dat haar schreeuwen niet gehoord zou worden, dat het er niets toe deed.

Hij streelde haar hand. 'Heb je me gemist?'

Ada zei niets.

'Ik heb je gemist.' Hij trok haar hand naar zijn kruis en grijnsde als een geile bok. 'Dat kun je voelen, hè?'

Ada probeerde haar vuist te ballen. Op die manier zou ze hem niet voelen.

'Nönnlein,' zei hij, en hij wrikte haar hand open. 'Ik heb nieuws voor je.'

Hij sloeg zijn armen om haar heen en trok haar dicht tegen zich aan. Hij had witte stoppels op zijn wang en een aantal onder zijn onderlip. Ze kon de alcohol in zijn adem ruiken, en zag de adertjes die over zijn wangen liepen, zijn uitgedoofde ogen leken op troebel absint. Zijn lippen waren gebarsten. Ze hoopte dat hij haar niet zou kussen.

'Ik vertrek,' zei hij. 'Vandaag. Ik ga weg. Ik zie je misschien nooit meer.'

Haar spieren ontspanden. Gelukkig.

'Maar voordat ik ga,' zei hij en hij streelde haar gezicht met de rug van zijn hand, 'wil ik wat mij toekomt.' Ada slikte. 'Voor dit alles,' zei hij en hij zwaaide met zijn arm naar wat om hen heen was, wees naar de jurken die aan de muur hingen, 'en wat er nog mag komen.'

Hij kneep haar in haar middel met zijn vingers zo wijd uiteen dat ze langs haar borsten wreven. 'Ik hoef maar iets te zeggen,' ging hij verder, 'en dit verdwijnt allemaal. Heb je gehoord van Ravensbrück?' Hij trok aan haar habijt, tilde het steeds hoger en raakte haar been aan. 'Het is een vrouwenkamp. Criminelen. Joden. Polen. Zigeuners. Lesbische vrouwen.' Hij spuugde het woord uit. Ze voelde druppels spuug op haar wang. Hij greep haar dij. Ada probeerde haar benen over elkaar te slaan, maar hij duwde ze hardhandig uiteen. 'Ver weg van hier.'

'Alstublieft,' zei ze. 'Ik heb het sacrament afgelegd.'

'Dat weet ik,' zei hij. 'Ik verkracht geen non,' voegde hij eraan toe terwijl zijn woorden slepend uit zijn mond kwamen, 'als je dat al bent.' Het bloed joeg door haar heen en dwong haar hart het rond te pompen. Blijf rustig, blijf rustig. Hoe kon hij dat weten? Hij moet geloven dat ze een non is.

'Doe dit dan niet.'

Hij duwde haar van zijn schoot af, maar hield haar arm vast en greep hem stevig beet. Hij was verbazingwekkend sterk, te sterk voor Ada. 'Je hebt niets geleerd, hè? Jij vertelt mij niet wat ik moet doen. Non.' Hij schudde haar arm en keek haar met bittere ogen aan. 'Doe je kleren uit.'

'Alstublieft,' zei Ada. 'Alstublieft niet.'

Hij kneep in haar pols en likte zijn lippen. 'Bij nader inzien,' zei hij, 'wekt je naakte lichaam waarschijnlijk alleen maar afkeer in mij op.'

Hij liet haar los.

'Je bent te mager. Er zit geen greintje vrouw aan jou. Doe alles uit behalve je hemdjurk.'

Ada's vingers trilden toen ze het scapulier over haar hoofd trok en haar habijt losmaakte. Hij keek naar haar. De huid van zijn gezicht stond strak in een grijns van verlangen. Als hij zou ontdekken dat ze geen maagd meer was, wat zou er dan gebeuren? Zou hij haar naar Ravensbrück sturen of haar in een bordeel stoppen? Hij pakte zijn wandelstok op.

'En hou je kap op. Je haar is niet de bekroning van je lichaam.' Hij lachte, een smerig gegrom in zijn keel.

'Kom nu wat dichterbij.' Hij leunde naar voren, pakte haar arm en trok haar nog eens boven op hem. Ze bevroor terwijl hij zijn gulp open wilde maken. Hij wreef zichzelf tegen haar aan en betastte haar door haar hemdjurk.

'Help me.' Hij trok haar hand dicht naar zijn penis toe en kreunde. Het was voorbij.

Hij duwde haar weg toen de gong voor het ontbijt klonk. 'Nu heb ik trek gekregen,' zei hij. 'Anni verzorgt een uitstekend ontbijt voor Obersturmbannführer Weiter en zijn charmante vrouw. *Schlackwurst*. Leverworst. Kaas. Verse broodjes. Honing. Koffie. Sekt. Vaarwel, zuster Clara.' Hij stond op, stopte zijn overhemd in zijn broek, knoopte zijn gulp dicht en pakte zijn wandelstok van de vloer.

'Ik zal een goed woordje voor je doen bij mijn vriendin.' Hij liep de kamer uit en deed de deur achter zich op slot.

Hij had haar hemdjurk bevuild. Ze pakte een restje stof en wreef over de vlek. Ze rilde. Ze pakte haar habijt en trok het over haar hoofd. Ze zou hem nooit meer zien. Ze had honger.

*

Het was een zware, vervelende vermoeidheid die in haar spieren sloop en haar hersenen leegzoog. Ada liet zichzelf in de late uurtjes op haar geïmproviseerde bed vallen en sleepte zichzelf er bij het ochtendgloren weer uit. Ze was te moe om te huilen of te dromen. Ze hield nog steeds de dagen bij, maar de rest van die lente en zomer ging voorbij met zwaar en eentonig werk. Frau Weiter liet haar hun *Federbetten* wassen, dikke dekbedden gevuld met veren die ze in de winter gebruikten. Ada moest de aan elkaar geklonterde veren met een stok uiteenslaan terwijl Frau Weiter erbij zat en toekeek. Harder. Je moet harder slaan. Gebruik al je kracht. Ze kon amper de stok oppakken. Ze moest de gordijnen in elke kamer afhalen. Het waren zware, brokaten gordijnen die de tocht in de winter buiten hielden, en ze moest jaren stof eruit wassen, ze uithangen zodat ze konden drogen en luchten in de zomerzon. Daarna moest ze ze weer verzamelen en gladstrijken, klaar.

'Trek je schone jurk aan,' zei Frau Weiter op een ochtend in de herfst toen Ada de schone brokaten gordijnen aan het ophangen was voor de winter. 'Zorg ervoor dat je handen en gezicht schoon zijn.'

Ada deed zoals haar was opgedragen. Frau Weiter sloot haar op in haar kamer. Ada wachtte. Ze keek door het raam terwijl de zon hoog aan de hemel rees en vervolgens achter de huizen zakte. Ze had geen ontbijt gehad en ook geen lunch. Haar maag trok samen door de kramp, pijnlijke steken die haar ingewanden samenknepen. Ze had taken die ze moest afmaken. Ze zou de hele nacht op zijn om de was en de strijk weg te werken. De deur ging open en Frau Weiter kwam binnen, gevolgd door een vrouw die Ada nog nooit had gezien, en twee Schotse terriërs. Frau Weiter hield afstand van de andere vrouw. Er lag een afkeurende trek om haar mond en ze stak haar neus in de lucht.

Een van de honden kwam naar Ada toe, rook aan haar enkels en kwispelde met zijn staartstompje. Zijn adem was warm tegen haar huid, zijn neus koud en nat. Ada verlangde ernaar om hem te aaien, om de zijdeachtige warmte van zijn vacht te voelen, hem tegen haar op te laten springen, jankend van vreugde, zijn tong trillend om haar te likken, de affectie van een ander levend wezen.

'Negus,' zei de vrouw. '*Komm!*' Ze klopte op haar bovenbeen en de hond draaide zich om en liep terug naar de vrouw. Ada wilde zeggen: het is in orde. Ik vind het niet erg. Ze verlangde hevig naar dit kleine dier dat zei: jij bent hier. Een ander levend wezen. Zelfs honden hadden een naam.

'*Sitz*,' zei de vrouw en ze hief haar vinger op naar de hond. Ada kon het niet helpen dat haar ogen over de vrouw gleden. Slank, grote borsten, voluptueus. Haar haar was muizig, niet te kort of te lang, en met slagen. Haar gezicht was rond en glad. Ze was jong, aantrekkelijk genoeg, maar haar gezicht was niet dat van een schoonheid, het was geen gezicht dat de tand des tijds zou doorstaan. Haar teint was fris, onderstreept door een beetje lippenstift. Lippenstift. Geen van de vrouwen droeg op dit moment lippenstift.

Ze droeg een wit pakje. De rok was recht en tot de knie, het jasje kort met een aangerimpeld schootje en een diepe V-hals. Ze had het jasje dichtgeknoopt en het trok rond haar boezem. Eronder kon Ada de bovenkant van een dunne gebreide trui zien. Je zag haar soort op de markt in The Cut, vijf pond aardappelen, een paar uien, vier appels, stoofappels. Zij en Frau Weiter, als ze die minachtende houding kon wegpoetsen, of het de marktkoopmannen voor haar kon laten doen. In de paardenpoep gestapt, mevrouwtje? U moet ook uitkijken. Zo'n doodgewoon uitziende vrouw, iemand die niet het beste van zichzelf maakte.

'Dit is de non,' zei Frau Weiter, 'de kleermaakster over wie je hebt gehoord.'

De vrouw keek de kamer rond. Ada was bezig met het maken van een avondjurk voor een van de vriendinnen van Frau Weiss, een flessengroene creatie met een halternek. De jurk hing aan de rails en Ada wachtte nog met het afzomen van de jurk. Laat hem vallen, Ada, laat hem vallen, zei Isidore altijd. Het talent valt te zien aan de zoom. Ze had wat stof op tafel liggen, katoen met een bloemenprint waarvan een van de andere vriendinnen van Frau Weiss een bloes had geëist, en ernaast lag opgevouwen het patroon dat Ada had uitgeknipt.

'Ja,' zei de vrouw. 'Ik vertrouw erop dat ze zo goed is als iedereen zegt.'

Ze maakte het pakje dat ze bij zich had open en onthulde een staal zwarte zijde. Ze schoof het over de tafel naar Ada toe. Ada trok de stof dichter naar zich toe, liet haar vingers over de bovenkant glijden, voelde de verdikkingen en ribbels, de glans en de sterkte ervan. Dupionzijde. Sinds haar tijd bij mevrouw B. had ze zijde van deze kwaliteit niet meer gevoeld.

'Ik heb een avondjurk nodig,' zei ze. 'Er is mij verteld dat jij de beste bent.'

Het was een compliment en Ada bloosde, golven van overwinning schoten door haar heen. Niemand had haar geprezen, niet op deze manier. Van vrouw tot vrouw. Ze schaamde zich, herkende zichzelf niet. Een of ander laf wezen dat snakte naar goedkeuring. Deze vrouw strooide wat kruimels vleierij die Ada als een stervend musje met smaak oppikte. Dank u. Ik dank u zeer.

'Ik heb drie kleermaaksters,' zei de vrouw tegen Frau Weiter. 'Eén hier in München. Eén in Berlijn. Eén in het Berghof. Als je eens wist hoe mijn rekeningen eruitzien. Het kost een vermogen. Ik betaal voor hun zwijgen, uiteraard. Maar het zou prettig zijn,' ging ze verder, 'als ze ook nog goed waren. Rokken. Broeken. Dirndljurken.' Ze schudde haar hoofd. 'Vaardig. Maar magisch? Ze hebben het niet in zich.'

Ze boog zich voorover en pakte een van de Schotse terriërs op, tilde haar kin op zodat de hond haar kon likken. Ze glimlachte, liet hem op de grond springen en richtte zich tot Ada.

'En jij hebt die magie, zie ik,' zei ze. Ze liep naar de groene avondjurk, liet haar vinger langs de rok glijden en draaide zich om naar Frau Weiter. 'Kwaadaardigheid. Leugens. Maar waarom zou de waarheid in de weg staan van roddels, Frau Weiter? Nauwsluitend,' zei ze, terwijl ze op de bal van haar voet ronddraaide en Ada aankeek. 'Ik wil een nauwsluitende jurk die uitwaaiert van onder de knie. Als een zeemeermin.'

Dupionzijde was sterk, dupion kon een sleep aan, maar hield er niet van om uitgerekt te worden. Dupionzijde kijkt naar sport, kon ze Isidore horen zeggen, maar dupion beoefent er geen. De vrouw was slank, maar haar kuiten waren gespierd, haar schouders vierkant. Ze kon zich voorstellen dat ze tenniste of zwom, of in de Women's League of Health and Beauty zat thuis in Londen met een donkerblauwe korte broek en een witte bloes, terwijl ze de flikflak en de handstand-overslag deed. De jurk moest elastisch zijn zodat hij aanvoelde als een tweede huid, niet vastgesnoerd als een stuk verband.

'Hoge hals,' ging ze verder. 'Open rug. En rozen.' Ze trok wat rode stof tevoorschijn uit de tas en liet deze aan Ada zien. Ruwe zijde, een rijk karmozijnrood. Zeldzaam. Ze frommelde het in elkaar en hield het tegen haar keel aan om het Ada te laten zien.

'Rozen,' zei ze. 'Hier, om mijn nek.'

Rozen zouden te druk zijn bij een uitwaaierende sleep. Het zou de lijn verpesten, de eenvoud die Ada in gedachten had. Rozen zouden een ramp zijn. Maar een enkele roos, een grote, een corsage, links van het midden, net onder de halslijn, dat zou stijlvol zijn. Ze slikte, haalde diep adem en zei niets. Deze vrouw had een slechte smaak. Ada zou het haar moeten laten zien. Houd het puur, geef de jurk gratie. Gesoigneerder. Dat was de magie. Ze haatte zichzelf voor deze gedachte, dat ze moest zeggen: madame, misschien op deze manier... Wat kon het haar schelen hoe deze Duitse vrouw eruitzag? Maar het was het enige wat ze kon doen dat haar eigen was, dat haar deed leven, waardoor ze iets voorstelde.

'Ik zal u moeten opmeten, madame,' zei ze. 'Zonder kleren. Voor de nauwkeurigheid.'

'Je zult je moeten uitkleden,' zei Frau Weiter, en ze voegde eraan toe: 'Maak je geen zorgen. Ik blijf bij je.'

De vrouw haalde haar schouders op. 'Ik weet wat er gedaan moet worden,' zei ze kortaf tegen Frau Weiter. 'Dat hoef je me niet te vertellen.'

Ze boog zich voorover, kroelde met een van de honden en kriebelde hem achter zijn oor. 'Ze hoeft me niet te vertellen wat ik al weet, of niet soms, mijn Stasile?' De hond ging op zijn rug liggen en schopte met zijn achterpoot toen ze hem op zijn buik krabde. 'Mütti heeft dit al zoveel keren gedaan.'

Ze stond op, knoopte haar jasje open, keek om zich heen voor een haakje en gaf het toen aan Frau Weiter alsof zij de paspop was. Ada hoestte om haar gegrinnik te verbergen.

De vrouw stond in haar satijnen ondergoed, crèmekleurige beha en bijpassende slip met brede pijpjes, de jarretellen en de bovenkant van haar kousen vielen net onder de met kant afgezette zoom. Ze was sterk, deze vrouw, sportief, geen kwabben en geen grammetje vet te veel. Ada nam haar maten, over de boezem, onder de boezem, boezem. Bovenkant heupen, onderkant heupen, lengte. Ze schreef alles op een stuk papier. Achterkant van de nek tot middel, middel tot enkel, en ze legde het papier onder de naaimachine met de andere orders zodat ze het niet kwijt zou raken.

*

Die herfst werden de bombardementen opgevoerd. Ada keek naar de oplichtende lucht, wachtte op de klap van de bommen, telde de seconden tussen het licht en het lawaai, alsof het om een onweersbui ging. Het was negenentwintig kilometer verderop. Negentien. Veertien.

Kerst ging voorbij. Ze streepte het af. 1944. Haar zesde. De meeste ervan in dit huis. Hoeveel meer zou ze er hier moeten doorbrengen? Thomas zou in februari vier worden. Ze hoopte dat hij het goed maakte en gelukkig was. Ze hoopte dat Frau Weiss hem troostte tijdens de bombardementen. Het is goed, Tomichen. Mütti is bij je. *Vati* zal voor je zorgen.

Obersturmbannführer Weiter, Frau Weiter en Anni zaten de luchtaanvallen uit in de kelder en kwamen in de ochtend met verwarde haren en boos naar boven. De Russen kwamen dichterbij en de Britten ook. Ook de Amerikanen kwamen eraan. Ada had slechts gehoord hoe goed Duitsland het deed, hoewel ze zichzelf had afgevraagd hoe dat kon. Als ze zo succesvol waren, waarom vochten ze dan nog steeds? Nu kende ze de waarheid. Duitsland kon verliezen, Duitsland verloor. Ze zag hoe Frau Weiters ogen zich vernauwden door de haat, alsof het Ada's schuld was.

De boiler bevond zich in de kelder, een zwarte verwarmingsketel die Ada elke ochtend en avond moest stoken. Die winter van 1944-1945 was bitterkoud. Ada had het nog nooit zo koud meegemaakt. Ze rilde overdag in haar dunne hemdjurk en wreef 's nachts over haar benen om warm te blijven als ze op de kussens lag. Ze trok haar habijt aan, de onderrokken en zelfs de nonnenkap. Ze trok een extra deken over zich heen, samen met het oude habijt van zuster Jeanne, maar ze kon nog steeds voelen hoe de vorst door de ramen kroop en de ijzige tocht langs haar gezicht blies. Boem. Boem. Ada telde acht, zeven, zes. De bommen kwamen dichterbij. Ze deden de deuren klapperen en het huis schudden. Ada deed haar crucifix om haar nek om haar geluk te brengen.

Frau Weiter had nog steeds uitslag. De uitslag zorgde voor vuurrode ringen rondom haar middel die Anni moest deppen met zinkcarbonaat. De dokter wist niet waardoor hij werd veroorzaakt.

'Wat weet hij er nou van?' zei Frau Weiter met een stem zo hoog als die van een kind. Ze spuugde naar Ada, een vieze kwak speeksel die haar miste en met een plop op de grond viel. 'Het komt door jou. Het is ringworm. Krentenbaard, gordelroos. Jullie zijn allemaal smerig. Besmet.' Ze greep de lotion uit Anni's handen, krabde aan de gemene blaren, trok haar hemdjurk omhoog en hees de bandjes over haar schouders. Ada wachtte tot ze was verdwenen. Duo Snip en Snap.

Het wasgoed bevroor aan de waslijn. Ada bracht de krakende lakens naar binnen en drapeerde ze om de verwarmingsketel in de kelder. Er lag een dikke laag sneeuw, die tegen het huis was geblazen tot aan de vensterbanken. De lucht was strakblauw. Ada zag liever dat de lucht dreigend en geel was. Het was dan warmer, net voordat het ging sneeuwen. De schoorsteen van de fabriek in het nabijgelegen kamp braakte dag en nacht lelijke zwarte wolken uit. Ze dreven over de tuin en lieten korrelige roetdeeltjes achter op de grond. Ze hoorde geluiden uit het kamp die ze nog niet eerder had gehoord. Vrachtwagens die keerden, bevelen die werden geschreeuwd: *Raus! Beeilung!* Het doffe geplof van stampende mensen. Er was iets aan het veranderen. In de winter als de bomen kaal waren, kon ze vanuit de verste hoek van de tuin de oprit naar het kamp in de gaten houden. Elke ochtend dat ze de was ophing en elke avond dat ze de was binnenhaalde, zag ze dat er steeds meer mensen arriveerden. Ze zagen er gebogen, uitgeput uit. Iemand viel en een van de bewakers stapte naar voren. Er klonk een licht, ijl gekraak alsof er een tak brak. De man stond niet meer op.

Het kamp. De fabriek. Als Ada aan een gevangenis dacht, zag ze een groot victoriaans gebouw voor zich met tralies voor de ramen. Ze greep het bevroren laken stevig vast. Deze gevangenis was anders. Ze rilde. Er klopte iets niet. De rook, de geur. De woorden die de Duitsers gebruikten. Untermensch. *Ungeziefer*. Ongedierte. Ze had eens gehoord dat ze rioolratten in Londen vergasten, de kadavers verbrandden.

Ada had de vrouw met de dupionzijde en de honden bijna opgegeven, maar ze kwam op een ochtend in januari 1945 terug om te passen. Ze was gekleed in een eenvoudige rok en een twinset. De twee Schotse terriërs volgden haar op de voet. Er was meer dan genoeg stof geweest voor een sleep, maar Ada had de jurk recht afgesneden, nauwsluitend, eenvoudig. Ze zou het zien als ze de jurk aantrok. Laat haar de magie ervan waarderen.

'En als u nog steeds een sleep wilt,' zei Ada, 'dan heb ik genoeg stof.'

Ze had een enkele roos gemaakt, had de zijde schuin op de draad gesneden, dubbelgevouwen en gedraaid zodat hij opkrulde en bloeide. Ze had hem aan de linkerkant, net onder de halslijn vastgemaakt. De vrouw trok de jurk aan terwijl Ada hem van achteren dichtmaakte.

Ze stond daar, de huid van haar blote schouders stak als ivoor af tegen de zwarte zijde, de roos bij haar nek was een weelderige uitbarsting van karmozijnrood.

'Er is hier geen spiegel,' zei Ada. 'U moet met Frau Weiter meegaan.'

Iedere klant moest de spiegel in de slaapkamer boven gebruiken, draaien in de weerspiegeling, van de ene kant naar de andere, blik op de achterkant, voorkant, praten over de outfit zonder Ada erbij, alsof Ada hem niet had gemaakt. Waarom ze haar geen spiegel lieten hebben, begreep ze niet. Waren ze bang dat ze hem zou breken? Een scherf zou pikken en deze tegen hun keel zou houden? Ze kon dat gemakkelijker doen met de schaar. Of waren ze te ijdel? Konden ze haar niet laten zien dat ze wisten dat ze Ada's creaties niet waard waren?

'*Komm*,' zei ze tegen de honden.

'U kunt ze hier laten,' zei Ada. 'Ik zal op ze passen.' De vrouw aarzelde en glimlachte.

'*Bleib!*' zei ze en ze hief haar vinger totdat de twee honden zaten en daarna gingen liggen.

Ada wachtte tot ze weg was voordat ze ze bij zich riep. Hun warme, pezige lijfjes en zijdeachtige vacht kronkelden onder haar aanraking, ze jankten terwijl ze haar gezicht likten. Ze kon het gekriebel van hun baard voelen en hield ze stevig tegen zich aan, kuste hen op hun kop alsof ze de laatste levende wezens waren die ze ooit zou tegenkomen, de laatste affectie die ze zou delen. Ze begon te huilen, veegde de tranen af aan hun vacht, wreef haar hand over haar wangen om ze te drogen.

'*Schön*,' zei de vrouw toen ze de kamer weer binnenliep. 'Elegant. *Perfekt*.'

De honden renden naar haar toe.

'*Sitz*,' zei ze, en ze gingen trillend zitten, hun staartstompjes klopten op de vloer.

'Geen sleep?' zei Ada. 'En een enkele roos?'

'Je had gelijk. Dank je. *Danke*.'

Wie had ooit eerder de moeite genomen om haar te bedanken? Ada slikte. Ze haatte het dat ze zich zo dankbaar voelde. Het was zielig, maar ze hield zich vast aan vriendelijkheid.

'Ik moet de zoom er nog in leggen,' zei ze. 'Kunt u alstublieft hier gaan staan?' Ada liep door de kamer heen en pakte haar kruk. 'Hierop. Pas op bij het opstappen.'

De vrouw leunde op haar terwijl ze op de kruk klom. Frau Weiter keek boos. Ada had nooit aan Frau Weiter durven vragen om op de kruk te gaan staan. Ze was te zwaar, haar benen te dik om op te tillen. Ada legde haar vinger op het zachte deel van het been van de vrouw, net boven de enkel.

'Ik denk, madame,' zei ze, 'dat dit de beste lengte is. Langer, dan sleept de zoom over de grond. Korter, en het is vlees noch vis.'

Ze spelde de stof af, 'draai u om als ik het zeg', spelde weer verder terwijl de vrouw zich met kleine stappen omdraaide zodat de zoom overal gelijk was. Ada had nog nooit met de andere vrouwen gesproken, niet met Frau Weiss of Frau Weiter. En ze had hun al helemaal niet gevraagd: is dit voor een speciale gelegenheid? Gaat u naar een leuke afspraak? Ze wist niet zeker of ze het deze vrouw kon vragen, maar wat had ze te verliezen?

'De jurk staat u goed, madame,' zei Ada. 'Mag ik vragen waar hij voor is?'

'Nein,' schreeuwde Frau Weiter. 'Hoe durf je!'

'Waarom zou ze dat niet mogen vragen?' zei de vrouw. Ze draaide zich om naar Ada. 'Het is een geheim.' Ze hield haar vingers tegen haar lippen. 'Laten we zeggen dat het voor de dag is waar iedere vrouw van droomt.'

Frau Weiter ontplofte van woede. Het leek wel alsof ze een beroerte kreeg, dacht Ada. Kon elk moment gebeuren. Goed zo. Ada kon dan voor deze vrouw werken. Haar vertellen dat zwart niet de juiste kleur was voor die speciale dag. Eerder voor een begrafenis.

'Draag hoge hakken,' zei Ada. 'Uw haar naar achteren, uit uw gezicht.'

Ze glimlachte. Een aardige, gewone vrouw. 'De non spreekt niet voor haar beurt,' zei ze tegen Frau Weiter. 'Je mag haar hier niet voor straffen.'

Frau Weiter hield haar adem in en was even stil. Ada wentelde zich in haar onbehaaglijkheid. 'Dus je geeft je goedkeuring aan mijn kleine kleermaakster?' zei ze uiteindelijk. Haar stem klonk als fluweel en gedwee.

'Zeer zeker,' zei de vrouw. 'Mijn vriend zal deze jurk erg mooi vinden. Dit zal zijn favoriet worden. Daar twijfel ik niet aan. En nog gratis ook.' Ze lachte. 'Dat zal hij het fijnst vinden.'

Ze stapte van de kruk af, stond op haar tenen en draaide in het rond.

'Stuur de jurk naar me op als hij af is,' zei ze tegen Frau Weiter. 'Naar Berlijn. Misschien, zuster Clara, zien we elkaar weer eens.'

Ze stapte uit de jurk, trok haar gewone kleren weer aan, riep de honden en vertrok.

Er was wat stof over. De vrouw had niet gezegd dat ze de stof terug wilde hebben. Het was een meter, misschien iets meer. Genoeg voor een klein jasje, een bolero met korte raglanmouwtjes, een karmozijnrode vlek op het linkervoorpand. Ze had genoeg ruwe zijde voor een kleine roos.

De vliegtuigen kwamen nu bijna elke nacht. Soms waren er flitsen en explosies, andere keren vlogen ze voorbij zonder bommen los te laten. Frau Weiter raakte steeds geagiteerder, de uitslag rondom haar middel ging bloeden en Ada moest het bloed uit haar onderbroeken wassen. Een akelig klusje, maar het was het waard om haar te zien lijden. De Obersturmbannführer kwam elke dag later thuis. Ze begreep dat Obersturmbannführer Weiss terugkwam en dat hij de leiding over het kamp weer overnam. Ze hoorde hoe Frau Weiter tegen haar man schreeuwde over hem. En Thomas, dacht Ada. Waar is Thomas? Laat hem alsjeblieft veilig zijn. Laat hem naar het platteland zijn gestuurd, ver weg van de bommen. De oorlog verliep slechter voor Duitsland. Ada luisterde toe als Frau Weiter tegen Anni schreeuwde. De Duitsers hadden de Amerikanen teruggedrongen in Frankrijk, maar het had hun alles gekost wat ze hadden, en nu kwamen de Russen dichterbij. De Russen waren beesten, slecht gedisciplineerd, overlopend van wraaklust. Wie zou hen beschermen?

‘Wie heeft de leiding?’ had ze geschreeuwd. ‘Wat zal er met ons gebeuren? Wie geeft er nu om ons?’

Het werd ’s ochtends eerder licht, maar de kou bleef hangen. De grond waarop Ada met de was liep was ijzig en meer dan eens gleed ze uit, viel op haar rug en snakte naar adem. Anni bleef in de keuken en kookte, maar voedsel was schaars. De treinsporen en de wegen waren gebombardeerd. Er was geen vervoer. De Britten hadden velden en fabrieken, vliegvelden en munitiedepots opgeblazen. Er moest snel een einde aan komen.

Hoop had het erger gemaakt. Het was een ongeduldig paard geworden dat Ada elke dag moest intomen. Ze wist niet zeker of ze het kon inhouden. Haar handen trilden en ze had onbeheersbare huilbuien, terwijl ze boven de wasbak stond met haar armen tot haar ellebogen in het water. Ze zag toe hoe de tranen hard als kiezels in het water vielen, het oppervlakte braken en kringen erin maakten, net als tante Lily toen ze een zenuwaanval kreeg. Ze kwam dan bij hen logeren en bracht de dagen door met huilen en snikken. Kreeg Ada ook de zenuwen? Stond ze ook op het punt van breken? Nu het bijna over was? Nadat ze het al die jaren had volgehouden?

Ze hadden nog steeds wat groenten die de gevangenen hadden geteeld, maar het was niet veel meer en de lenteoogst was nog niet gereed. Een paar uien die zacht in het midden waren. Aardappelen die begonnen uit te lopen. Kool met meer blad dan een kern. Ada moest zichzelf voeden met de schillen, maar Anni liet Ada nog steeds de pannen uitschrapen en de restjes van de soep opdrinken. Ze hadden bijna geen vis in blik meer en het meel zou op zijn voor het einde van de maand. Anni maakte nog steeds brood, maar rantsoeneerde het, een boterham per dag, en voor Ada was er niets. Ze maakte vallen en zette ze in de tuin. Ze ving een duif, draaide zijn nek om, plukte de veren eraf en voegde hem toe aan de stoofpot. Ada had buikkrampen die haar misselijk maakten en ze zat verstopt. Ze werd steeds dunner en breekbaarder. Ze had geen kracht meer voor het zware werk zoals wassen, strijken of verstelwerk. Frau Weiter schreeuwde de hele tijd, stompte en duwde Ada en sloeg haar met haar riem. Haar menstruatie was ook gestopt alsof haar lichaam het op zou geven als het kostbaar bloed moest verspillen.

De zwarte zijden jurk was verstuurd naar de vrouw. Ada moest het jasje afmaken, maar er was niets waarmee ze het kon voeren. Het zou passen. Slinger de naden om. Dupion-zijde rafelde, fijne draden die zich loswerkten van het weefsel. Het waren net soldaten, dacht Ada, als de gelederen gesloten zijn, zijn ze zo sterk als een paard. Maar dan konden ze wel gemakkelijk worden neergeschoten, plof.

Ze kwam op een ochtend de keuken binnen, gaf het jasje aan Anni, hield haar vinger tegen haar lippen, sst. Een cadeau. Voor jou. Ze kon haar niet vertellen dat de restjes stof van die vrouw waren, de enige andere persoon die aardig tegen haar was geweest.

De sneeuw begon te smelten. Het gras was modderig en Ada moest voorzichtig zijn opdat ze niet de lakens in de modder liet vallen. Bosjes paardenbloemen begonnen de bloembedden op te lichten en de bomen kregen, zoals elk jaar dat Ada hier was, zachte, lichtgevend groene uitlopers.

Frau Weiter kwam de bijkeuken binnen. 'Non,' zei ze, 'hoe heet je?'

Ada dacht even na. 'Zuster Clara.'

'Zuster Clara,' zei ze. Frau Weiter was afgevallen, dat waren ze allemaal. Ze zat te ruim in haar vel en de dirndljurken waren te groot geworden. 'Je hebt niets te klagen gehad hier, of wel soms? Obersturmbannführer Weiter en ik hebben je goed behandeld, hè? We hebben je te eten gegeven, warm gehouden. Je bent een non. We hebben je roeping gerespecteerd. Je hebt niets tegen ons, hè?'

Ada zei niets.

Die nacht schudde het hele huis. Ada lag in haar bed, trok het habijt nog wat dichter om zich heen, sloeg het scapulier over haar ogen. Schok na schok, alsof het een aardbeving was. Zouden de muren overeind blijven? Zou het dak het houden? Het glas in de ramen barstte. Er viel een ruit op de vloer die in duizend stukjes uiteenspatte. Ada rook het mortelstof en de brandlucht. Ze haalde het scapulier van haar ogen en zag levendige, felrode vlammen de lucht in schieten. Het is dichtbij, dacht Ada. Een onophoudelijk boem, boem, boem. De grond om haar heen schudde hevig en Ada hoorde het huis kraken.

Toen hield het op. De vliegtuigen vlogen weg in de verte en het geluid vervaagde. Het huis was stil en verlaten. Langzaam kroop het grijs van de dageraad naar binnen en de schittering van de flakkerende vuren verminderde.

De aprilzon stond laag en zag er nietig uit. De zon wierp spichtige stralen licht over de dikke stroken zwarte zijde en veranderde de stof in een zee van zwart en gitzwart, zilver en leigrijs. Ada keek toe hoe Anni haar hand over de fijne, scherpe vouwen van het jasje haalde, de rijke, warme draden volgde en de corsage betastte alsof de blaadjes tere bloesem was die de natuur had geschapen. Ze droeg het over een dikke wollen trui en haar keukenschort, dus het trok bij de schouders. Nee, wilde Ada zeggen, niet op die manier. Zo past het niet. Maar ze hield haar mond. Ze kon aan Anni's gezicht zien dat het jasje het mooiste kledingstuk was wat ze ooit had gehad.

Ze hield de sleutel van Ada's kamer in haar ene hand en een koffer in de andere.

'Dag, non,' zei Anni, en ze gooide de sleutel op de vloer en schopte hem naar Ada toe. '*Auf Wiedersehen*.'

Ze liep weg en liet de deur openstaan.

Ada kwam overeind. Het was een val. Ze waren haar aan het uittesten. Ze wachtten totdat ze ervandoor ging. Frau Weiter zou buitenstaan, klaar om Ada te pakken als ze zich naar buiten haastte. Je dacht dat je kon ontsnappen, hè, non? Het was koud in de kamer. Ada rilde. Ze voelde hoe haar hart klopte in haar borst, hoe het bloed door haar aderen kroop. Ze wankelde naar de deuropening, leunde tegen de deurpost en keek in de richting van de keuken. Het was stil. Geen gekletter van

Anni, die de ketel vulde en hem op het fornuis zette. Geen slaan van de houten lepel tegen de zwartgeblakerde steelpan, geen gepiep van de scharnieren van de deur van de voorraadkast terwijl hij opensloeg. Ze keek in de richting van de hal. Anni had de deur naar de hal open laten staan. Erachter kon Ada zien dat de grote, houten voordeur openstond, en daarachter de buitendeur. Het huis was verlaten.

Ze liep op haar tenen de gang in en liep langzaam naar de hal. Ze raakte de muren aan terwijl ze liep, klaar om stokstijf stil te staan als ze iets hoorde. Ze gluurde naar buiten. Er was niemand. Het leek alsof er een geest voorbij was gekomen die het leven uit het huis had gezogen. Er stond een geopende tas onder aan de trap, kledingstukken lagen overal verspreid, een borstel, een van Frau Weiters schoenen. Lege dossiermappen lagen opengeslagen en er gloeide as in de open haard. Ada kon niets opmaken uit wat ze zag. Ze waren in grote haast vertrokken, opeens, de deur uit gerend, nergens meer tijd voor. Parijs. Stanislaus. Laat liggen. Het houdt ons op.

Er was iets gebeurd. Ze proefde een metalige smaak in haar mond. Ze was alleen. Ze waren weg. Haar kaak trilde hevig en haar tanden klapperden op elkaar. Haar lichaam schudde. Ze konden terugkomen. Ze ging weer huilen. Haar zenuwen wankelden en slingerden, gingen in haar tekeer, vastgegrepen in een macabere wals, links twee drie, rechts twee drie.

Ze deed weer een stap. Haar voet stootte lichtjes tegen een kokertje dat op het tapijt lag. Het glom terwijl het wegrolde. Lippenstift. Ze draaide aan de dop. Een dun, plat rood puntje kwam naar boven. Ze keek naar de trap boven zich en de verlaten gang achter zich. Er was niemand. Ze depte met de lippenstift op haar lippen, deed ze op elkaar en rook de zoete was van de make-up. Ze deed het nog een keer, smeerde de lippenstift van de ene kant naar de andere en smakte met haar lippen. Haar adem kwam in korte, uitzinnige stootjes. Ze drukte de rug van haar hand tegen haar gezicht, bracht hem naar haar mond en zag een rode veeg op haar vingers.

Geen vogel, geen hond. Geen auto's, geen vliegtuigen. Geen stemmen, geen woorden. Geen luik dat heen en weer klapperde in het briesje, geen deur die werd dichtgeslagen. De wind hield zijn adem in, was gaan liggen. Ze hoorde haar blote voeten kletsen op de vloer terwijl ze naar de deur liep. Het dressoir was links van haar. Ze reikte ernaar om haar evenwicht te bewaren en bleef even staan. Er hing een grote spiegel aan de muur.

Een onbekend gezicht staarde terug, hologig en vermoeid, met een levendige rode vlek in het midden. Een vieze, grijze doek om het hoofd gebonden, een schriele nek als van een kip omsloten door een sjofel nonnenhabijt. Ada tilde haar hand op en raakte haar wang aan. Ze zag de weerspiegeling hetzelfde doen. Ze liet zich op de vloer zakken en sloeg haar armen stevig om haar benen heen. Ze staarde door de open deur naar de leegte erachter. Ze trilde, was niet in staat ermee op te houden, en diep vanbinnen jammerde ze zacht.

Er stonden twee soldaten in de deuropening. De geweren waren op het huis gericht. Ada had hen in de gaten gehouden toen ze het huis naderden. Ze kon opstaan en wegrennen, maar haar benen waren zwaar, voelden aan als lood. Het maakte niet meer uit. Ze voelde niets meer. Ze was dood. Hoe lang had ze hier gezeten? De hele dag? De hele nacht? Ze had het geweervuur gehoord. Het geratel van machinegeweren, de ontploffingen in de verte. De soldaten waren de hal in gestapt, in een gelijkmatig tempo bewogen de geweren naar links, naar rechts. Hun zware laarzen schuurden over de grond en hun singelbanden kraakten. Ze kwamen dichterbij. Ze rook het metaal van de loop toen deze tegen haar slaap werd gedrukt.

'Sta op.' Sprak hij Engels? Het klonk vreemd, ongewoon. Het paste hier niet. Niet hier, in het huis van de commandant. Ze staarde voor zich uit, ogen wijd open, haar handen en benen trokken, haar mond trilde.

'Kunt u staan, mevrouw?' Deze stem was dichterbij, vriendelijker. Amerikaans. Ze deed haar mond open: wie zijn jullie? Ze wist niet zeker of er een geluid uit kwam, of het in het Engels was. De eerste soldaat ging achter haar staan. Ze kromp ineen, voelde zijn armen onder de hare terwijl hij haar op de been hielp.

'Wie zijn jullie?' vroeg ze.

'Amerikanen,' zei de soldaat. 'Het Zesde Leger. Spreekt u Engels?'

Ze keek van de een naar de ander, naar de vaalbruine, olijfkleurige uniformen. Amerikanen.

'Ik ben Brits,' zei Ada. Ze steunde op de soldaat en voelde de ruwe wol van zijn jasje. Zijn lichaam was stevig en warm. Ze was vergeten hoe een ander lichaam aanvoelde. Ze drukte zich dichter tegen hem aan. 'Is het voorbij?'

'Wat doet u hier?' sprak de andere soldaat.

'Is het voorbij?' zei Ada. 'Is het voorbij?'

'Bijna,' zei de eerste soldaat.

'Wat doet u hier?' zei de andere weer.

Wat deed ze hier? Ze haalde diep adem, trillend. 'Ik wil naar huis,' zei ze. 'Breng me naar huis.' Haar gedachten waren verward, door elkaar gehusseld. Haar handen trilden nog steeds, haar benen waren verdoofd, haar stem iel als die van een kind.

'Wie bent u?' vroeg de soldaat.

'Alstublieft, breng me naar huis.'

'U moet met ons meekomen.'

'Alstublieft.' Ze wilde janken.

De eerste soldaat sprak weer. 'Hoe heet u?'

Ze bevoelde het crucifix om haar nek. Wie was ze? 'Zuster Clara,' zei ze. Ze beet op haar lip en proefde de zoete marsepeinen smaak van de lippenstift.

'Wat doet u hier?'

'Ze hebben me vastgehouden,' zei ze, terwijl ze begon te snikken. 'Frau Weiss. En de baby. Mijn baby. Thomas. Waar is hij?'

'Wie was Frau Weiss?'

'Zijn vrouw. De vrouw van de commandant. En Frau Weiter. Thomas, ik moet Thomas vinden.' Ze duwde tegen de soldaat en worstelde om zich te bevrijden uit zijn greep. 'Laat me gaan.'

De soldaat verstevigde zijn greep om haar arm. 'Nee mevrouw,' zei hij. 'U gaat met ons mee.'

Hij duwde haar richting de deur.

'Mijn schoenen,' zei Ada. 'Ik heb mijn schoenen nodig. En mijn jurk. Ik moet ze halen. Het is niet toegestaan.'

Ze worstelde, wees achter zich, maar de soldaat hield haar stevig vast.

'Het is een valstrik,' zei hij.

'Ga met haar mee,' zei de andere soldaat en hij wees met zijn geweer naar Ada. 'Ze kan haar kleren halen.'

Hij liet zijn greep verslappen, liep naar de hal met zijn geweer in de aanslag, keek of de kust veilig was voordat hij naar binnen ging en wenkte Ada. Ze liep schuchter haar kamer binnen en de soldaat kwam achter haar aan. Haar onopgemaakte bed lag nog steeds op de vloer, de deken en zuster Jeannes oude habijt in een wanordelijke hoop op de kussens. Het glas van het gebarsten raam lag in scherven op de tegels.

'U mag niet binnenkomen,' zei ze. 'Het is niet toegestaan. *Es ist nicht gestattet.*'

De soldaat kwam dichterbij. 'Je spreekt Duits,' zei hij, 'je bent een verdomde nazi.' Hij greep haar kin in zijn hand en trok haar gezicht dicht bij dat van hem. Hij had zich die dag niet geschoren, zijn stoppels waren ruw en er zat een etensvlek op zijn wang.

'Je bent een verdomde nazi,' zei hij. 'We zullen je hiervoor te pakken nemen.' Hij begon te schreeuwen en zwaaide met zijn vrije arm in de richting van het kamp. 'Voor dit alles.' Ada kon horen hoe zijn stem verstikte, hoe hij bijna begon te huilen. 'Jij hebt dit gedaan. Verdomde Duitser. Verdomd kreng.' Hij kneep in haar kin en duwde haar weg.

‘Nee,’ zei Ada, terwijl ze over haar gezicht wreef. ‘Nein. Ik ben geen Duitser. Ik ben Brits. *Britische.*’

‘O ja?’ De soldaat snauwde. Er verschenen spetters spuug op zijn lippen. ‘Dan ben je een verdomde collaborateur. Een verrader. Je zult hiervoor hangen.’

‘Ik begrijp het niet.’ Wat zei ze? Ze kon geen Engels spreken. Ze was de woorden vergeten. ‘*Ich verstehe nicht.*’

De soldaat trok een pistool uit zijn gordel en richtte het op Ada. Ze staarde naar het wapen en naar de soldaat. Zijn arm was recht en vast, de loop op haar hoofd gericht.

‘Het zou zo verdomde gemakkelijk zijn,’ zei hij.

Dit waren geen Amerikanen. Dit was een valstrik. Ze waren bewakers. Van het kamp. Bedriegers. Ze waren gekomen om haar te halen. Frau Weiss had gedreigd dat te doen.

‘Mijn jurk,’ zei Ada. ‘Ik moet mijn jurk dragen. Frau Weiter laat me niet dit habijt dragen.’ Ze tilde de jurk van de tafel, begon hem over haar hoofd te trekken, maar door de dikke kamgaren stof van het habijt puilde de jurk uit. Ze trok hem uit, hoorde hem scheuren en gooide hem op haar bed boven op het gekreukelde habijt van zuster Jeanne.

De soldaat stapte naar voren en bracht zijn pistool dichterbij.

‘Ik zal hem maken,’ zei ze en ze boog zich voorover om het habijt op te pakken. ‘Dat zal ik doen. Zuster Jeannes tas. Ik moet hem vinden. Ik moet hem teruggeven.’ Ze tilde het habijt en de gescheurde hemdjurk op. Ze rolde ze met bevende handen op en stopte ze onder haar arm.

‘Wat ben je verdomme aan het doen?’ Het wapen klikte.

Ada kromp ineen. ‘Help me,’ zei ze. ‘Je moet me helpen het te vinden. Ik moet deze terugbrengen.’ Ze had zo lang geen Engels gesproken, in elk geval niet hardop. De oorlog was over. *Der Krieg ist vorbei.* Het einde. *Das Ende.* Over, voorgoed? Ze moest nadenken. Haar hoofd voelde wollig aan, haar woorden klonken dronken en slepend. Ze hield zich vast aan de tafel om haar evenwicht te bewaren. Ze was duizelig.

'Pak je schoenen, rotmof,' schreeuwde de soldaat.

Ada kromp weer ineen. 'Ja, mijn schoenen. Ik heb mijn schoenen nodig. Ze zijn bij mijn bed. Precies hier. Hier.' Ze tilde ze op om ze aan de soldaat te laten zien en zette ze weer op de grond. Er zaten geen veters in en de hielen waren kapot. Ada schoof haar voeten erin.

'Mijn verstelwerk,' zei ze. 'Ik moet mijn jurk repareren. Waar heb je het verstelwerk gelaten? Ik moet de troep opruimen, en Frau Weiters was. Zuster Jeannes tas. Ik kan hem niet vinden.' Ze hoorde zichzelf jammeren. De tas stond onder de tafel. Natuurlijk. Ze bewaarde er restjes stof in. Ze trok de tas tevoorschijn, keerde hem om zodat de restjes stof eruit vielen.

'Zuster Jeannes habijt,' zei ze. 'Ik hoop dat ze niet boos is.' Wat dacht ze nu eigenlijk? Ze kwam vast gestoord over. Ze kon niet ophouden. Ze schoof het habijt in de tas, maar de tas was te klein en het habijt puilde eruit. De stof was vettig. Het was Ada niet eerder opgevallen.

'Hou op met me voor de gek te houden,' schreeuwde de soldaat. 'Duitse hoer.'

Ada schrok op bij die woorden. 'Nee, nee,' zei ze. 'Dat ben ik niet. Britische.'

'Ik hoop maar dat je de verdomde waarheid spreekt, zo helpe mij God.'

'Waar gaan we naartoe?' zei ze en ze keek in het rond. Ze zag de naaimachine bij het raam staan. 'Die heb ik nodig. Ik kan niet vertrekken zonder mijn naaimachine.'

'Laat staan,' zei de soldaat. Hij pakte Ada's elleboog vast.

Ze trok zich los. 'Dat kan ik niet,' zei Ada. 'Ik moet de kap erop doen. Hier is hij. Hier is de kap.' Ze sloeg hem over de machine, trok hem recht en knoopte hem dicht.

'Laat staan.' Hij schreeuwde en zwaaide met zijn pistool naar haar.

'Nee,' zei Ada, 'je begrijpt het niet. Ik moet hem meenemen.' Ze tilde de machine van tafel. Het gewicht trok haar omver. Ze kwam omhoog, greep het handvat en sleepte de naaimachine in de richting van de deur.

De andere soldaat was de kamer binnengekomen. Ada had hem niet binnen zien komen. Hij zette zijn vinger tegen zijn slaap en draaide hem om. 'Ze is gek geworden,' zei hij, en hij voegde eraan toe: 'De sergeant is hier.'

Deze soldaat pakte de naaimachine op en liep naar de hal. Ada liep met hem mee. Er waren nog twee soldaten bij gekomen.

'Ze is een mof,' zei de eerste soldaat. 'Spreekt verdomme Duits.'

Ze begonnen onder elkaar te praten. Ada wist niet wat ze zeiden. Ze ving woorden op waar ze niets van begreep. Ze dachten dat ze Duits was. De vijand. Zouden ze haar opsluiten? Doodschieten?

Ze moest hun vertellen wie ze was, waarom ze hier was. Ik ben niet Duits. Ze hebben me meegenomen. Ik kon er niets aan doen. Waarom kon ze de woorden niet vinden? Kon ze hun de waarheid vertellen?

Ze stond in het midden van de hal. Met haar ene hand voelde ze aan haar crucifix en met de andere hield ze zuster Jeannes uitpuilende tas vast. Een van de nieuwe soldaten kwam op haar af. Hij had geen geweer, maar het viel Ada op dat hij een pistool in een holster om zijn middel had en dat er drie beige strepen op zijn mouw waren genaaid. Een sergeant.

'Dus,' zei hij. 'U spreekt Engels?'

Ze knikte.

'Bent u een soort non?'

Nee. Ja. Ada staarde hem met open mond aan. 'Wat gaat u met mij doen?' zei ze. 'Ik ben geen Duitse. Dat ben ik niet.'

'Nou,' zei hij en hij rekte het woord. 'We zijn gisteren in München een heleboel van jullie nonnen tegengekomen.' Hij kwam dichterbij. 'Dus, zuster, wat is dat rode op uw gezicht?'

Ada's hart klopte hard, het sloeg hevig tegen haar borst. Ze was licht in het hoofd, alsof ze zweefde. De soldaten waren niet echt, dat konden ze niet zijn. Dit kon niet het einde van de oorlog zijn. Zomaar opeens. Amerikanen. Ze was geen Duitse. Ze strekte haar hand uit en raakte die van de sergeant aan. Ze voelde de haartjes op de bovenkant van zijn vingers en zijn zachte huid. Het rood op haar gezicht. Had ze rood op haar gezicht?

'Wilt u me vertellen hoe u hier bent gekomen?' zei hij, zonder op haar antwoord te wachten. Ada trok heftig met haar hoofd. Haar hoofd schokte tegen haar nek en een pijnscheut trok door haar schedel. Ze begon te wankelen. De sergeant ving haar op voordat ze viel.

'Wanneer hebt u voor het laatst gegeten?' Hij riep over zijn schouder heen. 'Heb je een van die repen?' Zijn korporaal viste een pakje uit zijn zak en gaf het aan de sergeant. 'Chocola,' zei hij en hij duwde er een in haar hand.

Ada rook de suiker en cacao, zoet en bitter. Ze schudde haar hoofd.

'Het zorgt ervoor dat u zich beter voelt,' zei de sergeant die haar probeerde over te halen. Ze staarde hem aan. 'Wilt u mij vertellen hoe u hier bent gekomen?' zei hij weer.

'Ik ben geen Duitse,' zei ze, 'geloof me.'

'Vertel me wat u hier doet.'

Ze had het nooit aan iemand verteld, nooit het volledige, echte verhaal, niet eens tegen zichzelf in haar hoofd. Ze wist niet zeker hoe ze dat moest doen, waar ze moest beginnen. Het was zo lang geleden.

'De Duitsers kwamen,' begon ze.

'Waar was u?' zei de sergeant.

'In België, in Namen.' Stanislaus.

'En?'

'Ze namen ons mee. De Britse nonnen. Stuurden ons hiernaartoe om oude mensen te verzorgen. Alleen Herr Weiss...' – ze kon voelen hoe zijn reumatische hand die van haar vastgreep en hem in zijn kruis duwde – '... stuurde me hierheen.'

'Gerieflijk baantje, hier. Aardig huis,' zei hij. 'Weet u zeker dat u geen vrijwilliger was?'

'Vrijwilliger?' zei Ada. 'Ze dwongen me.'

'Kijk, zuster,' zei hij. 'Ik moet heel zeker weten dat u de waarheid vertelt.'

'En mijn baby,' zei Ada. 'Ik heb mijn baby verloren.'

De sergeant stapte naar achteren. 'Wat ze zegt, klinkt logisch,' zei hij. 'Het komt ongeveer overeen met het verhaal dat de andere nonnen vertelden.'

'Frau Weiss heeft mijn baby,' zei Ada.

'Tuurlijk, zuster,' zei de sergeant met een zachte, vriendelijke stem. 'U bent een beetje in de war.'

'Ze zijn weg,' zei Ada. 'Ze zijn allemaal weg.'

De sergeant keek haar strak aan en glimlachte toen. 'Hoe heet u ook alweer?'

'Zuster Clara.'

'Nou, zuster Clara,' zei hij. 'Ik neem de gok. We zouden u moeten inrekenen, ervoor moeten zorgen dat u een bonafide gevangene bent en niet een of andere mof die zich anders voordoet, of een of andere verrader, een etter die zich onder hen bevindt, excuseert u mij mijn taalgebruik, zuster.' Hij viste de chocola uit zijn zak en bood die weer aan Ada aan.

'Van gedachten veranderd?'

Ada schudde haar hoofd.

'Dat kamp is geen plek voor een non,' zei hij. 'Ik kan u daar niet naartoe sturen met de andere gevangenen. Geloof me, mevrouwtje, daar wilt u niet zijn.' Hij was even stil en kneep zijn ogen dicht om zich te kunnen concentreren. 'Nou, die andere nonnen...' Hij beet op zijn lip. 'Kunt u mij een aantal van hun namen geven?'

'Zuster Brigitte,' zei Ada. 'Zuster Agatha, zuster...'

'Zuster Brigitte. Ja. Zij is zoiets als de baas, ja, zij spreekt voor jullie?'

Ada knikte.

'Nou, zuster Brigitte zegt dat ze blijven waar ze zijn. Ze kunnen de oude mensen niet in de steek laten. Oorlog of vrede, maakt geen verschil. Ze dienen God en hun roeping.'

Hij hield zijn beide handen omhoog en sloeg zijn ogen ten hemel. 'Dus waarom zal ik u niet herenigen met uw kudde? We registreren en classificeren alles later wel.'

'Wanneer kan ik naar huis?' zei Ada. 'Ik moet mijn baby vinden. Frau Weiss heeft mijn baby.'

'Uiteraard,' zei de sergeant. 'Uiteraard.' Hij draaide zich om naar een van de soldaten. 'Ga de jeep halen en rijd haar daar naartoe.' Hij wees naar de naaimachine op de vloer. 'En neem dat ding mee als het haar gelukkig maakt. Ik zal Batelli vragen om met haar mee te gaan.'

De soldaat die haar naar haar kamer had gebracht, hielp haar achter in de jeep, terwijl hij de hele tijd chagrijnig keek. Er was een zeil over de bovenkant en de zijkant gespannen en aan de achterzijde zat een verweerde laadklep. Hij wees naar een zitplaats, liet de naaimachine naast haar voeten vallen en gaf haar een deken. Hij liep weer naar het huis. Ze kon door de achterkant van het voertuig de weg voor zich zien. Er dreef een rooksluier die zo dik was als een wolk. Er hing een brandlucht, van verbrand rubber, de prikkende stank van cordiet.

Een andere soldaat klom de laadruimte binnen en ging naast haar zitten. Hij was jong en had dik, zwart haar en donkerbruine ogen. Hij leek vriendelijker dan de anderen. Hij glimlachte naar haar. 'Zuster,' zei hij, 'ik heet Francesco, maar ze noemen me Frank. Ik ben ook katholiek. Ik ben aangewezen om voor u te zorgen.'

Ze keek langs hem heen naar het zeil achter hem. Het was verschoten door de zon en zat onder de strepen door de regen. De ogen waren roestig en de touwen waarmee het zeil was vastgebonden, waren bruin geworden. Ik ben geen non.

Ze moest het zeggen. Niet zuster Clara. Geen katholiek. Niet meer. Ik ben niets. Ze staarde naar haar handen, doorlopen met aderen, haar knokkels zo scherp als steile rotsen. Haar huid was ruw, haar nagels afgebeten. Dat was alles wat ze was. Botten en aderen. Een leeg karkas.

De chauffeur startte de jeep en ze schokten vooruit over de oprit, passeerden legervrachtwagens waarvan de saaie groene camouflage onder de modderspetters zat. Aan de linkerkant lagen de gebombardeerde resten van een groot gebouw, stof en rook hingen boven het puin en de verwrongen overblijfselen van een trein en spoorrails, verdraaid als een kapotte klerenhanger.

'Ja,' zei Frank. 'We hebben het belangrijkste. Munitie. Vloog in de lucht als het vuurwerk op Coney Island op Onafhankelijkheidsdag.'

Was het gisteravond? Of vorige maand? Boem, boem. Ada kromp ineen bij de gedachte eraan. Oplichtende hemel. Explosies. Het glas van het raam dat uit zijn sponning kwam, in stukken viel op de stenen vloer, het laatste gereutel van het getroffen huis. Munitie. Het belangrijkste. Het leek logisch.

Frank haalde een pakje sigaretten tevoorschijn. OLD GOLD, las Ada. Hij nam er een en stak hem op. Ze had geen sigaret meer gehad sinds die zure Franse Gauloises die Stanislaus en zij in Parijs al die jaren geleden hadden gerookt.

'Alstublieft,' zei ze. 'Mag ik er een?'

Frank keek verbaasd. 'Ik wist niet dat zusters rookten,' zei hij. 'Weet u zeker dat u er een wilt?'

Ada knikte.

Hij trok zijn wenkbrauwen op en gaf het pakje aan haar. 'Ik neem aan dat u het nodig hebt.' Hij knipoogde naar haar. 'Ik zal het niet aan moeder-overste vertellen.' Hij leunde naar voren en stak de sigaret aan. Ada nam een diepe trek. De tabak smaakte vies en liet tabaksdeeltjes achter op haar tong. Ze voelde hoe de scherpe, warme rook haar longen vulde. Ze hoestte terwijl ze keek hoe de rook door haar neus kringelde.

'Hé, niet inhaleren,' zei Frank. 'Neem er slechts een trekje van. Ik neem aan dat u er nog nooit eerder een hebt gehad.'

De sigaret maakte haar nog lichter in het hoofd dan ze al was, maar het maakte haar geest helder, bracht een herinnering boven. Een man die voor haar zorgde, die haar sigaret aanstak. Dit was zij, Ada, die weer tot leven kwam. De volgende sigaret zou al beter smaken.

Ze kwamen langs een andere fabriek. De poorten stonden open. ARBEIT MACHT FREI. Natuurlijk, daar was ze voorbijgekomen toen ze hiernaartoe kwam. Ze herinnerde zich de woorden. Werk bevrijdt. Erbinnen liepen mensen rond. Sommigen droegen gestreepte jasjes en broeken, net als de mannen in het huis. Ze zag soldaten met klemborden in de hand staan.

'Wat gebeurde daar?' zei ze tegen Frank. 'Wat maakten ze?'

De spieren in zijn kaak verstrakten en hij draaide zijn hoofd af. 'Lijken,' zei hij.

Hij maakte de sigaret uit tussen zijn vingers en schoot de peuk uit de achterkant van de jeep. 'Het was een concentratiekamp.'

Het kamp. Dat was het kamp.

De chauffeur maakte meer vaart. Dachau was een groter dorp dan Ada zich herinnerde. Ze kwamen langs een ander treinstation waarvan het dak af was en met een grote krater op het perron. De ramen en deuren van de nabijgelegen huizen waren eruit geblazen. Ze passeerden een kerk en een watertoren, reden door lange, slingerende straten met kinderkopjes waar aan weerskanten grote huizen stonden. Er waren soldaten op straat. Amerikanen, dacht Ada, gezien de kleur van hun uniform. Een man in een gestreept jasje wankelde over de weg, zijn gezicht uitgemergeld. Ada draaide zich om om hem beter te bekijken. Misschien had ze hem eens ontmoet, was hij een van haar mannen. Hij draaide zich om. Zijn gezichtsuitdrukking was leeg en spookachtig. De jeep kwam tot stilstand. Een sliert kinderen stak de weg over. Ze droegen allemaal dezelfde sjofele, grijze jassen en versleten schoenen met sokken die rondom hun enkels hingen.

Ada schoot haar sigaret weg, haastte zich naar de achterkant van de auto en liet zichzelf op de grond zakken.

'Hé!' riep Frank.

Ze trok haar habijt op en rende achter de kinderen aan. Ze greep het laatste bij zijn mouw en draaide het om.

'Thomas,' zei ze. Het jongetje schreeuwde het uit en de lerares voor aan de rij liep op haar af.

'Ga weg,' zei ze met een van angst verwrongen gezicht. 'Laat hem gaan.'

'Thomas,' zei Ada. 'Ik ben op zoek naar Thomas. Of Joachim. Ja, Joachim. Dat is zijn naam. Is hij hier?' De kinderen waren blijven staan en staarden haar aan. Ze keek de bleke gezichten onderzoekend aan. Het viel haar op hoe de huid op hun wangen gebarsten was en hoe ruw hun lippen waren. Ze moesten acht of negen jaar zijn. Te oud voor Thomas.

'Nee,' zei Ada. 'Waar is hij?'

Frank stond naast haar, pakte haar bij haar elleboog en leidde haar weg. 'Kom met mij mee,' zei hij. 'Doe dat nooit meer.'

Hij begeleidde haar naar de jeep, deed de laadklep naar beneden en hielp haar de jeep in. Thomas was nog steeds een kleine jongen. Zo'n heel kleine jongen. Een oorlogskind. Dat was alles wat hij ooit had gekend, de donkere dreiging van de oorlog.

Ze sloot haar ogen. 'Ik dacht dat ik hem zag,' zei ze. De chauffeur reed verder. 'Waar neemt u me mee naartoe?'

'München.'

Het tochtte in de jeep en ze trok de deken dichter om zich heen.

De weg zat vol gaten en de jeep moest er langzaam omheen manoeuvreren. Ze moesten twee keer stoppen bij een checkpoint. 'Oké maat, het is in orde.' Ze passeerden een groep mensen, een oude vrouw en een jonge vrouw met een jongetje. De jongere vrouw duwde een kar waarop koffers hoog opgestapeld lagen, een oude man balanceerde erbovenop. Het platteland zag er winters uit. Sneeuwhoopjes op bruine, kale velden. De dorpen waren verlaten, de huizen bleek en sjofel. Ze reden door een beukenbos, bomen met bemoste stammen en kale takken zo ver het oog reikte.

'Ben ik vrij?' zei ze tegen Frank.

'Zeker weten,' zei hij.

'Is het voorbij?'

'Zeker weten.'

Vrij.

'En Frau Weiter?' zei ze. 'En Anni?'

'Ik weet niet over wie u het hebt.'

Maar het verstelwerk. Ze moest het verstelwerk doen. Ze rommelde in zuster Jeannes tas en trok het aftandse habijt eruit. De tas was leeg.

'Ik ben het verstelwerk vergeten,' zei ze. Het zat in de koffer, boven op de klerenkast, met alle andere stalen in Parijs. Stanislaus moest de jeep stoppen. 'We moeten terug.'

'Vergeet het maar,' zei Frank.

'Alstublieft.'

'Waar heeft u dat verstelwerk voor nodig? Het is voorbij, zuster.' Hij lachte. Ha ha. 'U bent grappig.'

Ze schudde haar hoofd. Dit was Stanislaus niet. Het was een andere man. 'Waar ben ik?' zei ze. 'Wat gebeurt er?'

De jeep ging weer langzamer rijden en Ada zag dat ze in een brede straat waren met huizen die grote tuinen hadden. Ze waren in de stad aangekomen. Achter de tuinen kon Ada andere gebouwen zien, een kerktoren, zolderdaken.

'We zijn er bijna,' zei Frank. Ze sloegen een hoek om. De huizen aan een kant van de weg waren uiteengereten alsof een arm of been eraf was geslagen waardoor de gewrichtsholte eronder bloot was komen te liggen. Zenuwen van behang hingen aan flarden, een matras die over de rand hing als een spier die van de pees is gescheurd, een tafel met scherpe hoeken, afgebroken als een bot. Weer een hoek. Het omhulsel van een kerk. Een bronzen leeuw, van zijn sokkel gestoten, lag op zijn kant, de poten klauwden in de lucht. Er hing overal stof en rook. En mensen die rondliepen, verloren en stil. Gebouwen smeulden, stapels puin zo hoog als heuvels van mijnafval. Er was een halve spoorbrug, de rails kromgetrokken als een achtbaan. Ze reden over een plein. Van de gebouwen aan alle kanten van het plein waren de deuren en ramen gesprongen. Ze gaapten hen aan met lege ogen en hongerige monden. Puin lag overal. Er stonden drie tanks in de verste hoek en er stonden soldaten tegenaan. Ada bevroor.

'Het is in orde, zuster,' zei Frank, 'het zijn de onzen.'

Niets was zoals ze het zich herinnerde van dat korte ritje met de vrachtwagen jaren geleden. Ze nam aan dat ze in het centrum van München waren.

Het geriatrisch tehuis had het overleefd. De poorten en muren waren er niet meer en de tuinen waren net zo kaal als de velden, maar ze herkende het. Frank hielp haar uitstappen. Hij pakte zuster Jeannes tas en de naaimachine op.

'Na u,' zei hij. Ada liep naar de deuren, deed ze open, stapte de hal met het schaakbordpatroon binnen. Daar was zuster Brigitte.

'Zuster Clara,' zei ze. Ze liep naar voren met haar armen wijd. Ada viel tegen haar aan en zuster Brigitte omarmde haar, trok haar dicht tegen zich aan.

'Godzijdank,' zei zuster Brigitte. 'Godzijdank.'

Zuster Brigitte verbrandde zuster Jeannes habijt en dat van Ada ook. 'Je hoeft het niet terug te geven,' zei ze, terwijl ze Ada naar voren trok op het bed en de kussens achter haar opklopte. 'Ga nu liggen en hou op met je zorgen maken.'

‘Herr Weiss?’ zei ze. Ze kon zien hoe hij door de kamer liep met zijn wandelstok en op het bed naast haar ging liggen.

‘Herr Weiss? Hij is overleden, God hebbe zijn ziel.’

De duivel hebbe zijn ziel.

‘En de naaimachine?’

‘De naaimachine staat onder je bed. Niemand kan die van je afpakken.’

‘Praat haar naar de mond,’ hoorde Ada zuster Brigitte tegen zuster Agatha zeggen. Overspannenheid. De oorlog was nu echt over. Hitler was dood. Duitsland had zich overgegeven. Ada lag in bed onder een zacht dekbed. Een Federbetten. Frau Weiter had er een. Ada begreep niet hoe het je warm kon houden zonder dekens, maar dat deed het wel, lekker warm. Ze bevond zich in een grote, lichte kamer, kon de tuinen door de ramen zien. Er waren geen bewakers meer. Slechts een stakige berk waar nieuwe blaadjes aan kwamen en een paar oude mannen met dekens om hun schouders die vooruitschuifelden aan de arm van zuster Josephine. Ze was langer dan zij, haar nonnenkap fris en wit. Het was een wonder dat ze het allemaal hadden overleefd, deze oude mannen en zelfs zuster Thérèse, die haar rozenkrans met haar oude, reumatische vingers afging en ’s nachts zachtjes snurkte. Er waren zes bedden in de kamer, een voor ieder van hen. Echte bedden op pootjes met een hoofdeinde en linnen dat gerafeld was aan de randen en bijna doorgesleten in het midden, maar ze waren schoon. Ze werden wakker bij zonsopgang, zeiden hun gebeden, gingen aan de slag met hun taken en lieten Ada achter om te rusten.

Ze zou op zoek gaan naar Thomas als ze weer op de been was. Hij kon niet ver weg zijn. Ze schreef naar huis: ‘Lieve moeder en vader, ik hoop dat het goed met jullie gaat. Goed dat jullie Hitler op z’n kop hebben gegeven.’ Ze kon zich hun gezichten voorstellen als ze de brief kregen. Iedereen zou het weten door de buitenlandse postzegel. De buren zouden erover praten. Ik wed dat hij van hun Ada is. Geef het hier. ‘Ik ben in orde.’ Ze moest ervoor zorgen dat ze zich niet ongerust maakten. Ze zouden al genoeg over hun toeren zijn. 'Ik heb hier een groot avontuur meegemaakt.' Beter om niets over Thomas te zeggen, nu nog niet. 'Ik vertel jullie er alles over als ik thuis ben, wat snel zal zijn, hoop ik. Jullie liefhebbende dochter, Ada.'

'Frank vroeg vandaag nog naar je,' zei zuster Brigitte terwijl ze een dienblad met soep op haar schoot zette. 'Hij komt twee keer per week langs met de rantsoenen. Hij is volgens mij op jou gesteld geraakt.'

Ada glimlachte. Hij was een knappe man. 'Kan ik een spiegel krijgen?' zei Ada.

'Nee,' zei zuster Brigitte, 'dat mag niet. Niet totdat je beter bent.' Ze zat op het voeteneinde van het bed zodat Ada het dienblad moest pakken en het vast moest houden. 'Ik weet dat je geen non bent, zuster Clara, maar we zijn trots op je. Je hebt ons allen eer aangedaan. Hoe heet je echt?'

'Ada,' zei ze, 'Ada Vaughan.' Ze zei het zachtjes, telkens weer. Dit is wie ze was, Ada Vaughan. Ze had de woorden niet meer gezegd sinds... sinds wanneer? Ze ging terug in de tijd, telde de jaren op haar vingers. Sinds de Duitsers haar gevangen hadden genomen. 1940. Vijf jaar, bijna op de dag af. Ze kon weer Ada zijn, zichzelf zijn, terug naar huis gaan, terug naar normaal. Kleermaakster extraordinaire. Ze kon het licht aandoen wanneer ze wilde, kousen dragen, haar haar wassen. Ze zou moeten achterhalen wat de nieuwe mode was. Dansen. Een jonge man ontmoeten en trouwen. Zij en Thomas. Een klein gezin. Hoop.

'Nou, Ada,' zei zuster Brigitte en ze glimlachte naar haar. 'Heb je overwogen om in te treden?'

Ada kon er niets aan doen. Ze lachte, waardoor het bed zo schudde dat de soep over de rand van de kom op het dienblad gulpte.

'Misschien is het maar beter van niet,' zei zuster Brigitte.

'Nee,' zei Ada. 'Misschien niet.' Ze pakte haar lepel op en

roerde in de soep. Ze haalde diep adem. 'Als ik beter ben, zuster Brigitte...' Ze was even stil, omdat ze niet zeker wist hoe ze de vraag moest formuleren. 'Ik moet Thomas vinden. Wil je me daarbij helpen?'

Ada zag zuster Brigittes gezicht en profil. De oorlog had haar getekend. Er zaten rimpels van de zorgen rondom haar mond.

'Verwacht niet te veel, mijn beste,' zei ze. Haar stem klonk zacht. 'Er zijn verschrikkelijke dingen gebeurd in deze oorlog. We ontdekken dagelijks steeds meer. Eet alsjeblieft de soep op.'

'Ik wil het niet.' Ada tilde het dienblad op.

'Eet op,' zei zuster Brigitte. 'Je moet weer sterk worden. Lichamelijk en geestelijk.' Ze knikte naar de soep en wachtte tot Ada haar lepel oppakte. 'Kleine beetjes en vaak.'

Ze stond op en liep naar het raam. 'We hebben het overleefd omdat we groenten verbouwden,' zei ze. 'En we hielden een varken, kippen en eenden. Mensen stalen de kippen en de eenden. Ze zouden het varken ook gestolen hebben als het niet zoveel lawaai maakte. Ze weten het, varkens,' ging ze verder. 'Intelligente beesten. Ze weten het als hun tijd gekomen is. Ze gaan niet stilletjes.'

Ze keek naar Ada. 'Maar ondanks dat moesten we de tuin omspitten om ons allemaal te eten te geven. Nu zijn het de Amerikanen die ons voeden. We zullen snel bloemen planten, daar waar ze horen. Zodat onze oude mensen naar schoonheid kunnen kijken. Ben je klaar?'

Ada knikte en zuster Brigitte nam het dienblad en balanceerde het op haar heup terwijl ze haar ene arm eronder hield. 'Vader Friedel is vermoord,' zei ze.

'Dat weet ik,' zei Ada, 'omdat hij zich uitsprak.'

'Nou,' zei zuster Brigitte, 'niet met zoveel woorden. Hij is gedood als vergelding voor een bisschop die zich uitsprak. Hij was een beetje oud, vader Friedel. Ik weet niet zeker of hij wist wat er gebeurde. Ze pakten hem op op de dag dat je kind werd geboren.'

Ada bracht haar hand naar haar mond en zoog door haar strakke lippen lucht naar binnen.

'Ze denken niet dat hij de baby bij zich had, dat is ons althans verteld. Maar we hebben geen idee wat hij met hem heeft gedaan. We kunnen het hem niet meer vragen.'

'Misschien heeft hij hem naar een weeshuis gebracht, een katholiek weeshuis,' zei Ada.

Zuster Brigitte fronste haar voorhoofd, haalde diep adem en deed haar mond open alsof ze iets wilde zeggen, maar schikte in plaats daarvan het dienblad op haar heup.

'Ja,' ging Ada verder, voordat zuster Brigitte weer iets kon zeggen. Ze was zo dichtbij om hem nu te vinden, hem dicht tegen zich aan te houden, te huilen in zijn haar, Thomas. 'Dat moet hij gedaan hebben. Daar ga ik naartoe. Als ik beter ben.' Een weeshuis, natuurlijk. Hij zou hem niet zomaar aan Frau Weiss hebben gegeven. 'Ga je dan met mij mee?'

Het duurde even voordat zuster Brigitte antwoordde. 'Misschien wel.' Haar stem klonk aarzelend. 'Het kindertehuis werd gebombardeerd.' Ada liet een kreet ontsnappen. 'De kinderen werden geëvacueerd.'

'Waarheen?'

'Zoals ik heb begrepen, hebben ze ergens een instelling overgenomen.'

'Waar?'

Zuster Brigitte was even stil. 'In Dachau.'

Het klopte allemaal. Frau Weiss. Zij had Thomas uitgekozen. In Dachau. Een prachtige baby. De kinderen langs wie ze was gekomen, waren wezen. Ze zou teruggaan naar Dachau en het kindertehuis vinden. Ze konden het haar vertellen, konden haar helpen Thomas te vinden.

*

Haar haar was gegroeid en ze was aangekomen. Ada had veertien dagen in bed gelegen voordat ze mocht staan, een beetje onvast eerst, twee voeten op de vloer, zich afzetten van het bed, langzaam, alsof ze een kind was dat leerde lopen. Ze liep elke dag wat verder, over hun slaapzaal, naar beneden in de hal, naar de serre. Ada stond stijf van angst door de gedachte dat ze daar Herr Weiss zou zien. Kom, lieveling. Kom naast me zitten. Zuster Brigitte had gezegd dat hij dood was. Zelfmoord. Had zijn polsen doorgesneden met een scheermes. Had een briefje achtergelaten dat geadresseerd was aan zijn neef Obersturmbannführer Martin Weiss. *Volgens de plannen van de Führer*. Ada bleef lopen. De tuin in. Het was koud buiten voor mei, maar de middagzon hield de belofte van warmte in zich. Zuster Brigitte bracht wat kleren, een paar schoenen, een ouderwetse rok die te lang en te groot was, een flanellen bloes.

'Frank heeft ze gekocht. Heeft er aardig wat sigaretten voor betaald, zo zegt hij.' Haar gezicht stond ernstig. 'Niemand heeft te eten. Ze zijn wanhopig. Ze verkopen van alles. Sigaretten zijn geld.' Ze wees naar de naaimachine die stof stond te verzamelen onder het bed. 'Je kunt die gebruiken. Neem ze in, zorg ervoor dat ze passen.'

'Heb ik dat ding met me meegenomen?' zei Ada. 'Wat bezielde me?'

'Je was jezelf niet,' zei zuster Brigitte. 'Je was in de war.'

Ada zette de naaimachine op tafel. Er zat nog steeds het garen op van het huis in Dachau. De naaimachine kon wel wat olie gebruiken, maar verder liep ze als een zonnetje. Afspelden en omzomen.

'En een spiegel?' vroeg Ada. 'Je had het beloofd.'

Zuster Brigitte leidde haar door de hal naar een voorraadkamer. Er stond een grote passpiegel in de hoek, bedekt met stof. Ze reden hem naar het midden van de ruimte en zuster Brigitte veegde hem schoon met haar mouw.

Ada stond ervoor. Ze kon nu niet zo goed meer zien. Het

naaien had haar ogen bedorven. Dingen in de verte waren vaag. Ze stapte dichterbij. Haar gezicht was ingevallen, haar jukbeenderen staken uit. Ze kon de vorm van haar schedel onder haar huid zien. Maar haar ogen waren niet langer holle, spookachtige kraters, haar huid was roze en gezond, haar haar was dik en viel tot over haar oren. Ze trok het uit haar gezicht, streek het achter haar oren, hield het boven op haar hoofd omhoog. Ze draaide heen en weer, naar links, naar rechts. Ada Vaughan. Mager als een lat. Maar ze had geluk gehad. Geluk.

Zuster Brigitte stond achter haar en haalde een klein buisje uit haar zak. 'We vonden dit in je habijt,' zei ze en ze stopte het in Ada's hand. De lippenstift. Ada draaide hem omhoog, leunde voorover naar de spiegel en ging met de lippenstift over haar lippen. 'Dankjewel,' zei ze. Ze omarmde zuster Brigitte en trok haar tegen zich aan, kuste haar op de wang en liet een grote rode afdruk van haar mond achter.

*

'Waren ze allemaal maar zo eenvoudig,' zei de Amerikaanse luitenant terwijl hij haar de papieren gaf en het treinkaartje. 'Er zijn genoeg gevallen die niet zo rechttoe rechtaan zijn.'

Ada nam de papieren aan, las de titel: *In nood verkerende Britse onderdaan*. Ze trok met haar vinger haar naam over: *Ada Vaughan. Britse onderdaan, ontheemd tijdens het conflict, komt in aanmerking voor repatriatie naar het Verenigd Koninkrijk.*

Ze had gehoord dat de Duitsers Londen hadden gebombardeerd. Stel dat het huis er niet meer was? Hoe zou ze dan haar familie vinden?

'Het zal allemaal goed komen,' zei zuster Brigitte. 'Ze zullen erg blij zijn om je weer te zien.'

Ze hield haar paspoort in haar hand. Houd deze papieren

altijd bij je. Het zijn waardevolle documenten. Niet overdraagbaar.

Ze had niet lang.

De jeep had een open dak. Het was begin juni. Het weer was veranderd en de lucht was zacht en warm.

'Ik weet het, het is geen limousine,' zei Frank. Hij zat samen met zuster Brigitte voorin, Ada balanceerde op het kleine bankje achterin. 'Niet gebouwd voor dames, dat kan ik wel zeggen. Maar het is een stevig oorlogspaardje,' zei hij terwijl hij liefdevol op het stuur klopte. 'En ze zal ons daarheen brengen.'

Hij draaide zich om en grijnsde. 'Ik heb nooit gedacht dat je een echte non was,' zei hij. 'Ik wist het zodra ik je zag. Je moest wel iets anders zijn.'

Hij reed hard en Ada moest zich goed vasthouden aan de achterkant van zijn stoel. Hij toeterde naar een uitgemergelde hond en stuurde om een gat in de weg heen.

'Dit geloof je niet. Ik heb het de sergeant verteld. Herinner je je hem? Ik zei tegen de sergeant: moet je eens horen, sergeant, weet je, die non die je hebt gered? Nou, het blijkt dat ze geen non was. Gewoon een normale dame. Maar, Ada...' Hij draaide zich weer om. 'Je bent wel een stuk.'

Ada glimlachte om hem te bedanken. Een onbekende golf van warmte kroop omhoog over haar gezicht. Franks haar was kort en stak onder zijn pet uit. Er zat roos op zijn kraag. Zijn handen hadden het stuur stevig vast, donkere haren krulden onder de boord van zijn jasje uit.

'Dus je gaat terug naar huis,' ging hij verder. 'Laat me hier alleen achter.'

München was vol mensen. Ze waren sjofel en mager, liepen rond met boodschappennetjes of pakjes verpakt in bruin papier. Een persoon hield een Amerikaanse soldaat tegen en trok een klok uit het pakje. De soldaat schudde zijn hoofd. Puin was met een bulldozer tot bergen van vijf tot tien meter hoog geschoven. Vrouwen en kinderen klommen eroverheen, pakten de stenen met hun bloten handen op en groeven met stukken gebroken hout of schraapten over de grond. Een vrouw trok aan iets wat diep begraven lag. Ze trok er zo hard aan dat de kapotte stenen de helling af vielen, en zij volgde al snel.

'Wat ga je daar doen?' vroeg Frank.

'Waar?' zei Ada.

'Thuis.'

Ada haalde haar schouders op. Ze had er niet over nagedacht, althans niet verder dan dat eerste moment waarop ze de deur opendeed en hen allemaal zag: moeder, vader en de rest.

'Kom naar Amerika,' zei Frank opeens. 'Ik kan voor je zorgen. Je vetmesten.' Hij keek steels opzij naar zuster Brigitte. 'Met God en zuster Brigitte als mijn getuigen, zal ik een eerbare vrouw van je maken. We zouden niet rijk zijn, maar we zouden het wel redden. Dit alles achter je laten. Opnieuw beginnen. Het land van de mogelijkheden. Wat zeg je ervan, Ada?' Hij draaide zich om en grijnsde naar haar. 'Trouw met me.'

'Met jou trouwen?' Ada lachte. 'Ik ken je niet eens.'

'Wat heeft dat er nou mee te maken?' Frank schreeuwde boven de herrie van de motor uit. 'Ik wist het zodra ik je zag. Jij bent voor mij de ware.'

'En Thomas?'

'Kinderen ook, ik hou van ze, allemaal.'

Ada zag zijn schouders omhooggaan, hoog genoeg om de hemel te verzwelgen. '*If you were the only girl in the world, and I was the only boy.*' Zijn stem steeg boven het lawaai op straat uit, puur als een streling, helder genoeg om hemels te klinken. Het deed haar denken aan haar vader die zong als een nachtegaal. Hij zong dit lied ook als hij bij de piano in de pub stond of hij zong haar moeder toe in de keuken op de goede dagen, wanneer ze geen ruziemaakten. Ada had al heel lang niet zoiets prachtigs gehoord. Misschien kon ze die stem volgen. Amerika. Trouwen met Frank.

Hij ging langzamer rijden, draaide zich weer om en keek haar aan: '*Nothing else would matter in the world today. We could go on loving in the same old way.*' Hij stopte, concentreerde zich op het vinden van de weg door de opgebroken straat. Een vrouw rende op hen af. Ze had een sjofele rok, een mannenoverhemd en mannenschoenen aan. Ze timmerde op de zijkant van de jeep.

'Jullie vette yankees,' riep ze. 'Hoe zit het met ons, Duitsers?'

Ada keek weg, haalde diep adem en deed haar mond open.

'*A garden of Eden just made for two*
With nothing to mar our joy.'

Zing, Frank. Zing, alsjeblieft.

Ze hadden de stad verlaten en bevonden zich op de weg naar Dachau. Af en toe stond er op het land een boer te ploegen of te zaaien om het platteland weer tot leven te brengen. Er waren boomgaarden met fruit aan de takken. Appels of kersen, dacht Ada. Dorpen met houten huizen en zware, overhangende daken. Een aantal huizen had geraniums in bakken aan de balkons hangen, opzichtige rode bloesem tegen het zwarte, doorleefde hout erachter. Thomas.

'Ada, ik denk dat je er niet te veel van moet verwachten,' waarschuwde zuster Brigitte haar. 'Ik wil niet dat je wordt teleurgesteld. Of dat je wordt gekwetst.' Ze draaide zich om in haar stoel en keek Ada aan: 'Misschien kun je het beter vergeten.'

'Dat kan ik niet,' zei Ada. 'Ik moet het weten.' Ze had geleefd met het verdriet over Thomas, met de vrees en wanhoop om hem te verliezen. Ze kon haar zoektocht niet stopzetten, niet voordat ze zelfs maar was begonnen. 'Stel dat vader Friedel niet naar het weeshuis is gegaan? Hem meteen aan Frau Weiss heeft gegeven. We moeten in staat zijn haar te vinden.'

'Je hebt geen bewijs dat dat kind Thomas was. Alleen maar omdat jij wilt dat het waar is, wil nog niet zeggen dat het waar is. Heb je daar wel over nagedacht?'

Als zuster Brigitte dacht dat dit een vruchteloze onderneming was, dan zou ze bewijzen dat ze het bij het verkeerde eind had. Ada wist, zoals alleen een moeder kon weten, dat het kind Thomas was. Ze zou hem vinden. Hem redden. Het weeshuis zou weten waar hij was. Frau Weiss zou worden opgespoord. Thomas zou haar herkennen. Hij zou met haar meegaan. Ze zou hem Engels moeten leren, maar dat zou hij snel oppikken. Kloppen op de deur in Theed Street. Ada? Ada, ben jij dat? O hemeltje! En wie is dit jochie? Tommy. Dit is Tommy. Ze zou zich omdraaien en hem wenken dichterbij te komen. O, en dat zou ik bijna vergeten. Dit is Frank, moeder. We gaan trouwen.

'We zijn er,' zei Frank en hij stuurde de jeep de oprit op naar een groot huis. Hij stopte de auto, hielp zuster Brigitte bij het uitstappen en toen Ada. Hij stond tegen de motorkap aan en viste zijn sigaretten uit zijn zak. 'Ik wacht hier.'

Ada kneep in zuster Brigittes hand. Het was zover. Ze trokken aan het schelkoord en hoorden de bel binnen overgaan, een diep, sonoor klinkend geluid als van een cimbaal. Er kwam niemand. Ze trokken opnieuw aan het koord. Ada keek naar Frank en riep naar hem: 'Weet je zeker dat dit het huis is?'

'Voor zover ik weet wel.'

'Wacht,' zei Ada. Ze boog zich voorover en legde haar oor plat tegen de deur. 'Er komt iemand aan.'

De grendels werden verschoven en er werd een sleutel omgedraaid. Een vrouw in een grijze jurk met een stijf wit schort voor en een kapje op haar hoofd deed de deur open.

'*Ja? Was wollen sie?*'

Ada haalde adem. Ze had een maand lang geen Duits gesproken en ze wist niet zeker hoe ze moest beginnen. 'Ik ben op zoek naar een kind,' zei ze. 'Een jongetje. Mijn kleine jongen. Ik denk dat hij misschien hiernaartoe is gebracht. Als baby.'

'Denkt u?' zei de verpleegster. 'Misschien? Wel of niet?' Ze kneep haar ogen tot spleetjes en keek Ada aan. 'U bent geen Duitse, hè?'

‘Nee,’ zei Ada. ‘Ik ben Brits.’

‘Waarom zouden we hier een Britse baby hebben?’

‘U kunt niet weten dat hij Brits was,’ zei ze. ‘Een priester, vader Friedel, heeft hem hier gebracht. Hij was net geboren.’ Nog bloederig van de bevalling, de navelstreng vastgebonden met een oud stukje touw. Ada zag hem voor zich met zijn ledematen uitgespreid, een kleine kikker met uitpuilende ogen. ‘In 1941, februari 1941.’

De verpleegster snoof. ‘Zo lang geleden.’

‘Maar u hebt de gegevens,’ zei Ada. ‘U kunt het archief raadplegen.’

‘Archief? Dat is vernietigd tijdens de bombardementen. Vraag maar aan hem.’ Ze knikte met haar hoofd in Franks richting. ‘Vraag de Amerikanen waar de gegevens zijn.’

‘Maar herinnert u het zich?’ vroeg Ada. ‘Vader Friedel. Hij was oud. Hij had de baby in zijn tas.’

‘Hoe moet ik dat weten?’ zei ze. ‘Ik was hier toen niet.’ Ze draaide zich naar Frank toe en schreeuwde naar hem: ‘We hebben eten en medicijnen nodig. De kinderen zijn ziek. Tyfus. We hebben hulp nodig.’ Ze keek Ada weer aan. ‘En geen tijdverspillers.’

Ze stapte naar binnen en wilde de deur dichtdoen. Ada zette haar voet op de drempel.

‘Hij had een teddybeer,’ zei Ada. ‘Een kleine gebreide beer.’

De verpleegster sloeg haar ogen ten hemel. ‘Ieder kind heeft een gebreide beer.’

‘Een bruine.’

‘Een bruine.’ Ze duwde de deur weer tegen Ada’s voet. Ada kromp ineen. Ze kon nu niet opgeven.

‘Frau Weiss,’ zei ze. ‘Kent u Frau Weiss?’

‘Weiss?’

‘De vrouw van de commandant?’

‘De commandant?’ zei ze. ‘O, nee. Ik wil niets met die lui te maken hebben. Nooit van mijn leven. Nazi’s? Ik was geen nazi.

Nee, je kunt me daar niet van beschuldigen.' Ze duwde harder tegen de deur.

'Ik heb mijn zoon verloren,' zei Ada met een stem die brak. Blijf rustig. Rustig. 'Ze had een kleine jongen. Zij en de Obersturmbannführer.'

'Ik zal je dit vertellen,' zei de verpleegster en ze snoof weer, 'Martin Weiss is nooit getrouwd geweest.'

'Dat was hij wel.' Ada wist het zeker.

'Nee.' De verpleegster schudde haar hoofd. Ze wierp een blik op Ada, leunde naar voren en fluisterde: 'Homoseksueel.' Ada sloeg haar handen voor haar mond. Zuster Brigitte keek verbaasd en Ada wist niet zeker of ze het had gehoord.

'Hij hing hier vroeger weleens rond,' vervolgde de verpleegster op zachte toon. 'Ik ben niet van gisteren. Daar heb ik een eind aan gemaakt. Heeft me bijna mijn baan gekost.' De verpleegster had de deur losgelaten en stond met haar handen in haar zij.

'Nee,' zei Ada weer. 'Dat is niet mogelijk. Hij had een vrouw. Hij had een zoon.'

'Ik weet niet wie die slet was in dat grote huis,' zei de verpleegster. 'Maar ze was niet zijn vrouw. En dat was niet zijn zoon, of hij moet zijn lid aan een tandenborstel hebben vastgemaakt.'

Ze schopte Ada's voet weg en sloeg de deur dicht. Het geluid weergalmde door Ada's lichaam, brak haar hoop doormidden en verstrooide die over het kale grind op de weg. Er was geen echtgenoot, geen Frau Weiss. Ze was iemand anders, een vrouw zonder naam, voor altijd verdwenen.

'Het spijt me,' zei zuster Brigitte, en ze leidde Ada terug naar de auto. 'Het spijt me zo.'

'Maar Frau Weiss...'

'Een schuilnaam,' zei Frank. 'Degene die met hem samenwoonde heeft zich uit de voeten gemaakt. Het is een verloren zaak.' Hij stond bij de jeep te schuifelen met zijn voeten. 'Geen papieren. Geen gegevens. Nada, niets. Een naald in een hooiberg.'

'Dat weet je niet zeker,' zei Ada met enige stemverheffing. Frank had het recht niet om zulke wrede dingen te zeggen. Ze zag het nu in. Ze kon nooit met hem naar Amerika gaan. Niet zonder Thomas. Ze moest hier blijven, naar hem zoeken.

'Ada,' zei zuster Brigitte en ze pakte haar hand en streelde die. 'Je hebt gedaan wat je kon.'

'De zuster heeft gelijk,' zei Frank. 'Kom terug als alles weer normaal is. Over een jaar of zo. Ga dan naar hem zoeken. Mensen weten nu niets.'

Ada keek naar Frank. 'Jij hebt hem,' zei ze. 'Dat heb je me verteld. Jullie Amerikanen hebben hem. Hij is een gevangene. Weiss. Vraag het hem. Hoe heet ze echt? Waar is ze?'

'Luister, Ada,' zei hij, en hij kneep zijn ogen tot spleetjes vanwege de zon, zodat zijn gezicht er vertrokken uitzag. 'Ik vind je verlies heel erg, en zo. Maar ik denk dat we belangrijkere vragen aan Weiss te stellen hebben dan hoe zijn vriendin heet.' Hij sprak 'vriendin' uit als 'vrindin'.

Thomas was vier jaar, vier maanden en tien dagen geleden van haar afgepakt. Hij leefde.

'Ada.'

Ze rende de oprit af, de weg op. Ze kon de schoorsteen van het kamp over de daken zien. Overal liepen mensen en ze moest hen ontwijken, uitkijken waar ze liep op de oneffen keitjes en opgebroken weg. Ze kon de jeep van Frank achter zich horen. Hij toeterde luid, liet de motor brullen. Ze sloeg een hoek om.

En daar was hij.

Met een bruine slappe vilthoed en een beige regenjas. Snor, bril, glimlach. Hallo, Ada.

'Stanislaus,' schreeuwde ze, 'Stanislaus.'

Hij stak de weg over. Ze rende achter hem aan, haar adem kwam in korte, pijnlijke stoten. Ze was zwak, op het punt van instorten. Ze moest hem te pakken krijgen. Met hem praten. Zeg dat je verdwaald was. Zeg dat je naar me hebt gezocht. Van mij hebt gedroomd, elke dag. Jij en ik, Ada, als de oorlog over is, dan zullen we er iets van maken. Ze had elke dag aan hem gedacht, gedachten die als een balletje in een flipperkast heen en weer schoten, vonken van liefde en haat. Stanislaus en Thomas. Haar gezin.

Hij was weg. Ze bleef hijgend staan. Ze moest het zich hebben verbeeld.

Deel II

Londen, juli 1945

Ada zat in het 'Alleen voor dames'-rijtuig van de trein en staarde naar de bespikkelde spiegel aan de overkant en de reclame voor Eastbourne en Bexhill-on-Sea, strakblauwe luchten en stralend gele stranden. Southern Railway. De trein was vies, de ramen zaten onder de dikke roetvegen. Ze glimlachte naar de andere vrouwen met hun belegde boterhammen in vetvrij papier. Vispaté. Leverpastei. Haring. De jonge vrouw van de Women's Voluntary Service, een aantrekkelijke dame in een groen uniform en met roze lippenstift op, had hun de boterhammen gegeven toen ze in de trein stapten. Het was lang geleden dat Ada iemand zoals zij had gezien, iemand die zo vrouwelijk was. Ze liet haar hand over haar lichaam naar beneden glijden. Geen rondingen te bekennen. Geen boezem. Geen heupen. Ze was dankzij zuster Brigitte dikker dan ze was geweest, maar ze kon nog steeds haar ribben tellen. De andere vrouwen in het rijtuig waren ook mager, allemaal in nood verkerende Britse onderdanen zoals zij. Zo werden ze genoemd. Ze dacht dat ze een gevangene was of een geïnterneerde. Dat gaf haar tenminste cachet, iemand met een verleden na al die jaren. Maar een in nood verkerende Britse onderdaan? Wat was dat?

Thuis. Moest ze kloppen? De deur opendoen en meteen naar binnen lopen? Hallo. Ik ben het. Het is onze Ada. Ze is terug.

Cissie, haar zus. Ze was elf toen Ada vertrok. Ze zou nu een jonge vrouw zijn. Aan het werk. Hun grote zus, veilig thuis. Allemaal weer samen. Alf en Fred, Bill en Gladys, moeder en vader. Zittend in de keuken die warm was van het fornuis en vol stoom vanwege de was die er te drogen hing. Ada, liefje, zet de ketel op het vuur. We nemen een kop thee. Misschien zou vader Fred naar de pub sturen voor een pul donker bier. Fijn dat je weer terug bent, meisje. Moeder wond zich op. Lamsnek van O'Connors. Parelgort. Knoedels. Je kunt wel wat gewicht gebruiken, beetje bijvoeren.

Ada wreef met haar mouw over het raam, maar de viezigheid zat aan de andere kant en het was moeilijk om erdoorheen te kijken. Ze volgden spooraftakkingen door vervallen steden en gehavende dorpjes. Engeland was armer dan ze zich herinnerde. De velden tussen de steden schitterden oker en groen in de felle zon. Ze straalden leven en kleur uit. Er waren bosgebieden met zware eiken en beuken en nog meer huizen. Buitenwijken. Kedeng, kedeng, twee-onder-een-kaphuizen bedekt met grindpleister. Kedeng, kedeng langs de volkstuintjes en tuinen met bonenstaken en krieltjes. Moeder had altijd naar een plek zoals deze willen verhuizen. Purley. Purley Oaks. Sanderstead. Haar vriendin Blanche was naar een buitenwijk verhuisd. *Petit bourgeois*, had vader gezegd. Niemand woont in Purley.

De trein reed nu zeer langzaam. Balham. Clapham Junction. Was dit Londen? Hele straten waren verdwenen, niets anders meer dan slechts voorgevels en scheve muren. Angst begon zich in haar maag te roeren. Ada drukte haar neus tegen het raam. Sommige van de ruïnes werden afgeschermd met hekken. Erop stonden onhandige waarschuwingen zoals NIET BETREDEN en GEVAAR. Ze zag kinderen die over de stenen klommen, hun vingers gebruikten als pistolen: pang, pang. Battersea, de elektriciteitscentrale stond er nog. Vauxhall. Daar was de Theems, vol in het zicht. Het was laag water, de rivierbanken waren bruin als naaktslakken, de rivier een vieze worm, druk bevaren met sleepboten, binnenschepen en dregboten. Ze trok het raampje naar beneden. Ze kon de scheepstoeters horen aan weerskanten van de rivier. Ze had ze als kind gehoord, melancholieke trompetten van verlies.

County Hall. Dat was er nog en de Big Ben. Ze ging naar voren zitten. De rivier. Dit klopte niet. Je kon de rivier niet zien, niet hiervandaan. Waar waren alle fabrieken gebleven? De houthandel en de steenbakkers? De tramremise en de drukkers? De pakhuizen en de werven? Waar waren de kranen? Waar was Belvedere Road?

Haar mond voelde droog aan; de metalen, zoute smaak van paniek. Wat zou er met hun huis, hun straat zijn gebeurd? Stel dat ze er niet waren? Was haar familie gedood? Weggevaagd, hun verwrongen lichaamsdelen en verminkte lijken onder de kapotte bakstenen en verdraaide planken opgegraven? Of stel dat ze verhuisd waren? Hoe zou ze hen dan vinden?

De trein reed station Waterloo binnen. De naaimachine was te zwaar geweest om in het bagagerek te tillen, dus Ada had haar onder de stoel geschoven. Ze haalde haar tevoorschijn en stapte uit. Ze werden van het perron gejaagd en een tijdelijk kantoor ingeleid waar een bordje met JOINT WAR ORGANISATION op de deur was geprikt. De vrouw die de leiding had, had een stevige boezem waardoor de knopen van haar grijze uniform strak gespannen stonden. Haar rok zat strak om haar heupen en hij was gekreukeld bij het kruis door het zitten. Ze pufte, verschikte papieren, geïrriteerd alsof Ada haar stoorde.

'Als je een soldate was,' zei ze terwijl ze de dossiers hard liet vallen op haar bureau, 'een echte krijgsgevangene, dan zou ik weten wat wat is. Ik zou dan helemaal niets met je te maken hebben. Maar burgers.' Ze trok haar lip op. 'Vrouwen. Wat moeten we met jullie doen?'

'Ik wil niet vervelend doen,' zei Ada en ze keek achter zich naar de andere vrouwen in de rij. 'Maar ik ben niet de enige.'

De vrouw met de grote boezem keek naar Ada en schudde

haar hoofd. 'Des te erger.' Ze haalde een grote, zwarte geldla uit een bureaula en liet hem met een klap op het bureau vallen. 'Er is niet veel wat we voor ieder van jullie kunnen doen. We kunnen jullie alleen geld geven voor een buskaartje om thuis te komen.' Ze viste vier halve kronen uit de la en gaf ze aan Ada. '*Ex gratia*,' zei ze.

Ada wist niet wat dat betekende, maar het leek op liefdadigheid. Ze wist niet waarom ze het gevoel moest krijgen dat ze een prostituee was.

'Je hebt een plek om naartoe te gaan, neem ik aan?'

'O ja,' zei Ada en ze keek de vrouw recht aan. 'Ja.' Ze legde de munten op tafel. 'Het is oké. Ik heb ze niet nodig. Ik woon slechts om de hoek.'

De vrouw trok een wenkbrauw op. 'Pak aan,' zei ze. 'Meer zul je niet krijgen. Je kunt een aanvraag indienen voor bonnen. Hier.' Ze wees op wat formulieren. 'Ben je vrijgezel?'

Ada knikte.

'Hmm.' De vrouw snoof, leunde naar een kant, keek over Ada's schouder en riep: 'Volgende.'

Ada nam het geld, pakte haar naaimachine op en liep naar buiten de stationshal in. Waterloo. Ze wilde zichzelf knijpen. Hier was ze dan, eindelijk. Thuis. De machine was zwaar. Ze voelde aan een halve kroon. Het bagagedepot. Ze zou de machine later ophalen. Vader kon haar voor haar dragen, of Alf of Fred. Wat doe je ermee, Ada? Heb je dat helemaal mee teruggenomen, hé?

Ze liep naar buiten Waterloo Road op, bevrijd van de naaimachine. De St. John's kerk stond daar. En het Lying-In-ziekenhuis. Stamford Street, de Peabody-gebouwen. Allemaal aanwezig en in orde, meneer, maar een beetje versleten, als ik dat mag zeggen, meneer. Als al die gebouwen in orde waren, dan moest haar straat dat ook zijn. Ze stak de weg over. Exton Street. Roupell Street. De huizen stonden er nog. Allemaal. Een paar hadden houten platen voor de ruiten. De kanten gordijnen waren versleten en de raamkozijnen en deuren konden wel een lik verf gebruiken, maar ze waren niet platgebombardeerd. Het was in orde. Het zou in orde komen. Ze begon te rennen, haar ogen werden wazig. Ze bleef staan en veegde haar gezicht af. Ze moest niet huilend aankomen. Thuis. Om de hoek. Theed Street. Het huizenblok met de huisjes met de rechte deuren en ramen met de ouderwetse kruisvensters.

Haar hakken tikten over de ongelijke weg, langs de Chapmans en de O'Connors, voordeuren nog steeds open, zodat je naar binnen kon kijken, respectabele huizen, goede huizen. Dingen waren toch niet veranderd. Ze glimlachte. Misschien zou iemand uit een van deze huizen komen en haar herkennen. Mijn hemel, als dat niet Ada Vaughan is.

En daar was het. Nummer 1. Thuis. Ada balde haar vuist en klopte aan, een zacht klopje op het versleten hout. Ze haalde diep adem en pakte de deurkruk beet. Draaide. Duwde. De hal was zoveel kleiner dan ze zich herinnerde, maar het was hetzelfde vervaagde bloemetjesbehang, het waren dezelfde vieze vegen op de trap en de afgetrapte, groene plinten. De deur naar de keuken stond open en haar moeder kwam naar buiten, terwijl ze haar handen afveegde aan haar schort. Ze kneep haar ogen samen en keek Ada aan alsof ze haar niet kende.

'Wie is daar?'

Ada beet op haar lip. 'Ik ben het.' Haar stem was zo gespannen als een veer. 'Ada.'

Haar moeder nam twee passen, greep Ada's arm en kneep in haar elleboog. 'Je hebt verdorie wel lef,' zei ze, 'om na al die tijd hier binnen te vallen.'

Ada kromp niet-begrijpend ineen. Ze was er klaar voor om haar moeder te omhelzen, haar gezicht in haar haar te begraven, haar zweet te ruiken en haar perzikzachte huid te voelen. Hier was ze, haar dochter, vermist, waarschijnlijk dood, opgestaan uit het graf. Verdorie een wonder. Maar er kon niet eens een hallo van af bij haar moeder, laat staan een knuffel.

‘Ja, vader en ik ons maar zorgen laten maken,’ ging haar moeder verder. ‘Het heeft z’n dood betekend, wist je dat? Doodgevallen. Gewoon zomaar.’

Vader? Dood? Haar ingewanden krompen ineen en ze kreeg een metalige smaak in haar mond. Dit was niet zoals ze het zich had voorgesteld. Vader, dood? Ze had daar nooit aan gedacht, niet echt. Ze slikte moeizaam en probeerde de tranen terug te dringen. Ze had hem nooit verteld dat ze van hem hield. Nooit gedag gezegd. Nooit gezegd: dankjewel, pap.

‘Wanneer?’ wist ze uit te brengen.

‘Zodat ik er alleen voor stond,’ zei haar moeder terwijl ze haar negeerde. ‘Geen idee waar je was, of je dood of levend was. Geen teken van leven van jou. Geen. Enkel. Teken.’

‘Dat is niet waar,’ kaatste Ada terug. ‘Stanislaus heeft je een telegram gestuurd.’

‘Stanislaus? Heette ie zo? Verdomde Duitser.’

Zijn naam glipte er zomaar uit. Ze had niet over hem willen praten.

‘Hij...’ zei ze om zichzelf te herstellen en het beter te laten klinken. ‘Wij hebben je een telegram gestuurd. Om te zeggen dat ik in orde was. Dat je je geen zorgen hoefde te maken.’

‘Nou, dat is nooit aangekomen.’

‘Het is naar mevrouw B. gestuurd. Zij zou het aan je doorgeven.’

‘Je bedoelt dat je niet eens het fatsoen had om er een aan mij te sturen? Mevrouw B. heeft nooit iets tegen mij gezegd over een telegram. Ze stond op de stoep, op de dag dat de oorlog uitbrak. Meteen die dag. Is Ada al terug? Want ze was vandaag niet op het werk. De eerste keer dat wij ervan hoorden. Ervandoor naar Parijs met een chique man. De schande. Om te weten dat een dochter van mij zoiets zou doen.’

Dat was zo lang geleden, jaren geleden. Er was zoveel gebeurd sinds die tijd, en hier had je haar moeder die het oprakelde alsof het gisteren was, alsof het de belangrijkste gebeurtenis ooit was, alsof ze haar nooit had gemist. Ada keek naar haar. Ze was verbitterd geraakt, zorgrimpels op haar voorhoofd en naast haar mond, haar lippen dun en gemeen.

'Ik heb jullie een brief gestuurd toen het voorbij was,' zei Ada. 'Dat kon ik niet eerder doen.'

'Fraaie brief was dat. Een soort van een avontuur, zei je. Een avontuur, nou vraag ik je. Heb je enig idee hoe het voor ons was?' Haar moeders gezicht was dicht bij dat van haar, haar adem rook niet fris en was muf. 'Terwijl jij daar een luxeleven leidde, gingen wij door een hel. Een hel. Met al die bombardementen, de rantsoenering en V1's. We moesten allemaal ons steentje bijdragen. Iedereen moest zijn aandeel leveren. Maar jij? Jij genoot van het goede der aarde, jij en je nazivriendje.'

'Nee,' zei Ada. 'Zo was het niet. Ik had het ook slecht...'

'Jij had het slecht? Je hebt geen idee welk lijden wij hebben ondergaan.'

'Ik was geïnterneerd.'

Haar moeder snoof. 'Wat betekent dat in normale mensentaal?'

'Een gevangene. Ik werd gevangengehouden.'

'Gevangenis? Lekker veilig, wil ik wedden. Geen zorgen aan je hoofd.'

Ada wist niet wat ze moest zeggen. Hoe kon ze beschrijven wat ze had meegemaakt? Wat ze allemaal had gezien? Het enige wat ze ooit wilde was naar huis gaan, maar ze werd behandeld als een verrader. Ze was geen verrader. Zou haar moeder haar geloven? Zou iemand hier haar geloven?

'Heb je ooit eens aan je vader en mij gedacht?' Haar moeder ging verder. 'En aan je broers? En aan je zussen?'

Ada moest gaan zitten. Haar botten leken los te zitten en niet meer aan elkaar verbonden, haar hoofd tolde. 'Hoe gaat het met hen?'

'Nu je ernaar vraagt.' Spuugbelletjes vormden zich in de mondhoek van haar moeder. 'Fred werd gedood bij Alamein.

Gaf zijn leven voor mensen zoals jij.' Ze spuugde op Ada's schoenen. Ada had haar moeder nooit zo gekend, niet tegen haar. Haar vader kreeg meestal met de scherpe tong van haar moeder te maken en verweerde zich zo goed als hij kon. Maar nu was Ada het doelwit van haar venijn. 'Alf is oké. En de meiden ook. Maar jij? Jij was altijd al de egoïstische. Achterbaks. Je brak ons hart.'

Ada wreef met haar hand over haar voorhoofd. Dat haar vader was overleden, had bij haar een gapende leegte achtergelaten. Ze had zijn met tabak doorrookte huid willen inademen, willen voelen hoe hij haar dicht tegen zich aan drukte, zijn zweet willen ruiken wanneer zijn lippen lichtjes de bovenkant van haar hoofd beroerden, willen weten dat er weer van haar werd gehouden. Je bent altijd mijn lievelingsdochter geweest, Ada.

'Het spijt me,' zei ze. 'Ik kon er niets aan doen.' Haar stem brak en ze probeerde haar tranen in te houden.

'Het spijt je?' De stem van haar moeder was tot een kookpunt gekomen. 'Het is verdomme te laat voor spijt. Je bent hier niet welkom. Dus hoepel maar op. Schiet op.'

'Ophoepelen?' Ada begreep niet wat haar moeder zei. 'Kan ik niet blijven?'

'Nee, dat kun je verdorie niet.'

'Ik kan nergens naartoe.'

'Daar had je eerder aan moeten denken.' Haar moeder draaide Ada's arm om en dwong haar om in de richting van de deur te lopen. 'Beschouw jezelf maar als bofkont omdat je geen bastaard met je meezeult. Of heb je die wel? Ik acht je ertoe in staat. Niets verbaast me meer.'

Haar moeder duwde haar naar voren. 'Donder op. En kom nooit meer terug.' Ze gaf haar een flinke zet en Ada strompelde naar de deur. Ze voelde de luchtstroom toen haar moeder de deur hard achter Ada dichtsloeg.

Ada stond op de stoep, onder het nette afdakje waar haar

moeder het stoepje had geboend. Ze haalde diep adem. Verman je. Haar moeder was geschokt. Het was een schok om Ada weer te zien. Dat was alles. Ze was altijd al opvliegend geweest. Maar toch, ze had een beetje meer begrip mogen tonen. Ze had Ada al bijna zes jaar niet meer gezien. Je zou denken dat ze blij zou zijn. Ze zou tot bedaren komen, spijt hebben van haar uitbarsting. Geef haar tijd. Al die zorgen, opgekropt, klaar om te spuien. Een paar minuten extra. Ze klopte weer op de deur. Moeder, alstublieft.

Een paar kinderen hadden met krijt een hinkelbaan op de keitjes getekend. Ada pakte een steentje op en gooide het op de grond. Hinkel, hinkel, hinkel, met twee benen, hinkel, hinkel. Ze balanceerde op één been, pakte het steentje op en gooide het nog een keer.

Er ging een raam boven haar open en haar moeder leunde naar buiten. 'Je hebt me gehoord,' schreeuwde ze. 'Sodemieter op.' Ze sloeg het raam weer dicht.

Ada liet het steentje op de grond vallen. Moeder kon zich zo vreemd gedragen. Had een opvliegend karakter, dat zo razendsnel ontvlamde dat je er een vuurtje mee kon aansteken. Kon een jarenlange wrok koesteren. Ada wist dat ze niet van gedachten zou veranderen, niet vandaag. Nou ja, dacht ze, als dat is wat ze wil, dan kan ze het krijgen. Pech voor haar.

Ze draaide zich om en liep de straat uit. Haar benen waren slap en haar handen trilden. Ze had geen huis, geen kleren, geen vrienden, geen geld, behalve de tien shilling van het Rode Kruis. Negen shilling en elf penny's nu, na de penny bij het bagagedepot. Ze voelde aan het kaartje. Ophalen op dag van afgifte. Niet opgehaalde voorwerpen worden vernietigd. Alles wat ze bezat was een naaimachine. Daar kon je niet onder slapen.

Ze was alles kwijtgeraakt. Haar zoon. Haar moeder. Haar vader. Stanislaus. Opgeruimd staat netjes. En Frank. Ze had naar Amerika kunnen gaan. Ze had een goed leven kunnen hebben. Frank was een aardige man, eerlijk ook. Hij deed haar denken aan haar vader. Ze bleef staan, haalde diep adem. Ze wist niet eens waar haar vader was begraven. O, Ada, kon ze hem horen zeggen. Gedane zaken nemen geen keer. Er was niets wat ze nu kon doen om het beter te maken. Je moeder gedijt op wrok. Nou, daar zat ze niet op te wachten. Ze had de oorlog overleefd. Ze zou nu ook overleven. Ze herinnerde zich een liedje uit haar kindertijd en hoorde hoe haar vader het in haar hoofd zong. *Pack up your troubles in your old kit bag and smile, smile, smile.* Maar zo was het niet meer. De oorlog had alles veranderd.

Er moest net een trein met legermanschappen zijn binnengekomen. Waterloo Road was vol soldaten en mannen van de luchtmacht in blauwe uniformen die plunjebalen bij zich hadden. Ze gingen naar huis. De oorlog draaide om mannen. Helden. Zij hadden geluk. Zij hadden een plek. Maar de echtgenotes en vrouwen, wie gaf er om hen? Niemand luisterde. Hoe kon moeder Ada's oorlog begrijpen? Hoe kon iemand het begrijpen? Het was een andere oorlog geweest. Gevangen in de stroom als een stuk wrakhout, alleen.

Er stond een krantenverkoper bij de ingang van het treinstation; een gedrongen, stevige man met een blozend gezicht en dik, grijs haar. Hij leunde op een kruk. Hij hield een exemplaar van de *Evening News* voor zich uit. Ze schudde haar hoofd.

'Kop op,' zei hij grijnzend. 'Het kan erger.'

Het was de eerste keer sinds ze terug was in Londen dat iemand tegen haar had geglimlacht. Ze slikte moeizaam en voelde hoe haar voorhoofd rimpelde. Het heeft geen zin om medelijden met jezelf te hebben, Ada, meisje.

De straatventer hinkte naar voren. Hij had een aardig gezicht met lachrimpeltjes rond zijn ogen.

'Een mooie meid zoals jij,' zei hij, 'je zou dolblij moeten zijn.'

'Ik heb geen plek om naartoe te gaan,' zei Ada. 'Kun je dat geloven?'

'Waar kom je vandaan?' zei hij. 'Manchester? Ben je net aangekomen in Londen?'

Ze keek hem aan. 'Ja,' zei ze.

'Ga anders naar het Ada Lewis House,' zei hij, 'aan New Kent Road. Het is een pension. Voor nette meisjes, als je begrijpt wat ik bedoel.' Hij draaide zich om en gaf een exemplaar van de krant aan een man in een pak die een bolhoed ophad. 'Je kunt daar de bus pakken.' Hij wees naar de halte aan de andere kant van de straat.

'Dank je,' zei Ada.

Ze schatte dat het rond vijf uur was. Ze had honger en had een bed nodig voor de nacht. Ze liep het station in, haalde de naaimachine op en liep naar de bushalte.

'Kan ik u helpen, mejuffrouw?'

Een soldaat.

'Dank u.'

'Waar gaat u naartoe?'

Ada wees op de bushalte. Elke bus die naar Elephant ging en daarvandaan kun je lopen, had de man gezegd. Misschien ging de soldaat ook die kant op. Ze had behoefte aan gezelschap en zijn hulp. Ze ging in de rij staan en hij zette de machine op de stoep neer.

'Mazzel,' zei hij.

Ze nam bus 12. Dulwich, herinnerde ze zich. Chic. De conducteur nam de naaimachine aan en plaatste haar in de bagageruimte onder de trap. Ze zat op de lange bank vlak bij de uitgang en keek door het raam naar de eens welbekende straten die nu somber en gehavend waren. Ze stak haar nek uit. Er zaten gaten in de rijen huizen doordat er huizen platgebombardeerd waren. Het oude Bedlam was er nog. En het klooster, het Notre Dame. De gebouwen ernaast, waar waren die gebleven? De metro was er nog en het gebouw van de South London Press. De helft ervan, de rest was een hoop stenen en cement. Maar waar waren de Metropolitan Tabernacle, het Trocadero?

Ze stapte uit de bus, terwijl de naaimachine tegen haar scheenbeen sloeg. Het duurde even voordat ze zich had georiënteerd en in de richting van New Kent Road kon lopen. Tien passen. Stilstaan. Van hand veranderen. De naaimachine was zwaar, ze kon haar amper dragen. Niemand die haar hielp. Ze strompelde verder, de machine met zich meeslepend terwijl ze naar de naambordjes keek. Het huizenblok aan haar linkerkant was een heuvel van stinkende puinhopen en zwartgeblakerde bakstenen, kapotte deuren en ontstelde pleisterschachten die lang geleden al onderzocht waren, wanhopige vrouwen die uit de puinhopen een gehavende steelpan, een fotoalbum, een pan om bietjes in te koken tevoorschijn haalden. Ze had dit gezien in München, maar ze had niet gedacht dat het hier ook zo zou zijn. Ze leken nu net zo arm als ze voor de oorlog waren geweest. Vrouwen die hengelden naar de laatste aardappel die onder het keukenkastje was gerold. Jongens met geschaafde knieën renden de trap op: mam, wat eten we? Uitgehongerd en te oud voor hun leeftijd. Ik heb je vroeger gekend. Dit was waar ze naartoe was teruggekeerd.

Het terrein was afgeschermd met roestige golfplaten. PLAKKERS WORDEN VERVOLGD stond met witte, uitgelopen verf op de golfplaten. Achter het hek stond nog een enkel huis overeind. Een muur ervan was weggeslagen, de blootgelegde kamers balanceerden boven op elkaar. Er waren behangflarden te zien en een spiegel die nog steeds aan de muur hing, alleen wel scheef. Er stond een tafel die een poot miste, zodat hij leek te knielen als een bedelaar. Bij het huis stond nog steeds een stuk van een stenen muur overeind. Iemand had met zwarte verf een kaal mannetje met zijn neus over de schutting op de muur gekalkt en eronder geschreven: WAT? GEEN SUIKER? Ada kon de stomp van een afgebrande kastanjeboom zien. De dode wortels kwamen door het asfalt naar boven als begraven aderen en spleten de stoep in tweeën.

Ze pakte haar naaimachine op. Ada Lewis House.

Het was een groot, bakstenen gebouw met hoge, afgeronde ramen. De slaaphokjes waren niet duur en de maaltijden waren inbegrepen. Het volstond totdat ze er weer bovenop was. Kinderen of huisdieren waren niet toegestaan. Ze moest een baan zoeken. En dan een goed huis, voor Tommy. Ze had slechts vier shilling over nadat ze had betaald voor twee nachten kost en inwoning.

'Wat voor werk doe je?' had de pensionhoudster gevraagd.

Ada haalde diep adem. 'Ik ben kleermaakster,' zei ze. 'Een kleermaakster van dameskleding.' Modiste.

De pensionhoudster trok een gezicht. 'Daar is niet veel vraag meer naar,' zei ze. 'Het is nu allemaal confectiekleding. Kant-en-klaar. Je kunt het proberen bij de fabrieken in East End. Whitechapel, en zo.'

Fabriek. Arbeit macht frei. Frank had haar verteld over de lijken. Ze kon niet in een fabriek werken, niet na dat alles. Bovendien had ze de oorlog niet overleefd om vervolgens in een slavenhok te gaan zwoegen.

'Zorg ervoor dat je je bonnen regelt,' had de pensionhoudster gezegd. 'Tot die tijd doe je het maar met wat er over is.'

Theetijd was om zes uur. Pens en uien. Wortels en aardappelen. Smakelijk. Ada schrokte het op. Kop thee. Een kop thee. Donker en goed getrokken. Gelukkig hield ze niet van suiker.

Ze was die ochtend vroeg op en nam de metro naar Green Park. Ze was vergeten hoe heet het in de ondergrondse was, hoe het er rook naar roet en bedompte lucht. Ze was ook vergeten hoe druk het was, vastgeklemd tussen vreemden, die zo dichtbij stonden dat ze haar konden verpletteren. Ze baande zich een weg naar de deuren en liep in de milde juliochtend naar Dover Street. Als mevrouw B. haar niet zou aannemen, zou ze naar Isidore gaan. Ze was goed in haar werk, ze had nu veel ervaring.

Maar het huis in Dover Street was een gebombardeerde ruine. Andere gebouwen in de straat waren nog intact. De bom had slechts dit pand geraakt. Een man botste tegen haar aan op de stoep. Zijn pak was goedkoop en sjofel, zijn vilten hoed was gevlekt van ouderdom. Hij had een pijp in zijn mond.

Ada pakte zijn mouw vast toen hij voorbijliep. 'Pardon,' zei ze. 'Weet u wat er hier is gebeurd? Hebben deze mensen het overleefd?'

Hij haalde zijn schouders op, slenterde weg en liet een geurig spoor van zoete tabak achter.

Misschien was mevrouw B. verhuisd. Ada liep verder door de straat, tuurde naar naambordjes op deuren en ging toen terug naar de ruïne. Ada had geen idee waar mevrouw B. woonde. Ze deed haar ogen dicht. Laat haar in leven zijn. Ze deed haar ogen open en verwachtte daar mevrouw B. te zien staan met haar geverfde lippen en gepoederde wangen, maar de straat was verlaten. Ze liep verder via Bond Street naar Oxford Street. Van de grote winkels waren op verscheidene verdiepingen de ramen dichtgetimmerd, of ontbraken delen alsof het oude, gewonde soldaten waren. John Lewis. Ada staarde. Niets anders dan zwartgeblakerde resten. Miezerige vlinderstruiken waren gigantisch geworden en plukjes gras waren door het puin omhooggekomen. Dit was niet langer het Londen dat ze kende. Ze wist niet zeker of ze hier thuishoorde.

Hanover Square Gardens was omgeploegd. Isidores kelder was er nog steeds, maar de plaat op de deur was weg. Ada liep naar beneden en gluurde door de ruiten. Hij was leeg, afgezien van een krat en wat oude kranten die verspreid lagen over de vloer. Ze wankelde door Hanover Street, langs Regent Street. Dickins & Jones. De littekens van de oorlog waren overal. Het Café Royal. Ze bleef onder de luifel staan en keek naar de draaideuren. Hoe had ze zo stom kunnen zijn? In de luren gelegd door een doodgewone oplichter, Stanislaus von Lieben. Als hij er niet was geweest, was ze nu in orde geweest. Dan zou ze deze pijn en dit hartzeer niet hebben. Klootzak. Wat ze hem niet aan zou doen als ze hem weer zag. Misschien leek ze wel een beetje op haar moeder. Ze zou meer met hem doen dan hem slechts uitschelden. Ze zou hem verdomme vermoorden.

Ze knikte naar de portier bij de deur van het Café Royal en liep verder door. Er waren wat jonge vrouwen op Piccadilly Circus, ze liepen al rokend om het beeld van Eros met rode lippen en laag uitgesneden bloesjes. Ze had hen in München ook gezien. Soms waren ze er met hun moeders. *Yankee, you want?* Ze deden het voor sigaretten. Was dat hier ook zo?

Ada vroeg zich af hoe dat was, elk uur een andere man. Er was tegenwoordig geen enkele man die naar haar keek, met haar platte borst en vormeloze taille. Niemand wilde haar begeren, wilde haar gezicht aanraken met tedere vingers en haar naar zich toe trekken, haar kussen met de tere belofte van liefde. Niemand wilde nu van haar houden, niet eens haar familie. Een plotselinge golf van verlies en verdriet kwam in haar op, en ze drong de tranen terug. Die straatventer hield van plagen, noemde iedere vrouw mooi. Ada kende zijn soort. Dat betekende niets. Ze was niet meer mooi.

Ze liet de opgemaakte meisjes achter zich en liep Haymarket in. Stucwerk was losgeraakt en steigers hielden de portieken overeind. Veel van de gevels waren dichtgetimmerd en bedekt met posters. Het Theatre Royal was intact. *Lady Windermere's Fan.* Wat voor soort toneelstuk was dat? Linksaf Trafalgar Square op. OVERWINNING OP DUITSLAND, 1945, las ze. Het was nog vroeg in de ochtend, maar het plein was afgeladen met soldaten in uniform die er flaneerden met hun meisje. Er waren werklui in sjofele pakken, jonge meiden met mooie pumps en strakke rokken. Een paar ervan zaten op de rand van de fontein en aten hun boterhammen terwijl ze de duiven wegjoegen die om hen heen drentelden voor restjes. Een vrouw hield een kop thee in haar ene hand en een thermosfles in de andere. Een kop thee. Ada zag het Lyons Corner House dat tegenover Charing Cross-station lag. Daar kon je altijd een lekkere kop thee krijgen. Ze viste in haar zak. Ze had genoeg.

Er stond een bordje voor het raam. SERVEERSTERS GEVRAAGD. INFORMEER BINNEN. Een vonkje hoop. Ze kon serveerster worden, voor even, totdat ze een echte baan had gevonden. Ada duwde de deur open. Gelambriseerde muren van warm, donkerbruin hout en verlichting achter dikke glaspanelen. Ze was vergeten hoe luxueus het hier was. Er zaten stelletjes aan de houten tafels, naar voren gebogen, diep in gesprek. Getrouwde stellen, dacht Ada, leuk dagje uit, terug uit de oorlog. Er waren ook alleenstaande vrouwen die met de enkels over elkaar geslagen uit het raam staarde. Een ervan rookte. Er lag een pakje Players naast haar op tafel. Een ander las een boek. Jullie hebben geluk, dacht ze.

Ada liep naar een tafel in het midden waarbij ze langs een gezette vrouw van middelbare leeftijd en haar oudere gezelschap kwam. 'Graatmager,' hoorde ze haar zeggen, terwijl ze voorbijliep, 'tbc'. De serveerster kwam naar haar toe in een aantrekkelijk zwart uniform, schoon wit schort en kraagje, met een wit kapje met een zwarte rand op.

'Wat kan ik voor u doen?'

'Nou,' zei Ada zonder te aarzelen, 'ik wil graag meer weten over de baan als serveerster.'

De serveerster kneep haar lippen op elkaar. 'Dan moet u met de manager spreken,' zei ze. 'Wilt u nog iets anders?'

'Een kop thee alstublieft.'

De manager zat aan een bureau en gebaarde Ada om te gaan zitten op een stoel met een hoge rugleuning, dezelfde als die in het restaurant stonden, met stevige poten en een glimmende zitting.

'Het spijt mij dat ik het moet vragen,' zei ze terwijl ze over het bureau heen naar voren boog, 'maar je bent afschuwelijk mager. Ben je ziek geweest?'

'Nee,' zei Ada.

'Als het besmettelijk is, kunnen we je niet aannemen.'
'Nee, dat is het niet.'
'Geen zenuwziekte?'
Ada schudde haar hoofd. Ik heb een slechte oorlog gehad, dat is alles. Wat kon ze zeggen? De manager zou het zich niet kunnen voorstellen. Ada had al in de gaten dat niemand erover wilde horen.
'Nee,' zei Ada, 'ik had mijn eetlust verloren.'
'O jeetje,' zei de manager. 'Wat vervelend. Ik hoop voor je dat je deze nu weer hebt.'
Ada knikte. 'Ik eet als een paard.'
'Dat is mooi. Heb je ooit eerder geserveerd?'
'Nee. Maar ik leer snel', en ze voegde eraan toe: 'En ik wil erg graag.'
'Wanneer kun je beginnen?'
'Meteen.'
'Het loon is twee pond en tien shilling per week, uniform is inbegrepen. Het wassen ervan is je eigen verantwoordelijkheid, behalve het kapje en het schort. Zorg ervoor dat je haar schoon is en uit je gezicht is gebonden, korte nagels. Wat is je maat?'
'Maat?' zei Ada.
'Voor het uniform. Ik weet niet zeker of we iets hebben wat klein genoeg voor je is. Ben je handig met naald en draad?'
'Ja,' zei Ada, 'dat ben ik inderdaad.'
'Dan kun je het misschien innemen. Kom maar met me mee.'

Ada hing de uniformen over haar arm. Ze had geluk. Het salaris was niet slecht en ze zou misschien aan het eind van de week wat overhouden. Als ze eenmaal haar rantsoenbonnen had geregeld, zou ze voor zichzelf een paar dingen kopen. Ze had ondergoed nodig, zeep, tandpasta. Basisbenodigdheden. Misschien zou ze wat vrienden maken. Er werkten een heleboel meiden daar. Ze zou naar het werk moeten lopen, althans de eerste week. Ze keek naar de klok van Charing Cross-station. Tien over drie.

Het kostte haar lopend vijfendertig minuten. In haar hokje legde ze het uniform op bed. Het had een goede zoom en de naden waren ruim. Het witte kraagje kon eraf gehaald worden, dus dat kon ze 's avonds wassen voor de dag erna, als dat nodig was. Ze knoopte haar bloes open en trok haar rok uit. Haar onderrok voelde klam aan. Ze draaide hem om.

Bloed. Blóéd. Ze kon zich niet herinneren wanneer ze voor het laatst ongesteld was geweest. Ze gaf een gil en lachte. Ze wilde het raam opengooien en het uitschreeuwen. Het is oké. Het komt in orde. Hier was ze, Ada Vaughan, ze was weer vrouw. Ze kwam weer tot leven. Geschikt om zichzelf moeder te noemen. Een paar kilootjes erbij en ze zou haar figuur terug hebben. Het zou een maand of twee duren, maar ze was op de goede weg. Ze zou weer gezond zijn. Ze zou weer leven. Op de goede weg. Ze pakte haar portemonnee. Ze moest naar Boots om de noodzakelijke dingen te halen.

*

Die eerste kerst was het ergst. Maar er waren andere meisjes, uit het noorden, die in Londen bleven zonder hun familie. De pensionhoudster had een lekker diner geserveerd, kip met garnituur, gevuld met salie en uien, jus en zelfs een kerstpudding. Ze trokken aan knalbonbons, lazen de flauwe grapjes voor en zetten de papieren hoedjes op hun hoofd. Ze gaven elkaar cadeautjes die ingepakt waren in het crêpepapier dat over was van de papieren slingers die ze hadden gemaakt. Een blokje badzout. Een kam. Tien Woodbine-sigaretten.

Ada vroeg zich af of haar moeder aan de anderen had verteld dat ze was teruggekomen, vroeg zich af wat haar familie nu deed. Vader en Fred, God hebbe hun ziel. Ada. Wat is er met haar gebeurd? Het was niets voor haar moeder om haar gal niet te spuwen. Breek me de bek niet open over haar. Ada had het geprobeerd, was eind november op een zondag langsgegaan om haar moeder na de mis aan te spreken. Haar moeder keek dwars door haar heen alsof ze er niet was. Ada wachtte totdat ze de hoek om was voordat ze het tegen de muur uit snikte. God wist dat ze het geprobeerd had.

Ze was nu met de regelmaat van de klok ongesteld, was aangekomen, ze was nog steeds zo dun als een model, maar wel weer met een figuur. Ze had ook een bril nodig, kon niet goed in de verte kijken, zei de dokter, terwijl hij een recept uitschreef. Ze kon amper het nummer van de bus lezen als de bus niet voor haar neus stond. Ze moest haar ogen tot spleetjes knijpen om haar eigen handschrift te kunnen lezen. Je krijgt rimpels als je je ogen steeds zo dichtknijpt, had de manager gezegd. Ada kon haar niet vertellen waarom haar ogen zo slecht waren. Ze spaarde voor een bril, een mooie, modieuze bril die ze in een oud nummer van *Everywoman* had gezien. 'Je kunt knap zijn en een bril dragen,' stond er. 'Glamoureus met bril.'

Ada kon zich geen permanent veroorloven, maar ze kocht een fles peroxide om haar haar te bleken. Elke avond zette ze papilotten, zodat ze in de ochtend krullen had en ze stak ze op. Misschien dat ze een dezer dagen de aandacht van een jongeman zou trekken, ook al was ze vijfentwintig en een beetje oud. Maar wijzer. Ze zou niet meer voor iemand zoals Stanislaus vallen.

Ze deed het goed wat betreft het basisloon en de fooien. Ze verdeelde het geld elke week. Zoveel voor kost en inwoning, zoveel voor de basisdingen, zoveel voor schoenen en kousen, zoveel voor kleren, zoveel voor de rest. Ze probeerde wat opzij te zetten als appeltje voor de dorst, en voor Tommy, maar dat viel niet mee. Ze had maandenlang haar bonnen moeten opsparen om een winterjas te kunnen maken en een paar goede schoenen te kopen, en de bril had een gat geslagen in haar budget voor noodzakelijke dingen. Maar ze had nooit hoeven lenen of de manager om een voorschot hoeven vragen. Nu de kerst voorbij was, en ze de belangrijkste dingen had, kon ze misschien ietsje meer met haar geld doen. Ze had slechts die ene rok die het Rode Kruis haar had gegeven, dus ze had een andere nodig. En een jurk. Maar dat waren elf bonnen. Bloezen. Ze had geluk dat ze een uniform had voor haar werk.

Berwick Street Market. Dat was waar ze moest zijn. Ze kon daar in haar lunchpauze naartoe en dan was ze weer op tijd terug.

De markt was niets veranderd sinds voor de oorlog – goeie bloemkool, twee voor een penny –, dezelfde kramen, dezelfde kraamhouders. Alleen haar mannetje herkende haar in eerste instantie niet.

'Goeie genade, Ada.' Zijn ogen vernauwden zich alsof hij het zeker wilde weten. 'Je ziet er anders uit. Een bril. Je haar geverfd, en zo. Staat je goed, blond. Maar,' en hij boog zich over de kraam heen, 'wat heb je met jezelf gedaan? Je bent vel over been. Je kunt wel wat extra's gebruiken.'

Na afloop had ze wat goede restjes stof en ook een beetje vulsel. Verder had ze wat parachutezijde, nu de oorlog over was, voor een nieuwe onderrok en ondergoed.

Er was een naaikamer in het pension en Ada mocht haar naaimachine daar neerzetten. Ze maakte een paar rokken, kokerrokken met een split. Een bloes lag uitgespreid op de tafel. Ada was precies met haar meten en snijden, afwerken en omzomen. Het trok de aandacht.

'Kun je er een voor mij maken, Ada?'

'En voor mij, als ik je de stof geef?'

Ze vroeg er geld voor. Het was net dat beetje extra, maar het maakte een wereld van verschil. Ze moest ergens beginnen. De meiden hier waren niet de cliënten die ze graag zou hebben en ze wilde het niet doen op de zwarte markt. Maar de rantsoenering kon niet eeuwig doorgaan. Ze zou sparen. Een aanbetaling doen op een pand. Zichzelf een paar jaar geven. In de tussentijd was het een goede oefening. Een bedrijf beginnen. Modehuis Vaughan. Een huis kopen. Als ze ooit Stanislaus weer tegen zou komen, zou ze het hem laten zien. Teruggeveerd als een duveltje-uit-een-doosje. Je kunt niet van mij afkomen. Dat zou ze leuk vinden. Hem weer terugzien. Je dacht dat ik er geweest was. Zat je daar even goed naast. Ja.

Het was aan het begin van de zomer in 1946 toen de man op de markt in Berwick Street haar apart nam en hij een rol kobaltblauwe moiré onder zijn stal vandaan haalde. Ze was nu bijna een jaar terug in Londen.

'Staat je geweldig,' zei hij. 'Past goed bij een blondje, weet je.'

Ada had sinds de oorlog zoiets als dit niet meer gezien. De lijnen in de stof dansten arabesken in de zon, straalden de belofte uit van licht, mysterie en elegantie.

'Prijzig, dat wel,' zei de marktkoopman. Ada liet haar vingers over de stof glijden. Zijde was koppig, bood tegenstand. Je moest volhardend zijn met zijde.

Ze gaf hem de bonnen die ze had en wat extra's in cash. Ada wist dat hij een genereus stuk stof erbij had gedaan. Het was het waard, ongeacht de kosten. Onder de tafel. Iedereen deed het tegenwoordig. Ze bestudeerde de bladzijden van *Everywoman* en *Woman's Weekly* voor inspiratie over de laatste mode, bekeek de *Vogue* in de bibliotheek. Kobaltblauw moiré was niet voor doordeweeks. Ze legde de tijdschriften weg en deed haar ogen dicht. Nauw gesloten, geen frutsels, een enkel schuin schouderbandje. Het zou haar boezem flatteren, haar slanke nek benadrukken, haar nu smetteloze huid, de hoekigheid van haar schouders en haar uitstekende sleutelbeen. Weggewerkte rits. Het ontwerp had zorg nodig, één verkeerde beweging en de jurk was bedorven. Ze betwijfelde of ze meer moiré zou kunnen krijgen, niet in de komende tien jaar als je de overheid mocht geloven.

De jurk paste als een glad laagje water dat langs haar lichaam gleed, draaide om haar borsten en viel soepel over haar heupen. Ada hing de jurk in haar kledingkast, trok hem elke avond aan en liet haar handen eroverheen glijden. Als zijde eenmaal in het gareel liep, gehoorzaamde het als een trouwe dienaar. Ze wist niet zeker of ze de jurk ooit zou dragen, maar het was fijn om te dromen. Het leven was niet leuk. Niets anders dan werken, werken, werken. Ze had geen geld om uit te gaan, althans niet zonder haar spaargeld aan te spreken. De andere serveersters wilden alleen maar rondhangen op Leicester Square en theedrinken en wat was daar nou leuk aan? Bovendien was ze ouder dan zij. Zij waren tijdens de oorlog kinderen geweest.

Tommy zou geen conservatieve moeder willen, of een verbitterde, gefrustreerde vrouw. En Ada wilde niet net zoals haar moeder boos en slechtgehumeurd worden. Het zou niet erg zijn om eens een keertje uit te gaan. Ze had genoeg op haar spaarrekening staan en genoeg bonnen voor sandaaltjes die bij de jurk pasten. Tommy zou het begrijpen. Hij zou nu een grote jongen worden. Vijf jaar. Hij zou zijn melktanden gaan wisselen. Hij zou willen dat zijn moeder gelukkig was. Ze zou het geld volgende week terugstorten.

Ze nam de jurk en de sandaaltjes mee naar het werk, hing de jurk op in haar kastje en trok ze aan het eind van de dag aan.

'Ga je naar iets bijzonders?' vroeg een van de serveersters. 'Je ziet er geweldig uit. Heb je verkering?'

Ada boog zich naar de spiegel toe en deed lippenstift op, een nieuwe die ze bij Woolworth's had gekocht, papaverrood.

'Ik zeg niks.'

'Waar ga je dan naartoe?'

'Dat zeg ik niet,' zei ze, en ze genoot van de geheimzinnigheid.

Ze slenterde op Strand, slingerend met haar handtas. Mannen keken naar haar. Het was zo lang geleden dat ze die blikken had gevoeld. Ze glimlachte terwijl ze doorliep. Dit was zoals vroeger. Ada Vaughan. Mannequin. Modiste. Ze had nog steeds die magie, een aanraking met haar toverstafje en het kleurloze veranderde drastisch, het lichaam een landschap van dromen en begeerte. Ze sloeg rechts af, weg van Strand, naar de deuren van het Smith's Hotel. De portiers knikten en leidden haar naar binnen. Ada schreed de foyer in, een slanke, blauwe vlinder die nectar dronk.

Er was niets veranderd. Ze hadden nog steeds de kristallen kroonluchters en schuine spiegels, de vloer met het dambordpatroon en de grote trappen, de gelambriseerde hal en de leren chesterfields. De Manhattan-bar, zo herinnerde ze zich, was aan de linkerkant. Ze liep de trap op.

De maître d' stond boven aan de trap achter een smalle katheder. Hij knikte toen ze dichterbij kwam, hield zijn hoofd schuin. Kruiperig, zou vader gezegd hebben, lakei van de bourgeoisie. Maar Ada begreep het. Ze waren van hetzelfde laken een pak. Twee geharde mensen tegen de fijne lui. Klassenstrijd.

'Hebt u met iemand afgesproken, mevrouw?'

Mevrouw. Ada glimlachte. Niet langer mejuffrouw. Een volwassen vrouw.

'O, nee,' zei Ada, en ze gluurde over zijn schouder naar het glas en chroom van de bar in de verte.

'Het spijt mij,' zei de maître d', 'maar we laten geen alleenstaande vrouwen binnen.'

Ada liet haar blik weer op hem vallen. 'Hè?' Ze corrigeerde zichzelf. 'Pardon?'

'Dat is ons beleid,' zei hij. 'Vrouwen zonder begeleiding worden niet toegelaten in het bargedeelte.'

Ada had hier niet op gerekend. Ze kon nu niet teruggaan. Ze zou de risee zijn.

'Als u met iemand had afgesproken,' ging hij verder, 'dan zou het anders zijn.'

Hij roffelde met zijn vingers op de katheder, dom, de-dom, dom, de-dom, en staarde naar de muur achter haar.

'Het schiet me net te binnen,' zei Ada, die zijn boodschap begreep. 'Ik heb inderdaad een afspraak.' Hij draaide zich om en keek haar aan, trommelde met een hand, terwijl de andere in zijn zak graaide. Hij deed niets, en Ada deed ook niets. Hij kuchte, een beleefd ahem, en keek scherp naar zijn hand die nog steeds een ritme tikte op de holle katheder.

Hij wilde een fooi. Verdraaid brutaal. Ze had haar spaargeld al moeten aanspreken voor deze avond uit, had genoeg geld gehad om een cocktail en de busrit naar huis te kunnen betalen en een klein beetje extra voor het geval dat. Ze had niet gedacht dat ze nog meer zou moeten uitgeven, en al helemaal niet aan een hotelbediende. Maar wat kon ze anders doen? Ze deed haar handtas open en haalde haar portemonnee eruit. Ze nam er een zilveren sixpence-muntstuk uit en legde het op de katheder. De maître d' legde zijn vinger erop, duwde het naar beneden en boog zijn vingertop zo dat hij de munt bedekte. Hij sleepte het naar de onderkant en liet het geld in zijn zak glijden. Dit heb je eerder gedaan, dacht Ada.

Hij leidde haar naar een hoektafel aan de rechterkant. Er hing een spiegel aan de muur en Ada ving een glimp op van zichzelf toen ze ernaartoe liep, haar lange blonde krullen vielen op haar blote schouders. Haar figuur draaide als ze liep, in bij de taille, naar buiten bij de heup, de geoefende, vloeiende tred van de catwalk. Ze liet zich op de bank glijden, zette haar tas naast zich en bedankte de maître d'.

Eén cocktail. Dat was alles. Als ze er langzaam aan nipte, kon ze er lang mee doen. Ze wist wat ze wilde hebben. Niet te zoet. Gin. Citroenen. Cointreau. De ruimte was sjofeler dan ze zich herinnerde, het tapijt was op bepaalde plekken versleten. De spiegels waren onveranderd, helder en hoekig, en de muren waren een door nicotine gevlekt soort geel, donker in de scheuren waar de muren het plafond raakten. Ada leunde naar achteren op de blauwe fluwelen bank, liet de palm van haar hand over het zachte velours gaan. Vreemde regel om te hebben, geen alleenstaande vrouwen. Ze was altijd met Stanislaus geweest toen ze hier voor de oorlog kwam. Het was haar nooit opgevallen dat er alleen stelletjes werden binnengelaten.

De ober bracht haar drankje, legde een linnen onderzetter neer en zette het glas erop. Een white lady. Ze wachtte tot hij weg was, bracht het glas toen naar haar lippen en rook het scherpe zuur van de citrusvruchten en de droge jeneverbes van de gin. Ze moest voorzichtig zijn. Ze had al jaren geen alcohol meer gedronken. Niet meer sinds dat bier in Namen. Ze leunde achterover en haalde een pakje met tien Senior Service-sigaretten tevoorschijn, nog een verjaardagscadeautje dat ze zichzelf had gegeven. Ze legde het pakje, met een blauw zeilschip op de voorkant, op tafel, pakte er een sigaret uit en hield hem tussen haar vingers. Ze had geen lucifers bij zich. De ober zou wel een vuurtje hebben. Ze zou het hem vragen als hij voorbijkwam.

'Staat u mij toe...' Ze had de man niet naar haar toe zien lopen. Ze keek op. Er zat een deukje in zijn neus dat paste bij die op zijn kin. Zijn haar was rood, zijn wimpers blond, zijn ogen grijs. Hij glimlachte naar haar en haalde een zilveren aansteker tevoorschijn. Ze nam de sigaret tussen haar lippen en ademde in.

'Wacht u op iemand?' zei hij. Hij was op zijn minst halverwege de dertig, droeg een blazer, een geruit Viyella-overhemd en een donkerblauwe stropdas met insignes. Zijn regiment, dacht Ada. Moet in de oorlog hebben gediend. Een officier zo te zien. Hij had een glas in zijn hand.

'Ik denk niet dat ze nu nog komen,' zei Ada, snuffend. 'Ze zijn erg laat.'

'Stelt u wat gezelschap op prijs?'

'Dat zou fijn zijn,' zei Ada. 'Maar niet te lang.'

Hij ging zitten, zette zijn glas op tafel en viste in zijn zak naar zijn sigaretten.

'Ik heet William.' Hij stak zijn hand uit over de tafel. Ada liet haar hand in die van hem glijden. Hij kneep er zachtjes in, zijn hand was warm.

'Op wie je ook wachtte, ze zijn idioot dat ze je laten zitten,' zei hij. 'Ze weten duidelijk niet wat ze missen.'

Ada glimlachte. Hij sprak gladjes, als een echte heer, zei het soort dingen dat ze in films zeggen. Ze geloofde hem voor geen seconde, maar het was fijn om te horen.

'Hoe heet jij?' zei hij.

Ada. Een dertien-in-een-dozijnnaam, vreselijk ordinair.

'Ava,' zei ze.

'Net als de filmster?'

'Niet echt. Wel dezelfde initialen.' Ze tuitte haar lippen en keek hem met een zwoele blik aan. 'Nee, ik ben een gewone Ava.' Ze dacht snel na. 'Ava Gordon.'

'Nou, ik kan je verzekeren dat er niets gewoontjes aan jou is, liefje.' Hij tilde zijn glas op. 'Proost.'

Hij was officier geweest. RAF, Berlijn, aan het eind van de oorlog. Nooit zoiets gezien. Moest verschrikkelijk zijn geweest. Eervolle vermelding, kreeg een medaille uitgereikt. Had niets gedaan om hem te verdienen. Ik wil wedden dat je ontzettend dapper was. Het was moeilijk om terug te zijn in de burgermaatschappij. Niemand wilde over de oorlog praten. Zonde, dat is het.

'Diende jij in het leger?' ging hij verder. 'Ik zie je zo voor me bij de planners als lid van de vrouwentak van de Koninklijke Marine.'

'Nee,' zei Ada.

'Bij de landmacht?' Hij lachte. 'Je ziet er niet stevig genoeg voor uit.'

Ada schudde haar hoofd.

'Nou, je moet iets gedaan hebben.'

'Ik kan er niet over praten,' zei ze. Het was de waarheid.

Hij maakte zijn sigaret uit en boog zich naar haar toe. 'Wat enorm spannend. Was je spion? Je zou een verbluffend mooie Mata Hari zijn.'

'Wat doe je nu?' vroeg ze.

'Hé, verander je van onderwerp?'

'Ja. Wat voor werk doe je?'

Land bewerken. Voornamelijk suikerbieten en gerst. Ada dronk sneller dan ze wilde. Zijn ouders hadden de boerderij gerund terwijl hij weg was, maar ze moesten met pensioen. Hij wilde het graag overnemen, een plattelandsjongen in hart en nieren. Hij was in Londen om met de bank te praten. Geen geld te verdienen met boeren. Moest een tweede hypotheek nemen, investeren.

'Drink op,' zei hij. 'Dan bestel ik er nog een voor je.'

Hij was ouderwets met zijn blazer en brogues, maar hij maakte Ada aan het lachen. Ze kon zich niet herinneren wanneer ze voor het laatst met een man had gelachen, plezier had gehad. Hij was knap, op zijn manier, zelfs al had hij oranje haar. Zijn gezicht zat vol rimpels, maar hij was slank en had brede schouders.

'Heb je trek?' zei hij. 'Laten we wat gaan eten.'

Smith's Grill. Witte tafelkleden. Gesteven. Ada liet haar vingers over de glimmende vouwen glijden, bekeek het borduursel aan de zoom. Ajour. Iemand had deze geborduurd. Alleen, voorovergebogen, diep in de nacht. Haar vingers werden koud en klam door de gedachten. Ze zette het van zich af, pakte haar servet op, veegde haar mond af en liet een lippenstiftvlek achter.

Ze glimlachte naar William. 'Ik houd van Smith's Grill.'

Sole meunière. Ada had het nog nooit eerder gehad. En het was ook nog eens bereid met echte boter.

'Kom je nog even mee naar boven voor een slaapmutsje?'

Ze hadden wijn gedronken bij de maaltijd. Ze zou niets meer moeten drinken, maar ze had het naar haar zin. De avond was beter verlopen dan ze had gedacht. Ze zou liever teruggaan naar de bar, maar hij leek een aardige vent, niet het soort dat van alles probeert. Ze namen de lift naar de vierde verdieping en liepen over de gang. Hij maakte de deur open en zei: 'Na jou.'

Ze was amper binnen toen hij haar schouders pakte, haar naar zich toe trok en haar zoende, met tong en al.

Ze trok zich terug. 'Dat is een beetje snel, William.'

'Houd me niet voor de gek.'

'Dat doe ik niet. Je zei een slaapmutsje.'

'Straks,' zei hij. Hij hield haar gezicht in zijn handen. 'Je bent echt een heel mooie vrouw, Ava.'

Herenpraat, boerenhanden. De huid was ruw, maar het vlees stevig. Hij rook naar zeep. Hij trok haar dichter tegen zich aan. Hij ademde zwaar, en ze voelde zijn sterke borst terwijl deze op en neer ging, het leven in zijn sterke armen om haar heen. Het was zo lang geleden dat iemand haar had vastgehouden, haar op deze manier had begeerd. Zijn kracht bracht leven in haar verdoofde lichaam, maakte haar weer jong en wellustig.

Hij hield haar hand vast en leidde haar naar het bed. Ze dacht aan de hotelkamer in Parijs. Deze zou ook een badkamer hebben. Hij trok haar op de satijnen sprei en trok haar naar zich toe. Ze lag in zijn armen, de ruwe stof van zijn jasje schuurde langs haar wang. Ze had het warm en voelde zich gewild. Hij had haar mooi genoemd. Ze voelde zijn vingers zoeken naar haar rits, ze glipten haar lijfje binnen, reikten naar haar borsten. Hij werkte snel, dat moest ze toegeven. Hij moest denken dat ze losbandig was. Ze wilde zijn hand wegduwen, maar hij hield stevig vast. De hand was warm op haar lichaam, zacht. Het verontrustte haar, wond haar op. Waarom zou ze hem wegduwen? Ze was geen maagd. Waarom net doen alsof ze netjes was terwijl dat niet zo was? Ze wilde dit, ze wilde liefde, tederheid, genegenheid. Ze wilde de oorlog vergeten, de pijn, het verlies en de eenzaamheid, zich verliezen in een ander levend wezen, omarmd en verzorgd worden, de muskuslucht van een mannenlichaam ruiken, en zich wentelen in de warmte ervan. Om weer te leven. Ze kuste hem terug.

Hij deed het licht aan en keek op zijn horloge. 'Je moet gaan,' zei hij.

Ze wist dat ze niet kon blijven. Het was niet netjes om de nacht bij hem door te brengen. Ze stapte uit bed, raapte haar kleren bij elkaar en liep naar de badkamer. Er lagen wat badzoutblokjes bij het bad, leuke blokjes in zilverfolie. Ze kwam in de verleiding om er een paar mee te nemen, maar ze wilde niet als dief ontmaskerd worden. Het was al erg genoeg om zo laat in de slaapkamer van een gast te zijn. Ze vond hem aardig. Hij had haar gestreeld, was teder en voorzichtig geweest. Alsof ze het enige meisje ter wereld was. Ze zou hem graag weer zien. Hij leek een goede man te zijn. Ze kleedde zich aan, kamde haar haar met haar vingers, deed wat lippenstift op en kwam naar buiten. Hij had een badjas aangetrokken en stond bij de deur, haar handtas in de ene hand en in zijn andere hand rinkelde wat munten.

'Twee shilling voor een taxi,' zei hij en hij drukte de munten in haar hand. 'En twee voor de moeite van de portier. Ga nu.'

'Ik kan lopen,' zei ze. 'Het is niet erg ver. En dit is te veel.'

'Je bent veiliger in een taxi.'

'Dank je, William,' zei ze. 'En dankjewel voor deze avond.' Hij zei niets over een volgende afspraak. 'Ik heb er echt van genoten,' voegde ze eraan toe.

'Ga nu maar,' zei hij. 'Ik heb een zware dag morgen.'

Het zou te bijdehand zijn geweest om te vragen hem weer te zien, en ze kon hem niet echt goed vertellen waar ze woonde, in een pension voor werkende meisjes. Hij deed de deur open en gebaarde naar Ada dat ze naar buiten moest lopen. Hij was kil geworden. Had ze iets verkeerds gedaan? Ze nam aan dat als hij haar weer wilde zien, hij dan een manier zou vinden. Of zij zou dat doen. Naar zijn volledige naam vragen bij de balie, en zijn adres.

In de lobby kwam een van de portiers op haar af. 'Zal ik een taxi voor u roepen, mejuffrouw?' zei hij.

Ze knikte.

'Hebt u iets voor mij voor de moeite?'

Ze wilde zeggen: niet echt, nee. Ze kon zelf wel een taxi vinden. Deze lui stelden zich niet bescheiden op als het op de extra's aankwam. Met de fooi aan de maître d' en nu de portier werd het een duur avondje uit. Hij stond stil met zijn gehandschoende handen op zijn rug. Maar William had haar geld gegeven, dus het kostte haar niets.

Ze gaf hem twee shilling en hij leidde haar door de draaideur en floot voor een taxi.

'Zeg gewoon tegen de taxichauffeur waar je heen moet.'

'Dat ritje doe ik niet vaak,' zei de taxichauffeur. 'Van Smith's naar het Ada Lewis House. Heb je plezier gehad, meisje?'

Hij zette haar af bij het pension. Ze had een sleutel voor het nachtslot en liet zichzelf binnen, deed haar sandaaltjes uit en sloop op haar tenen de trap op, door de gang, haar hokje in. Ze kon het licht niet aandoen. Ze zou de anderen wakker maken. Ze trok haar kleren uit en kroop onder de lakens.

Uit de felheid van de zon maakte Ada op dat ze zich had verslapen. Het moest al middag zijn. Ze had te veel gedronken en had hoofdpijn. Ada trok haar tas naar zich toe voor een sigaret en maakte hem open. Er zat een opgevouwen bankbiljet van vijf pond in.

Ze trok het eruit en hield het tegen het licht. Ze had nog nooit een briefje van vijf gezien. Er zat een duidelijk watermerk in het bankbiljet. Het was echt. William. William moest het gisteravond om de een of andere reden in haar tas hebben gestopt. Ze zou het uiteraard teruggeven. Ze zou op die manier ook aan zijn adres komen. Lieve William, dank je voor die fijne avond, maar ik denk dat wat ik heb bijgesloten van jou is, vandaar dat ik het naar je terugstuur. Ze kon niet haar adres opgeven, Ada Lewis House. Ze zou een postbus nemen. Op die manier zou hij het niet weten. Was dat duur?

Hoewel, misschien was het een cadeau. Zou hij beledigd zijn als ze het zou teruggeven? Vreemd cadeau, geld, zeker na het bedrag dat hij de hele avond aan haar had besteed. Gul.

Goeie genade. Hij had haar betaald. Dat had ze eerder moeten beseffen. Zou gebeurd zijn als haar hoofd niet zo had geklopt. Hij had gedacht dat ze van losse zeden was. Ze lachte hardop, proestte op haar sigaret en maakte hem uit in de asbak. Dat was waarom hij achteraf als een blad aan een boom was omgeslagen. Moest haar de deur uitwerken. Hij zou anders het dubbele moeten betalen voor de kamer, en dan zou zijn vrouw erachter komen. Zijn vrouw. De klootzak, had waarschijnlijk ook kinderen. Een jongen en een meisje. Ze zag ze voor zich, op zijn boerderij, een stoer jongetje in een bontgekleurde gebreide trui, een stevig meisje met vlechtjes in haar haar. Hij kende het klappen van de zweep. Geld in de tas. Wisselgeld voor de portier. Hij heette waarschijnlijk niet eens William.

Ze voelde aan het briefje. Dit was dubbel zoveel als wat ze in een week bij Lyons verdiende. Ze zou nu een bankrekening moeten openen om het veilig te kunnen bewaren. Terugbetalen wat ze van haar spaarrekening had gehaald voor een avondje uit, en er dan elke week wat aan toevoegen. Stukje bij beetje.

Ada stak nog een sigaret op en dacht na.

Ze had het naar haar zin gehad. Dit was niet echt een betaling, het was meer waardering voor haar gezelschap. Ze had zichzelf niet geprostitueerd. Niet zoals die vrouwen die rondhingen bij Eros, of die uitgemergelde wrakken in München, die alles deden voor een sigaret. Nee, ze had het met William leuk gehad. Hij had een condoom omgedaan. Ze zou hem waarschijnlijk nooit meer zien, maar hij had haar schitterend, begeerlijk gevonden. Daar school toch geen kwaad in?

Ze kon nog een keer gaan. Misschien zou ze iemand anders ontmoeten, iemand die iets vasters wilde. Ze kon haar blauwe jurk dragen. Die zou haar geluk brengen. En als dat niet zo was, als de man niet op zoek was naar een relatie? Het was eigenlijk een hoop geld voor niets. Ze had nu ervaring. Een sixpence voor de maître d'. Twee shilling voor de portier als ze in iemands kamer belandde. Als ze elke maand ging, zou ze goed kunnen sparen. Ze had meer kleren nodig, ze zou wat van dat spaargeld moeten gebruiken, geld uitgeven om geld te verdienen, maar het zou het waard zijn. Ze zou niet met iemand meegaan die ze niet aardig vond. Smith's trok het juiste soort mensen aan, geen onbehouwen lui. Ze zou kieskeurig zijn, de voorwaarden duidelijk maken. Vijf pond in haar handtas, vier shilling in muntgeld voor onkosten. Niets doen waar ze zich ongemakkelijk bij voelde. Ze moesten een condoom gebruiken. Als ze twee keer per maand ging, zou dat tien pond zijn. Ze telde het geld. Ze zou in staat zijn om uit het pension te vertrekken en een kleine zit-slaapkamer te huren. Tommy had een huis nodig. Ze zou het mooi maken voor hem. Auto's op de muur schilderen, hem een voetbal geven. Ze zou een pand vinden, een atelier. Ergens in een goede buurt. Ze zou een bord ophangen waarop stond: VAUGHAN, MODISTE. Ze had een naaimachine, dat was een solide werkpaardje. Een tafel kopen. Naaigerei. Een goede schaar. Ze zou moeten adverteren. 'Dames, krijg meer voor uw kledingbonnen.' Hoe heette dat tijdschrift ook alweer dat mevrouw B. in de wachtkamer had liggen? *The Lady.* Ze zou daar een advertentie in plaatsen. Het zou wat kosten, maar ze kon het zich veroorloven. Ze zou zichzelf in de tussentijd vermaken, geld verdienen. Het was een win-winsituatie.

Niet fulltime. Die meiden die rondhingen bij Eros zagen er gehard en ordinair uit. Ze wilde niet zijn zoals zij. Maar twee keer per maand. Een week vrij als ze ongesteld was. Ze zou blijven werken bij Lyons totdat ze er weer bovenop was en een winkel kon openen. Ze vond de meiden daar aardig. Je kon met hen lachen en ze had niet veel andere vriendinnen. Het pension was oké, maar als ze een zit-slaapkamer had, zou ze eenzaam kunnen worden. Overdag werken, zaterdagavond op stap.

Drie keer per maand was vijftien pond.

*

Het had haar slechts drie maanden gekost, maar toen had ze de aanbetaling in handen, en het sleutelgeld en een week huur, vooruitbetaald. De huisbazin was een afperser, had de prijs opgedreven, maar het was een goede zit-slaapkamer in Floral Street. Vier trappen op, geen last van de marktkooplui die in de kelder piesten.

'Geen mannelijk bezoek,' had de huisbazin gezegd.

'Stel dat ik een verloofde heb?' zei Ada.

'Heb je die?'

'Ik blijf hopen.'

De huisbazin glimlachte.

'Eigenlijk,' zei Ada, 'ben ik een weduwe. Ik heb een zoontje. Ik heb nu een plek nodig totdat ik er weer bovenop ben.'

'En waar is je zoontje?' zei de huisbazin. 'Want ik sta geen kinderen toe.'

'Er wordt voor hem gezorgd.'

'Nou, dit is een respectabel huis,' ging de huisbazin verder, alsof Ada haar niets had gezegd. 'Kan niet voorzichtig genoeg zijn. Nette meisjes wonen niet op zichzelf. Die wonen bij hun ouders.' Ze voegde eraan toe: 'Behalve als ze ver weg wonen.'

Het was een grote kamer die over de hele breedte van de zolder liep, met wat de huisbazin een 'kitchenette' noemde, een smalle plank met een warmhoudplaatje waarop aan de zijkant

BABY BELLING stond, en een wasbak. Er was stromend water. Er waren planken voor de kopjes en borden, een haak voor de steelpan, een klein kastje voor blikjes en houdbare producten. De kamer was gemeubileerd met een bed, een fauteuil, een keukentafel en een kledingkast. Het bed was voorlopig ook groot genoeg voor Tommy. Als hij groter werd, zou ze er nog een moeten kopen. Ze zou de huisbazin ertoe overhalen om hem toe te staan. Zou het oude verduisteringsgordijn door de kamer spannen. Het was niet goed om een slaapkamer te delen.

Er was een toilet op de tweede verdieping en een badkamer met een geiser waar je muntjes in moest doen. Er hing een bordje naast: GASTEN, DENK ERAAN, NIET MEER DAN 5 CENTIMETER WATER IN HET BAD.

Ada gebruikte haar bonnen en haar laatste beetje spaargeld om de kamer gezellig te maken. Ze had niet genoeg geld voor nieuwe gordijnen, maar ze had wat flanellen lakens gekocht en een tweedehands chenille sprei die erbij paste en een kalender van 1946 met een plaatje van een hond erop. Haar manager had haar een vlijtig liesje gegeven dat vol in bloei stond. Daar moest ze het maar mee doen totdat ze geld genoeg had om in de zomer bloemen te kopen. Het was handig dat de markt zo dichtbij was.

'Waar haal je het geld voor dit alles vandaan?' had de manager gevraagd.

'Mijn oma is overleden,' zei Ada. 'Heeft me een appeltje voor de dorst nagelaten.'

Ze wist met alleen geld een paar borden, kopjes, bestek, een steelpan en een koekenpan te kopen. En ze maakte een mat voor de tafel zodat de naaimachine geen krassen zou maken in het hout. Ze kocht een radio. De radio was tweedehands, nam de hele ruimte boven op het keukenkastje in beslag en het duurde vijf minuten voordat hij was opgewarmd, maar het was gezelschap tijdens de avonden als ze alleen was. Soms miste ze de geluiden van de slaapzaal, Beryl, die praatte in haar slaap, onsamenhangend geklets waar ze haar 's ochtends mee plaagden. Maureen met haar verstopte neus die snurkte alsof ze een heel bos omzaagde. Maar als ze te eenzaam was, kon ze altijd in de kelder met Scarlett praten.

Af en toe werd ze vroeg wakker. Hoorde ze stemmen buiten. Een vrouwenstem. Geschreeuw. Frau Weiss? Haar hart ging sneller slaan. Frau Weiter? Ze draaide zich om en reikte naar haar kruis, bereidde zich voor op de schok. Non. Sta op. Haar vingers haakten in de lakens. Het kruis was weg. Ze klopte op de matras. Ze lag in bed, niet op de vloer. Ze was hier in haar kamer, in Londen. Natuurlijk. Ze luisterde. Welke taal spraken ze? Wie sprak er? Haar oren stemden zich af op het geluid. Het was Scarlett. Ze hoorde een mannenstem. Stanislaus. Het was Stanislaus. Wat zei hij? Vroeg hij naar haar? Oké, oké, oké. Nee, hij was het niet. Wie dan wel? Kwam hij net aan of ging hij weg?

Hij ging weg. Scarlett hield om middernacht op met werken. Luiken dicht. Gesloten voor zaken.

'Net als een winkel, weet je,' had ze tegen Ada gezegd. 'Maar ik ben een nachtbraker, dus kom gewoon langs als je licht ziet branden. Dan drinken we een beker warme chocolademelk.'

Elke zaterdag, in de vroege ochtenduren, schopten ze samen hun hoge hakken uit, smeerden dikke lage koude crème op hun gezicht en haalden de make-up eraf. Scarlett zag er sjofel uit op platte schoenen en zonder make-up. Gewoontjes. Ze leek op een kameleon, grijs als een muis overdag, zo felgekleurd als neonlicht 's avonds. Mannen konden zichzelf niet zo veranderen als vrouwen dat konden, door een nieuwe jurk aan te trekken, wat poeder op te doen, lippen te stiften en rouge op het gezicht aan te brengen. Haar echte naam was Joyce, maar ze noemde zichzelf Scarlett.

'Scarlett?' zei Ada. 'Wat een gekke naam.'

'Ken je haar niet?' Scarletts stem was hoog van ongeloof.

'Scarlett O'Hara. *Gone with the Wind*?'

'Wat is dat?'

'Wat is dat? Dat is verdorie de beste film die ik ooit heb gezien, echt waar. Clark Gable. Mijn droomprins.'

'Ken hem niet.'

'Verdraaid. Waar zat je in de oorlog?'

Ada aarzelde. 'Ver weg,' zei ze. 'Op het platteland.'

'Nou,' zei Scarlett, 'je moet verdorie wel op een onbewoond eiland hebben gezeten als je *Gone with the Wind* niet hebt gezien.'

Ada hield de gebutste mok warme chocolademelk met beide handen vast en keek naar Scarlett, die in kleermakerszit op haar bed zat, waardoor haar jurk strak over haar knieën trok. Een pakje Woodbine-sigaretten lag op haar schoot. Haar vingers waren bruin van de nicotine en haar stem klonk ruw, maar Ada vond haar aardig.

Scarlett regelde condooms voor haar, drie voor twee shilling, en ze zei tegen Ada dat ze ervoor moest zorgen dat ze het geld vooraf in haar tas deden.

'Je bent een beginner en dat waardeert niet iedereen. Wij moeten samen een front vormen, wij vrouwen.'

Ada maakte bij wijze van dank een rok voor haar van een restje dat ze op de markt kreeg. Een zacht, roze ruitje van Dayella, KRIMPT NIET.

Twee jaar zou ze dit doen. Dat was het. En dan zou ze genoeg hebben gespaard.

*

Ada had een bepaalde routine. 's Ochtends na het opstaan trok ze haar serveeruniform aan, een knap uitziend zwart jurkje en stijf wit kraagje en schortje, ze tikte met haar hakken over Strand naar J. Lyons. Het was gemakkelijker, ze kon in haar lunchpauze naar huis als ze wilde, maar ze zat liever met de andere meiden en maakte grapjes voordat ze weer aan het werk ging, schrijdend tussen de tafels met haar schortje voor en haar kapje op. Twee potten thee en een scone. Komt eraan. Ze zag de mannen naar haar kijken. Ze was beter dan de rest. Ze wist het, en zij wisten dat ook, dat wist ze gewoon.

Ze werkte liever in het restaurant dan bij het snelbuffet. Het werk was niet zo hectisch en het was een andere soort klant, ouder, die betaalde beter, gaf goede fooien. Er waren vast klanten, kantoorpersoneel, zeer waarschijnlijk managers, die tijdens hun lunchpauze kwamen, alleen zaten met een krant, en die bestelden gebraden varkensvlees en appelmoes, ham en piccalilly van het vleesbuffet. Op woensdag sloten ze vroeg, dus dan waren het winkelmeisjes die op zoek waren naar wat lekkers; pasteitje met rundvlees en niertjes, worstjes en patat. Maandags en vrijdags kwamen er vrouwen met tijd en geld met hun vriendinnen lunchen, om daarna weer terug naar huis te gaan in Beckenham of Turnham Green om het avondeten voor hun echtgenoot te bereiden. Ze vond deze vrouwen het aardigst, knappe jurken, hoeden en handschoenen, dank je zeer, dank je zeer. Ada kende hen allemaal. Ze hadden een werkster, kinderen die naar privéscholen gingen in de buitenwijken. Ze hadden ook naaisters, een vrouwtje om de hoek.

De vrouw glimlachte naar Ada toen ze opstond van de tafel, trok aan haar jurk zodat hij recht zat. Ze had een goed figuur, slank en elegant, en een knap gezicht met een perzikhuidje. De jurk was van rayon, licht abrikooskleurig, met plooitjes rond haar boezem en plooien op de heup.

'Kruipt altijd omhoog,' zei ze, terwijl ze de jurk gladstreek, 'en hij plakt.'

Ada wist niet zeker tegen wie ze het had. Haar vriendin hield haar make-upspiegeltje in het licht en poederde haar neus. De jurk paste slecht. Te strak bij de heupen; te los bij de boezem. De vrouw pakte haar tas en handschoenen op en liep in de richting van het damestoilet. Ada keek of er niemand op haar lette en liep achter haar aan.

'Vergeef me mijn brutaliteit, mevrouw,' zei Ada, 'het zijn de plooien. Ze bieden niet genoeg ruimte.'

De vrouw draaide zich verbaasd om. 'En jij kunt dat weten, hè?' Haar stem klonk sarcastisch. Wat weet dit serveerstertje daar nou van?

'Om eerlijk te zijn,' zei Ada, 'ja, dat weet ik. Als je plooien horizontaal legt, dan maakt het de stof strakker. Je moet de stof een beetje ruimte geven.'

'Ben jij kleermaakster?' Haar stem klonk snerend, maar ze luisterde nu.

Ada sloeg haar hakken tegen elkaar en stond rechtop. 'Ja, zeker,' zei ze, 'en een goede ook.' De vrouw keek op haar horloge. 'Ik doe dit werk om geld te verdienen,' voegde Ada eraan toe, terwijl ze op haar schort wees. De vrouw had haast, wilde de trein van tien over drie van Charing Cross-station of de metro van Embankment niet missen. 'Ik wil een bedrijfje opzetten.'

De vrouw stak haar arm door het hengsel van haar tas. 'Kun je de jurk aanpassen?' zei ze.

'Ik moet hem eerst bekijken,' zei Ada. 'Hoeveel ruimte er in de zoom zit. Er is niet veel voor nodig. Zo'n vijf millimeter aan beide kanten. De zijnaadjes wat losser maken.'

'Ik draag hem amper zoals hij nu is,' zei de vrouw. 'Maar ik kan hem niet weggooien. Ik zal hem volgende week meenemen en aan je geven.' Ze legde een halve penny op het schoteltje bij de wasbak. 'Het kan geen kwaad.'

Ze heette Bottomley, mevrouw Bottomley. Ze nam de jurk de maandag erop mee. Ada bekeek hoe de jurk in elkaar zat. De naaister die deze jurk had gemaakt, wist niets van stoffen af, kon niet eens in een rechte lijn naaien. De plooien waren scheef, de plooitjes zaten gevangen in de steken.

'Als ik de jurk mee mag nemen,' zei Ada, 'krijgt u hem volgende week terug.'

Een week later trok mevrouw Bottomley de jurk weer aan, en ze keerde terug naar haar tafeltje met de jurk verpakt in de hoes.

'Perfect,' zei ze. 'Heb je een visitekaartje?'

'Nee,' zei Ada. Een visitekaartje? Zelfs mevrouw B. had geen kaartjes. 'Maar u kunt me hier bereiken.'

'Om te worden opgemeten?' zei mevrouw Bottomley.

Ada wist een lach te onderdrukken. 'Ik kan u mijn adres geven,' zei ze. 'Het is hier om de hoek. We kunnen daar de voorwaarden bespreken.' Ze vond dat een mooi woord. 'Ik werk op donderdag maar een halve dag.'

Mevrouw Bottomley haalde haar adresboekje tevoorschijn, een dun in leer gebonden exemplaar. 'Hoe heet je?'

Ada spelde het voor haar: Vaughan, en ze voegde eraan toe: modiste.

Een tweed pakje voor mevrouw Bottomley en een katoenen jurk voor haar dochter. Een zondagse jurk voor de moeder van haar dochters vriendin om te dragen bij een doopplechtigheid. Praktische kleren, gemaakt van degelijk materiaal. Niets om over op te scheppen, maar het was een begin.

*

Ada luisterde naar het nieuws op de Home Service-zender. Ze moest overal bovenop zitten, op de hoogte zijn van de actualiteiten, omdat haar mannelijk gezelschap erover sprak. Niet dat ze van haar verwachtten dat ze iets wist van de wijde wereld, maar Ada was geïnteresseerd. Onrust in Palestina en India. Processen in Neurenberg en Dachau. Het was vreemd te beseffen dat ze daar geweest was, op vijandelijk terrein. Om te bedenken dat ze kleding had gemaakt voor de beide Frauen, het huishouden had gedaan voor de commandant. Ze kon dat nooit aan iemand vertellen, dat zou voor altijd geheim moeten blijven. Obersturmbannführer Weiter had zelfmoord gepleegd en Martin Weiss was opgehangen – ze zag het in de *Daily Herald* – maar er stond niets in over zijn vrouw en gezin. Misschien had Frau Weiss, of wie ze ook was, haar naam en die van Joachim veranderd. Hoe zou Ada hen ooit kunnen vinden? En Stanislaus. Ze wist dat hij het die dag in München op straat was geweest. Hij was in elk geval nog in leven. München scheen zo lang geleden. En Londen voor de oorlog. Ze kon zich niet altijd herinneren hoe het eruit had gezien voordat de bommen het hadden veranderd in puin. Kon zich niet altijd Stanislaus voor de geest halen. Soms dacht ze dat haar geheugen een spelletje met haar speelde, of dat ze hem had verzonnen. Ze wist niet zeker of ze hem nog zou herkennen.

*

Ze had nog nooit een winter meegemaakt die zo bitterkoud was, zelfs niet in Duitsland. Januari 1947. De sneeuw kwam tot aan je middel langs Strand. Er stonden foto's in *Picture Post* van sneeuwjachten op het platteland, hoge, witte sneeuwbanken die de velden en bossen, de spoorlijn en de wegen verstikten. In haar kamer stond een gashaard, maar hij was oud, de vuurblokken waren gebarsten en niet alle gaspitten waren schoon. Het was moeilijk om het gas te regelen, en door de hitte kreeg Ada winterhanden en -voeten. De ramen tochtten en er kwam een windstroom onder de deur door totdat Ada op de markt wat zakken had gevonden en er een rol van had gemaakt, die vulde met krantenpapier en tegen de deur legde. Ze kocht een stenen kruik, wikkelde hem in een handdoek en legde hem in bed om de ijzige klamheid te bestrijden.

Ada's bevriende marktkoopman begreep hoe ze ervoor

stond. Zijn kraam lag vol met praktische stof, materiaal dat amper sleet, waar voor je geld, met het CC41-keurmerk op de zelfkant. Maar hij bewaarde stalen met stof onder de kraam die hij tevoorschijn haalde als er niemand keek. Ada had er nu de middelen voor. Het blauwe moiré was prima voor de zomer, maar ze moest ook andere kleren hebben, en nu het zo bitterkoud was, had ze een paar geschikte outfits nodig. Ze twijfelde geen moment over de donkerblauwe wollen stof voor een winterjas, evenals de zwarte jersey voor een jurk, hoewel dat betekende dat ze weer een week niet kon sparen. Ze zou het terugbetalen.

Jersey was gulzig, had een hoge dunk van zichzelf, rekte op waar dat niet moest. Ze werkte eraan bij kaarslicht, toen de stroom was uitgevallen. Het was zwaar voor haar ogen, maar als ze het werk dichtbij hield, lukte het, net als in Dachau. Ze naaide in de weekenden terwijl ze naar de radio luisterde, de *Dick Barton*-omnibus op zaterdagochtend, *Much-Binding-in-the-Marsh* op zondagmiddag. Driekwartmouwen, een hartvormige halslijn die ze had gezien in *Everywoman*, een aangerimpeld schootje – Ada had wat voering over van de jas, dus die voegde ze toe als onderrok voor het geval de rok lubberde en uitzakte.

Zaterdagavond 1 februari. Ada liep voorzichtig met haar hoge hakken op de stoep, langs Floral Street, voorbij de Actor's Church, door de smeltende sneeuw en de gekneusde koolbladeren van de markt, over South Street, kalmpjes aan, naar Strand. De sneeuw sijpelde haar schoenen in. De onderkant van haar kousen waren nat en haar benen zaten aan de achterkant vol met spetters ijzige modder. Ada veegde ze schoon in het damestoilet en keek naar zichzelf in de lange spiegel. Door de schoudervullingen leek ze langer, en de jersey jurk zat strak zonder een rimpel. De hartvormige halslijn benadrukte haar boezem, het aangerimpelde schootje haar heupen en haar middel was een slanke vallei ertussenin. Ze draaide een haarlok tussen haar vingers en stak de lok achter haar oor. Ava Gordon. Zelfs met een bril op zag ze er goed uit. Ze legde haar jas over haar arm, gaf hem af bij de garderobe en liep naar boven naar de Manhattan-bar. Liet haar gebruikelijke sixpencemuntje in de hand van de maître d' glijden en liet zich naar een tafeltje brengen.

Het was rustig in de bar. 'Komt door het weer,' zei de barman, 'de sneeuw. Mensen kunnen er niet in of uit. En de staking bij het Savoy. Schrikt mensen af. Bang dat het besmettelijk is. Het gebruikelijke?'

De routine was hetzelfde. Ze nipte van haar white lady, legde een pakje sigaretten op tafel, haalde er een uit en rolde hem tussen haar vingers. Ze zat nooit aan de bar. Dat was goedkoop. Ook keek ze niet rond om te zien wie er was, met wie ze oogcontact kon maken. Dat lag er te dik bovenop. Wacht tot er een heer komt en kijk of de barman knipoogt. Heeft hier een kamer. Ze zette haar bril af, stopte die in haar tas en wachtte wat langer.

Als hun broek eenmaal op hun enkels hing, waren de mannen allemaal dezelfde kleine jongens.

'Immoreel,' zei Scarlett, 'allemaal. Soms zie ik hen met hun vrouw en kinderen, en dan denk ik: hoe kun je dit doen?'

Een aantal mannen wilde haar dingen laten doen die ze niet met hun vrouw deden, vieze dingen, grappige, eigenaardige. Ada dacht dat ze goed was in het beoordelen van iemands karakter, een man omschrijven door naar hem te kijken. Maar je wist het nooit echt zeker.

'Vraag meer van hen,' zei Scarlett. 'Die types praten zo vleiend tegen je, maar zodra ze je alleen hebben, zijn het net ratten in hun hol.'

'Nee,' zei Ada. Ze was een meisje van plezier, geen professional, niet zoals Scarlett. Ze stond op en vertrok dan, stak het geld in haar zak. Ze wist dat ze niets te klagen hadden.

Ze hielden er allemaal van om te praten. Dingen die ze niet

aan hun familie konden vertellen. Arme stakkers. Soms dacht Ada dat ze een van die moderne zielenknijpers was. D-day. Alamein. Doodsbang. Niemand die het begreep, niemand die wilde luisteren. Zo lang weg geweest van huis dat hun kinderen hen niet herkenden, hun vrouwen hen niet wilden. Burgerleven was moeilijk. Goede oorlog gehad? Het gaf geen pas om nee te zeggen. Wie had er ooit een goede oorlog gehad? Ada begreep het. Ik begrijp hoe je je voelt. Opgeborgen diep vanbinnen, de kurk er zo hard op geramd dat ze dacht dat ze zou barsten. Je bent de eerste tegen wie ik in staat ben om erover te praten, zeiden ze altijd. Ze wenste dat ze ook iemand had om tegen te praten, om haar hart te luchten.

'Je kunt me vertrouwen,' zei Ada. Zou een kapitaal hebben kunnen verdienen in de oorlog door geheimen te verkopen. Had nu een kapitaal kunnen verdienen als ze extra rekende voor luisteren. *A penny for your thoughts*. Een bedrijfje beginnen als Lieve Lita, gedeelde smart is halve smart. Hun gedachten probeerden de herinneringen te onderdrukken aan de doden die ze nooit hadden gekend, maar die ze wel kapot hadden geschoten. De oorlog ging nooit meer weg. Niet de verborgen oorlog, de onuitgesproken oorlog. Die woekerde als een schandelijke, open wond, kwelde hen in stilte. Ada wist er alles van.

Ze bood hun een dienst aan, dat was het. Ze konden het zich ook veroorloven met hun speciale dienstpremies.

'Staat u mij toe.' Hij had een pakje lucifers met SMITH's erop gedrukt. Hij had golvend haar, met een scheiding en naar opzij gestreken met veel brylcreem. Hij was een forse man, donker en getaand, maar met een mollige babyface, zoals een van die gezellige baby's die je in de reclame zag. Moest al een tijdje uit het leger zijn. De meeste andere mannen die ze had ontmoet, hadden nog steeds de magere lijven en hongerige gezichten van dienstrantsoenen. Hij hield zijn hand om het vlammetje en boog zich naar Ada toe. Plukjes zijdeachtig, zwart haar kwamen onder de boord van zijn jasje vandaan. Zijn pak was goed gesneden, geen burgerkloffie of praktische stof. Zakenman.

'Dank u,' zei Ada.

'Wacht u op iemand?' Hij sprak met een accent dat ze niet kon plaatsen. Italiaans. Of Spaans.

Ada kende het kletspraatje. Inderdaad. Ze zijn laat. Ik zou het prettig vinden als u mij voor een tijdje gezelschap houdt. Ze kon iemand afwijzen als hij haar niet aanstond. Maar deze man was op zijn manier aantrekkelijk.

'Ben je voor het eerst in Londen?'

'Nee,' zei hij. 'Ik woon hier al heel wat jaren. Ik zie mijzelf nu als een Londenaar. En jij?'

'Nou,' zei Ada, 'eigenlijk ben ik dat ook.'

'Goed, hier zitten we dan,' zei hij, 'we hebben al meteen een boel gemeenschappelijk. Gino Messina.' Hij stak zijn hand uit, pakte die van haar en bracht hem naar zijn lippen.

'Waar kom je vandaan?'

'Malta,' zei hij, 'een klein eiland in de Middellandse Zee.'

'Ik wil wedden dat het daar warm is,' zei Ada. 'Is dat de reden dat je zo donker bent?'

Hij lachte. Zij lachte met hem mee, ha, ha, ha. Ze voelde zich relaxed.

'En hoe heet jij?'

'Ava,' zei ze. Modiste. 'Ava Gordon.'

'Ava Gordon.'

Hij had een goede oorlog gehad, niets om over te klagen.

'Maar ik houd er niet van om over die tijd te praten.'

'Ik ook niet,' zei Ada opgelucht. Dat was anders dan de anderen. 'Richt je op de toekomst, zeg ik altijd.'

Ze sloeg haar benen over elkaar en trok haar rok naar beneden. De sneeuw had een vlek achtergelaten op haar schoen. Een beetje schoensmeer zou dat verhelpen.

Ze vroeg niet van tevoren om geld zoals de meiden aan de

bar, maar liet discreet haar handtas openstaan. Checkte of alles erin zat, taxi, portier, honorarium. Ze hield van dat woord: honorarium. Mevrouw B. had een honorarium gerekend voor haar diensten, net als de dokter.

'Ben je hier elke zaterdag?' vroeg Gino toen ze zich aankleedde om te vertrekken.

'Meestal wel.'

'Wat dacht je van volgende week dan?' vroeg Gino. 'Houd mijn plek vrij in de rij.'

'Er is geen rij.'

'Daar ben ik blij om. In dat geval zie ik je graag terug.'

Hij was glad, hoffelijk zelfs, had de charme van een vastelander en een babyfacelach.

Ze knikte.

Die week breide Ada een roze wollen vestje met een V-hals. De wol was afkomstig van een oud vest dat ze had gevonden op een vlooienmarkt. Ze zat bij de haard, één recht, één averecht, terwijl ze naar een toneelstuk op de radio luisterde. Gino wilde háár weer zien. Ze zou haar blauwe moiré jurk dragen, maar ze had een wolletje nodig met dit weer. Ze zou het uitdoen als hij kwam, maar ze kon het net zo goed warm hebben totdat hij er was. Kon het risico niet lopen van vloekend blauw, en zwart was te somber. Het roze vest was echt een geschenk.

Ze vroeg of ze plaats kon nemen op de fluwelen bank in de verste hoek, uit de buurt van de tocht bij de ramen. Ze nipte van haar white lady, zorgde ervoor dat ze er lang mee kon doen.

'Nee, dank u,' zei ze tegen een lange heer die met een gouden aansteker naar haar toe kwam en haar sigaret aanstak. 'Ik wacht hier op iemand.'

Ze vertelde deze keer de waarheid. Maar hij was laat. Ada dronk de cocktail op en bestelde er nog een. Misschien was hij het vergeten. Ze zou hem nog een halfuur geven. Ze bleef de lange man in de gaten houden. Hij sprak nu met een van de meiden aan de bar. Hij bleef in haar richting kijken. Ze hoefde slechts te glimlachen en ze zou hem weer binnenhalen. Ze kon het zich niet veroorloven om vijf pond te verliezen, gewoon zomaar. Hoe lang zou ze Gino geven? Het zou zijn eigen schuld zijn als ze met iemand anders ging. Hij moest een meisje niet laten wachten, haar aan het lijntje houden alsof ze niets anders te doen had. Dat was onbeschoft. Nee, het was meer dan dat. Hij liet haar zien wie de leiding had. Jij wacht op mij, Ava. Niet ik op jou. Nou, Gino Messina, dan kende hij Ava Gordon nog niet.

Ze viste haar bril uit haar tas en zette hem op, bekeek opnieuw de scherpe omtrekken van de gezichten, de vlekken op het tapijt, rook die omhoogkringelde in de lucht. Ze trok haar vestje uit en haalde nog een sigaret uit het pakje, rolde het tussen haar vingers en zocht oogcontact met de man aan de bar.

'Je hebt niet gewacht.' Ze had Gino niet zien binnenkomen, een luciferboekje zien opendoen en een lucifer zien afstrijken. 'Herkende je niet met je bril op.' Met haar bril op zag ze hem nu duidelijk in het felle licht van de bar. Zijn ogen waren zwart als donkere poelen, diep genoeg om jezelf erin te zien weerspiegeld. Rond zijn mond en op zijn voorhoofd zaten rimpels. Goed doorvoed. Buitenlands. Een stemmetje in haar fluisterde: vertrouw hem niet. Heb je niets geleerd?

'Ik had het bijna opgegeven,' zei Ada. 'Dacht dat je niet kwam.'

Hij reikte over de tafel en haalde een sigaret uit haar pakje alsof het van hem was. Brutale vlerk. 'Dat spijt me. Ik werd opgehouden.'

'Dat heb ik gemerkt,' zei Ada. 'Wat hield je op?'

'Zaken,' zei hij. 'Niet iets wat je begrijpt.'

'En wat zijn jouw zaken?'

Hij tikte tegen de zijkant van zijn neus. 'In mijn land hebben we een gezegde. *Chi presto denta, presto sdenta*. De duivel heeft het vragen uitgevonden.'

Ze had niet genoeg kleren om te dragen. Het was anders wanneer ze met verschillende mannen uitging. Ze zagen je nooit twee keer in hetzelfde. Maar zij ging nu regelmatig uit met Gino en ze had meer outfits nodig. Ze vond dat idee prettig, zij regelmatig uit met Gino, alsof ze een afspraakje hadden. Hij was een man van de wereld, dat zag ze wel, bereisd, gepolijst. Hij had stijl, ouderwetse ridderlijkheid.

'Dat is wat je nodig hebt,' zei Scarlett. 'Terugkerende clientèle.'

'Clientèle?' zei Ada. 'Ik ben zo niet, hoor.' Ze aasde niet zoals Scarlett deed, stond niet op de straat totdat ze er eentje binnenhaalde.

'De wet ziet dat misschien anders,' zei Scarlett met een schaterlach.

Gino was geen clientèle. Eerder haar mannetje. Hij behandelde haar goed, verwende haar echt, het luxeleven, wijn en port achteraf, gooide haar er nooit uit, niet zoals sommige mannen die niet konden wachten om van haar af te komen, alsof ze er in bed een verschrikkelijke troep van had gemaakt.

Haar bevriende marktkoopman had wat wollen crêpe de Chine voor haar. 'Slechts een restje deze week, Ada, een paar meter, maar 1,35 meter breed. Je kunt het goedkoop van me krijgen.'

Bordeauxrood, wollen crêpe. Ada herinnerde zich Frau Weiss, die eerste keer, wollen crêpe met een wit rond kraagje, nauwsluitend, sigarettenpijpje. Ze had ook blond haar, dat gloeide alsof de zon net op was, en afstak bij de bordeauxrode stof. Ze was dat nooit vergeten, zo'n elegantie en schoonheid, in het aanzien van lelijkheid en smerigheid.

Ze sneed die avond de stof. Niet genoeg om het op de vleug te doen, maar wel voor een eenvoudige jurk, rechttoe rechtaan, nauwsluitende mouwtjes en een ruitvormige uitsnede onder het bandje om haar nek, een glimp van een decolleté, stijlvol, niet ordinair, precies goed voor Smith's.

De maître d' knikte goedkeurend toen ze hem die avond de sixpence toeschoof. De barman bracht haar drankje. 'Je ziet er prachtig uit vanavond, Ava,' zei hij. 'Ik zie je ook wel zitten. Heb je een afspraak met dezelfde heer? Dat is dan vijf weken op rij. Zou bijna zeggen dat jullie verkering hebben.'

Ada vond dat een prettige gedachte. Ze vond Gino aardig en hij vond haar aardig, dat wist ze toen hij haar van top tot teen opnam en zijn arm om haar middel sloeg.

'Mooi,' zei hij. '*Bella*. Je hebt een uitstekende smaak.'

'Dank je,' zei Ada.

'Waar koop je deze jurken?'

'Kopen?' zei ze. 'Ik koop ze niet, Gino. Ik maak mijn kleding zelf. Ontwerp, alles.'

'Nou, je hebt een zeldzaam talent, Ava Gordon. Het zou haute couture kunnen zijn, zo uit Parijs.'

'Ik zou meer willen doen,' zei ze. 'Weet je, een eigen bedrijfje beginnen. Mijn eigen cliënten hebben, mijn eigen naam.'

'Je zou het goed doen.'

'Ik ga ervoor zorgen dat het lukt. Ik heb al cliënten.' Mevrouw Bottomley had haar voorgesteld aan een andere dame die een pakje wilde hebben voor de bruiloft van haar zoon. Iets klassieks. Zodat het niet uit de mode raakte. En ze had Ada aanbevolen bij iemand die op zoek was naar een kleermaakster. Zei dat ze een getuigschrift zou schrijven wanneer ze maar wilde. *Mejuffrouw Vaughan is een betrouwbare persoon, met een goed karakter, en heeft uitzonderlijke vaardigheden op het gebied van kleding maken.*

'Je moet kapitaal hebben,' zei hij. 'Als back-up.'

'Dat weet ik,' zei Ada. 'Maar ik ga het doen. Let maar op.'

Hij lachte. 'Ik houd van meiden met ambitie.' Hij verstevigde even de greep om haar middel. 'We moeten eens zien wat we kunnen doen, hè?'

Wij. Gino en zij. Hij had geld, dat zag ze zo. Misschien kon hij haar beschermheer zijn, zou niet veel kosten voor een man zoals hij, haar helpen bij het opzetten van haar zaak. Hij had er immers op gezinspeeld.

Deze keer zat er naast het geld ook een pakje kousen in haar tas. Kousen van het merk Bear, nauwsluitende, ragfijne nylonkousen.

Gino tikte de as van zijn sigaret op het tapijt. 'Een cadeautje voor jou, Ava.'

'O, dankjewel, Gino.' Nylonkousen waren een luxe, en dit was een geschenk van Gino.

'Nou, ik weet hoe moeilijk het voor jullie dames is om de kleine dingen te krijgen die je mooi vindt.'

Hij nam een diepe trek zodat de rook uit zijn neus kwam.

'Ik gokte maat 42.' Hij glimlachte, een scheve grijns op zijn lippen. 'Er zijn er meer dan genoeg waar deze vandaan kwam.'

'Echt waar?' zei Ada. 'Hoe kan dat?'

'Vragen, vragen.' Hij tikte tegen de zijkant van zijn neus. 'Trouwens,' zei hij. 'Ik heb er een aantal extra bij me. Van het merk Bear. Park Lane. Je zou hier mooi winst op kunnen maken. Mijn contact verkoopt ze aan mij, ik verkoop ze aan jou, jij verkoopt ze aan je vriendinnen. Wat zeg je ervan, Ava?'

Ada dacht aan de meiden op het werk. Als het een goede prijs was, kon ze er waarschijnlijk wel een paar van verkopen. Ze zou het stil moeten houden tegenover de manager. Ze wilde niet voor de politierechter belanden, hoewel ze altijd kon zeggen dat ze een Amerikaans vriendje had. Maar het was niet echt gevaarlijk. Iedereen kocht spullen op de zwarte markt.

'Koop ze voor een sixpence,' zei Gino. 'Verkoop ze voor een shilling. Honderd procent winst. Dat is een goede deal, Ava. En een goede prijs voor nylonkousen.'

Als ze ze niet kon verkopen, kon ze ze altijd houden. Je moest zo voorzichtig zijn met nylonkousen. Eén haal en je had er niets meer aan.

'Geef me een paar kousen,' zei Ada. 'Ik ga het proberen.'

Gino haalde twee doosjes uit zijn koffer en gaf ze aan haar. 'Ik vertrouw je, Ava,' zei hij. 'Ik zie je volgende week. Dezelfde tijd, dezelfde plek. Je kunt me dan het geld geven.'

'En als ik ze niet heb verkocht?'

'Verkoop ze of geef ze terug. Het is mij om het even. Ik zal ervoor zorgen dat mijn mannetje dat begrijpt. Hier,' zei Gino, 'stop ze tussen deze pagina's. We willen niet dat iemand vragen gaat stellen.' Hij gaf haar een exemplaar van de *Evening News* en Ada deed de doosjes tussen het gevouwen papier.

'En als iemand vragen stelt,' zei hij, 'zeg dan dat je ze van een Amerikaanse matroos hebt gekregen.'

Ze stopte de krant met de nylonkousen onder haar arm.

Ada had gemakkelijk twintig paar kunnen verkopen.

'Ik kan niets beloven,' zei ze, terwijl ze de week erop de maten van de meiden tijdens de theepauze op het werk noteerde. Zaterdagavond gaf ze het geld dat ze had opgehaald aan Gino, samen met een bestelling voor twintig paar nylonkousen.

'Uit hun verpakking,' zei hij toen hij ze aan haar gaf, 'maar echt.' Ze stopte ze tussen de pagina's van de *Evening News* en checkte haar handtas voor het honorarium. 'Dezelfde tijd volgende week, Ava. Dezelfde plek. Geef me je bestelling door.'

'Ik kan niet elke week een bestelling plaatsen,' zei ze. De meiden op het werk verdienden niet veel. Nylonkousen waren een luxe, geen dagelijkse benodigdheden, uitgezonderd misschien voor Scarlett of Ada, die iets meer te besteden hadden.

'Ik dacht dat je goed was in je werk? Dit zijn koopjes, Ava.'

Hij zat op een stoel met een handdoek om zijn middel geslagen. Hij stond op, liep naar de kledingkast, pakte zijn koffer, leer, duur, bereisd, met chromen sluitingen. Hij maakte hem open en viste er een flesje nagellak uit.

'Als je me een bestelling kunt geven,' zei hij, 'dan zit er misschien ook iets voor jou in.' Hij liet haar het flesje zien.

‘En als het niet lukt?’

‘Het lukt je wel.’

Ze nam de nagellak aan, Dura-Gloss, American Beauty.

Ze gaf de portier zijn twee shilling en liep terug over de markt. Geld was grappig, de manier waarop het werkte, een deel voor de maître d’ en de portier, een deel voor haar huisbazin. Een deel voor Ada, die nylonkousen sleet, een deel voor Gino, die ze leverde, en een deel voor zijn contact. Wie had hier het werk gedaan? Wat kregen zij voor hun werk? Verdomde bloedzuigers, kon ze haar vader horen zeggen. Kapitalisme. Maar zo was kapitalisme nu eenmaal, het leidde een eigen leven.

Ze had die week een bestelling van elf paar nylonkousen en een verzoek voor kledingbonnen als het contact van haar vriendje die had, of broodbonnen als hij die kon krijgen.

‘We zullen zien hoe het gaat, Ava,’ zei hij. ‘Zien hoe het gaat.’

*

In de weken erna sprak hij telkens weer met haar af. Hij was niet zoals andere mannen. Ze was op hem gesteld geraakt. Hij scheen ook op haar gesteld te zijn, hoewel hij duidelijk maakte dat het allemaal zakelijk was, het honorarium in haar tas, geen vragen stellen, het kopen en verkopen. Commissie, zo noemde hij het. Commissie.

Dorchester en het Savoy, Smith’s en het Ritz. Hij had bijna dezelfde favoriete plekken als Stanislaus. Hij had altijd genoeg geld. Zijn zaken, wat het ook was, waren winstgevend. Ze was er nieuwsgierig naar, maar hij zei nooit iets.

‘Je bent te knap om je met mijn werk bezig te houden, Ava,’ had hij gezegd. ‘Het is een mannenwereld.’

Martini’s, pink lady’s, mint juleps. Hij was een aantrekkelijke man, wist hoe hij een vrouw goed moest behandelen, hoewel hij niet van vrouwen hield, niet op de manier waarop

William dat had gedaan. Ze raakte gewend aan zijn lichaam, dichtbij en bekend voor haar. Hij was nog steeds een raadsel. Ze kon hem niet plaatsen, maar misschien kwam dat doordat hij niet uit Engeland kwam. Alleen deze keer, zo zei ze tegen zichzelf, was ze wijs, een andere vrouw dan die ze voor de oorlog was geweest. Ze zou zich, vroeg of laat, een oordeel vormen over Gino Messina en zijn soort.

'Je doet me eer aan,' zei hij. 'Mensen draaien hun hoofd om als ze jou en mij samen zien. Wat heeft die oude man, zeggen ze dan, wat ik niet heb? Hoe kan het dat lelijke mannen mooie vrouwen krijgen?'

Hij had waarschijnlijk andere vrouwen op de andere avonden van de week. Soms voelde ze, als ze er niet op bedacht was, een steek van jaloezie door zich heen gaan. Kunnen we een deal maken, Gino? Ik ga alleen met jou als jij alleen met mij gaat? Ze wist dat hij getrouwd was. Dat waren ze allemaal. Hij zei dat zijn vrouw hem niet begreep.

'Ik wil scheiden, maar zij niet vanwege het kind.'

'Hoeveel heb je er, Gino?'

'Eén,' zei hij. 'Een jongetje.'

'Hoe oud is hij?'

'Zes jaar.'

Dezelfde leeftijd als Tommy.

'Hoe heet hij?'

'Gerardo,' zei Gino, 'maar we noemen hem Jerry. Geboren in de oorlog.' Het klonk grappig met zijn accent, al die rollende r's en uitgerekte klinkers. Voor de rest sprak hij perfect Engels. Joost mocht weten waar hij dat geleerd had. Hij lachte, ha ha ha. Ada had hem nooit over Tommy verteld, wist niet zeker of ze het nu ter sprake moest brengen. Hij vond het misschien niet leuk. Hij dacht dat ze vrij en ongebonden was. Onafhankelijk, had hij gezegd. Dat is wat ik leuk vind aan jou, Ava. Ambitieus ook. Dat je vooruit wilt komen in de wereld.

De manager had een neefje, een kleine jongen. Ze zei dat jongetjes aanhankelijk waren, veel meer dan meisjes, hun armen om je heen sloegen en op je schoot gingen zitten, ik houd van je. Ada wist nog steeds hoe dat in het Duits klonk. *Ich liebe dich*. Ze moest het Duits niet vergeten. Mütti. Ze dacht elke dag aan Thomas. Ze deed dit voor hem.

'Ik kan je stof bezorgen,' zei Gino. 'Rechtstreeks. Van mijn contact. Geen tussenpersoon.'

'O ja?' Ze wist nu hoe hij in elkaar zat. Rantsoenstof waarvan het keurmerk zwart was gemaakt hoogstwaarschijnlijk. 'Geef me bonnen,' zei Ada. Ze had ze gebruikt om stof van haar marktkoopman te kopen. Hij verkocht het echte spul.

Misschien kon ze eerder dan ze dacht een eigen zaak opzetten. Ada Vaughan, modiste. Doen wat ze het beste kon, waarvan ze zo lang geleden had gedroomd. Haar bevriende marktkoopman scheen te weten waar je stof vandaan haalde. Iedereen was doodziek van de oorlog, van de rantsoenen en de broekriem aanhalen, van de rantsoenkleding en schaarste. Ze zou kleding maken die mensen opvrolijkte. Kant en batist, crêpe georgette en satinet, tule en zibeline. Kleren die swingden en dansten, die zongen en lachten. Kleren die tot leven kwamen, het lichaam transformeerden in een levend kunstwerk. Drapeer het linnen, links voor de vleug, rechts voor recht. Wees nooit bang, zou Isidore zeggen, de stof is niet de vijand. Krimp en rek uit, stoom en geef vorm. Het is het onzichtbare werk dat belangrijk is, dat de jurk verheft van gewoontjes tot hemels.

Ze zou ze moeten verkopen op de zwarte markt, maar Gino en zijn vriend zouden kunnen helpen. Het zou via mond-tot-mondreclame moeten zijn. Niets mis daarmee. Het had haar al een paar cliënten bezorgd en mevrouw B. had het erg goed gedaan door mond-tot-mondreclame. Beste publiciteit, zei ze altijd. Veel beter dan betaald adverteren, dat was voor confectiekleding, postorderjurken of C&A. Die van haar zouden op maat gemaakt zijn, mode voor elk humeur. Dat vond ze leuk.

Modehuis Vaughan, mode voor elk humeur. Mevrouw Bottomley zei altijd zoiets dergelijks. Jouw kleren, zei ze, zorgen voor een verende tred. Alles zou gauw weer normaal zijn.

'Bonnen?' zei Gino.

'Ja,' zei Ada. 'Ik kan ze gebruiken, dingen maken, ze verkopen. Ik weet hoe ik ervan af moet komen. Gemakkelijker te verbergen dan nylonkousen, over het geheel genomen gemakkelijker.'

'Waarom denk je dat hij bonnen kan regelen?'

'Hij schijnt de meeste andere dingen te kunnen krijgen.' Ze aarzelde. Ze moest het zeggen. 'Ik zou graag een zaak beginnen, Gino. Wil je me helpen? Mijn beschermheer zijn? Het kan een lening zijn. Ik zal je terugbetalen.'

Gino stak een sigaret op en lag op zijn rug op het bed, kneep zijn lippen samen en blies zachtjes puffend kringeltjes in de lucht. 'Misschien wel,' zei hij. 'We zouden de dingen op een professionelere manier moeten aanpakken.'

'Natuurlijk.' Misschien wilde Gino meer winst van zijn geld. Hij verdeelde de winst op de nylonkousen fiftyfifty, dat zei hij. Misschien wilde hij een groter aandeel van de bonnen, omdat het meer risico inhield. Of een aandeel in de zaak.

'Je zou een partner kunnen zijn,' zei Ada. 'Het maakt mij niet uit. Ik kan ervoor zorgen dat het werkt, dat weet ik zeker.'

Gino keek hoe de rookkringen omhoogzweefden en oplosten. 'Nou,' zei hij, en zijn woorden kwamen traag en stroperig. 'Dat bedoel ik niet precies.'

'Wat bedoel je dan?'

'Deze zaterdagavonden. Een risico, vind je niet?'

'Ik begrijp het niet.'

'Je weet nooit wie je ontmoet. Een mooie vrouw zoals jij. Hoe weet ik wat jij doet als ik er niet ben? Tegen wie je praat? Ik loop risico.'

'Er is niemand anders, Gino,' zei Ada, 'jij bent de enige.'

'Hoe kan ik dat zeker weten?'

'Je hebt mijn woord.'

'Jouw woord betekent niets. Hoe kun je garanderen dat ik de enige ben voor jou?'

Waar zinspeelde hij op? Dat ze niet te vertrouwen was? Ada voelde een golf van irritatie opwellen. 'Je moet me geloven, Gino.'

Hij maakte zijn sigaret uit in de asbak en maakte een bergje van de as. 'Misschien moet ik je een voorschot betalen,' zei Gino.

'Een voorschot?'

'Zoveel per week. Zodat je jezelf alleen voor mij bewaart.'

Scarlett had gelijk. Ada dacht dat ze een geliefde had. Maar hij was een cliënt, een vaste klant. Clientèle. Dat spelletje kan ik ook spelen. Als ze een vrouw werd die door een man werd onderhouden, dan moest het voor haar ook de moeite waard zijn.

'Hoeveel?'

'Tien pond,' zei hij.

Ze schudde haar hoofd.

'Dat is een gul aanbod, Ava,' zei hij. 'Het is gevaarlijk, jouw tak van zakendoen. Je moet denken aan bescherming.'

Er waren wat vreemde klanten, gewaagde eisen, mannen zonder scrupules. Ze wist van Scarlett dat niet alle meiden eronderuit kwamen, en ze had zelf wat hachelijke momenten meegemaakt. Ada was voorzichtig geweest, maar ze had ook geluk gehad. Ze moest veilig zijn voor Tommy. Wat had hij eraan als ze dood was? Ze had het geld ook nodig, moest een thuis voor haar kleine jongen scheppen. Dat soort zaken was niet goedkoop, en ze stond er alleen voor.

'Nog één ding,' zei hij. 'Ik wil gebruikmaken van jouw appartement.'

'Wat is er niet goed aan Smith's?'

'Verandering van omgeving,' zei hij.

Het was slechts één keer per week, op zaterdag, legde Ada aan haar huisbazin uit. Geen mannenbezoek. Gino was haar verloofde. Met zo'n naam? Wil niets met Italianen te maken hebben. Hij zou om middernacht weg zijn. Geen mannen na tien uur, of hij nu je verloofde is of niet.

De huisbazin moest ook eens jong zijn geweest. Tien uur was een beetje vroeg. Ada was haar nooit tot last geweest. Betaalde op tijd de huur. Maakte nooit herrie of veroorzaakte oproer. Niet zoals Scarlett in de kelder waar bezoekers kwamen en gingen, of de zogenaamde helderziende op de eerste verdieping die constant bezoekers had, dag en nacht. Het leek vreemd om hem om tien uur eruit te schoppen.

Elf uur dan, op z'n laatst. Elf uur was prima. Alleen zal ik extra moeten rekenen, om de onkosten op te vangen. Onkosten? Als ik een boete krijg voor het runnen van een bordeel.

'Nee,' zei Ada, 'zo zit het niet in elkaar. Er is er slechts één voor mij en dat is Gino Messina.'

'Dat is mooi,' zei de huisbazin. 'Maar ik verhoog toch je huur. Vier pond per week.'

'Vier pond? Dat is meer dan het dubbele.'

'Je zult dan harder moeten werken, hè?' zei de huisbazin. 'Jij en Gino.'

'Ik ben niet wat u denkt dat ik ben,' zei Ada. 'Ik werk bij Lyons. Ik kan me dat geld niet veroorloven.' Wilde eraan toevoegen: afperser. Wilde dreigen met de politie, maar ze wist dat dat niet ging, voor het geval ze haar ook oppakten.

'We zullen zien,' zei de huisbazin, 'waar die verloofde van jou mee komt.'

*

De sneeuw smolt, het overtollige water verdween, de lucht was niet langer grijs maar blauw. Stofdeeltjes dansten in de aprillucht, gingen boven op de keukenkastjes en de plinten liggen. De kamer had een voorjaarsschoonmaak nodig. Ada wilde haar huis netjes houden. Ze had het bewaard voor zichzelf en Tommy. Hij werd snel ouder. Het zou moeilijk zijn om hem nu te vinden. Zes jaar was een lange tijd. Ze wist niet zeker of Covent Garden de beste plek was om een kind groot te brengen. Het was een ruige buurt met al die marktkooplui en de pubs die de hele nacht open waren, en de meiden van Shaftesbury Avenue en Seven Dials aan de achterzijde van de Actor's Church. Maar het was ook handig voor werk, en de marktkooplui kenden haar en schoven haar wortels of een bloemkool toe aan het eind van de dag, ook al was het hun handelswaar.

Ze vond het niet fijn dat Gino daar in haar kamer was. Hij had zich de plek eigen gemaakt, dus de kamer behoorde niet meer aan haar toe. Trok zijn schoenen uit en liep rond op zijn grijze sokken, zette de ketel op zonder te vragen.

'Dat kost geld,' zei Ada.

'Ik zet thee wanneer ik dat wil,' zei hij. 'Vergeet niet wie hier jouw rekeningen betaalt.'

Hij hield er niet van als ze uitging, zelfs niet met de meiden van het werk.

'Ik heb spionnen, weet je,' zei hij en hij haalde zijn vinger over zijn keel.

Ze vroeg zich af of het de hoge prijs waard was. Misschien was ze hiervoor beter af, toen ze op zichzelf was en de touwtjes in handen had. Maar ze wist niet hoe ze nu uit deze situatie moest komen. Gino zou rustiger worden als hij eenmaal zeker van haar was.

'Bovendien,' zei hij, 'is deze kamer armoedig. Ik heb onroerend goed. Bezittingen in Mayfair. Ik zou je een klein appartement kunnen geven, iets aardigs, Stafford Street, Shepherd Street. Je zou het misschien moeten delen, maar dan zou je gezelschap hebben, zodat je niet eenzaam bent.'

Ada vond het prettig om op zichzelf te wonen. Haar zitslaapkamer was misschien klein, maar het was thuis. Ze wilde niet verhuizen.

‘Het is goed zo,’ zei Ada. ‘Dank je.’

‘Ik denk niet dat je me begrijpt, Ava,’ zei hij. ‘Meisje alleen. Denk eens aan de gevaren.’

Stafford Street. Dat zou duur zijn. Dubbel zoveel als wat ze hier betaalde, en dat was al duur genoeg. Ze kon het zich niet veroorloven, laat staan dat ze nog kon sparen.

‘Let maar op,’ zei Scarlett. ‘Hierna wordt hij je pooier. Zo beginnen ze allemaal.’

‘Wie?’

‘O, liefje, wat ben jij een groentje. Pooiers. Altijd zo aardig tegen hun meiden en dan, bam, draaien ze de duimschroeven aan, dwingen je voor hen te werken, zodat zij van jou kunnen leven.’

‘Zo is Gino niet.’

‘Let op mijn woorden, hij is een pooier. Wij kiezen onze pooiers, niet zij.’

‘Maar ik ben geen prostituee.’

‘Dat kun je verdorie wel zeggen. Je bent een amateur. Je vormt geen bedreiging, althans niet voor mij.’

Gino was niet zo. Hij was gewoon een beetje humeurig, bezitterig.

*

Ada voelde zich eenzaam die lente. Haar moeder had woord gehouden, weigerde haar te zien, zelfs al ging Ada één keer per maand langs, soms zelfs vaker. Ze had haar broers en zussen haar nieuwe adres gegeven, maar ook zij hadden geen contact met haar opgenomen. Ze had niemand die het wat kon schelen of ze thuiskwam of niet. Niemand die wist of ze van een pier af was gegooid, en om haar lijk op te eisen als ze dood in de rivier werd aangetroffen. Haar manager zou haar misschien als vermist opgeven als ze niet kwam opdagen op haar werk, maar de meiden bleven daar wel vaker weg. Ze zou denken dat Ada gewoon niet meer zou komen.

Ada was vroeg wakker geworden. Er huilde een baby, een luid, weergalmend geluid dat zich tussen het geratel van de winkelwagentjes op de keien en het geschreeuw van de vroege marktkooplui door weefde. De baby had al een tijdje gehuild en wond zichzelf op totdat er een vast ritmisch wèèh, wèèh, wèèh klonk. Ze deed haar ogen dicht en probeerde zich Thomas' gezicht en zijn huiltje van een pasgeborene voor de geest te halen. Ze was vergeten hoe hij eruit had gezien, het was al zo lang geleden. Had hij eigenlijk wel gehuild? Hij lag te slapen, zo'n stille baby. Moe van de geboorte. Het moest voor hem hard werk zijn geweest.

*

Gino zei dat zijn vriend de hand kon leggen op rantsoenboekjes. Kleding. Brood. Suiker. Alles was minder dan in de oorlog en er was meer vraag naar dan ooit. Ada had er geen problemen mee om ze door te spelen, het geld af te dragen, haar deel te ontvangen, hem de bestellingen voor de volgende week door te geven. Het waren regelmatige inkomsten en het leverde haar wat extra's op om weg te zetten voor Tommy en haar bedrijf.

'De manier waarop ik het zie, Gino,' zei Ada terwijl ze zich tegen zijn borst vlijde en haar vingers naar zijn nek kropen. 'Omdat ik op het werk al de risico's neem om de bonnen te slijten, denk ik dat ik iets meer van de winst verdien.'

'Wees niet te inhalig, Ava,' zei hij.

'Dat ben ik niet. Ik wil gewoon iets van een aandeel in de zaken.'

'Wat bedoel je daarmee?'

'We zouden een partnerschap kunnen aangaan, jij, je vriend en ik,' zei ze. Ze haalde adem. 'Hij levert aan, ik verkoop. Kleding, jurken. Ik dacht dat jij dat ook wilde. Mij een bedrijfje laten beginnen.'

Hij duwde haar arm weg en reikte naar een sigaret, ging achteroverliggen op het bed en nam lange, doelbewuste trekken.

'Misschien heb je nog niet helemaal de aard van de zaken begrepen,' zei hij, terwijl hij rookkringen de lucht in blies. 'Hoe kan ik het zo omschrijven dat je het begrijpt?' Hij leunde naar voren en tikte de as af op de vloer. Hij had een asbak kunnen gebruiken, maar maakte troep om te laten zien wie hier de baas was.

'Laat ik zeggen dat mijn vriend en ik meneer Marshall en meneer Snelgrove zijn. Of meneer Dickins en meneer Jones.' Ada wist dat hij er niet mee zou instemmen, kon het zien aan zijn lichaamstaal, armen over elkaar, spieren verkrampt. 'Grote winkels. Heleboel afdelingen,' ging hij verder. 'Verschillende artikelen. We zien jou als een van onze werknemers. Laten we zeggen: fournituurenafdeling. Je hebt talent, Ava. We zien je misschien wel als hoofd van de afdeling. Je zorgt ervoor dat de bestellingen binnenkomen, je betaalt op tijd. Maar een partner?' Hij reikte naar de asbak en drukte zijn sigaret er stevig in uit. 'Nee. Dit is geen verdomde coöperatie of een John Lewis-warenhuis.'

Hij duwde haar van zich af en stapte uit bed. Hij trok zijn kleren aan en deed de deur open. Ze hoorde zijn voetstappen op de trap, de zachte klik van de buitendeur. Laat dit duidelijk zijn, Ava. Ik ben hier de baas, en o wee als je dat vergeet.

Vergeet-mij-nietje. Korenbloemblauw. Ada aarzelde toen ze de prijs zag.

'Ik ken jou, Ada.' De marktkoopman maakte zijn middelvinger nat en sloeg ermee op de palm van zijn andere hand alsof hij door een bonnenboekje bladerde. 'Is elke stuiver waard.' Hij had een foto van prinses Margaret aan de zijkant van zijn kraam geprikt. Erop stond de prinses in een jurk met een strak, goed passend lijfje, en een lange, volle rok die bol om haar heen stond.

'Organza,' zei hij, 'zo heet dat.' Hij klopte op de rollen stof. 'New Look, zo noemen ze het. Maar als het goed genoeg voor haar soort is,' en hij wees met zijn duim in de richting van de foto, 'dan is het goed genoeg voor jouw soort, Ada.'

Ze was van plan geweest om de bonnen aan de meiden op het werk te verkopen en het geld vervolgens opzij te zetten voor Tommy.

'Uiteraard, met deze verdomde rantsoenering,' zei de marktkoopman, 'wil niemand er extravagant uitzien. Maar dat maakt dat soort mensen niet uit.' Hij bewoog zijn hoofd naar achteren.

Ze zou genoeg hebben aan haar bonnen als ze ze voor zichzelf zou houden. Ze had Gino nooit gevraagd waar zijn vriend ze vandaan haalde en de marktkoopman in Berwick Street keek nooit zo goed. Drie meter voor de rok. Anderhalf voor het lijfje. Plus voering. Fournituren. Draad. Rits.

Ze keek goed naar de foto van prinses Margaret terwijl de marktkoopman de stof sneed. Gekruist lijfje, raglanmouwen. De rok zou gemakkelijk zijn. Ze zou eerst als proef de voering maken. Organza was delicaat, was veel werk. Ze zou dit weekend beginnen, bij daglicht.

'Maak je iets moois voor jezelf, Ava?' Gino bekeek de naaimachine van dichterbij. 'Een Naumann. Die naam klinkt buitenlands. Duits.'

De meeste zaterdagen zette Ada de naaimachine weg als Gino langskwam, maar de machine was zwaar en onhandig, en ze zat midden in het naaiproces. Het was niet bij haar opgekomen dat hij ernaar zou kijken.

'Is een Singer niet goed genoeg voor je?' Dit had niets met Gino te maken. Hij had het recht niet om haar te bekritiseren.

Ze haalde haar schouders op.

'Waar heb je die machine vandaan?'

'Wat maakt jou dat uit?' zei ze op een lichte en luchtige toon, een organzatoon.

'Ik wil niet heulen met de vijand, daarom.'

'Nou, dat doe je niet,' zei Ada. Haar stem klonk scherp. Ze hoopte dat Gino weer begon over waar ze het eerder over hadden gehad.

'Waar heb je dat ding vandaan?' Hij greep haar arm en kneep er hard in. Hier had hij niets mee te maken. Wat kon het hem schelen? 'Wie heeft hem aan jou gegeven?'

'Je doet me pijn, Gino.'

'Nou?'

'Als je het echt wilt weten.' Hij liet zijn greep verslappen en zij trok haar arm los, wreef erover met haar andere hand. Er zou een blauwe plek achterblijven, een duim en vier vingers, zouden door de mouw van haar uniformbloes schijnen als ze naar het werk ging. Ze haalde diep adem. 'Als je het echt wilt weten, mijn broer heeft hem toentertijd voor me gekocht. In de oorlog. Hij zat in Duitsland.' Ada kwam in haar verhaal. 'Gekocht voor vijf sigaretten. Arme stakkers. Hij zei dat ze wanhopig waren. Ze zouden alles hebben verkocht. Zelfs hun dochters. Maar het is een goede naaimachine.'

De zon stond achter hem en zijn gezicht viel in de schaduw, donker en zonder gelaatstrekken.

'Waar in Duitsland?' zei hij.

'München,' zei Ada. 'Hij was in München.'

'Zo, dus hij is een Amerikaan, jouw broer?'

'Nee, hoezo?'

'Omdat de Amerikanen in München zaten.'

'O.' Ada dacht even na. 'Nou ja, misschien niet in München. Misschien ergens anders. Ik was nooit zo goed in aardrijkskunde.'

Gino stapte naar voren en ging zitten in de fauteuil. 'Nee,

maar je bent goed in andere dingen.' Hij klopte op zijn knie en gebaarde naar Ada dat ze erop moest gaan zitten.

'Trouwens,' zei hij terwijl hij met zijn vinger onder haar rok kroop. 'Ik ken iemand die in München was aan het eind van de oorlog. Een kleine stad buiten München.'

Ada duwde zijn hand weg. 'Echt waar?' Ze probeerde haar stem in bedwang te houden maar hij klonk hoog en dun. 'Dus daarom weet je dat van de Amerikanen.' Ze bestudeerde zijn gezicht, de donkere, sombere ogen, de boog van zijn lippen, de groeven van zijn rimpels. 'Wat deed hij daar?'

'Zaken,' zei hij, en hij voegde eraan toe, 'legerzaken.' Hij begon te lachen. 'Ik weet waar je onderdelen kunt krijgen.' Hij knikte in de richting van de naaimachine. 'Als je ze ooit nodig hebt.' Hij schoof haar van zijn knie af en klopte op haar achterwerk toen ze opstond.

*

Het lijfje voelde aan als een tweede huid, soepel en glad. Vergeet-mij-nietjesblauw. Ze maakte een paar okselpads voor onder haar armen. Het zou zonde zijn om haar jurk te verpesten door zweetplekken. Ze dacht aan de arme Anni, de kok van de Weiters. Waar was ze nu? Waarschijnlijk woonde ze in een zit-slaapkamer in München. Ada probeerde niet aan die tijd te denken. Ze waren vrienden geweest, althans zoiets. Ze spraken nooit tegen elkaar, gebruikten een ander soort taal. Anni had haar in leven gehouden. Anni begreep haar, had misschien zelfs van haar gehouden.

Ada stond op haar tenen en draaide in het rond, steeds sneller terwijl de rok almaar hoger zweefde als de ringen van Saturnus. De jurk maakte een vrouw van haar, bevrijdde haar, hij was gemaakt om in te dansen en pirouettes te draaien, gemaakt om te zijn. Ze voelde zich verheven, vloog door de lucht, een hemels wezen van geluk en vreugde. Ze hield zich vast aan de stoel om haar evenwicht te herstellen en wachtte tot de duizeligheid over was. Trok haar schoenen aan, dezelfde sandaaltjes die ze droeg bij het kobaltkleurige moiré. Blauw was een gelukskleur.

Ze tikte met haar hakken over Trafalgar Square, Pall Mall, Haymarket, Piccadilly. Banen organza als de vleugels van een engel, zwaaiende stroken als ze draaide, haar middel golfde door de beweging. Ze zag de mannen kijken, wellustig, afgunstig. De oorlog was over. Ze had het overleefd. Ze zou nu tijdelijk Gino's spelletje meespelen, maar ze zou hem binnenkort lozen. Ze had niet het gevangenschap in Dachau overleefd om vervolgens weer een gevangene te worden, nog wel in haar eigen huis. Ze wilde vrijheid om op te stijgen, om te dansen in een azuurblauwe lucht, samen met de maan.

Hij zei dat zijn contact haar wilde ontmoeten. Om over zaken te praten. Gino knipoogde toen hij dat zei.

Modehuis Vaughan, dacht Ada.

Het Café Royal. Ze was daar niet meer geweest sinds voor de oorlog. Het was niet een van Gino's gebruikelijke favoriete plekken. Geen kamers, begrijp je? Hij zei dat hij in de Grill Room op haar zou wachten. Ze had een muntstuk van sixpence bij zich voor het geval ze te vroeg was en ze dezelfde regels hanteerden als bij Smith's. Ze zou een glas champagne nemen terwijl ze wachtte, elegant sprankelend op haar tong, belletjes in haar neus. Ze zou op een vergulde stoel zitten, omringd door spiegels, zichzelf verliezend in haar eigen weerspiegelingen.

Hij was er al, praatte tegen een andere man die onderuitgezakt in een stoel zat, stropdas losjes om zijn nek, het bovenste knoopje van zijn overhemd was losgemaakt. Hij droeg een kleine bril met ronde glazen. Kort haar, glad achterovergekamd met olie.

'Hier is ze,' zei Gino en hij wenkte haar om dichterbij te komen.

De man draaide zich om. Achter zijn brillenglazen waren zijn ogen zacht en licht van kleur. Eendeneierenblauw, dacht Ada, licht genoeg om doorheen te kijken. Een koude golf van angst trok door haar heen. Stanislaus. Er was geen vergissing mogelijk.

'Dit is Stanley, Ava.'

Ze bevroor toen hij probeerde op te staan, leunend op zijn arm die het onder hem begaf, waardoor hij tegen de tafel aan stootte zodat de glazen wankelden. Hij keek langs haar heen met afwezige, glazige ogen.

'Dit is Ava Gordon,' zei Gino.

'Ava Gordon. Invergordon. Aangenaam kennis met je te maken,' zei hij. Zijn woorden klonken slepend en hij zakte terug in zijn stoel. Hij probeerde zijn ogen te focussen, maar zijn oogleden waren zwaar en zijn kin viel op zijn borst. Stanislaus. Zij was veranderd, dat wist ze, zo mager als een lat, blond haar, bril. Maar hij herkende haar niet. Hij was te dronken. Noemde hij zichzelf nu Stanley? Hij klonk niet langer buitenlands. Dezelfde ogen, maar de randen waren rood en opgezwollen en zijn gezicht zat vol rimpels. Het was meer dan zeven jaar geleden dat ze hem had gezien. Hij was wat aangekomen, was niet mooi ouder geworden. Maar ze besefte nu dat hij het inderdaad in München was geweest, met zijn hoed naar beneden getrokken en zijn kraag omhoog. Ze had het niet bij het verkeerde eind gehad. Haar handen werden klam en ze begon te zweten. Blijf rustig. Doe alsof. Doe normaal.

Gino gebaarde naar de ober. 'Een manhattan voor mij. Een pink lady voor de dame hier.'

Ada wilde champagne, maar hij vroeg haar niets. Gino wachtte tot de drankjes waren neergezet en boog zich toen naar voren. 'Nou, Ava,' zei hij. 'We hebben hier iets te vieren.'

'O?'

'Je schip met geld is binnengekomen, om het zo te zeggen.'

'Echt waar?' zei ze. Ze wist wat hij ging zeggen. Hij ging geld in haar bedrijfje stoppen. Samen met Stanley. Ze wilde hun geld niet meer. Ze voelde de paniek in zich opkomen. Doe alsof, zei ze tegen zichzelf, doe alsof je hem niet kent. Ze had tijd nodig om na te denken. 'Wil je me erover vertellen?'

'Nog niet,' zei Gino. Hij had een onaangestoken sigaret tussen zijn lippen die heen en weer wipte terwijl hij sprak. Hij keek haar strak aan zonder ook maar een glimlach. 'Maar ik heb grote verwachtingen van jou, Ava.'

Stanleys hoofd viel naar voren. Hij schokte weer naar achteren en werd wakker. Hij was erg dronken.

'Vertel, wat voor verwachtingen?' zei Ada.

'Nog niet, nee.' Hij pakte het luciferdoosje op en stak zijn sigaret aan, trok eraan zodat er een kegel van as aan zweefde. Hij keek geen enkele keer op.

'Je ziet er prachtig uit, als ik dat mag zeggen,' zei hij. 'Doet de hoofden zoals altijd omdraaien.' Hij richtte zich tot Stanley. 'Ik kies mijn meisjes persoonlijk uit. Alleen de besten.'

Hij tikte zijn sigaret af in de asbak en grijnsde. 'Speel het spel juist met Stanley,' zei hij. 'Wie weet waartoe het misschien wel leidt?'

'Wat bedoel je?' zei Ada terwijl ze Stanley – Stanislaus – van boven naar beneden opnam. Stanley knikte als een marionet en grijnsde. Hij moet weten wie ik ben.

'Hij en ik,' zei hij. 'Investeren in jou. Helpen je je bedrijfje op te zetten.'

'Kijk,' zei Stanley, en hij boog zich voorover en zette zijn ellebogen op tafel. 'Je bent legaal.' Hij strekte zijn arm uit in een wijde boog terwijl hij met zijn vinger naar haar wees. 'Het is de verdomde bruiloft te Kana.' Hij kwijlde terwijl hij sprak, veegde met zijn manchet over zijn mond en staarde haar weer aan, zijn oogleden hingen zwaar en lui, zijn ogen wazig en onscherp. 'Jij verandert water in wijn. Metaal in goud.' Hij brak af wat hij wilde zeggen, zijn hoofd draaide naar een kant.

'Bonnen in kleren. Zwart geld in wit,' vervolgde Gino. 'Jij

werkt vanavond mee met Stanley, en het is allemaal van jou.'

'Meewerken?' zei Ada.

'Ava, doe niet zo naïef. Het staat je niet.'

Scarletts waarschuwing weerklonk in haar hoofd.

'Jij gaat vanavond met Stanley mee,' zei Gino. 'Doe wat hij wil, en wie weet waar dat toe leidt?'

'Nee, Gino. Nee. Ik ga met jou.'

'Je gaat met mij op zaterdagavond,' zei Gino. Zijn mollige gezicht vertrok tot een grijns en zijn zwarte ogen werden scherp en vernauwden zich. 'Maar de rest van de avonden ga je mee met wie ik wil.'

'Nee.' Ada stond als door een speld gestoken op en botste daarbij tegen de tafel aan zodat de glazen heen en weer wiebelden. Gino greep haar arm en trok haar weer omlaag.

'Jij bent mijn geschenk aan hem. Zijn beloning voor loyaliteit.' Hij groef met zijn duim in de zachte botjes van haar pols, hard genoeg om ze te breken. 'Jij bent nu onderdeel van mijn familie. Moet ik je een lesje leren in gehoorzaamheid?'

Ada schreeuwde het uit van de pijn. Scarlett had gelijk gehad. Hij was haar pooier. Had haar aan Stanley gegeven alsof ze een fles goedkope drank was. Praatjes, praatjes. Ze moest Gino lozen. Ze wist niet hoe ze van hem af moest komen, maar ze zou een manier vinden. En Stanislaus. Hij had haar niet herkend. Ze kon hem verlaten.

'Wees een brave meid,' zei Gino, 'of anders volgen er consequenties.'

Hij stond op, trok zijn stropdas recht en liep de zaal uit. Stanley schoof zijn stoel naar achteren en boog zich naar Ada toe.

'Gino en ik,' zei hij. Hij sprak nog steeds slepend, zijn ogen glazig en verward. Hij hield twee vingers tegen elkaar aan en zwaaide ermee voor haar gezicht. 'Zo hecht. Als broers. We kennen elkaar al een heel lange tijd. Van voor de oorlog.'

Ada zat daar, te verbijsterd om te praten. Stanislaus. Hier, in Londen. Na al die jaren.

‘Londen. Parijs. België,’ ging hij verder. Ada’s handen verkrampten om haar glas. ‘Neem aan dat je nooit in Parijs bent geweest, of wel?’ Stanley snoof, dronk zijn glas leeg en gebaarde naar de ober. ‘We gaan er een leuke tijd van maken vanavond,’ zei hij, maar hij wachtte niet op haar antwoord. ‘Jij en ik. Drink op.’

Rennen, nu. Hij zou te dronken zijn om haar te pakken te krijgen. Ze stond op, draaide zich om en was klaar om ervandoor te gaan.

Gino stond in de deuropening te kijken.

Hij had hulp nodig om het restaurant uit te komen. Twee portiers om hem de trap af te helpen. Hij strompelde en struikelde over zijn voeten. Hij had zijn stropdas losser gemaakt en zijn jasje viel van zijn schouders. Hij sloeg een arm om haar heen en steunde met al zijn gewicht op haar, liep met onzekere passen, sleepte met zijn voeten.

‘Ik denk dat je naar huis moet,’ zei Ada toen ze dichter bij Charing Cross-station kwamen. ‘Je bent niet lekker.’

‘Thuis is waar jij bent.’ Hij sprak de woorden uit als een buikspreker, langzaam en gearticuleerd. ‘Ik laat je hier niet achter. Jij bent van mij. Vannacht.’ De stationsklok gaf halftien aan en het daglicht nam af, de slapende stralen van de zon kleurden de lucht een rijk, diep indigoblauw. Het was nog steeds warm en Ada had het warm in de jurk. Ze wenste dat ze de mouwen korter had gemaakt.

Stanley was zwaar. Hij trok haar naar beneden, greep haar schouder hard vast. Ze kon hem amper ondersteunen. Als ze zich van hem af bewoog, zou hij voorovervallen, plat op zijn gezicht. Ze zou dan kunnen ontsnappen, hem aan zijn lot overlaten. De politie zou hem nuchter maken in de cel. Ze probeerde zijn vingers open te vouwen en zijn hand weg te duwen, maar hij kneep nog harder en sloeg met zijn vrije vuist op haar borst, omstrengelde haar. Ze was geen partij voor hem, ook al was hij nog zo dronken. En Gino? Hield hij haar eigenlijk nog steeds in de gaten? Wat zou hij doen als ze hem niet gehoorzaamde? Gino was een grote, sterke man. Hij zou haar op het spoor komen. Ze zou moeten verhuizen. Een ander appartement zoeken. Consequenties, had hij gezegd. Consequenties.

Ze moest Stanley de trap op helpen naar haar kamer. Hij viel op het bed. Ada zette de ketel op, zat in het donker te kijken naar hoe zijn borst op en neer ging, nam kleine slokjes thee. Ze kon nu wegglippen. Met Scarlett praten, zij zou weten wat ze moest doen.

Hij klopte op het bed. 'Kom hier, Ava,' zei hij, zijn woorden leken aaneengeregen. 'Geef me een knuffel.'

Ze kon het op een lopen zetten.

'Nu.' Zijn stem klonk als een zweepslag. Hij was dan dronken, maar ze kon de dreiging in zijn stem horen. Hij kon zichzelf op haar werpen, haar de uitgang blokkeren. 'Of ik zeg het tegen Gino.'

Gino laat je hiervoor boeten. Ze zat in de val. Ze liep langzaam, voetje voor voetje, naar het bed.

'Brave meid,' zei Stanley.

Ze trok haar jurk uit en legde hem over het voeteneind van het bed.

'Ik heb wat meiden gekend in mijn leven,' zei hij slepend, 'maar geen een zo lieflijk als jij.'

Ze klom op het bed en ging naast hem liggen. Gino had haar voor de gek gehouden toen hij zei dat ze haar zouden helpen haar zaak op te zetten. Hij bedoelde niet het maken van kleren. Dit was de zaak die hij in gedachten had. En nu was ze hier, naast Stanislaus. Alleen noemde hij zichzelf nu Stanley. Doodgewoon Stanley. Niet graaf Stanislaus.

'Ik ben blij dat de oorlog voorbij is.' Zijn woorden kwamen traag. 'Begrijp me niet verkeerd. Het gaf me een kans in het leven, een zetje in de goede richting, om precies te zijn.'

Zijn stem klonk vlak, melancholisch door de alcohol. Ze had het eerder gehoord. Ze moesten praten, deze mannen. Zelfs Stanley. Het van zich af praten. Hun verhalen vertellen. Stanislaus. Stanley. Wie was hij?

'Wat deed je in de oorlog, Stanley?' Ze zag hem voor zich in Namen, zijn silhouet in de deuropening. Ze herinnerde zich hoe zijn kraag omhoog stond in München, hoe zijn hoed ver naar beneden was getrokken. Ze moest weten waar hij in de tussentijd was geweest. Ze zou nooit meer de kans krijgen om daarachter te komen.

'Ik heb een onbetrouwbare rikketik,' zei hij. 'Acute reuma. Toen ik een peuter was.'

'Echt waar?' zei Ada. Praat hem naar de mond.

'Ja.' Zijn stem kwam van ver. 'Ze keurden me af. Ik had graag willen vechten.'

Ada voelde hoe haar hart tegen haar borst klopte. Ze was er zeker van dat Stanislaus het ook hoorde.

'Wat deed je dan?' Haar woorden kwamen er verstikt uit.

'Ik zat in zaken.' Hij tikte tegen de zijkant van zijn neus. Zaken, Ada, zaken.

'Heb je dan geen avonturen meegemaakt?' vroeg Ada. Ze wist hoe snel deze dronken buien konden omslaan, dus ze moest het nu vragen. Ze móést weten wat er was gebeurd.

'Nee,' zei hij, 'niet echt.' Hij kwam overeind. Ze kon de whisky in zijn adem ruiken. 'Let wel,' zei hij. 'Ik was in België toen de Duitsers het land binnenvielen. Dat was een ongelukkig voorval.'

Het bloed trok weg uit haar hoofd, langs haar ruggengraat naar beneden. Een ongelukkig voorval. De bommen dreunden in haar hoofd, haar vlees gevild door de hitte en het stof terwijl ze rende, alleen, zoekend naar veiligheid. Haar leven verwoest en het enige wat hij kon zeggen was dat het een ongelukkig voorval was geweest.

‘O?’ Haar stem klonk dun.

‘Jaaa,’ zei Stanley en hij reikte naar een sigaret, stak hem aan en leunde naar achteren met een arm achter zijn hoofd. ‘Ik was in Namen, om precies te zijn.’

Ze wilde hem bij zijn schouders grijpen en hem zo hard door elkaar schudden dat zijn tong uit zijn mond zou hangen en zijn hersenen hard tegen zijn schedel zouden slaan. Ze wilde schreeuwen: herken je me niet? Namen, om precies te zijn, alsof er niets was gebeurd.

‘Slaagde erin om de laatste boot te halen,’ ging Stanley verder. ‘Het was op het nippertje, dat kan ik je wel vertellen.’

‘Namen ligt ver bij de zee vandaan.’

‘Ik had geluk. Ik heb veel geluk, Ava, dat kan ik je wel vertellen. Laatste trein, laatste boot. Laatste kansen, dat ben ik ten voeten uit.’

Hij blies rookkringen die in het donker afstaken en als grijze aureolen naar boven zweefden. ‘Hoop arme stakkers haalden het niet. Vluchtelingen. Stonden te smeken op de kade. Ze hadden hun grootmoeder verkocht als ze daardoor wegkwamen.’

Ik heb het niet gered, dacht Ada. Jij hebt mij niet gered. Je herkent me niet eens.

‘Niemand is je iets verschuldigd, Ava, meisje,’ zei Stanley. ‘Als je geen geld of hersenen hebt, waarom zou je dan verwachten dat mensen je helpen? Ieder voor zich. Dat is mijn levensmotto.’

De drank had hem spraakzaam gemaakt, een energie-uitbarsting voordat hij instortte.

‘Was je alleen?’ zei Ada. Ze trilde, maar hoopte dat hij het niet in de gaten had. Ze zou zeggen dat ze het koud had nu ze hier naakt lag.

‘Waarom vraag je dat?’

‘Ik vroeg het me gewoon af.’

Hij maakte zijn sigaret uit en blies het laatste restje rook de lucht in. Het rook bitter.

‘Er was een leeghoofdige slet die zich aan me vastklampte.’ Hij lag op zijn rug op het bed met zijn hoofd op het kussen. ‘Had goed geld met haar kunnen verdienen, maar ik had een probleempje. Blij dat ik van die trut af was.’

Ada slikte. ‘Wat is er met haar gebeurd?’

‘Hoe moet ik dat weten? Ik liet haar in Namen achter. Een blok aan het been, dat was ze. Trouwens,’ zei hij en hij kwam omhoog en keek van boven op haar neer, ‘jij doet me aan haar denken. Grappig.’

De klootzak. Haar in de steek laten. Nooit om haar gegeven. Leeghoofdige slet. Hij had haar niet herkend. Had niet genoeg om haar gegeven om zich haar te herinneren. Waarschijnlijk nooit een seconde aan haar gedacht.

‘En jij, Ava?’ zei hij. ‘Wat deed jij in de oorlog?’ Stanley was nu rustiger.

Ze stond op en liep naar het raam. De nacht was helder en ze kon de lichtvlekjes van het melkwegstelsel miljoenen kilometers ver weg zien. ‘Je herinnert je mij niet?’

‘Nee,’ zei Stanley, ‘zou dat moeten?’

‘Ada Vaughan?’

‘De naam komt me bekend voor.’ Hij maakte een smakkend geluid met zijn mond alsof hij compleet zonder zorgen was.

Ze liep naar het bed terug en stond over hem heen gebogen. ‘Ik was dat meisje in Namen. Je nam me mee naar Parijs, beloofde me de wereld en toen verliet je me. In Namen.’

Hij kwam omhoog en keek haar aan, zijn ogen waren ijskoud en hard.

‘Echt waar?’ Hij lachte, een hol, bitter lachje. ‘Dacht al dat je me bekend voorkwam.’ Ze voelde een strakke band om haar hoofd, haar gedachten draaiden in het rond als een tol die de bocht uit vloog. ‘Ja, nu weet ik het weer. Beetje warrig hierboven,’ ging Stanley verder. ‘Het waren Franse hoeren in Londen die geld verdienden, en niet Engelse hoeren in Parijs. Ik zal je dit zeggen.’ Hij deed zijn mond wijd open zodat zijn woorden er duidelijk uit kwamen. 'Je bent sinds die tijd wel omhooggeklommen op de ladder. Een van Gino Messina's hoeren. Stel je eens voor.'

Ada snakte naar adem, hief haar hand op om hem te slaan, maar Stanley greep haar arm en trok haar terug op het bed. Hij pakte haar haar beet en trok er zo hard aan dat Ada het uitschreeuwde van de pijn.

'Jij klootzak,' schreeuwde ze, terwijl pijn, woede en verbijstering elkaar afwisselden in haar hoofd. De woorden perste ze er met moeite uit. 'Ik dacht dat je van me hield. Ik bleef bij jou. Toen verliet je me. Waaróm? Je vertelde me dat je Stanislaus heette. Stanislaus von Lieben. Waaróm?'

'Goh zeg, dat je je dat herinnert,' zei hij. 'We hadden het in Parijs naar ons zin, hè?' Hij knikte grijnzend. 'Ja, ik was Stanislaus in die tijd. Ik had een heleboel namen, allemaal buitenlandse namen. Goede zet, dat wel,' zei hij. 'Met papieren en alles erop en eraan.'

Hij hield haar vast op het bed.

Alle warmte was uit haar bloed weggevloeid, wat overbleef was een koude, lege huls vol haat. Ze had nog nooit zo'n verachting voor iemand gevoeld. 'Je liet me in de steek,' zei ze, 'en onze zoon. Hij heette Thomas. Thomas.'

'Zoon? Heb ik niets mee te maken. Je had een condoom moeten gebruiken,' zei hij en hij trok haar dichter tegen zich aan, 'als hoer zijnde. Bovendien...' Hij begon haar te zoenen, onhandige natte lippen die roken naar whisky en wijn, naar tabak en een onfrisse adem. '... Ik dacht dat jullie meiden wisten hoe jullie dat soort dingen moesten afhandelen.' Ze probeerde hem weg te duwen, maar hij drukte haar steviger tegen het bed. Ze kronkelde onder hem, duwde haar hand tegen zijn kin, dreef haar nagels in zijn wangen. Hij sloeg haar hard in het gezicht en drong zichzelf bij haar naar binnen.

Namen. Het was net zoals in Namen. Hij droeg geen condoom.

Hij lag buiten westen op zijn buik, een arm over haar heen geslagen. Ze wurmde zich eronder vandaan. Hij bewoog niet. Ze trok haar peignoir aan, deed de deur open, hield de deurkruk stevig vast zodat hij geen geluid maakte waardoor Stanislaus wakker zou kunnen worden en liep naar het toilet.

Stanley Lovekin. Stanislaus von Lieben. Ze wist precies wat voor vlees ze in de kuip had. Verliet haar midden in de oorlog. Iedereen voor zich. Gaf niets om haar. Had nooit om haar gegeven. En zij dacht dat ze van hem had gehouden. Ze trok zo hard door dat de ketting van het toilet uit haar hand sloeg. Ze sloeg de peignoir om zich heen en knoopte de ceintuur stevig vast. En Gino. Uit hetzelfde hout gesneden. Ze heersten over haar, dat kon ze nu zien. Scarlett had gelijk. Wat had Stanislaus voor haar gepland in Parijs of Namen? Blankeslavinnenhandel? Was hij van plan een bordeel te openen? Had hij geweten dat de Duitsers België zouden binnenvallen? *Ein wunderschönes junges Mädchen, Herr Beamter.* Hij bereidde zichzelf voor om haar pooier te zijn. Natuurlijk. Al die vriendelijkheid, haar binnenhalen met lieve woordjes, zodat ze hem nodig zou hebben. Net als Gino nu. Hij en Gino. Hij zei dat ze elkaar al een hele tijd kenden. Parijs. Misschien was hij naar België, Namen gegaan om Gino te zien.

Ze ging terug naar de slaapkamer. Ze zou tegen hem zeggen dat hij weg moest gaan. Schreeuwen, gillen dat hij nooit meer terug moest komen. Speelde met de gedachten om hem aan te geven bij de politie. Hij was compleet van de wereld. Ze ging naar de wasbak voor wat water. Gooi het over hem heen. Breng hem weer bij.

Of laat hem met rust. Hij zou de komende uren niet wakker worden. Ze deed haar peignoir uit, pakte haar jurk van het voeteneind van het bed en trok hem aan over haar hoofd. Stanislaus bewoog even druk in zijn slaap. Ada stond stokstijf stil. Hij werd weer rustig en begon te snurken, een gegorgel achter in zijn keel. Ze perste haar voeten in haar schoenen, balanceerde op de ene voet en toen op de andere, trok het enkelbandje omhoog, legde haar tas op het bed. Hij hoestte en schokte even. Ze hield zich vast aan de bedstijl voor het evenwicht en keek.

Hij lag daar te slapen alsof er niets was gebeurd. Ze had onnoemelijk geleden, allemaal vanwege hem. Altijd een man, dacht ze. Het was verdomme altijd een man geweest. Stanislaus. Herr Weiss. Gino. Als ze van hen af was, wat dan? Ze kon zichzelf zijn, haar eigen leven leiden. Ze snoof. Het was een tijd geleden dat ze aan dat gedicht had gedacht. *I am the captain of my soul.* Ik ben de kapitein van mijn ziel. Ja. *The mistress of her fate.* De meesteres van haar lot. Wraak was zoet. Ze verdiende het na al dat lijden. Nu was het hun tijd om te lijden. Ze zweette, haar oksels waren klam. Ze staarde naar Stanislaus, zijn gezicht zilverkleurig in het maanlicht. De herinneringen kwamen boven, vulden haar hoofd met hun gekmakend geraas. Thomas, die stil als in een droom in de bruine tas van de priester lag. Ada, alleen in Dachau, die doodging van de honger, terwijl haar huid afschilferde. Bommen die om haar heen vielen, de lucht uiteenreten en de grond ranselden. Ze voelde de bittere gal van angst in zich opwellen, dat zich als vergif door haar aderen en zenuwen verspreidde. Stanislaus had haar leven verwoest, en dat van Thomas. Oog om oog. Ze proefde in haar mond de metaalachtige smaak van bloed. Hij sliep nog steeds, snuivend als een baby. Ze zou voor altijd van hem zijn bevrijd. Ada Vaughan. Ze zou Tommy proberen te vinden, hem thuisbrengen en haar leven met een schone lei beginnen.

Ze pakte haar handtas op en sloop op haar tenen door de kamer. Ze trok de gordijnen dicht, tilde de glijders hoog op in de rails zodat ze niet piepten, drapeerde de stof op de vensterbank en vouwde de beide kanten zo dat er geen sprankje licht doorheen kwam.

Ada wachtte even om haar ogen aan het donker te laten wennen. Stanley snurkte, het bed schudde bij elke ademhaling. Ze kwam dichterbij. Ze verwachtte dat zijn hand uit zou schieten en haar vast zou pakken, maar hij bleef stil liggen. Ze wachtte, telde één, twee, drie. Ze liep naar de kachel toe, vier, vijf, zes, haalde diep adem, zeven, acht, negen. Ze deed het gas aan, hoorde het sissen, rook de zure zwavel van de gassen. Ze liep op haar tenen naar buiten, trok de deur achter zich dicht en duwde de rol er stevig tegenaan, zodat het gas niet doordrong tot in de hal. Tien.

De trap naar beneden, vier verdiepingen, naar buiten. Ze had al die tijd haar adem ingehouden en nu liet ze de lucht zo snel en stevig haar longen binnenkomen dat hij rondtolde in haar longen en tegen haar ribben sloeg. Ze zakte ineen op de stoep.

'Gaat het, liefje?' Een vrouwenstem.

'Ja, dank u,' zei ze. 'Ik ben slechts buiten adem.'

Sta op. Loop weg. Alsof er niets is gebeurd. Schiet op.

Haar benen voelden slap aan en zwabberden, de ene voet sleepte zich voor de andere. Ze strompelde Floral Street uit en ging Garrick Street in. Ze bleef even op de hoek van de straat staan om op adem te komen, en hield zich met één hand tegen de muur van een gebouw in evenwicht. Ze trilde, haar botten leken te klapperen onder haar huid. Maar ze was eindelijk vrij. Ze kon gaan met wie ze maar wilde. Aan geen enkele man iets verschuldigd. Nooit meer.

Ze keek vluchtig naar de klok op Strand. Elf uur. Niet te laat. De portier bij Smith's deed de deur open en trok een wenkbrauw op. Ze liep naar het damestoilet. Haar haar zat in de war. Ze haalde een kam uit haar tas en bracht het weer in model, rol boven op haar hoofd, vastspelden, een lok aan de zijkant. Ze zocht in haar tas naar haar lippenstift, bracht hem aan en deed haar lippen op elkaar. Zo goed als nieuw. Alsof er niets gebeurd was. De trap op. Ze had haar geld bij de hand.

De maître d' was er nog steeds, dezelfde als eerder.

''k Heb jou een tijdje niet gezien,' zei hij.

'Ik heb het druk gehad.' Ada sloeg met het sixpence-muntstuk op de katheder.

De maître d' pakte het op. 'De prijs is omhooggegaan,' zei hij. Ik heb spionnen, weet je, ze kon het Gino horen zeggen. 'Zwijgen is goud, als je begrijpt wat ik bedoel.'

'Nee hoor,' zei Ada, 'niet meer.'

Ze schoof langs hem heen de bar in, ging op haar gebruikelijke plek zitten en bestelde een white lady. Ze haalde haar sigaretten tevoorschijn, legde ze op tafel, nam er een uit het pakje en rolde hem tussen haar vingers. Ze was het niet vergeten.

Ze stak de sigaret aan en nam een lange haal waardoor haar longen gingen branden. Ze dronk haar cocktail in twee slokken op, de bittere alcohol brandde in haar keel toen ze slikte.

'Wil je er nog een?' De stem klonk zacht. Ze probeerde zich te richten op de man naast haar in een tweed jasje en een ribfluwelen broek. Hij moest het bloedheet hebben in die kleding. Hij keek haar glimlachend aan, een pijp in zijn hand, de steel ervan rustte tussen zijn lippen. Hij had iets huislijks, vaderlijks. Een aardige man. Iemand om voor thuis te komen, warme sloffen bij het vuur. 'Zo te zien kun je er wel een gebruiken.'

Ada staarde hem wazig aan, zei niets, terwijl hij de ober wenkte. Nog eentje.

'Je ziet eruit alsof je een geest hebt gezien,' ging hij verder. 'Wil je erover praten?'

Ze schudde haar hoofd.

'Soms helpt het om te praten. Je bent een knappe vrouw. Ik kan het niet aanzien dat je er zo verontrust uitziet.'

'Je kent me niet,' zei Ada. 'Waarom zou het je wat kunnen schelen?'

'Als de oorlog me één ding heeft geleerd,' zei hij, 'dan was het dat we voor elkaar moeten zorgen. Ik probeer je niet te versieren,' voegde hij eraan toe. 'Begrijp me alsjeblieft niet verkeerd.'

Ada lachte, een boos, bitter ha ha.

'Zoals je wilt,' zei hij, terwijl hij wegliep, 'ik wilde alleen maar helpen.'

'Nee,' zei Ada, 'blijf maar.'

Hij trok een stoel bij en ging zitten. 'Ik ben Norman,' zei hij.
Ada keek naar hem.
'Ada,' zei ze, 'Ada Vaughan.' Dat voelde goed. Ada Vaughan. Modiste.
De ober bracht haar nog een drankje en een martini voor de man.
'Proost, Ada,' zei hij en hij hief het glas. 'Daar ga je.'
Een golf van vermoeidheid sloeg over haar heen. Ze wilde niet praten. Ze wilde geen gezelschap. Ze wilde alleen zijn.
'Weet je,' zei ze, 'ik ben toch liever alleen.'
Hij trok een wenkbrauw op, keek verbaasd en gekwetst. Hij haalde zijn schouders op, stond op en liep zonder wat te zeggen weg. De geur van de pijptabak zweefde naar haar toe. St. Bruno. Haar vader rookte die. Grof gesneden. Norman was een goede man, dacht Ada, op elk ander moment had ik hem kunnen hebben. Waarom komen aardige mannen altijd op het verkeerde moment?

Ze was de laatste die de bar verliet om vier uur 's ochtends. De maître d' hield haar elleboog vast terwijl ze de trap af liep.
'Geen afspraakjes deze avond, hè?' zei hij. 'Je bent niet helemaal lekker. Moet je ver?'
'Nee,' zei Ada. 'Nee.'
Ze strompelde langs de portier. De maître d' schudde zijn hoofd. Geen fooi deze keer. Door de zware draaideuren, het zachte, frisse licht van de vroege zonsopgang tegemoet. De citroenkleurige zon wierp schaduwen en de lichte topaasblauwe lucht beloofde regen.
'We hebben een storm nodig,' zei de portier, 'om de lucht te klaren.'
Ze was licht in haar hoofd. Ze leunde met een hand tegen het glas van de winkel op de hoek. Zo licht als een elfje. Ze giechelde, kokhalsde en gaf over op de stoep. Ze liep naar binnen. Het was op haar schoenen en de zoom van haar jurk gespetterd.

Ze zou de jurk moeten wassen. Onderdompelen in haar kleine wasbak. Organza was misschien teer, maar ze vocht voor haar leven. Ze moest haar stevig vastpakken, onderduwen totdat de hele jurk verzadigd was. Haar voeten glipten uit haar schoenen, dus ze wilde ze uitdoen, hinkelend op een been, ze trok aan de bandjes en schopte ze los. Ze pakte ze op. Op haar tenen door de tulpen.

Er stond een politieagent op de stoep van haar gebouw, een echte oude bromsnor. Ik ken een dikke, oude politieagent, hij loopt altijd in onze straat. Haar vader zong dit vroeger voor hen toen ze jong waren. Een dik, vrolijk rood gezicht had die man, hij was echt niet kwaad.

Ze ging dichter bij hem staan en zei: 'Agent.'

'U kunt hier niet naar binnen, mejuffrouw,' zei hij. 'Er is een fataliteit geweest.'

'En wat mag dat dan wel zijn?'

'Een moord,' zei de politieagent, 'in gewone mensentaal.'

'Ooo.' Ada knipperde met haar ogen. 'Maar ik woon hier.' Ze deed een stap naar achteren en wees in de lucht. 'Daarboven. Op de zolderverdieping.'

'En hoe heet u?'

'Ada,' zei ze. Ze deed haar mond wijd open zodat het geluid er luid en duidelijk uit kwam, alsof het een voordracht was. Heel eloquent. Consequent. Zo dronken als een tor. Taalgebruik, Ada, taalgebruik. 'Of Ava.' Ze beet op haar onderlip. 'Omdat u betaalt,' hikte ze, 'kunt u kiezen.' Ze wankelde en greep de agent vast om haar evenwicht te bewaren.

Hij greep haar pols. 'Achternaam?'

Ada knipperde met haar ogen. Hij was niet vriendelijk, deze agent. 'Vaughan,' zei ze, 'Ada Vaughan.'

'Nou, Ada Vaughan,' zei hij, 'ik denk dat je er goed aan doet om met mij mee te gaan naar het bureau.'

'Bureau?' Hij hield haar nog steeds met één hand vast en viste met de andere in zijn zak. Hij haalde er handboeien uit en sloeg deze om Ada's polsen dicht.

'Ada!' Scarlett rende op haar af. 'O, Ada, zeg dat je schuldig bent,' zei ze. 'Dat maakt het makkelijker. Je krijgt dan alleen een boete.'

Ada was in de war. Toen schoot er een nuchtere gedachte door haar hoofd. Stanislaus. Ze had het gas aan gelaten. Hij zou dood zijn.

'Ik heb het gedaan,' zei ze. 'Ik heb hem vermoord.'

De politieagent liep met haar over straat naar het politiebusje. Ze zat op de harde bank, haar hoofd tolde. Had hij de boel kort en klein geslagen, snakkend naar adem terwijl zijn longen brandden en zijn keel werd dichtgeknepen? Had hij geprobeerd naar de muur te kruipen om de gasleidingen te blokkeren? Zou de stank van zijn vlees blijven rondhangen in de kachelpijpen?

'Op-zet-te-lijk,' voegde ze eraan toe.

Hij had het verdiend.

Deel III

Londen, november 1947

Ze moest maanden wachten nadat de datum voor haar proces was vastgesteld, opgesloten in die cel met de witte tegels en beroete voegen en het tralieraam hoog in de muur. Ze werd één keer per dag gelucht en dan moest ze haar emmer legen en mocht ze op de binnenplaats wandelen. Ze had het bijna liever net zo druk gehad als in het huis van de commandant dan hier in de gevangenis af te stompen, niemand die op bezoek kwam, zelfs Scarlett niet omdat meester Wallis had gezegd dat ze misschien een getuige was, dus daarom kon ze niet komen.

'Onschuldig,' had ze tegen haar advocaat, meester Wallis, gezegd. Ze had het gedaan, alles bekend, maar ze wilde niet hangen voor Stanley Lovekin, haar leven opgeven voor dat van hem. Hij was het niet waard.

Meester Wallis was jong en zag eruit als een schooljongen. Hij kon de s niet goed uitspreken en ze kwamen er dik en vochtig uit. Hij likte zijn lippen, zoog het spuug weer naar binnen en keek naar Ada. Dit was zijn eerste moordzaak, vertelde hij haar, maar hij was de enige die het gratis voor haar wilde doen. Ze moest naar de rechtbank komen in haar gevangenisuniform, een grijze rok die aan de achterkant afzakte en een voddige groene bloes. Ze had liever haar eigen kleren gedragen, maar meester Wallis zei dat haar huisbazin nadat de politie klaar was alles meteen had weggegooid. Het enige wat ze had was de blauwe jurk van organza die ze had gedragen en die de juten in beslag hadden genomen als bewijs. Lekker stel waren ze, Ada en meester Wallis. Hij amper zijn korte broek ontgroeid, en zij in haar gevangenisuniform en lelijke veterschoenen. Niet eens een beetje lippenstift.

Het balkon zat bomvol, zelfs al was het november. De mist buiten was zo dik dat de conducteurs voor de bus uit moesten lopen. Er waren zoveel mensen om de zaak te horen, alsof het om een of ander publiek spektakel ging. Haar moeder moest weten dat ze terechtstond. Meester Wallis had gezegd dat het in alle kranten stond. Ze vroeg zich af of ze er zou zijn, haar had vergeven. Wat er ook gebeurt, Ada, je bent mijn dochter en ik houd door dik en dun van je. Het was waarschijnlijker dat haar moeder haar zou onterven. Nee, je hebt het mis. Dat is een andere Ada Vaughan. Mijn Ada is voor de oorlog verdwenen. Misschien dat haar vader haar vanuit de hemel kon zien. Het is in orde, Ada, meisje, ik heb een goed woordje bij je vakbondsleider hierboven voor je gedaan. Grijnzend, knipogend. Ze dacht aan Thomas. Bijna zeven jaar oud. Het balkon was op een tussenverdieping boven haar en ze kon niet zien wie daar zat, niet vanwaar ze stond. Als ze vrij werd gesproken van moord, en meester Wallis zei dat ze een goede kans maakte, dan zou ze haar tijd uitzitten en dan naar Duitsland gaan, op zoek naar Thomas.

De jury zat links van haar. Twaalf mannen van middelbare leeftijd, te oordelen naar het grijs in hun haar. Ze moesten iemand zijn, deze mannen, huizen bezitten of in een net huurhuis in een goede buurt wonen. Meester Wallis zei dat het nuttig was om mannen te hebben. Vrouwen deden amper dienst als jurylid, maar als ze dat wel deden, konden ze krengerig zijn, vooral tegenover andere vrouwen. Ze kon de mannen gemakkelijk charmeren, als ze gekleed was in mooie kleren en hoge hakken aanhad. Haar blauwe moiré, haar zwarte crêpe. Zouden deze mannen haar mooi vinden op haar platte schoenen en met haar groene gevangenisbloes aan? Zonder poeder, zonder lippenstift? Haar haar had een uitgroei van tien centimeter, zodat ze er opzichtig en ordinair uitzag. Ze had haar haar opgestoken in een rol en het vastgezet met schuifspeldjes. Van de voorkant zag het er tenminste netjes en verzorgd uit. Ze zou haar best doen. Rechtop staan.

Ze was die dag al drie keer naar de wc geweest. Meester Wallis had Ada verteld dat de zaak moeilijk zou zijn. De jury had een hoop overtuiging nodig. Hij zou zijn best doen, maar hij kon niets beloven. Deze jury was lastig en meester Wallis was jong en onervaren. Hij zei dat niemand ooit dit soort verdediging had gebruikt in een zaak als die van haar. Provocatie, noemde hij het. Behalve dat de provocatie niet één enkele slag was, één gewelddadige daad die zorgde voor de doorslag, een enkele vonk, maar in plaats daarvan een lange, langzaam brandende lont was die jarenlang had gesmeuld, het kruit onzichtbaar totdat uiteindelijk één vonk de boel in lichterlaaie zette, een laaiend vuur opriep dat de rede wegzoog als in een draaikolk.

Ze stonden op toen de rechter binnenkwam, dezelfde als tijdens de eerste hoorzitting drie maanden geleden. Hij was oud, had een doodshoofdachtig gezicht, diepliggende ogen en hangende wangen. Op het puntje van zijn neus stond een leesbril, twee knokige handen zweefden onder zijn toga. Hij zag eruit als een lijk. Ada vroeg zich af of hij ziek was, kanker die aan zijn ziel vrat, die knaagde aan zijn hart. Ze greep de houten reling van het beklaagdenbankje vast, vingers bovenop, duimen aan de onderkant. De reling voelde ruw aan, versleten door de duimnagels van mensen die hem ook stevig hadden vastgehouden. Ze voelde zich misselijk worden.

'Vertel het hof uw volledige naam.'

'Ada,' zei ze, 'Ada Margaret Vaughan.' Margaret, naar haar moeder.

De griffier las de aanklacht voor: '... in de centrale rechtbank voor strafzaken, de Kroon tegen Ada Vaughan... op de beschuldiging van het onwettig doden van Stanley John Lovekin, in de nacht van 14 juni 1947.'

Het plafond leek naar beneden te komen en de lambriseringen van de muren leken haar in te sluiten. Ze voelde zich fragiel en klein, de rechter hoog daarboven in zijn rechterstoel en de jury in de jurybanken, meester Wallis voorin en meester Harris-Jones, de openbare aanklager, trots in het rond stappend alsof hij de zaak al had gewonnen. Harris-Jones was ouder dan Wallis, meer ervaren, dat zag je zo aan de manier waarop hij op zijn hakken heen en weer wiegde en zijn grote handen die uit de openingen van zijn toga staken.

Ze begon te beven, haar benen trilden alsof ze beugels nodig had om ze sterk en recht te houden. Ze wist niet zeker of ze op kon staan. Ze begreep nu wat de uitdrukking 'het gewicht van de wet' betekende. Niet de zware hand van de smeris op je schouder. U kunt maar beter met mij meegaan, mejuffrouw, maar de zwaartekracht van het recht dat haar de grond in drukte en haar tot stof vermaalde. Ze keek op naar de ramen op zoek naar de aarde, de lucht en de horizon ertussenin, maar de ramen waren hoog in de muur geplaatst en ze kon alleen maar de dikke, groene slijmerige wolken zien die in vies ruikende plukken door de straten en rondom de torens van de stad dreven.

'Wat pleit u?' vroeg de rechter.

Ze kon zeggen schuldig, dan was het snel klaar en kon ze teruggaan naar haar cel. Maar ze zou hangen als ze dat deed en dat liet ze zich niet aandoen door Stanley Lovekin. Ze zou het overleven. Ze was een overlever. Ze had geluk.

'Onschuldig,' zei ze zachtjes.

'U moet harder spreken.' De stem van de rechter. De kamer klonk hol, ze zou haar stem moeten verheffen. Vanuit het middenrif. Ze kon mejuffrouw Skinners stem in haar hoofd horen, al die jaren geleden. Je kunt eruitzien als een zwaan, maar als je praat als een mus, wie neemt je dan serieus?

'Onschuldig.' Ar-ti-cu-le-ren.

De rechter boog zich naar meester Wallis toe.

'Niet schuldig aan moord, maar schuldig aan doodslag door provocatie,' zei meester Wallis.

'Dank u.' Hij schreef iets op de blocnote die voor hem lag. Zijn pen was van goud. Moest wel een pond of twee waard zijn.

'Dit is een hoogst ongebruikelijke verdediging,' zei de rechter en hij richtte zich tot Harris-Jones. 'Ik neem aan dat u de eisende partij op de hoogte hebt gebracht van de wet op provocatie zoals deze er is?'

'Ja,' zei meester Wallis.

De rechter richtte zich tot de juryleden om hen toe te spreken. 'De jury moet besluiten of de beklaagde zodanig getergd is dat ze haar zelfbeheersing heeft verloren, dat wil zeggen, getergd zodat ze de rede voorbij was. Normaal gesproken,' – de rechter was even stil, keek de juryleden een voor een aan, keek naar Ada, die haar hoofd had gebogen en aan de velletjes naast haar nagel plukte – 'valt de provocatie onder de volgende voorwaarden.' Hij hief zijn hand, de vingers waren wijd gespreid. 'Ten eerste: door getuige te zijn van de homoseksualiteit van zijn zoon.' Hij haalde diep adem en deed zijn wijsvinger naar beneden. 'Ten tweede, door getuige te zijn van het overspel van zijn vrouw.' Hij perste zijn lippen op elkaar en deed zijn middelvinger naar beneden. 'Of, ten derde, het onrechtmatig arresteren van een Engelsman, en ten vierde, de mishandeling van een familielid.' Hij zei de laatste zin in één adem alsof hij aan het zingen was, zijn stem ging steeds hoger, en hij deed zijn ringvinger en pink tegelijkertijd naar beneden, en richtte zich ondertussen weer tot meester Wallis.

'Ja, edelachtbare,' zei meester Wallis.

'En dan is er slechts één mogelijke manier van verdediging over? Een hoogst ongebruikelijke manier?'

'Ja, edelachtbare.'

'Die van grove beledigende aanval?'

'Ja, edelachtbare.'

'Goed, goed.' De rechter bromde als een walrus.

De juryleden keken naar haar. Ze veroordeelden haar al. Uiterlijkheden deden ertoe, Ada wist dat, beter dan wie dan ook. Ik dacht dat je een van de klanten was, je ziet er zo goed gekleed uit. Ze zagen haar in haar gevangeniskleren, ze zag er schuldig uit, waardoor ze haar veroordeelden nog voordat het proces was begonnen. De voorzitter van de jury had een snor en boven zijn borstzakje hingen onderscheidingen. Oorlogsheld. Ada vertrouwde mannen met snorren niet, zeker niet na Stanislaus. Ze bracht haar hand naar haar haar, zorgde ervoor dat het goed zat, keek toe hoe meester Harris-Jones opstond, zijn papieren opstapelde op de tafel voor zich en zich omdraaide naar de jury.

'De zaak voor de aanklager,' zei hij terwijl hij naar de juryleden keek, 'is simpel. Er is geen twijfel mogelijk dat de overledene door de toediening van gas toen hij bewusteloos was onrechtmatig is vermoord. Er is een bekentenis, die wordt ondersteund door het bewijs, waardoor er snel een oordeel kan worden geveld. Het enige probleem is of er sprake was van een grove beledigende aanval waardoor ze haar zelfbeheersing verloor in omstandigheden waarin een redelijk iemand in haar positie en met haar achtergrond dat zou hebben gedaan.'

Angst. Ze herinnerde zich nu weer hoe die smaakte, hoe die als een bliksemschicht door haar heen schoot en haar deed huiveren. Er was een politieagent die achter haar stond, achter de beklaagdenbank. Ze draaide zich om, wilde zijn blik vangen, een kruimel medeleven opvangen, maar hij keek uitdrukkingsloos recht voor zich uit.

'De zaak voor deze grove beledigende aanval, leden van de jury,' hij sprak de woorden langzaam uit, voorzichtig alsof het een vreemde taal was die niemand begreep, 'begon zo'n tien jaar geleden, aan het begin van de oorlog.'

Meester Harris-Jones schetste de situatie: Stanislaus von Lieben. Verleider. Een schoft en ongetwijfeld een lafaard. Maar had hij haar misbruikt? Haar mishandeld of beledigd? Hij bewoog zijn hand heen en weer op een manier die aangaf dat hij twijfelde. 'Verliet hij haar? Of werden ze gescheiden door de anarchie van de oorlog waar niemand iets aan kan doen?'

Hij legde haar leven voor hen neer, ontleedde het. Hier is het hoofd, hier zijn de voeten, dikke darm, dunne darm. Maar hij had het niet over liefde, moed, innig verdriet of angst, niets wat vanbinnen in haar zat, Ada Vaughan.

Gevangengenomen door de nazi's. Verborgen zwangerschap en de bevalling. Herr Weiss. Jarenlang opgesloten in die kamer. Misschien bang, hongerig. Een kleine jongen, Thomas, Thomas in het Duits. Duits, leden van de jury. Het verlies van dit kind.

'Werd ze zo gekweld door zijn herinnering? Gedreven tot moord hierdoor?' Zijn stem klonk sarcastisch.

Hij keek naar haar, nodigde de jury uit om zijn visie te volgen, om haar te zien afgeschilderd als een ordinaire schurk, iemand die niet in staat was goed van kwaad te onderscheiden.

Lovekin. Stanley Lovekin. Stanislaus von Lieben. Was hij de architect geweest van haar kwellingen van de laatste tien jaar, de oorzaak van haar lijden? Dat ze was vervallen tot zonde, een leven van zonde en wanhoop? Verlaat hoop, allen die hier binnengaan. Of was hij gewoon een man als iedere andere man?

'Wat was de aard van de aanval? Dat hij weer opgedoken was?' Hij keek naar de juryleden, van man tot man, keek ieder van hen in de ogen, voordat hij weer naar Ada keek. Ze stond als een gekooid dier, of een krankzinnige in de beklaagdenbank, waar ze amper boven de reling uit kwam. 'Als hij het inderdaad was.'

'Het was hem,' riep Ada uit.

'Stilte,' zei de rechter.

Hij had geen hart deze man, dat zag Ada zo.

De jury had haar bekentenis. Ik, Ada Margaret Vaughan... Ze had haar ondertekend. Een politieagent vertelde hoe hij het lijk op het bed had aangetroffen. Hij had alleen een overhemd en een hemd aan, geen broek. Stonk naar whisky. Een rechercheur zei dat de enige vingerafdrukken op de gaskraan die van Ada waren, en op de raamkozijnen waar ze de gaten in het gordijn had dichtgestopt, en aan de onderkant van de deur waar ze de rol om de tocht tegen te houden tussen had gepropt. Dat waren de feiten in deze zaak. Onweerlegbaar. Schuldig aan moord. Maar doodslag? Provocatie? Grove, beledigende aanval?

Zuster Brigitte was aangekomen na de oorlog. Ze stond in het getuigenbankje met een schone, gesteven kap en een donkergrijs scapulier over haar zwarte habijt, haar koperen crucifix glinsterde in het elektrische licht. Het was vreemd om haar hier in Londen te zien. Het leek alsof ze ergens anders thuishoorde, in Europa, in de oorlog.

Ja, Ada had bescherming gezocht in het moederhuis in Namen. Ze was gescheiden geraakt van haar man, Stanislaus von Lieben. Nadat de nazi's België hadden bezet, waren de Britse nonnen geïnterneerd, naar München overgebracht, gedwongen om bejaarden te verzorgen.

Zuster Brigitte. Door haar te horen spreken, kwamen Ada's herinneringen weer naar boven. Het reanimeerde het lichaam dat meester Harris-Jones voor hen neer had gelegd. Ada wist dat ze trilde. Ze kon de bommen en het geschreeuw horen, het cordiet en de vuren ruiken, en de angst die haar die dag in Namen omringde.

'Als u had geweigerd hen te verplegen,' zei meester Harris-Jones, 'zou u dan zijn doodgeschoten?'

'Mogelijk,' zei zuster Brigitte. 'We hebben het risico nooit genomen.'

'U hebt geen poging gedaan tot verzet?'

Ze keek meester Harris-Jones strak aan alsof ze recht door hem heen kon kijken.

'Het is onze roeping,' zei ze, 'om oudere mensen te verzorgen, waar en wanneer dat nodig is. Onze roeping houdt zich niet bezig met politiek of oorlog. Net zomin als ouderdom.'

'Hoogstaande principes,' zei meester Harris-Jones. 'Handig, ten tijde van het verschrikkelijkste regime in de geschiedenis, vindt u niet?'

'Alleen degenen zonder principes nemen hun toevlucht tot cynisme,' zei zuster Brigitte, en ze keek hem recht aan. Ze bleef hem aankijken totdat hij wegkeek naar zijn aantekeningen. Zuster Brigitte had de nazi's overtroefd. Ze raakte niet van streek door een kruiperige advocaat, zelfs al was hij lid van de King's Counsel.

'Ik heb gehoord dat u verscheidene maanden in München bent gebleven nadat de oorlog over was,' zei meester Harris-Jones. 'Kunt u mij vertellen waarom?'

'We konden onze oude mensen niet in de steek laten. Niet totdat we zeker wisten dat er voor hun welzijn zou worden gezorgd.'

'De beklaagde, Ada Vaughan...' zei meester Harris-Jones.

'Zuster Clara.'

'Zuster Clara. Stond zij als zodanig bekend?'

'Ja.'

'Werkte zij?'

'Ja. Ze was geen verpleegster, maar ze kon ondergeschikte taken uitvoeren.'

'En gedroeg ze zich als een non?'

'Ja,' zei zuster Brigitte, 'uiteraard.'

'En de nazi's hebben nooit geraden dat ze niet was wie ze beweerde te zijn? Zelfs niet tijdens haar zwangerschap?'

'Ze droeg het habijt van een non die veel dikker was dan zij. Het was niet zichtbaar.'

'En wanneer beviel ze?'

‘Gelukkig waren er geen complicaties. De baby kwam in de nacht. Onze slaapzaal was buiten gehoorsafstand van de bewakers.’

‘Toeval?’

‘Nee, geluk.’ Zuster Brigitte glimlachte. ‘We hadden gebeden.’ Ada kende die glimlach. ‘De maagd Maria waakte over ons.’

‘En de baby? Wat gebeurde daarmee?’

Zuster Brigitte slikte, keek naar Ada. Wie zag ze daar in het beklaagdenbankje? Wat dacht ze?

‘De baby werd dood geboren.’

Nee. Zijn tere huidje, gemarmerd paars en blauw als de binnenkant van een gebedenboek. Ze had de punt van de handdoek van zijn gezicht teruggeslagen zodat ze het zich zou herinneren. Zijn ogen waren gesloten en opgezet, diepe plooien rondom de oogkassen. Zijn handen waren tot kleine vuisten gebald, tegen zijn wangen aan geduwd. Hij was kaal, zijn hoofd glad door het bloed en het slijm. Hij lag daar met zijn blote schouders en vouwen in zijn nek. Hij sliep.

Hij leefde.

Ada herinnerde zich de zwarte stola in de tas van vader Friedel die lichtjes bewoog door Thomas’ adem, hoe zijn neusgaten trilden terwijl de lucht zijn longen vulde, hoe zijn borst bewoog, op en neer, op en neer. Het was zijn ademhaling, niet de lucht uit de tas toen ze deze dichtdeed.

Zuster Brigitte had hem gedoopt zodat hij niet naar het voorgeborchte ging, had Ada’s hand vastgehouden toen vader Friedel vertrok. ‘Moge zijn kleine ziel rusten in vrede. Zeg dit samen met mij, zuster Clara.’

‘Nee,’ had Ada gezegd. ‘Hij is niet dood.’

‘Zeg dit samen met mij, zuster Clara, mogen de zielen van de gelovigen vertrekken, door de genade van God, rusten in vrede, amen.’

Nee. Thomas was springlevend.

'Hij leefde,' schreeuwde Ada uit. 'Zuster Brigitte, hij leefde.'

'Mejuffrouw Vaughan,' zei de rechter, 'stilte.'

'Wat gebeurde er toen?'

'De priester hielp ons. Hij smokkelde het lijkje van de baby weg.'

'Waarheen?'

Zuster Brigitte haalde haar schouders op. 'Dat weten we niet.'

'Hoe ontdeed hij zich van het lijkje?'

'Dat weten we ook niet. Maar er waren bijna elke dag begrafenissen. Hij kon het babylijkje in een van de kisten van de oude mensen stoppen. Niemand die het zou merken.'

'En zuster Clara?'

Zuster Brigitte keek naar Ada. Er lag tederheid in haar blik, maar ook wroeging. 'Ze vond het moeilijk te accepteren.'

'Dat hij dood was?'

'Ja.'

'Wat deed u?'

'Een postnatale depressie is een verschrikkelijke aandoening,' zei zuster Brigitte. 'Het was zeer ernstig bij haar. Het was over het geheel genomen verstandiger om haar naar de mond te praten.'

'Tegen haar liegen, bedoelt u? Haar laten geloven dat de baby nog leefde?'

'Soms is een leugentje om bestwil beter voor iedereen, voor het grotere geheel. God vergeeft ons die kleine, dagelijkse zonden.'

Nee, dacht Ada, nee. Dit was niet waar. Thomas leefde nog. Zuster Brigitte wist dit. Waarom zei ze dit?

'Toen ze aan het eind van de oorlog terugkwam, ging u toen door met het leugentje om bestwil?'

'Dat moest wel,' zei zuster Brigitte. 'Ze was in een erbarmelijke toestand. Ze was halfdood, gek geworden. Ze kon dat nieuws niet aan.'

‘Probeerde ze haar zoon te vinden?’

‘Ja.’

‘Hebt u het haar toen niet verteld?’

‘We dachten dat het het beste was als ze zou zoeken en er dan zelf achter kwam dat hij niet kon worden opgespoord in plaats van dat wij haar vertelden dat hij dood was. We dachten dat als ze nog steeds hoop had, dat haar herstel zou bevorderen.’

‘U wist dat ze loog, hè?’

‘Hoe bedoelt u?’

‘Over dat ze getrouwd was.’

‘Ik had daar geen oordeel over uitgesproken.’

‘U kreeg van zuster Monica te horen dat Ada Vaughan niet getrouwd was met Stanislaus von Lieben. Haar paspoort stond op de naam Vaughan. Vaughan was haar meisjesnaam. We hebben een beëdigde verklaring van zuster Monica als bewijs. Jury...’ Hij draaide zich om naar de mannen die naast elkaar op de twee banken zaten, hun handen rustend op hun dossiers. ‘Voorwerp 1 in uw dossier. Ada Vaughan droeg een gordijnring als trouwring. U moet hebben geweten dat ze een leugenaar was. Een fantast.’

‘Het was oorlog,’ zei zuster Brigitte. ‘Het was allemaal verwarrend. Verschrikkelijk. Mensen deden van alles om te overleven. Ik zou iemand niet voor zoiets veroordelen.’

‘U zei dat u boven de oorlog stond.’

‘U verdraait mijn woorden. Ik zei dat ouderdom niet weet wat oorlog is.’

Dat is precies wat ze deden, deze advocaten. De feiten uit hun verband halen, zodat ze scheef stonden als een schilderij dat scheef aan de muur hangt, of als een lachspiegel op de kermis waardoor je er lang en dun of klein en dik uitziet. Ada wilde naar de juryleden schreeuwen: zien jullie niet wat hij doet?

‘Kwam Ada Vaughan u opzoeken nadat u in Engeland terug was?’

'Helaas niet,' zei zuster Brigitte hoofdschuddend. 'Ze was welkom geweest.'

'Ik vraag het u nog één keer. U weet zeker dat haar baby dood was?'

'Er was geen pols, geen hartslag, geen ademhaling. De baby werd dood geboren. Geen twijfel mogelijk.'

'Ada Vaughan loog toen ze zei dat hij in leven was.'

'Ze was misleid. Er is een verschil.'

'Fantast,' zei meester Harris-Jones. 'Geen verschil.'

Zuster Brigitte stapte uit het getuigenbankje, kuste haar crucifix en verliet de zaal zonder om te kijken. Ada had op bezoek moeten gaan, dat had ze moeten doen. Maar waar zouden ze over hebben gesproken? Weet je nog toen...? Er was geen vreugde, geen gelukkige tijd om op terug te kijken. Slechts leegheid en verdriet.

Ada was aan het eind van de eerste dag weer terug in haar cel. Meester Wallis kwam langs met een pakje boterhammen en een flesje gemberbier. Hij keek als een gewond dier.

'De baby was dood,' zei hij. 'Dat heb je me niet verteld.'

'Ik wist het niet,' zei Ada. De woorden van zuster Brigitte weerklonken in haar hoofd. Ze wilde met haar hoofd tegen de muur slaan om de demonen uit te drijven die zich daar hadden gevestigd.

'Ik kan je niet verdedigen als jij me niet vertelt wat er is gebeurd.'

'Ik zweer bij God,' zei Ada, 'dat ik het niet heb geweten.'

'Of heb je het gewoon ontkend voor jezelf?'

'Waarom zou ik dat doen?' zei Ada. Haar stem beefde. 'Dat kon ik niet.'

'Kon je niet?' Het was een wrede vraag. Meester Wallis nam een hap van zijn boterham en Ada keek hoe zijn kleine mond heen en weer ging. Ze kon nu niet eten. Ze zag de lege kuilen en de gevlekte huid van lijken die onder de grond lagen begraven voor zich. Kleine Thomas lag uitgestrekt in een kist met een vreemde, een oude man die zijn laatste adem had uitgeblazen en de liefde achter zich had gelaten.

'Dood.' Ze had haar armen om haar middel geslagen en schommelde van voor naar achter, van voor naar achter, alsof haar hoofd in tweeën spleet, de herinneringen aan wanhoop dreven een wig tussen haar hersenhelften. 'Dood en duisternis.'

'Praat tegen me, Ada,' zei meester Wallis. 'Vertel me wat er is gebeurd.'

Ada schudde haar hoofd en bleef heen en weer schommelen.

De volgende ochtend zat de tribune weer net zo vol. Ada draaide zich in het beklaagdenbankje om, om te zien wie er zaten. Misschien was haar moeder gekomen.

Meester Wallis had haar gewaarschuwd dat de aanklager heen en weer zou springen in de tijd, net als een duveltje-uit-een-doosje, dat hij getuigen opriep zodat de jury haar op een bepaalde manier zou zien. Het was de taak van de aanklager om te bewijzen dat er geen sprake was van provocatie. Hij had gezegd dat Scarlett zou worden opgeroepen, hoewel Ada niet begreep waarom. Scarlett had niets te maken met de oorlog of met Stanislaus; ze wist niet eens van Thomas af, had niets gezien op de avond dat Stanley Lovekin overleed. Ada stond nerveus en gespannen in het beklaagdenbankje.

Scarlett kwam de rechtszaal binnen. Schoenen met een kleine hak, sjofele geruite jas, sjaal om haar hoofd die aan de voorkant was vastgemaakt, geen spoor van make-up op haar gezicht. Ze kon iedereen zijn, een onopvallende, anonieme vrouw.

'Kunt u mij vertellen hoe u heet?' zei meester Harris-Jones.

'Joyce Matheson.' Het was voor het eerst dat Ada haar echte achternaam hoorde.

'Uw relatie met de beklaagde, Ada Vaughan?'

'Vriendinnen.'

'Goede vriendinnen?'
'Ja hoor. We hielpen elkaar.'
'En uw beroep?'
Scarlett stak haar kin naar voren en keek de jury rechtstreeks aan. 'Ik ben prostituee.' Scarlett was niet bang voor de wet. Ze had vaker voor de politierechter gestaan dan Ada een warme maaltijd had gehad.
'Is Joyce Matheson uw enige naam?'
'Soms noem ik mijzelf Scarlett. Als ik aan het werk ben.'
'En gebruiken alle prostituees een andere naam?' vroeg meester Harris-Jones.
'Sommigen wel.'
'Deed Ada Vaughan dat?'
Ada haalde haastig adem. Ze schilderden haar af als een hoer. Twee van de juryleden schudden hun hoofd. Ze kende hun soort. Verdomde christenen. Baptisten. Ze had zin om te roepen: wie zonder zonde is, werpe de eerste steen. Ze had het gevoel dat ze in een achtbaan zat, op en neer, in het rond draaiend, doodsbang voor wat er nog meer zou komen.
'O ja,' zei Scarlett. 'Ze noemde zichzelf Ava Gordon. Ava naar de filmster, weet je, Ava Gardner.' Meester Harris-Jones knikte, liet haar praten. 'Ik weet niet waar Gordon vandaan kwam. Misschien van de gin. Ze hield van pink lady's.' Ze glimlachte, liep warm voor haar onderwerp. 'Scarlett is van de film *Gone with the Wind*. Hebt u die gezien?'
Harris-Jones zette de val, lokte haar ernaartoe en Scarlett was erin getrapt. Ze kon zien dat Scarlett stond te wiebelen.
'Zou u Ada Vaughan omschrijven als een ordinaire prostituee?'
'Niet ordinair,' zei Scarlett en ze keek in Ada's richting. 'Stijlvol. Rekende meer dan de meiden bij West.' Ze glimlachte, een tevreden pruilmondje. Ze was trots op Ada, trots dat ze haar vriendin was. 'Maar het was dan ook geen beurt van een kwartier die ze hun gaf. Ze werkte vanuit Smith's.'

'Zoals ik al zei,' zei meester Harris-Jones spottend, 'een ordinaire prostituee.'

'Nee,' zei Scarlett. Haar wangen waren rood aangelopen en Ada kon zien dat ze zich opwond. 'Ze liep niet op straat. Ze tippelde niet. Niets van dat alles. Ik bedoel dat ze het alleen maar deed voor een extraatje. Daar is niets mis mee.'

'Extraatje of broodwinning, dat maakt niets uit. Je lichaam verkopen voor seks is prostitutie.'

'Ze was een gezelligheidsdier,' zei Scarlett. 'Dat is alles. Hart van goud. De heren met wie ze was waardeerden dat.'

'Door geld te geven?'

Meester Harris-Jones' zilvergrijze haar krulde onder zijn advocatenpruik vandaan. Ze kon hem zich voorstellen bij Smith's. Ben je alleen? Mag ik erbij komen zitten? Ze had een paar advocaten gehad. En ook rechters. Misschien was hij een van hen geweest, ze zou hem nooit herkend hebben met een pruik op. Hij leek er een te zijn. Zoals hij zich gedroeg. Achteraf zich bezwaard voelend, het op Ada afwentelen, alsof het haar schuld was dat hij zijn vrouw thuis had gelaten met het huishouden en een beetje extra geld. Dat was toch zeker ook betaling? Maar zo ging dat in het huwelijk. Maakte seks legaal. Het was hypocriet. Ze pikte dat niet. Ze was net zo goed als een van hun vrouwen. Ze had Stanley niet vermoord omdat ze prostituee was. Ze had hem vermoord omdat hij een slechte, achterbakse klootzak was.

'Hoe was de relatie tussen Ada Vaughan en de overledene?'

Scarlett wiebelde heen en weer. 'Ik heb hem nooit ontmoet,' zei ze.

'Maar je had over hem gehoord?'

Scarlett haalde haar schouders op. 'Nee.'

'Hoe was de aard van de relatie?'

'Wat denkt u?' beet Scarlett hem toe.

'Dank u.' Meester Harris-Jones keek naar zijn aantekeningen, tilde zijn hoofd op en keek Scarlett recht in de ogen. 'Nog een andere vraag. Heeft Ada Vaughan ooit verteld wat ze deed in de oorlog?'

Natuurlijk niet, wilde Ada hem toeschreeuwen. Waarom zou ze? Ze had het altijd voor zichzelf gehouden.

'Nee,' zei Scarlett. 'We praatten nooit over de oorlog. Beter om dat achter ons te laten, dat is wat we zeiden.'

'Dank u, mejuffrouw Matheson,' zei meester Harris-Jones. 'Geen verdere vragen.'

Scarlett ving Ada's blik en zond haar een meelevende blik. Sorry, liefje, ik heb mijn best gedaan. Ze moest getuigen, had meester Wallis gezegd, kon zich er niet onderuit wurmen. Maar Ada kon nog steeds niet inzien waarom ze daar was, dat ze de jury moest vertellen wat Ada deed voor een beetje extra geld.

'Ik deed het voor Thomas,' schreeuwde Ada. 'Ik spaarde voor hem, om hem thuis te brengen. Maar jullie denken nu dat hij dood is.'

'Mejuffrouw Vaughan,' zei de rechter terwijl hij zich naar voren boog, 'mijn geduld raakt op. U krijgt de gelegenheid om uw verdediging te voeren. Tot die tijd moet u stil zijn of ik laat u uit de rechtbank verwijderen.'

Meester Wallis zei dat hij geen vragen had.

De huisbazin stond daarna in het getuigenbankje, ze hield een bijbel vast en legde de eed af op God Almachtig. Ada had haar niet vergeven voor het feit dat ze al haar kleding had weggegooid zodat Ada niets meer had om te dragen. Ze had vooraf voor die kamer betaald. Ze had het recht niet om haar spullen weg te gooien. Ze had de kamer waarschijnlijk alweer verhuurd. Afperser.

Meester Harris-Jones stond op. 'Was u zich bewust van het beroep van de beklaagde toen u een kamer aan haar verhuurde?'

'Je wordt alleen maar gearresteerd voor het houden van een

bordeel als elke kamer gebruikt wordt,' zei de huisbazin. 'Ik ga vrijuit.'

'Ik ken de wet op dit gebied,' zei meester Harris-Jones. 'Ik vroeg u of u zich bewust was van haar beroep.'

'Ze zei dat ze bij Lyons werkte,' zei de huisbazin. 'Ik vroeg me wel af hoe ze zich een kamer kon veroorloven met het salaris van een serveerster, maar ze ging elke ochtend in haar uniform de deur uit, dus ik twijfelde er niet aan.'

'Wanneer kwam u achter de waarheid?'

'Nou,' zei ze, 'toen ze haar pooier mee naar huis nam. Of hoe je hem ook wilt noemen.'

'Stanley Lovekin?'

'Nee, een andere. Buitenlandse naam. Een neger.' Ze zei het met opgetrokken neus, rekte de lettergrepen, een nee-gur.

De rechter boog zich naar voren en kuchte. 'Zou dat Gino Messina kunnen zijn, naar wie u verwijst?'

'Ja, die bedoel ik.'

Ze wist al wat de juryleden dachten. Alleen prostituees gaan met zwarte mannen. Losse zeden. De huisbazin had dat met opzet gezegd. Gino was geen neger. Ada had slechts gezegd dat hij haar verloofde was. De huisbazin wist niets meer. Ze verzon dit allemaal.

'Waarom denkt u dat hij haar pooier was?'

'Mijn slaapkamer ligt onder die van haar. Er kwam van alles naar boven, dat kan ik u wel vertellen. Dat bed bokte als een ezel met kiespijn.'

'Dat is niet waar,' schreeuwde Ada. Het lef van dat mens. Gino en zij hadden niet altijd seks, niet elke week. En nu beweerde deze vrouw hier dat ze het de hele nacht deed, elke nacht met wie dan ook.

'Mejuffrouw Vaughan,' zei de rechter en hij tuurde over zijn bril heen. 'U bent gewaarschuwd.' Hij knikte naar meester Harris-Jones. 'Ga verder.'

'Wat hoorde u nog meer?' zei meester Harris-Jones.

'Ruzies. Verschrikkelijke ruzies. Je kon hen aan de andere kant van de rivier horen.'

'Waar gingen die ruzies over?'

'Geld. Elke keer. Of ze gaf hem niet genoeg, of hij gaf haar niet genoeg.'

'U liegt,' schreeuwde Ada.

'Mejuffrouw Vaughan,' zei de rechter en zijn stem klonk laag. 'Geen uitbarstingen meer, anders wordt u uit de rechtbank verwijderd.'

'Maar die nieuwsgierige trut moet ons hebben afgeluisterd met haar oor tegen de deur,' zei Ada en ze zag de frons op het gezicht van de rechter. 'Het spijt me.'

Meester Harris-Jones had naar de jury gekeken. Hij richtte zich weer tot de huisbazin. 'En tijdens de nacht van de moord?'

'Nou,' zei de huisbazin met samengeknepen lippen. Ze schudde haar hoofd. 'Wie het ook was die ze mee naar boven nam, hij had meer dan genoeg gehad. Dat merkte je zo. Strompelde de trap op. Ik hoorde haar schreeuwen en toen werd het helemaal stil. Eng stil, als u begrijpt wat ik bedoel. Niet normaal. Het bed kraakte een beetje. Ik dacht dat ze aan het slapen waren. Ik hoorde haar naar de wc gaan, want weet u, die is onder aan de trap, aan de achterkant. Daarna hoorde ik niets meer en toen rook ik gas.'

'En?'

'Ik keek langs de trap naar boven en zag die rol daar liggen, dat ding dat ze gebruikt om de tocht buiten te houden. Het lag buiten tegen de deur. Ik bonkte op de deur, maar niemand antwoordde. Ik wilde niet naar binnen gaan. Dus ik haastte mij de trap af, regelrecht naar de White Lion. Liet hen de politie en de brandweer bellen.'

'Weet u zeker dat er verder niemand de kamer binnen was gegaan of had verlaten?'

'Nee,' zei de huisbazin, 'zij waren slechts met z'n tweeën. Iedereen moet langs mijn appartement. Ik hoor alles. Alles.'

Ada wist dat de huisbazin in de rij zou staan om tegen haar te getuigen. Alles had ze ervoor over om haar een trap na te geven. Had waarschijnlijk alle kleren van Ada gehouden en ze met winst verkocht. Meester Wallis schudde zijn hoofd, alsof hij te bang was om zijn hoofd boven het maaiveld uit te steken en de vrouw het vuur na aan de schenen te leggen. Zag hij niet dat ze loog? Hij kon een van die slimme trucjes uithalen die advocaten doen met woorden en ervoor zorgen dat ze de waarheid vertelde. Maar Wallis stond op, zwaaide met zijn toga zoals ze meester Harris-Jones had zien doen. Advocaten moesten dat doen, het gaf hun het gevoel groot te zijn.

'Houdt u van een glaasje?' zei hij.

'Ik houd ervan om 's avonds een glas donkerbruin bier te drinken,' zei ze. 'Daardoor slaap ik goed.'

'Dank u.' Meester Wallis glimlachte alsof hij een woordenwisseling had gewonnen. Deed geen moeite meer om iets anders te vragen.

'Ze roepen Gino toch niet op, hè?' vroeg Ada tijdens de schorsing aan Wallis. 'Ik kan het niet verdragen om hem te zien. Ik weet niet wat ik dan doe.'

'Ze hadden het graag gewild,' zei meester Wallis, 'maar hij weigerde om te getuigen.'

'Waarom?' Ada wist dat hij nooit om haar had gegeven, maar misschien had hij uiteindelijk toch wat fatsoen in zich. Hij wilde haar naam niet besmeuren.

'Heb je het niet gehoord?' zei meester Wallis. 'Hij zit in de gevangenis.'

'Gevangenis? Waarvoor?'

'Hij heeft drie jaar gekregen omdat hij een prostituee in Mayfair in elkaar heeft geslagen.' Consequenties, Ava, consequenties. Hij moet haar behoorlijk hard geslagen hebben als hij voor zo'n lange tijd naar de gevangenis werd gestuurd.

'Is ze in orde?' vroeg Ada. 'De vrouw. Is ze in orde?'

'Ik denk het wel,' zei meester Wallis. 'Maar als hij nu in de rechtbank getuigt, dan loopt hij het risico dat hij nog meer gevangenisstraf krijgt wegens geld verdienen met immorele praktijken.'

Ada deed haar ogen dicht en balde haar vuisten. Ze was zo stom geweest. Zo verdraaid stom.

De manager van Lyons was de volgende. Goed gekleed in een mooi zwart pakje, zwarte rantsoenschoenen met hak. Had het lef om de kousen te dragen die Ada aan haar had verkocht. Ada wilde haar vragen, zodat de hele rechtbank het kon horen: waar heb je die kousen vandaan?

De manager bevestigde dat Ada als serveerster bij Lyons werkte, maar zei dat ze zich afvroeg hoe ze zich in haar eentje een zit-slaapkamer kon veroorloven. Vroeg zich af hoe ze die had gekregen met het tekort aan huizen en zo.

'En wat vertelde de beklaagde u?'

'Haar grootmoeder was overleden. Had haar een appeltje voor de dorst nagelaten.'

'Geloofde u haar?'

De manager trok haar jasje recht en keek Ada strak aan. 'Nee.'

'Dacht u dat ze loog?'

'Moest haast wel.'

Hypocriet. Ze was langsgekomen met een vlijtig liesje, had een kop thee gedronken. Leuk optrekje heb je hier, Ada.

Ada verkocht aan de andere serveersters kousen, zei ze. Kledingbonnen. Broodbonnen. Er kwam geen eind aan.

'Vertelde ze hoe ze aan die spullen kwam?'

'Nee,' zei de manager. Ze verplaatste haar gewicht van het ene been naar het andere. Ze had de spullen nooit moeten aannemen. 'Ik nam nooit iets aan, moet u weten,' voegde ze eraan toe. 'Nooit spullen van de zwarte markt.' Ada deed haar mond open, leugenaar, maar het geluid bleef gorgelend steken in haar keel. De rechter fronste zijn wenkbrauwen. 'Er werd nooit binnen gehandeld,' zei ze, 'niet in Corner House. Niet in Lyons.'

'Beperk u tot de vraag. Hoe kwam ze aan die spullen?'

'Ik geloof dat ze een vriendje had.'

'Nog één vraag,' zei meester Harris-Jones. 'Heeft de beklaagde het ooit met u gehad over waar ze was tijdens de oorlog?'

'Nee. Dat is nieuw voor mij.'

Ze keek in de richting van Ada, keek haar aan alsof ze haar nog nooit had gezien. Ze stapte uit het getuigenbankje. Ada keek toe toen ze wegliep, een kleine ladder achter in de kous, vlak bij de enkel, in toom gehouden met een druppel rode nagellak.

Ada vroeg zich af hoeveel zogenaamde getuigen meester Harris-Jones nog zou laten opdraven om de waarheid te verdraaien. Hij schilderde Ada af als niets meer dan een ordinaire, inhalige prostituee. Ze verwachtte elk moment haar moeder. Mijn dochter? Weggelopen met een chique vent. Achterbaks, door en door. Mejuffrouw Skinner. Ada Vaughan? Het musje dat een zwaan wilde worden. Pure fantasie. Haar herenvrienden zouden niet voor haar opkomen. Op het nippertje ontsnapt, dat kan ik je wel vertellen. En wat zouden ze tegen hun vrouw vertellen? Mevrouw Bottomley en haar vriendinnen zouden haar als een baksteen laten vallen. Nooit gekend die vrouw. Verachtelijke trutten. Mevrouw B. zou tenminste nog voor haar zijn opgekomen. Maar meester Wallis vertelde dat ze in de oorlog in de winkel was overleden, toen de Luftwaffe Londen bombardeerde. Madame Duchamps, modiste. De enige persoon die Ada misschien had geloofd, in haar had geloofd. Uiteengereten.

'Ik durf te veronderstellen dat Ada Vaughan leugens vertelde om een paspoort te krijgen,' zei meester Harris-Jones. 'Waarschijnlijk haar vaders handtekening vervalste. Ze loog tegen de nonnen, haar baas, haar huisbazin. En niet één keer vertelde ze over haar oorlogservaringen. Waarom niet?'

Waarom niet? Ada wilde het uitschreeuwen. Ik heb er niets

over gezegd omdat niemand zou hebben geluisterd. Er is slechts zoveel wat iemand wil weten over de oorlog en niets als je verhaal afwijkt van het normale. Beter om je mond dicht te houden.

'Vrouwen kunnen geen geheimen bewaren,' zei meester Harris-Jones meesmuilend, terwijl hij als man van de wereld de mannen van de jury toesprak. 'We weten hoe vrouwen zijn. Kletsen elkaar de oren van het hoofd. Maar Ada Vaughan had het nooit over deze dingen. Zelfs niet dat ze een kind was kwijtgeraakt.'

Hij trok een ernstig gezicht en liet een stilte vallen. Hij was een acteur, dacht Ada, niets meer, behandelde de jury alsof dit een toneelstuk was en zij het publiek waren. Allemaal spel.

'Wat voor soort moeder heeft het nooit over haar verdriet? Ze sprak nooit over het verliezen van haar zoon tijdens de oorlog. Ze veegde hem onder het tapijt alsof hij vuil was. Een bastaard, want dat, heren van de jury, was wat hij was. Zou dit de kern van Stanley Lovekins provocatie kunnen zijn, tot in die mate dat ze haar zelfbeheersing verloor? En hem vermoordde? Vanwege dit kind, over wie nooit met een woord werd gesproken, om wie, zo moeten we hieruit concluderen, ze niet gaf?'

Hij haalde diep adem. 'Bovendien,' voegde hij eraan toe, 'wil ze u laten geloven dat de overledene, Stanley Lovekin, dezelfde was als Stanislaus von Lieben, een Hongaar tegen wie ze naar verluidt een langdurige wrok koesterde die terug te voeren was op haar oorlogservaringen, dezelfde ervaringen waarover ze nooit sprak. Ze heeft het nooit met iemand over Stanislaus von Lieben gehad, niet één keer tot nu toe in de rechtbank. Hij is een stille, afwezige getuige. Het zijn soms de besten, de getuigen die niet kunnen getuigen.'

Hij pakte zijn dossier op. 'Ik wil u wijzen op voorwerp 2 in uw dossier. Zoals u kunt zien, tonen de papieren van Stanley Lovekin aan dat hij in 1900 is geboren in Bermondsey, Zuid-Londen, en dat hij nooit het land uit is geweest.'

Nee, hè, hè, natuurlijk niet, wilde ze gillen, hij had geen paspoort. Geen Brits. Zijn paspoort was gestolen, buitenlands. Hij liet haar er een halen voordat ze gingen, om op veilig te spelen, zodat hij van haar paspoort gebruik kon maken. Dat wist ze nu.

'Dit was uiteraard een ander verzinsel,' zei meester Harris-Jones, 'verzonnen door de beklaagde als excuus voor zichzelf. Er is geen bewijs dat Lovekin en Von Lieben dezelfde persoon waren, en nog minder dat hij haar meenam naar het buitenland en haar daar in de steek liet. Als dat het geval was, dan moet het een groter geheim zijn dan het maken van de atoombom.' Hij keek de juryleden weer aan en wachtte tot ze knikten. Hij zwiepte zijn toga naar achteren en ging zitten.

Er was werk aan de winkel voor meester Wallis, dat was Ada duidelijk. Het komt allemaal in orde, had hij aan het eind van die dag tegen haar gezegd in de ondervragingskamer, waar het geluid van ijzeren hekken die de gang afsloten weerklonk. Blijf rustig. De waarheid zou zich opstapelen als bakstenen, de ene na de andere. Stanislaus, Stanley. Hoe hij haar had verlaten, haar in het diepe had gegooid zonder zich daar druk over te maken. Hoe Ada nog steeds deze dingen voelde, dat het aan haar knaagde, dat ze zich er al acht jaar lang zorgen over maakte als een haas die in de val zat... Ada kon niet tegen Stanley op toen ze hem weer zag. Kon zelfs niet wegrennen, niet met Gino erbij die haar in de gaten hield. Ze moest haar tijd afwachten, het juiste moment afwachten. Je zult het zien, had hij gezegd, als we je in het getuigenbankje zetten.

*

Ada probeerde er gezien de omstandigheden op haar best uit te zien. Mocht wat rouge van een van de bewaaksters gebruiken, waste haar haar en kamde het totdat het glansde, stak het op en maakte het vast met haarspeldjes. Ze droeg een vest over haar bloes, dichtgeknoopt tot haar keel, en probeerde de vetvlek op haar rok weg te wrijven zodat deze er schoon en presentabel uitzag. Spuugde op haar schoenen en wreef ze op zodat ze glommen. Zelfvertrouwen komt van binnenuit. Uiterlijke verschijning deed ertoe.

Ze had nog nooit eerder een toespraak hoeven houden. Nooit eerder hoeven spreken. Wees jezelf, had meester Wallis gezegd, vertel hun wat je weet. Ze had het zichzelf elke avond sinds Thomas was geboren verteld, telkens weer in haar hoofd. Maar nooit hardop. Ze had haar levensverhaal nooit hardop verteld.

Meester Wallis gaf aanwijzingen en begeleidde haar. Laten we bij het begin beginnen, mejuffrouw Vaughan. Haar stem bleef meer dan eens haperen, gevangen als rayon aan de gerafelde randen van de herinneringen, de draad strak trekkend.

'En Thomas,' zei meester Wallis, 'vertel ons over de kleine Thomas.'

Ada greep de reling van het getuigenbankje vast, zette zich schrap.

'Werd hij dood geboren, of leefde hij?'

Ze huilde niet vaak, maar ze voelde de tranen in haar ogen opwellen, wist dat als ze zijn naam uitsprak de tranen de vrije loop zouden krijgen. Ze had nooit over Thomas gesproken, zelfs nooit zijn naam hardop gezegd, niet tot nu toe, toen ze meester Wallis over hem moest vertellen, en alles, alles wat er met haar in de oorlog, de oorlog van een vrouw, ver weg van de oorlog van haar moeder – je hebt geen idee hoezeer wij hebben geleden – was gebeurd. Het was een oorlog die ver verwijderd was van de oorlog van de soldaten met hun helden en invaliden, en dagorders, verdienstelijke actie op het slagveld. Een oorlog die nooit had bestaan. Niemand had geluisterd tot nu toe. Het kon niemand wat schelen.

'Ik weet het niet,' zei ze terwijl ze de tranen probeerde terug te dringen.

'Waarom weet u het niet?' zei hij.

Ze keek naar de juryleden. Lag er medeleven in hun ogen? Je had mijn dochter kunnen zijn. Een doodgewoon meisje, verwikkeld in een tragedie.

'Hebt u ooit met de dood geleefd?' zei ze. 'Niet de dagelijkse dood in normale tijden. Maar elke dag, elk uur. Om te leven en werken met lijken die gas en stank afscheiden, om huid te zien verschrompelen en vergaan, om lijken te wassen en deze onder je handen te voelen vergaan.'

Ze luisterden, dat kon Ada voelen. De woorden kwamen ergens van diep binnen in haar vandaan.

'Ik was negentien, twintig jaar,' zei ze. 'Een kind. Ik mocht niet stemmen of trouwen. Maar ik mocht wel gevangen worden gehouden, slapen met de stank van de dood, dromen van verrotting en verval.' Ze zocht naarstig naar woorden. 'Zijn jullie daar ooit geweest? In de vallei van de schaduw van de dood? Behalve bij een graf, veilig, erboven met de priester?'

Een van de mannen knikte toen ze de woorden van de psalm sprak, keek haar recht aan. Ze ving zijn blik op. Ze richtte zich tot de man aan zijn linkerzijde en sprak ook hem rechtstreeks aan.

'De dood was in mij, en overal om mij heen. Ik leefde en ademde die, droeg de dood met me mee als de botten in de zak van de slager. De dood zat in mij.'

Ada keek strak voor zich uit. 'In mij,' zei ze. 'Ik droeg de dood in mij. En ik beviel in een fabriek van de dood.'

Ze huilde. Ze was haar zakdoek vergeten. Ze veegde met de rug van haar hand haar neus af. 'Maar ik wilde bevallen van het leven,' zei ze. 'Ik wilde hopen, leven. In deze hel wilde ik leven voortbrengen, een ziel, een levend lichaam en bloed en liefde. Hebt u dat ooit nodig gehad?'

Meester Wallis keek naar haar en knikte.

'Hebt u ooit het leven zo hard nodig gehad dat u de dood ervoor zou willen verslaan?'

Ze wist niet waar deze woorden vandaan waren gekomen, behalve dat ze van diep vanbinnen kwamen, liefde en emoties zo diep begraven dat ze nooit had gedacht die weer te zien.

'En toen?' drong meester Wallis aan.

'Thomas leefde,' zei Ada. 'Hij leefde in mijn hoofd en in mijn gedachten. Er ging geen dag voorbij waarop ik mijn zoon niet zag, zijn hoofdje aanraakte, zijn pasgeboren geur rook. Ik zag hem opgroeien, ik zong liedjes voor hem. *She was as beautiful as a butterfly, and as proud as a Queen.* Ik zag hem zijn eerste stapjes zetten, hoorde zijn eerste woordjes. Ik kuste zijn wondjes beter, smeerde zalf op zijn bulten. Mijn zoon Thomas hield mij in leven. Niemand kan tegen mij zeggen dat hij dood was. Hij is niet doodgegaan.'

Ze keek naar de andere mannen van de jury, een voor een, de kale man in zijn burgerpak, de gedrongen man met het rode haar die een tweed jasje aanhad, de voorzitter van de jury met zijn walrussnor die een grijs jasje met legerinsignes droeg. Ze was groot en waardig. Ze was geen hoer, geen ordinaire prostituee. Ze was een vrouw wier pijn onnoemelijk diep was, die had geschreeuwd, maar niemand die haar had gehoord. Een vrouw die het ondanks alles had overleefd.

'En Dachau?' vroeg meester Wallis.

'Dachau,' zei Ada. Dachau. Ze sprak. Ze vertelde hoe de oorlog voor haar was geweest, Dachau, de afranselingen en het uithongeren, de stank van de schoorsteenpijpen, het gas dat uit de poriën kwam, omgeven door ellende en het kwaad.

'Wat gebeurde er met Stanislaus von Lieben? Hebt u hem ooit weer gezien?'

'Hij was in Dachau,' zei Ada. 'De stad Dachau. Aan het eind van de oorlog.'

'Wat deed hij daar?'

'Dat wist ik op dat moment niet. Daar kwam ik pas later achter. Zaken, zo is mij verteld.'

'Hebt u met hem gesproken?'

'Ik zag hem. Hij stak de straat over. Ik rende achter hem aan, maar raakte hem kwijt. Er waren te veel mensen.'

'Weet u zeker dat hij het was?'

'Ja.'

'En Stanley Lovekin. Waardoor denkt u dat hij en Stanislaus von Lieben een en dezelfde zijn?'

Ada begon te wriemelen aan haar manchet, trok een draad los die als een opgewonden veer heen en weer bewoog. 'Ik herkende hem,' zei ze. 'Hij had dezelfde stem, maar zonder het accent. Alleen op de momenten waarop Stanislaus zich opwond, verdween zijn accent, en hij sprak soms als een geboren Londenaar. Dat vond ik zelfs toen al eigenaardig.'

'Zag hij er hetzelfde uit?'

'Hij was wat dikker geworden,' zei ze. 'Zijn haar was dunner geworden. Maar zijn ogen hadden dezelfde kleur.'

'Nog iets anders?'

Ada verplaatste haar gewicht naar de zijkant van haar voet. Het was moeilijk om dit toe te geven, gezien wat Harris-Jones haar had verweten, maar ze moest de jury laten zien dat ze gelijk had.

'Ja,' zei ze met zachte stem.

'Vertel de jury alstublieft waarom u er zo zeker van bent dat Stanley Lovekin en Stanislaus von Lieben dezelfde persoon waren.'

Ze kreeg het warm, op haar wangen verschenen felle, rode vlekken. Ze bevochtigde haar lippen, slikte moeizaam. Ze wilde het woord niet zeggen, maar meester Wallis zei dat ze het moest doen. Hoefde zich niet te schamen. 'Hij was besneden,' zei ze. 'Hij heeft nooit gezegd dat hij joods was. Niet alleen joden zijn natuurlijk besneden. Maar Stanley was het wel. En Stanislaus ook. En er zijn niet veel mannen die besneden zijn.' Ze probeerde de woorden in te slikken, maar ze tuimelden uit haar mond. 'Voor zover ik weet.'

De voorzitter van de jury keek haar kwaad aan, en de man in

het burgerpak, degene van wie ze dacht dat hij waarschijnlijk baptist was, sputterde.

Ze kon het niet helpen. ''t Was niet mijn bedoeling om aanstootgevend te zijn,' zei ze, terwijl ze naar hen keek.

'Nog iets anders?'

'Hij vertelde mij dat hij in Namen was geweest toen de Duitsers binnenvielen,' zei ze, 'met iemand anders. Hij noemde haar een leeghoofdige hoer. Dat was ik.'

'Had hij u niet herkend?'

'Hij zei dat ik hem aan haar deed denken. Maar ik ben ook veranderd. Dat kwam door de oorlog. Ik moet nu een bril dragen. Ik had ook mijn haar geverfd. Blond. Ik was magerder.'

'En hoe voelde u zich toen hij dat zei?'

'Het was alsof hij een trekker overhaalde,' zei Ada. 'Al die jaren in Dachau, het verlies van Thomas, mijn baby, onze baby, de terugkeer naar Engeland, de afwijzing. Jaren van ellende en ongelukkig zijn. Het kwam allemaal als een bazooka naar boven.'

Meester Wallis knikte. Ada ademde zwaar, greep de reling van het getuigenbankje vast, haar knokkels lichtten wit op door de bleke huid.

'En wat gebeurde er toen? Wat dacht u?'

'Hij had gedronken. Heel veel. Schold me uit. Schokkend. Ontkende dat hij mij met kind had geschopt. Beledigde me.'

'Hoe?'

'Hij zei dat ik een hoer was. Maar dat was ik niet,' zei Ada en ze keek strak naar de voorzitter van de jury. 'Ik was geen prostituee. Maar zo zag hij mij wel.'

'En toen?'

'Ik dacht toen dat Stanislaus dat misschien van mij had gewild. In Parijs. Het klinkt logisch. Hij kende Gino Messina al voor de oorlog, tijdens de oorlog, alleen gebeurde er iets en zijn plannen vielen in duigen.'

'En wat gebeurde er toen?'

'Ik wilde wegrennen, maar ik wist dat hij me zou vinden of het aan Gino zou vertellen. Ze hadden spionnen, dat is wat ze mij vertelden. Ik zou dood voor hen zijn. Ik dacht: het is hij of ik. Dat is wat ik dacht. En hij was compleet van de wereld. Ik kon mezelf niet tegenhouden. Ik deed het gas aan. Het was de enige manier om mezelf van hem te bevrijden, en van Gino, om te ontsnappen.'

Daar, ze had het weer bekend. Maar Stanislaus had erom gevraagd. Konden ze dat begrijpen?

'Begrijpen jullie het niet? Hij zette mij ertoe aan. Hij beledigde me. Hij...' Ze aarzelde, maar ze moest het zeggen. 'Hij mishandelde me, sloeg me. Hij had me verkracht. Ik kon niet meer helder denken.'

De voorzitter van de jury trok zijn wenkbrauwen op, en de man in zijn burgerpak deed zijn stropdas recht. De rechter gluurde haar aan over zijn bril en knikte naar meester Wallis om verder te gaan.

'Hebt u Stanislaus' paspoort gezien?' vroeg meester Wallis.

'Hij had er geen,' zei Ada, 'geen Brits in elk geval. Hij had wel wat papieren, maar die waren gestolen.'

Stanislaus en Stanley. Dezelfde persoon. Haar knieën begaven het onder haar en ze zakte in elkaar, haar gezicht bevlekt door tranen, haar neus liep. De politieagent hielp haar overeind.

'Dank u wel, mejuffrouw Vaughan,' zei meester Wallis. Hij glimlachte vol trots naar haar, het leek haast affectie. Goed gedaan, las ze in zijn ogen. Goed gedaan. Provocatie. Langzaam ontbrandende provocatie. Grove beledigende aanval.

De volgende dag keek Ada weer naar de publieke tribune. Drie keer is scheepsrecht. Maar de mensen op de voorste rij waren dezelfde vreemdelingen die er de dag ervoor en de dag daarvoor hadden gezeten. Haar moeder kwam niet, zou nooit komen, dat wist ze nu.

Het was de beurt aan meester Harris-Jones om haar te ondervragen. Hij gaat het gemeen spelen, had meester Wallis gezegd. Dat is zijn taak. Ze had haar verhaal verteld. Was dat niet genoeg? De jury moest haar geloven. Ze hadden nu de waarheid gehoord. Doodslag. Drie jaar. Misschien vier. Goed gedrag.

'Dachau,' zei Harris-Jones. 'U zat niet echt in het concentratiekamp, hè, mejuffrouw Vaughan?'

'Nee,' zei Ada. 'Ik werkte in het huis van de commandant.'

'En wie was dat?'

'Obersturmbannführer Weiss. En nadat hij vertrok, was het Obersturmbannführer Weiter.'

'De aard van uw werk daar?'

'Het was dwangarbeid. Dag en nacht. Naaien. Wassen, Strijken.'

'Niet echt vermoeiend, of wel?'

Ada keek hem strak aan. 'Hebt u weleens huishoudelijk werk gedaan?' vroeg ze. 'Hebt u weleens zware linnen lakens geschrobd en gespoeld, ze met de hand uitgewrongen, ze aan de waslijn gehangen? Ze gestreken?'

Hij lachte meesmuilend. 'U hebt het over het soort werk dat iedere getrouwde vrouw in Engeland doet voor haar man en gezin, omdat dat haar taak is.'

'Nee,' zei Ada, 'het was meer dan dat. Ik bracht de hele dag door met mijn armen in kokendheet water en borax, en de hele nacht was ik aan het naaien en verstellen.' Maar de mannen van de jury zouden dat niet begrijpen. Het was geen mannenwerk.

'Hoe meer u mij vertelt, mejuffrouw Vaughan,' zei Harris-Jones, nog steeds meesmuilend naar de jury, 'hoe normaler het klinkt.'

'Ik verpestte mijn ogen. Ik kwam bijna om van de honger. Ik sliep amper. Ik was alleen.'

'Maar u kwam niet om van de honger, mejuffrouw Vaughan,'

zei hij. 'U ging niet dood. U zat niet in het kamp. Die arme stakkers kenden de aard van dwangarbeid, van doodgaan van de honger. Hoeveel zijn er ook alweer gestorven in Dachau? Weet u dat wel?'

Hij keek de jury aan en draaide zich op zijn hakken om naar Ada. 'Ruim tweeëndertigduizend geregistreerde doden. Tweeëndertigduizend mensen. En u klaagt over een beetje borax en slecht eten.'

Hij draaide zich nog een keer om naar de jury. 'Duitsers eten een heleboel zuurkool,' zei hij. 'Gepekelde kool. Vind het spul zelf verschrikkelijk, maar kapitein Cook nam het mee op zijn ontdekkingsreizen. Geen enkele zeeman overleed op zijn expedities aan scheurbuik. Geen één.'

Hij richtte zich als een koekoek in een koekoeksklok weer tot Ada. 'De oorlog was voor u nogal gemakkelijk, of niet soms, mejuffrouw Vaughan?'

'Nee. Het was hard werken, hard werk. Op koolsoep, meer kreeg ik niet.'

'Probeerde u te ontsnappen?'

'Nee.'

'Waarom niet?'

'Ik zat opgesloten in mijn kamer. Er zaten tralies voor het raam.'

'Was u al die tijd in de kamer? Lieten ze u er nooit uit?'

'Ik werd eruit gelaten om de was te doen. Deze op de lijn te hangen. Mijn emmer te legen.'

'En waarom vluchtte u niet?'

'Ik werd bewaakt,' zei Ada, 'de hele tijd.' Niet dat Anni haar had tegengehouden, maar dat vertelde ze niet. Bovendien, waar had ze naartoe moeten gaan? Ze zou binnen de kortste keren gevangen worden genomen en worden doodgeschoten.

'Voerde u uw taken goed uit?'

'Ik werd gestraft als ik dat niet deed.'

'Hoe?'

'De riem. Ik werd geslagen.'

'U deed niets om u te verzetten? Terug te vechten tegen de Duitsers?'

'Hoe kon ik dat doen?' zei Ada, eraan toevoegend: 'Ik heb het geprobeerd.'

'Hoe hebt u het geprobeerd, mejuffrouw Vaughan?'

Ze blies wat lucht tussen haar lippen door en ademde weer in. Haar handen waren plakkerig. Een van haar jarretellen was losgeschoten en haar kous hing aan de voorkant los, sneed in haar dij. 'Ik heb geprobeerd de kleren te besmetten,' zei ze. 'Ik trok ze aan voordat ik ze overdroeg, wreef ze tegen mijn huid zodat er huidschilfers aan de naden en het weefsel zouden blijven plakken. Ik wist dat ze mij vies vonden.'

'Dat is alles?'

'Ik stopte zaden van de rozenbottel in de okselnaden en plooien van Frau Weiters kleren.' Ada richtte zich weer tot de jury. 'Ze droeg dirndlrokken en bloezen, dus er waren een hoop plooien. Het irriteerde haar huid.'

Toen lachte hij. Harris-Jones lachte. 'Ziet u, heren van de jury? Terwijl onze jongens vochten tegen Hitler, hun leven opofferden voor onze vrijheid, trok Ada Vaughan kleren aan en stopte ze jeukpoeder in de was.' Hij richtte zich tot Ada. 'Goed gedaan, mejuffrouw Vaughan. Dat heeft veel bijgedragen aan de oorlog.'

Een kerkklok luidde buiten, een diep klinkend geluid. St. Sepulchre's. *When will you pay me, said the bells of Old Bailey.* Ze telde de slagen. Twaalf uur. De rechter zei niets. Ze hoorde slechts het gerasp van zijn baardstoppels toen hij met zijn hand over zijn kin streek. Ze verplaatste haar gewicht. De dikke kousen met H.M. PRISON HOLLOWAY aan de bovenkant erop genaaid jeukten op haar scheenbenen en ze tilde een voet op en wreef ermee over haar been. De veters van haar linkerschoen waren losgeraakt. Hij schilderde haar af als onbeduidend, dreef de spot met haar.

'Zo was het niet.' Ada had er genoeg van. 'U weet niet hoe het was. Ik was hun slavin. Aan hun willekeur overgeleverd. Opgesloten. Dag in, dag uit. Niemand om mee te praten. Geen hoop. Geen ontsnappen mogelijk. Hard werken. Echt hard. Bent u ooit weleens een slaaf geweest? Nou?'

'Nu is het wel genoeg, mejuffrouw Vaughan,' zei de rechter. Hij boog zich voorover en keek langs zijn neus als een kraai die zijn prooi in de gaten houdt. 'U bent vele keren gewaarschuwd.'

'Ik was op mezelf aangewezen,' zei Ada, de rechter negerend, en ze staarde naar Harris-Jones. 'Ik deed wat ik kon. Wat zou u hebben gedaan?'

'Ik weet zeker dat u uw best deed, mejuffrouw Vaughan.' Harris-Jones' stem was vol ironie. 'Ik weet zeker dat u dat deed.'

Hij bladerde door de papieren op zijn bureau, trok een ervan uit het dossier en legde het met de tekst naar beneden naast zich neer. Ze wenste dat hij verderging, over Stanley Lovekin sprak, of Stanislaus, hoe hij was, wat een klootzak hij was.

'Kunt u mij vertellen, mejuffrouw Vaughan, hoe u in het huis van de commandant terechtkwam?'

'Dat weet ik niet,' zei Ada. 'Ik werd op een dag opgehaald en ernaartoe gereden.'

'Ging u vrijwillig?'

'Ik had geen keus.'

'Wat kunt u mij vertellen over Herr Weiss?'

Zijn broodmagere gezicht vulde haar gezichtsveld. Ze kon zijn trillende vingers over die van haar voelen sluiten. Ze rilde en schudde haar polsen om het gevoel kwijt te raken.

'Hij was een van de oude mannen die we verzorgden.'

'Wat was de aard van deze verzorging?'

'We wasten en voerden de oude mensen en gaven hun medicijnen. Het gebruikelijke.'

'Was er iets speciaals aan Herr Weiss waardoor u hem anders behandelde?'

'Hij was leraar geweest. Hij had veel aanzien, vooral van de bewakers. En hij sprak Engels.' Waarom al deze vragen over Herr Weiss? Ze keek naar meester Wallis voor hulp, maar hij concentreerde zich op zijn aantekeningen. 'Hij vroeg me om Engels met hem te spreken, zodat hij het kon verbeteren.'

'Maakte u hier misbruik van?'

'Hoe bedoelt u?'

'Buitte u zijn aandacht uit?'

'Hij leerde me Duits als tegenprestatie. Ik was hem daar dankbaar voor.'

'Iets anders?'

'Nee,' zei Ada.

'U leverde hem geen diensten van een intiemere aard?'

Hij was aan het vissen. Dat moest wel. Ada had dat nog nooit aan iemand verteld.

'Beantwoord de vraag, mejuffrouw Vaughan,' reutelde de rechter vanaf zijn verhoging.

'Hij was soms een beetje opgewonden,' zei Ada. 'Dwong me om hem daar vast te houden als hij zijn ding deed.'

'Zijn ding deed. Genoot u daarvan?'

'Natuurlijk niet.'

'Hij had goede connecties, of niet soms? In Dachau. In de nazipartij.'

'Hij was familie van Martin Weiss, de commandant.'

'En vroeg u aan hem om te worden overgeplaatst naar het huishouden van de commandant, in ruil voor seksuele diensten?'

'Nee,' zei Ada.

Nee. Dat had ze nooit gevraagd. 'Het leven kan gemakkelijker voor je zijn, *meine Nönnerl*. Wist je dat?' Fluisterend in haar oor zodat ze zijn adem warm op haar wang voelde, zijn stoppels ruw tegen haar huid.

Wat was haar leven nu nog dan slechts het gestage gedruppel van de dood tussen de mensen die dood aan het gaan waren?

'Slechts een kleine gunst,' had hij gezegd, 'en het kan geregeld worden.'

Had ze ingestemd? Welke keus had ze?

Zijn vlees hing slap aan zijn botten als een jas die te groot voor hem was.

'En jij,' zei hij, terwijl hij zijn wandelstok oppakte en de zoom van haar habijt omhoogtilde. 'Doe je kleren uit. Laat me toekijken.'

Zijn huid was olieachtig, wreef langs die van haar, wreef in haar. Hij zoende haar, kronkelende tong in haar mond. Ze lag stil.

'Ik zal je geen pijn doen,' zei Herr Weiss. 'Adelheid. Ada. Hoe kan ik je genot schenken? Zeg me wat ik moet doen.'

Ze wilde zeggen: laat me met rust. Ze wist niet wat hij bedoelde. Zijn lippen waren dicht bij die van haar, hij kwijlde over haar heen.

'Ik vergeet helemaal,' zei hij, 'dat je een non bent. Maar je bent geen maagd meer, of wel, meine Nönnlein?'

Ze voelde hem toen hij bij haar naar binnen schoof, hoorde hem geconcentreerd tandenknarsen. Zijn lichaam was zacht en zwaar boven op haar.

'Ik ben een man van eer,' zei hij. 'Ik houd altijd mijn woord. Ik zal je leven aangenamer maken. Je zult het prettig vinden.'

Hij kwam van haar af en ging op zijn zij liggen, met een arm achter zijn hoofd als een jongere man.

'Ik ken iemand die een kleermaakster nodig heeft. Zou je dat leuk vinden?'

'Een kleermaakster?'

'Ja,' zei hij. 'Dit is ons geheimpje, Adelheid. Dat van jou en van mij.'

Ada trok haar hemdjurk naar zich toe, hield het stevig tegen haar borsten.

Hij keek toe terwijl ze zich aankleedde, haar de sleutel gaf. 'Maak de deur open.'

Ze liep erdoorheen, de gang op. Hij had iemand gezien achter het lichaam. Adelheid. Ada. Een vrouw. Dat was in lange tijd niet gebeurd.

En een kleermaakster.

'Zelfs toen,' zei meester Harris-Jones, 'verkocht u uw lichaam voor een beter leven. Uw ziel ook. Lichaam en ziel. Aan de nazi's. Een pact waar Faust trots op zou zijn geweest.'

'Hoe zou u het ooit kunnen begrijpen?' zei ze. 'Hoe?'

Haar leven in het huis van de commandant was niet gemakkelijker. Ze vroeg zich meer dan eens af of ze niet beter af was geweest bij de nonnen in het tehuis. Ze zou daar gezelschap, vriendschap, bescherming hebben gehad.

'Was de commandant getrouwd?' vroeg meester Harris-Jones.

'Er was een vrouw daar, met een kind.' Haar stem ging weer omhoog. Klein arm ding. De hele tijd schreeuwde hij totdat hij paars aanliep.

'Zijn vrouw?'

'Ik kwam er na de oorlog achter dat hij niet getrouwd was. Ik weet niet wie zij was.'

'U maakte kleren voor haar. Maakte u voor iemand anders kleren?'

'Ze bracht haar vriendinnen mee.'

'En u maakte ook voor hen kleren?'

'Ja.'

'Vertel me eens hoe dat ging, mejuffrouw Vaughan. Een doorsneedag.'

Dit had niets te maken met de provocatie of Stanislaus. Hij verspilde de tijd van de jury, van iedereen. Nou, dat kon zij ook. Hij was niet de enige die de boel kon rekken.

'Ik werd altijd wakker door het daglicht,' zei ze. 'Ik ruimde dan mijn slaapgerei op, gebruikte de emmer. Ik begon met naaiwerk dat ik had. Misschien wat verstelwerk. Of een zoom. Soms moest ik tot de middag wachten. Zonder ontbijt. Niets te eten of te drinken. Ik pakte mijn emmer op, verzekerde mezelf ervan dat hij niet overliep, omdat hij soms behoorlijk vol was, ging naar buiten om...'

'Bespaar ons de details,' zei Harris-Jones. 'We willen horen over het maken van kleding. Wat gebeurde er als de vrouwen langskwamen?'

'Ze brachten de stof. En een foto of een tekening van een jurk. Ik moest die voor hen maken.'

'En wat kwam daarbij kijken?'

'Hen opmeten,' zei Ada, 'adviseren. Suggesties doen. Een jurk ontwerpen die paste. Een proefpatroon in mousseline maken, een patroon. Snijden. Afspelden. Naaien. Afronden.'

'Ontwerpen. Op maat gemaakt. Een proefpatroon in mousseline maken,' zei meester Harris-Jones. 'Dat is nogal een talent. U was geen gewone naaister, hè, mejuffrouw Vaughan? U was couturier.'

Hij speelde in op haar ijdelheid, dat wist Ada, maar ze genoot van de erkenning, daar kon ze niets aan doen.

'Ik denk het.'

'U denkt het? U bouwde in Dachau een behoorlijke schare fans op. Deze vrouw, van wie u dacht dat het Frau Weiss was, was uw vertegenwoordiger, uw woordvoerder. Was ze mannequin? Aardig bedrijfje. De kleermaakster van Dachau, couturier voor de nazi's.'

'Nee.' Ada trok aan de losse velletjes op haar duim. 'Néé.'

'Uw eigen atelier.'

'Zo was het niet. Ik weet niet waarom u dit zegt. Wat heeft dit te maken met Stanislaus?'

'Was u trots op wat u deed?'

Haar duim bloedde. Ze zoog het bloed op, veegde haar nagel langs haar rok.

'Het hield me in leven,' zei ze, 'het maken van kleren.'

'Ik vroeg of u trots was op uw werk,' zei meester Harris-Jones.

'Ja,' zei Ada. Ze hief haar kin op en staarde hem aan. 'Ja, ik was trots op wat ik deed. Het maakte me menselijk.' Ze klemde haar kaken op elkaar. 'Wat begrijpt u ervan?' beet ze hem toe. Ze richtte zich tot de jury. 'Ik had geen keus. Ik zat daar gevangen. Ik kreeg er niet voor betaald. Hoe zou dat mogelijk zijn? Kreeg niet eens speciale gunsten. Wat kan het jullie schelen dat Frau Weiss me aan het werk zette, mijn creaties droeg, zij en haar vriendinnen? Nou en? Het hield me in leven. Ik deed wat ik moest doen om te overleven.'

'U deed uw best voor die vrouwen, of niet soms, mejuffrouw Vaughan? U leefde op door hun loftuitingen, genoot van hun waardering.'

'Ze spraken nooit tegen mij. Slechts een van hen was ooit aardig tegen mij, en ja, die aandacht verslond ik. Ik snakte naar liefde. Maar dat zult u niet begrijpen.'

Meester Harris-Jones pakte het papier op dat hij uit zijn dossier had gehaald en legde het ondersteboven op tafel neer.

'Voorwerp 9 in uw map,' zei hij tegen de jury, terwijl hij naar Ada liep en haar het papier overhandigde dat hij even daarvoor uit zijn dossier had gehaald. Het was een foto. Ada staarde ernaar, de gelaatstrekken waren afwisselend scherp en onduidelijk. Zo zie je ze en zo niet. Er was geen vergissing mogelijk. En de honden. Ada deed haar best om zich hun namen te herinneren. Kleine Schotse terriërs. Negus, Stasile.

'Kent u deze vrouw, mejuffrouw Vaughan?'

'Ja,' zei Ada.

'Wie is ze?'

'Zij was een van de vrouwen die bij mij kwamen.'

'Weet u hoe ze heet?'

'Nee,' zei Ada en ze schudde haar hoofd. 'Ik wist van niemand de naam.'

'Hebt u gehoord van Eva Braun?' zei Harris-Jones.

Ada slikte. 'Eva Braun?'

'Ja. Eva Braun.'

'Had zij niet iets te maken met de nazi's?'

'Doet u alsof u het niet weet, mejuffrouw Vaughan?'

'Ik begrijp het niet.'

'Eva Braun,' zei Harris-Jones terwijl hij op zijn hakken heen en weer bewoog, de voldoening stond op zijn gezicht te lezen, 'was Adolf Hitlers minnares.'

Ada had er op de radio iets over gehoord, maar dat was een tijdje geleden. Ze las niet vaak kranten, keek nooit naar de foto's. Ze wilde niet in het verleden leven.

'Ik herhaal: kent u deze vrouw?' Hij hield de foto met beide handen omhoog.

'Ik heb u al verteld,' zei Ada, 'dat ik haar ontmoet heb.'

'Deze vrouw,' zei Harris-Jones en hij stak zijn borst vooruit zodat zijn stem weergalmde door de rechtbank, 'is Eva Braun.'

Zijn woorden kwamen bij haar aan alsof ze werd geraakt door een stoomtrein. Ada wankelde door de terugslag en greep de reling vast om in balans te blijven.

'Ik wist niet wie ze was,' zei ze. 'Niemand sprak haar bij haar naam aan.'

'Heeft niemand je het verteld?'

'Nee. Waarom zouden ze?' zei Ada. 'Deze mensen praatten niet tegen mij. Ze zeiden niet hoe ze heette. Soms praatten ze over een Fraülein, die Fraülein. Alsof ze uitschot was, ordinair. Ze zeiden nooit wie ze was. Niet Hitlers minnares. Toen niet.'

Meester Harris-Jones trok een wenkbrauw op. 'Echt waar?' zei hij. 'Uw kring had goede connecties. Hitlers minnares? Met wie hij trouwde op de avond voordat ze zelfmoord pleegden? Niemand roddelde?'

Ada slikte. Eva Braun had haar bedankt, haar een complimentje gegeven. Ze had van haar waardering genoten, en al die tijd was ze Hitlers minnares. Ada had van niets geweten.

'Herkent u de jurk op de foto, mejuffrouw Vaughan?'

Ada kende de jurk maar al te goed, elk plooitje en steekje, de opvallende corsage. Ze kwam in de verleiding te liegen.

Nee. Nooit gezien. Maar Harris-Jones moest het weten, anders zou hij deze foto niet aan haar laten zien. Wat je ook doet, had meester Wallis gezegd, lieg niet.

'Ja,' zei Ada.

'U hebt deze gemaakt, of niet soms?'

Ada knikte.

'Zeg het hardop.'

'Ja.'

'Ontworpen, gesneden, genaaid. Op maat gemaakt. Aan Eva Braun laten zien hoe ze hem moest dragen, waar ze de corsage moest plaatsen. Dit was de jurk die Eva Braun droeg toen ze met Adolf Hitler trouwde. Ze droeg dezelfde jurk zonder de corsage toen ze samen met hem stierf.'

Iemand van de jury kuchte. Ada zag de voorzitter van de jury heen en weer wiebelen, zijn benen over elkaar slaan en weer naast elkaar neerzetten, met zijn voeten schuifelen.

'Hoe is het om de kleermaakster van Eva Braun te zijn, mejuffrouw Vaughan? Om haar bruidsjapon te hebben gemaakt, en haar lijkwade?'

Ada wist het niet. Ze had het nooit geweten.

'Eva Braun,' zei Harris-Jones. 'Minnares van de machtigste man van Europa, zo niet van de wereld. In elk geval de kwaadaardigste. Bent u nog steeds trots op uw werk?'

Daar ging het hier niet om.

'Was dit uw deelname aan onze oorlogsvoering?'

Zo zat het niet. Ze had niets gedaan.

'Of aan de oorlogsvoering van de vijand?'

'Ik probeerde in leven te blijven,' zei ze. 'Ik had geen keus.'

'U volgde gewoon orders op, hè, mejuffrouw Vaughan?'

'Nee,' zei Ada terwijl ze haar handen tegen haar hoofd hield. 'Nee. U verdraait dingen. Zo was het niet.'

'U was een collaborateur, mejuffrouw Vaughan.'

'Nee.' Ze schreeuwde. Ze wist niet dat ze zoveel geluid in zich had. 'Ik werd gedwongen. Ik was een gevangene. Ik deed dit niet vrijwillig.' Ze richtte zich tot de mannen van de jury, die daar zaten en hun boze ogen in die van haar boorden. 'U moet mij geloven. Feiten vertellen u niet de waarheid, vertellen u niet wat er is gebeurd. U weet niet hoe het daar was, in dat huis.' De voorzitter van de jury met zijn medailles knikte. Misschien begreep hij het wel.

'Oorlog,' ging ze verder, 'is een zooitje. Een warboel. We doen dingen in de oorlog om te overleven. Er is geen toekomst in de oorlog. Ik heb nooit in de nazi's geloofd. Maar ik moest met hen leven. Is dat collaboratie? Stel dat ik me had verzet? Zuster Brigitte zou dan zijn doodgeschoten. Had ik daarmee kunnen leven? Zou dat moreel juist zijn geweest?'

Meester Harris-Jones trok een wenkbrauw op.

'Bent u zo zuiver op de graat?' zei ze en ze keek hem strak aan en vervolgens keek ze naar de jury. 'Zo moreel? Met jullie kanonnen en bombardementen? Sigaretten ruilen voor erfstukken, of het lichaam van een meisje? Dat zag ik daar. Onze jongens deden dat ook.'

Ze hoorde de rechter scherp ademhalen alsof hij wat wilde zeggen. Dit was te veel. Ze wist dat ze een grens overschreed, maar ze kon niet anders.

'Men zegt dat alles geoorloofd is in de liefde en de oorlog. Maar niet als je een vrouw bent.' Ada sloeg met haar vuist op de reling van de getuigenbank. 'Ik dacht dat ik hier terechtstond voor moord. Niet voor landverraad. Dit heeft niets te maken met Stanley Lovekin. Jullie knopen me op als een nazi in Neurenberg.'

Ze richtte zich tot de jury, die daar met samengeperste lippen zat, hun jasje dichtgeknoopt tot hun nek, jeukende vingers in hun zakken. Ze zouden haar hebben kaalgeschoren als ze de kans kregen, haar van haar kleren hebben ontdaan en haar naakt door de straten hebben laten paraderen.

'Ik heb mijn land nooit verraden. Nooit.'

De voorzitter van de jury had een goede oorlog gehad. Dat hadden ze allemaal. Hun aandeel geleverd voor koning en vaderland, was het niet in deze oorlog, dan was het wel in die ervoor. Oude maten, allemaal. De mannen in de jury, Harris-Jones, de rechter. Spraken allemaal dezelfde taal, van oud-soldaten, van mannen onder elkaar. Ze begrepen elkaar. Ze kon zien dat ze hun neus ophaalden voor meester Wallis. Wat deed jij in de oorlog, jochie?

Meester Harris-Jones schreed in de richting van de jury, straalde succes uit. Man tot man. Hij keek neer op meester Wallis, alsof hij het domste jongetje van de klas was.

'Grove beledigende aanval,' begon hij, en hij trok zijn wenkbrauw vragend op, knikte naar Ada en de juryleden. 'Dit, van de vrouw die de bruidsjapon van Eva Braun maakte. Die trots was op haar werk voor de nazi's.' Hij rekte de woorden 'trots' en 'nazi's', zodat de juryleden dat niet zouden vergeten.

'Dit is allemaal ver verwijderd van de moord op Stanley Lovekin, een verstikkingsdood door steenkolengas. Een bijzonder onprettige dood, dat moet worden gezegd.'

Hij tikte met zijn pen op de tafel en keek naar de klok. Hij denkt dat hij het allemaal voor elkaar heeft, er valt niet aan te toornen, dacht Ada. Een paar mannen van de jury keken naar haar terwijl hij sprak, hoewel ze niet zeker wist of ze op zoek waren naar tekenen van onschuld. Ze kwam in de verleiding om terug te staren, maar ze wist dat ze er berouwvol uit moest zien.

'Er was hier geen sprake van zelfverdediging. En het kan ook geen kwestie van provocatie zijn geweest,' zei meester Harris-Jones. 'Ada Vaughan is een leugenaar. Ze liegt tegen iedereen die dom genoeg is om te luisteren. Ze liegt als dat haar uitkomt. Ze liegt tegen zichzelf. Er was geen Stanislaus von Lieben. Er was geen baby. Er was geen Frau Weiss. Er is geen bewijs voor die dingen. Ze handelde in het maken van kleren voor anderen. Eva Braun bestond. Er was sprake van prostitutie en onderhands handelen. Ada Vaughan streefde haar eigen belang na op een amorele, immorele en nietsontziende manier.'

Hij nam een slokje water uit het glas dat op zijn tafel stond, keek vluchtig naar zijn aantekeningen en keek weer op.

'De feiten in deze zaak zijn duidelijk. Ada Vaughan, ook bekend onder de naam Ava Gordon, heeft Stanley Lovekin in de nacht van 14 juni 1947, in Floral Street 17, Covent Garden, op onwetmatige wijze vermoord. De beklaagde bekende schuld op de plek van de misdaad en ondertekende vervolgens een geschreven verklaring op het politiebureau. Het forensisch bewijs onderstreept dat deze bekentenis waar is. Er waren geen verzachtende omstandigheden en er was ook geen sprake van zelfverdediging die haar daden kan verklaren.'

Dat klopt, dacht Ada. Als hij zich slechts aan de feiten houdt en mij buiten beschouwing laat, dan geeft dat meester Wallis een kans om mijn zaak te verdedigen. Het gaat niet om wat er is gebeurd, maar waarom.

'Dit was zelfs geen ruzie tussen geliefden. Dit was een meningsverschil tussen criminelen over de opbrengst van hun misdaden. Ada Vaughan, een vrouw zonder principes of fijngevoeligheid, een verstokte leugenaar en fantast, speelde onder één hoedje met Stanley Lovekin, die handelde op de zwarte markt en er samen met zijn partner in crime Gino Messina illegale praktijken op na hield. Zijn moord was het gevolg van een gemene ruzie tussen een pooier en een prostituee, een oplichter en gesteggel over geld, wat erin resulteerde dat de beklaagde met voorbedachten rade het gas openzette dat Stanley Lovekin inademde en dat tot zijn dood leidde. Een grove beledigende aanval? Provocatie? We hebben het hier over een hoer, niet over een non.'

'Zo was het helemaal niet,' schreeuwde Ada. 'Dat mogen jullie niet denken.' Ze keek de juryleden aan. 'Ik begrijp hoe dit eruitziet door de manier waarop hij het vertelt. Maar zo was het niet.'

'Mejuffrouw Vaughan,' klonk de stem van de rechter hard.

'Maar zo is het niet gegaan,' zei ze. 'Dat mag ik toch wel zeggen?'

'Mejuffrouw Vaughan. Dit is uw laatste waarschuwing.' De rechter knikte naar meester Harris-Jones dat hij verder kon gaan.

'Ada Vaughan wachtte totdat Stanley Lovekin buiten westen was, draaide toen de gaskraan open en trok zich terug. Voordat ze vertrok, dekte ze de gaten bij de ramen en de deur af. Het was haar bedoeling dat hij doodging.'

Harris-Jones keek naar de juryleden alsof ze gelijken waren, onder één hoedje speelden. 'Het verliezen van de zelfbeheersing is iets wat in een oogwenk gebeurt. Het kan alleen plotseling opkomen. Als de provocatie, wat dat ook mag zijn, zo plotseling is dat men niet meer goed kan nadenken. Er kan geen provocatie in delen plaatsvinden. Het kan niet jaren later komen. Het is niet als het aanschaffen van een jurk op afbetaling of het bouwen van een muur, steen voor steen. Het gebeurt,' meester Harris-Jones knipte met zijn vingers, 'opeens. In een flits.'

Hij ging zitten en gluurde over de tafel naar meester Wallis.

Meester Wallis stotterde. Hij begon verkeerd, struikelde over de medeklinkers, stikte in de klinkers, had moeite met de s'en. Ada kon zien dat zijn handen trilden. Hij kuchte, knipperde met zijn ogen, viel stil.

'Laat me opnieuw beginnen,' zei hij, 'bij het begin.' Hij haalde diep adem en nu kwamen zijn woorden er welgevormd en goed geformuleerd uit, alsof hij zijn stem had gevonden en het verhaal erachter. Het was klaar om te worden verteld. Meester Wallis was goed met woorden, dat moest ze hem nageven, gebruikte de juiste woorden, lange woorden. Ze hield haar adem in, en hoopte.

'Een bazooka,' zei meester Wallis. Hij likte aan zijn lippen en zoog het spuug weer naar binnen. 'Dat waren Ada Vaughans woorden. "Het was alsof hij een trekker overhaalde. Het kwam er allemaal uit, als een bazooka."' Hij kneep zijn ogen tot spleetjes en ving de blik op van ieder jurylid. '"Hij zette me ertoe aan." Stanley Lovekins provocatie was zodanig dat iedere redelijke man' – hij richtte zich even tot Ada – 'of vrouw zijn of haar zelfbeheersing zou verliezen. Met andere woorden, heren van de jury, als u in de positie van Ada Vaughan had verkeerd, zou u zich net zo hebben gedragen.'

Hij ademde door zijn mond, verzamelde lucht. 'Grove. Beledigende. Aanval.' Meester Wallis liet de woorden uit zijn mond glijden. 'Van zo'n omvang dat iedere redelijk denkende man' – hij sprak het uit alsof hij zich niet kon indenken dat een vrouw redelijk denkend kon zijn – 'zijn zelfbeheersing zou verliezen.

Mejuffrouw Vaughan was niet getuige van homoseksueel gedrag, overspel of geweld tegen een familielid. Ze was geen echtgenoot of vader. Ze was er geen getuige van dat een Engelsman onwetmatig beroofd werd van zijn vrijheid. We hebben het hier over Floral Street,' ging meester Wallis verder, 'niet over Birma. Of Italië.'

Het jurylid met het burgerpak aan lachte meesmuilend. Meester Wallis trok zijn toga recht, hief zijn hoofd op, trok zijn schouders op alsof hij er daardoor volwassener uitzag.

'De normale reacties bij provocatie zijn hierop niet van toepassing. Daarnaast greep ze ook niet naar een bijl, een keukenmes of een steelpan met een zware bodem, of doodde ze Stanley Lovekin in een vlaag van razernij.'

Hij kwam op adem en bewoog zijn hoofd in de richting van Ada. Hij speelt ook toneel, dacht ze. Hij maakt er een show van.

'Maar ze heeft hem ook niet met voorbedachten rade vermoord.' Meester Wallis stak zijn borst vooruit. 'Er was geen sprake van een enkele daad, een grove beledigende aanval, die het bij haar opriep.' Hij schudde zijn hoofd met vaderlijke bezorgdheid. ‘Zo denken vrouwen niet. Hun hersenen werken anders.’

Ada dacht dat hij zo juist ideeën in de hoofden van de juryleden plaatste en ze niet op andere gedachten bracht.

‘Dit was het resultaat van mishandeling die zich zeven jaar slapend had gehouden. Het werd opnieuw aangestoken door Stanley Lovekin. Stanislaus von Lieben. Een en dezelfde persoon. Het lichamelijk bewijs komt overeen. Het gedrag komt overeen. Hij was in München. Hij bekende dat hij haar in Namen in de steek had gelaten. Hij had haar leven verpest. Hij was een man zonder enig medeleven of spijt.’

Meester Harris-Jones snoot zijn neus, een lawaaierig getrompetter dat door de stilte van de rechtbank sneed en de concentratie verbrak. Hij stopte met een verachtelijk zwierig gebaar zijn zakdoek terug in zijn zak door zijn toga op te sjorren en deze weer naar beneden te trekken. Meester Wallis wachtte.

‘De pijn die mejuffrouw Vaughan heeft moeten doorstaan door het verlies van haar kind,’ ging hij verder, ‘en als een slachtoffer van het naziregime door dwangarbeid, was een pijn waar niemand bereid was naar te luisteren. Als ze een soldaat, een krijgsgevangene, was geweest die was teruggekeerd uit Colditz of Birma, had ze misschien een luisterend oor gevonden. Maar ze moest het diep in zich opbergen, waar het woekerde als een tumor, haar beroofde van het gezond verstand, waardoor toen Stanley Lovekin bekende en haar afdeed als een leeghoofdige hoer – altijd al een belediging, maar gezien de geschiedenis in het bijzonder grof en beledigend – en haar vervolgens misbruikte, ze het gas opendraaide, wetend dat hij daardoor zou sterven. Ze dacht er niet over na. Er was geen afstand in tijd tussen zijn bekentenis en haar daden. Ze verloor op dat moment haar zelfbeheersing. De provocatie daarentegen was met de jaren gegroeid. Eerder aangedaan onrecht heeft de neiging te woekeren. Ze ontkent niet dat ze Stanley Lovekin onrechtmatig heeft gedood.’

De voorzitter van de jury boog zich naar voren. De lijkachtige rechter bladerde door zijn dossier.

Meester Wallis wachtte en de rechter richtte zijn blik weer op de rechtbank. 'Ze pleit dat ze niet schuldig is aan moord.' Hij sprak opzettelijk langzaam en voorzichtig, perste de woorden eruit alsof hij een grote kei een heuvel op duwde. 'Maar aan doodslag door de druk van de provocatie.'

Ze beet in een uur haar nagels tot op het vlees af. Dat was alles wat ervoor nodig was. Ada wist het op het moment dat de voorzitter van de jury opstond met zijn schouders naar achteren, zijn borst vooruit, de onderscheidingen van een held op zijn borst gespeld. Ze maakte geen schijn van kans. Had zichzelf de moeite kunnen besparen. Ze had kunnen pleiten dat ze schuldig was en dan was alles al achter de rug geweest.

'Komt u me opzoeken, meester Wallis?' De avond viel en het enige peertje in haar cel hing hoog aan het plafond, gaf een vaag bruin licht af en wierp lange schaduwen op de muren. Ze had niemand meer op deze wereld. 'Voordat ik ga?'

Ze wist dat ze hem nooit meer zou zien.

De bewaaksters waren aardig tegen haar. Ze hadden niets te verliezen. Net zomin als Ada. Ze kon niet weglopen. De cel was groot. Ze had haar eigen badkamer, helemaal voor zichzelf alleen, met een bad en een echte wc. Tafel. Kledingkast, niet dat ze iets had om erin te hangen.

Ze kon slechts zitten en de dagen aftellen. Ze wenste dat ze het daar meteen hadden gedaan en haar niet lieten wachten. Ze had tijd. Haar laatste tijd. Het proces. Grappige manier om naar het verleden te kijken. Feiten. Deze manier of die, zwart of wit. Waar was dat wat ertussenin zat gebleven? De waarheid die het ene feit aan het andere verbond? De schemering? Als je erover las in de kranten of in een geschiedenisboek, dan zou het niet vertellen wat er was gebeurd, wat er echt was gebeurd. Ada's oorlog zou vergeten worden.

'Een schrift?' had de dagbewaakster gezegd. Ze was een oudere vrouw, oud genoeg om haar moeder te kunnen zijn. Haar boezem hing en haar buik was zacht. Ada wilde tegen haar zeggen dat ze een korset moest dragen en een betere beha moest kopen, maar dat zou brutaal zijn geweest.

'En een potlood,' zei Ada, 'of twee.'

'Puntenslijpers zijn niet toegestaan,' zei de bewaakster. Ada wist waarom. Haal de schroefjes eruit, neem het blad en snijd, de beul zou geen werk meer hebben. Albert Pierrepoint. Ze wist hoe hij heette.

'Albert Pierrepoint. Hij doet ze allemaal,' had de nachtbewaakster gezegd. Ze kletsten 's nachts. Ada kon niet slapen, en ze deden de lichten niet uit. 'Goed, net werk. Vaardig. Niets om je zorgen over te maken.'

Hij zag eruit als een opgewekte man, gewoon, leek op een winkelier, een kruidenier misschien. Ada kon hem zich voorstellen in een bruine, gabardine overall achter de toonbank. Bonnen? Dank u wel. Twee ons kaas. Een ons boter. Een kwart thee. Yorkshire-accent. Rookte een pijp terwijl hij haar opnam. Wat voor soort beroep was dat? Deed zijn jasje uit. Ada verwachtte dat hij net zoals een kleermaker een meetlint om zijn nek had hangen, nekomvang 33 centimeter, lus, als een corsage, precies zo. Val, zoveel, aantrekken, zoveel. Nooit geweten dat een touw zoveel kanten had.

Ada had het schrift volgeschreven met kleine letters netjes op de lijntjes. Niemand anders wilde de waarheid vertellen, haar verhaal vertellen, hoe zij de oorlog had beleefd. Dit was wat ze wilde zeggen. Het was op deze manier gebeurd. De bewaakster bracht haar nog een schrift en ook een gum.

'Zelfs al heb je er niet om gevraagd.' Zes HB-potloden. Ze wilde niet te veel uitgummen, omdat dat vlekken maakte. Ze kreeg een bobbel op haar middelvinger door al dat geschrijf en de zijkant van haar hand was grijs van het lood.

Ze had meer pasmomenten met de heer Pierrepoint dan ze ooit had gehad bij mevrouw B. Allemaal in één week. Was dit haar laatste?

'Ik was kleermaakster,' zei ze. 'Van nek tot middel, ik wist wat meten was.'

Hij zei niets, beet zijn pijp vast tussen zijn tanden, spuugspetters op zijn lippen, de prikkelende mufheid van Capstan Navy Cut drong door in haar neusgaten.

'Modehuis Vaughan,' zei ze. 'Ik was van plan om het Modehuis Vaughan te noemen. Net als Chanel. Onderscheidende stijl ook, net als zij. Die van mij was een corsage. Een grote, rode corsage. Net zoals...' Waarom vertelde ze hem dit? Hij gaf er niets om. De bewaakster knikte, glimlachte naar haar. Ze zou tegen haar praten, haar de verhalen vertellen.

'Ik droomde van Parijs,' zei ze. 'Rue Cambon. Bent u daar ooit geweest? Scherp gesneden ook. Mijn jurken. Als de rantsoenering over is, is dat wat ik ga doen.'

Ze corrigeerde zichzelf. Dat was wat ze zou hebben gedaan.

Dat was wat ze had moeten doen. Had ze hem maar nooit ontmoet. Ze zou dan misschien rijk zijn geweest. Succesvol en gelukkig. Hardwerkend. Modehuis Vaughan. Parijs. Londen. En Thomas, Thomas. Haar baby. Haar geliefde zoon. Als hij had geleefd, zou ze voor hem hebben gezorgd, hem een thuis hebben gegeven met een eigen bed. Je vader is overleden tijdens de oorlog. Dat was alles wat ze zou zeggen. Zoals zuster Brigitte had gezegd, soms moest je een leugentje om bestwil vertellen. Hij zou het nooit weten. Ze zouden gelukkig zijn geweest, slechts zij met zijn tweetjes. Een klein gezin.

De bewaakster greep haar bij haar elleboog. 'Ik neem je mee naar de wc,' zei ze. Ada schuifelde naar de badkamer. Witte tegels, horizontaal, geen slot op de deur.

'Ik hoef niet.'

'Voor de zekerheid,' zei de bewaakster, voordat je gaat, alsof Ada op reis ging.

'Het spijt me,' zei de bewaakster, 'je moet deze aantrekken.'
Gevoerde lange onderbroek van ongebleekt katoen.
'Weet je hoe dat moet?'
'Ja,' zei Ada. Haar vingers trilden toen ze de linten aantrok, om zich heen wikkelde, strak. Ze zouden een afdruk achterlaten.
'Hoe lang duurt het?'
'Je voelt er niets van,' zei de bewaakster.
'Waar zullen ze me begraven?'
'In de gevangenis.'
'Kan ik niet begraven worden met Thomas?'
'We zullen hem vinden,' zei de bewaakster. 'We zullen zijn graf vinden. Hem naar jou toe brengen. We zullen ervoor zorgen.' Ze was een aardige vrouw.
'Dank je.'
'Er is een priester voor je,' zei de bewaakster.
'Ik hoef hem niet te zien,' zei Ada. Wat had de kerk ooit voor haar gedaan? Haar moeder had haar niet bezocht. Niet één keer. Hetzelfde gold voor haar broers en zussen. Te druk met katholiek zijn om een christen te zijn. Scarlett was de enige geweest die op bezoek was gekomen en die had al twintig jaar lang geen voet in de kerk gezet. Niet te geloven, had Scarlett gezegd. Je was een vreemde eend in de bijt. Voegde eraan toe: om eerlijk te zijn, ik zou hetzelfde hebben gedaan.
Ada zette haar bril af. 'Die heb ik niet nodig,' zei ze. Ze legde hem op de tafel bij de schriften.
De bewaakster nam Ada's hand en schudde hem. 'Tot ziens, Ada,' zei ze.
Ada hoorde de deur opengaan en zag meneer Pierrepoint binnenkomen. Hij knikte naar Ada en liep naar de verste muur.
Meneer Pierrepoint maakte een grendel los en schoof de kledingkast opzij. De kast stond op rails. Dat had Ada nooit geweten. Er zat een deur achter die naar een andere kamer leidde. Hij maakte de deur open, hield hem voor haar open

en gebaarde dat ze voor mocht gaan, alsof hij haar naar een diner begeleidde. De kamer was verlaten. De stenen muren waren groen geverfd, donker vanaf de vloer tot halverwege, lichtgroen erboven. De vloer was van beton, gepolijst zodat hij glom. Er zat een klein raam hoog bovenin met tralies ervoor waar de februarizon doorheen scheen en een zwak schijnsel op de vloer wierp. Dit kon niet de laatste keer zijn dat ze de zon zag, de morgen zag. Het klopte niet. Geen licht. Ada kon niet denken. Waarom was de kamer verlaten? Waar nam hij haar mee naartoe? Er was een andere deur voor haar. Hij deed deze open, nam haar bij de elleboog en leidde haar erdoor.

Ze kon de knoop in het touw zien, wist waar het zou gaan, precies zo, op de plek achter haar oor. Ze zag het ongelakte hout van het valluik in de glimmende stenen vloer. Ze zweette. Ze had het koud. Waarom hadden ze de kachel niet aan? Het koord in haar onderbroek, precies boven haar rechterknie, zat te strak. Het trok als ze liep, drukte op een zenuw. Het was een naar gevoel. Ze moest het losmaken. Meneer Pierrepoint friemelde met iets aan de achterkant van haar hoofd. Ze zou het hem vragen. Als hij klaar was. Ze wilde graag knielen, alstublieft, en het koord losknopen.

De bewaakster stond bij de deur.

'Er zijn schriften,' zei Ada. 'Ik heb ze bewaard. Alles staat erin. Het is de waarheid. Mijn waarheid.'

'Ben je er klaar voor?'

'Nee,' zei ze. 'Nee.'

Geschiedkundige opmerking

Ook al vormt de Tweede Wereldoorlog de achtergrond van deze roman, het verhaal en de manier waarop ik de historische figuren heb neergezet, zijn fictief.

Het concentratiekamp in Dachau werd geopend in maart 1933, enkele weken nadat de nazi's aan de macht waren gekomen, en het diende als een prototype voor andere kampen. Het was oorspronkelijk opgezet voor politieke gevangenen, maar later breidde het kamp zich uit om andere groepen op te nemen, waaronder godsdienstige en etnische minderheden, homoseksuelen, joden en krijgsgevangenen. In de laatste maanden van de oorlog namen de aantallen drastisch toe toen gevangenen uit kampen die in de buurt van het oprukkende front van de geallieerden lagen, verplaatst werden naar Dachau. Daar arriveerden ze ziek en uitgemergeld, en zorgden ze voor een verslechtering van de reeds overbevolkte en onhygienische omstandigheden. Hoewel het geen vernietigingskamp was, gingen er tienduizenden gevangenen dood en werden de lijken gecremeerd in grote ovens. Dachau werd met de omringende kampen als tweede bevrijd, maar het was het eerste kamp dat werd opengesteld voor journalisten. Het neemt daardoor een symbolische plek in de geschiedenis van de nazistische gruweldaden in.

Burgerkrijgsgevangenen, veel van hen kwamen uit de bezette gebieden, werden door de Duitsers gebruikt voor slavenarbeid in fabrieken, ziekenhuizen en zelfs bij mensen thuis. Ik weet niet of de commandant van het huishouden in Dachau gebruikmaakte van zulke werkkrachten. Dat is mijn verzinsel. Maar ik weet dat mijn tante, die non was, gevangen werd genomen toen de nazi's Frankrijk bezetten. Zij werd tewerkgesteld en moest oude mensen verzorgen, hoewel het bejaardenhuis in dit boek en de locatie uit mijn eigen fantasie zijn ontsprongen en niet noodzakelijkerwijs een juist beeld vormen van de bejaardenzorg in het Derde Rijk.

Martin Weiss was van januari 1942 tot september 1943 commandant van Dachau, en later weer even kort in april 1945. Wilhelm Eduard Weiter was van september 1943 tot april 1945 commandant. Weiss werd later geëxecuteerd voor oorlogsmisdaden en Weiter pleegde zelfmoord. Weiss is nooit getrouwd. Zijn maîtresse is een fictief personage, net als de heer Dieter Weiss, mevrouw Weiter en andere leden van het huishouden, onder wie, uiteraard, Ada. Er bestaat naar mijn weten geen verslag van een kleermaakster in Dachau.

Bronnen in de Nationale Archieven over de logistiek van het repatriëren van Britse burgers (of 'in nood verkerende Britse onderdanen' zoals ze ook wel werden genoemd) die in Duitsland of in het bezette Europa waren geïnterneerd, onthulden dat Britse landgenoten die met een Duitser getrouwd waren en na de oorlog naar het Verenigd Koninkrijk wilden terugkeren, behandeld werden als immigranten vanwege de rantsoeneringen. Voor de repatriatie van een familielid werd de familie verplicht om voor hen, en voor anderen, te betalen. Als de familie daar niet toe in staat was (of dat niet wilde doen), nam het Rode Kruis de verantwoordelijkheid van de reis naar huis voor deze in nood verkerende Britse onderdanen op zich en voorzag hen van kleding als dat nodig was. Vervolgens maakte het Britse consulaat de reis in orde en brachten ze de familie op de hoogte van de aanstaande terugkeer. De repatriatie van Britse landgenoten die in Duitsland waren geïnterneerd, vond plaats per schip van Cuxhaven naar Hull. De overtocht van Hull naar de bestemming werd betaald door het Rode Kruis en het Centrale Bureau voor Vluchtelingen. Bij aankomst in het Verenigd Koninkrijk (in de haven, niet op het station), moesten ze hun landelijke registratieformulier verder invullen en kregen ze een burgerrantsoenbonnenboekje. De hulpverleningsdienst hielp met het wekelijkse levensonderhoud en de verblijfkosten in een pension in het geval de persoon niet over voldoende geld beschikte. Het ministerie van Gezondheid of een functionaris van het assembleecentrum voor in nood verkerende Britse onderdanen verschafte kledingbonnen als daar onmiddellijk behoefte aan was. Vrouwen die in Engeland waren geboren, moesten echter hun eigen regelingen treffen voor hun terugkeer naar het Verenigd Koninkrijk.

Ik nam de vrijheid met de procedures, omdat ik wilde dat Ada de rivier de Theems zag toen ze thuiskwam, iets wat te zien valt vanuit de trein uit Southampton, maar niet vanuit Hull.

De familie Messina had bordelen in Mayfair en verhandelde vrouwen door heel Europa. Van de vijf broers was Eugene (Gino) Messina de meest meedogenloze. Hij opereerde vanuit Londen, Brussel en Parijs. Hij werd schuldig bevonden aan zware mishandeling op 24 juni 1947, maar werd pas in 1956 door een Brusselse rechtbank veroordeeld tot zes jaar gevangenisstraf voor het verhandelen van vrouwen voor prostitutie. Zijn vrouw en zoon zijn door mij verzonnen.

Het Engeland waar Ada naar terugkeerde, en in het bijzonder het Londen dat ze aantrof, was door de oorlog geteisterd. De oorlogsregering van Churchill was in 1945 na een verpletterende overwinning door de socialistische Labour-partij vervangen. Deze partij beloofde verandering en een einde aan de ongelijkheden in het vooroorlogse Groot-Brittannië. Deze regering zorgde voor grootse hervormingen, nationaliseerde belangrijke industrieën, stichtte een welzijnsstaat en de Nationale Gezondheidsdienst (NHS) in 1948, zorgde ervoor dat iedereen een opleiding kon volgen en dat iedereen rechtelijke bijstand kon krijgen (in 1949). Terwijl deze instituten populair waren (de welzijnsstaat en de NHS zijn nog steeds over het geheel genomen intact, hoewel ze beide in toenemende mate onder vuur liggen), zorgde het voortdurende beleid van schaarste, waaronder de rantsoenering van kleding en voedsel, ervoor dat de Labour-regering in 1951 niet werd herkozen. De mensen waren moe van de ontberingen en de kleurloosheid. De zwarte markt, die voorzag in zowel essentiële als luxegoederen, waaronder nagemaakte kleding en andere bonnen, deed goede zaken.

Hoewel de hervormingen in 1945 bedoeld waren om van Groot-Brittannië een eerlijkere en meer gelijkwaardige samenleving te maken, was het Groot-Brittannië van na de oorlog verschrikkelijk arm en bleef het bekrompen door dezelfde klassen-, sekse- en raciale vooroordelen waar het voor de oorlog door werd gekenmerkt. Vooral vrouwen van de werkende klasse werden dubbel gediscrimineerd en vrouwen die verwikkeld raakten in een rechtszaak verging het slecht. Ze stonden niet alleen terecht voor de misdaad, maar voor een misdaad tegen de sekse, zoals de rechtszaken van Edith Thompson in 1922 of die van Ruth Ellis in 1955 laten zien. Beide vrouwen werden beschuldigd van moord (op respectievelijk een echtgenoot en een geliefde); hoewel er grote vraagtekens waren over de betrouwbaarheid van hun getuigenis en over de uitvoering van de rechtszaken, werden beiden schuldig bevonden en opgehangen. Ada's cliënten, van aanzien en middenklasse, zouden nóóit met Ada bevriend zijn geraakt, en ze zouden haar, gezien de aantijgingen, nooit hebben verdedigd. Integendeel, ze zouden hebben geprobeerd om zo veel mogelijk afstand tussen zichzelf en Ada te bewerkstelligen.

Ada's Londen bestaat niet meer. Arbeiderswijken in Londen, voor en na de oorlog, werden door beroep en status dure buurten. Huisjes in Theed Street en in de nabijgelegen Roupell Street en Whittlesey Street stonden bekend, in de spreektaal en plaatselijk, als de 'wittegordijnenstraten', hoewel de witte vitrage zelden lang wit bleef. De straten aan de oevers van de rivier de Theems waren berucht vanwege hun schadelijke industrieën en handel en de ondraaglijke vervuiling. Ada's buurt werd bevolkt door 'respectabele' arbeidersfamilies van de werkende aristocratie – vaardige mannen met vast werk, die het zich konden veroorloven een heel huis te huren en de huurbaas drie referenties konden verschaffen. Hun vrouw werkte niet buitenshuis (hoewel ze misschien werk aannam dat ze thuis kon doen) en dat gaf hun aanzien. Ze lieten zien hoe schoon ze waren, doordat ze hun trapje voor de deur en de stoep ervoor schrobden, de deurlijsten rood poetsten met was of de boog boven de deur wit schilderden.

Ada was kenmerkend in haar verlangen zichzelf te verbeteren. De leeftijd waarop je van school mocht werd in 1936 verhoogd tot vijftien jaar, maar de meeste arbeiderskinderen hadden slechts een lagereschoolopleiding. Er was grote behoefte aan vervolgopleidingen, en er ontstonden instituten die hieraan voldeden. Een ervan was het Borough Polytechnic Institute, dat avondopleidingen aanbood die praktijkgericht, academisch en vrijetijdsgericht waren. Het oorspronkelijke gebouw overleefde samen met Theed Street en de aangrenzende straten de bombardementen in de Tweede Wereldoorlog. Borough, een wijk in Londen die aan de zuidzijde van de Theems grenst, en schuin tegenover de City, het financiële centrum van London, in het noorden ligt, staat nu bekend vanwege zijn gastronomische markt. Toen was het een arbeiderswijk in Londen met respectabele en wat minder goede delen.

Tot slot was het juridische systeem in 1947 stijf, formeel en vol vrouwenhaat. De jury, de rechter en de advocaten waren allemaal man en de anti-Duitse gevoelens waren zeer sterk, zo kort na de Tweede Wereldoorlog. Voor de Legal Aid and Advice Act (wet voor gerechtelijke bijstand en hulp) van 1949 (onderdeel van de welzijnshervormingen van de naoorlogse

Labour-regering in Groot-Brittannië), hadden arme verdachten geen recht op juridische vertegenwoordiging en waren zij afhankelijk van de goodwill van een advocaat. Het is zeer waarschijnlijk dat Ada een jonge, onervaren advocaat had die zijn diensten pro-Deo aanbood om ervaring op te doen en zijn carrière verder te helpen. De verdediging die hij voerde tijdens het proces onder de wet op provocatie zoals die er toen was, was een archaïsch en vrouwonvriendelijk stuk recht, iets wat nu herzien is. Ada maakte geen schijn van kans.

Dankwoord

Mijn getalenteerde en inspirerende agent Juliet Mushens staat boven aan de lijst vanwege haar uitzonderlijke hulp, advies en steun, net als haar Amerikaanse collega Sasha Raskin, en mijn redacteuren Cassie Browne bij HarperCollins, en Anna Pitoniak en Kate Medina bij Random House. Hun redactionele suggesties waren van onschatbare waarde. Dank ook aan Ann Bissell en het team van HarperCollins.

Ik ben dank verschuldigd aan mijn vaardige en inspirerende schrijfgroep: Cecilia Ekbeck, Vivian Graveson, Laura McClelland, Saskia Sarginson en Lauren Trimble. We hebben elkaar ontmoet in 2009 toen we studeerden voor doctorandus in de letteren aan de Royal Holloway, University of London. We moesten toen kritiek leveren op en genieten van elkaars werk, iets wat we nog steeds doen. Hun steun en begeleiding zitten altijd in mijn hoofd als ik aan het schrijven ben en hun opmerkingen zijn altijd trefzeker. Ook bedank ik Susanna Jones, Andrew Motion en Jo Shapcott voor hun toegewijde lessen tijdens die cursus.

Ik ben ook enorm dankbaar voor Bob Marshall-Andrews, een zeer ervaren advocaat, die al jarenlang een trouwe volger en leverancier van opbouwende kritiek van mijn werk is geweest. Hij heeft me voorzien van Ada's verdediging, zodat deze overeenkwam met een verdediging uit 1947 en hij kwam met het idee van het moordwapen. Ik wil ook Judith Walkowitz bedanken die me in de richting van de juiste bronnen over prostitutie in het Londen in de jaren veertig wees. Ook dank aan Sally Alexander, Jane Caplan, Julia Laite en Jerry White, die ik onterecht belde voor snelle antwoorden op ingewikkelde vragen. Vooral Sally Alexander, die deze roman helemaal las. Haar opmerkingen waardeerde ik zeer. Ik had niet durven hopen op een onderscheidende groep van geschiedkundige adviseurs. Dank ook aan Sylvia Kieling, die mijn Duits nakeek op plaatselijke verkleinwoordjes, en Thibaud de Barmon, die hielp bij het verzinnen van de namen voor de nonnenorde.

Alle historische en linguïstische fouten zijn echter mijn verantwoordelijkheid.

Mijn dochters die allemaal hebben bijgedragen aan dit boek: Rosie Laurence, met haar redactionele raad; Kate Lane, met haar kennis van mode; en Alice Lane, met haar juridische input. Bedankt, meiden!

Tot slot wil ik Bill Schwarz en Ursula Owen bedanken. Zij hielpen mij onder andere bij mijn onderzoek in de Old Bailey en de fictieve Manhattan-bar in Smith's, aan Strand. Ook gaat mijn dank uit naar Stein Ringen, mijn dierbare echtgenoot, die me eindeloze steun en liefde bood en die zomaar vanuit het niets met het laatste idee voor deze roman kwam.

De volgende bronnen waren ook nuttig:

De Nationale Archieven in Kew.

Alexander, Sally (1994), *Becoming a Woman and Other Essays in 19th and 20th Century Feminist History*. Londen: Virago.

Buruma, Ian (2013), *1945: Biografie van een jaar.* Vertaald uit het Engels door Arthur Wevers. Amsterdam: Atlas Contact.

Chamberlain, Mary (1989), *Growing up in Lambeth*. Londen: Virago.

Rolph, C.H. (red.) (1955), *Women of the Streets. A Sociological Study of the Common Prostitute*. Londen: Secker & Warburg.

Sweet, Matthew (2011), *The West End Front. The Wartime*

Secrets of London's Grand Hotels. Londen: Faber.

Twomey, Christina (2009), 'Double Displacement: Western Women Return from Japanese Internment in the Second World War'. In: *Gender & History*, vol. 21, no. 3 (november), pp. 670–84.

Walkowitz, Judith (2012), *Nights Out. Life in Cosmopolitan London*. New Haven, VS: Yale University Press.

Watts, Marthe (1960), *The Men in My Life: The Story of the Messina Reign of Vice in London*. New York: Lyle Stuart.

White, Jerry (2001), *London in the Twentieth Century. A City and Its People*. Londen: Vintage.

